KB022063

論語

論語

史記 孔子世家
논어 다시 태어나다

강선희 엮음

대성전 (산동성 곡부시 공묘)

문지사

행단(杏壇) 공자님이 제자들을 가르치던 곳

묘 이 불 수 자 유 의 부
苗而不秀者有矣夫
수 이 부 실 자 유 의 부
秀而不實者有矣夫

싹은 났으나 꽃이 못 피는 것도 있고

꽃은 피었으나 열매를 맺지 못하는 것도 있다.

- 논어 자한편에서 -

大成至聖文宣王墓

| 이 책을 엮으면서 |

論語논어 속에서 遊泳유영하며

2020년, 정초부터 들려온 코로나19 소식은, 사람들의 일상을 180도로 바꾸었다. 나 역시 학교는 물론, 모든 강의가 중단되었다. 3월이면 끝날 줄 알았으나 4월, 5월이 되어도 끝이 보이지 않는 어두운 터널 속에서 1년을 넘는 시간을 허우적거렸다.

불행 중에 다행이랄까?

오랜 기간 古典(고전)을 講義(강의)하면서, 논어만으로 講讀(강독)하고자 틈틈이 글을 썼으나 進陟(진척)이 없었는데, 코로나가 나에게 온전한 24시간을 선물하였다. 이것은 하늘이 나에게 준 마지막 기회일지 모른다는 생각에, 처음 논어를 대하던 그 설렘을 안고 논어 속으로의 遊泳(유영)을 시작했다.

동양고전들은 대개 그 주인공 이름으로 冊名(책명)을 정했는데, [論語(논어)]는 공자의 제자들이 스승 곁에서 보고 들은 말씀을 孔子死後(공자 사후)에 하나씩 수집하여 엮은 책이므로 책명이 [孔子(공자)]가 아니고 [論語]이다.

춘추시대 철학자로 儒家(유가)의 鼻祖(비조)이신 공자는 지금의 산동성에 자리 잡았던 魯(노)나라 사람이다. 일찍 부모를 여의고 어려운 환경에서 학문에 뜻을 두고 仁(인)을 구현하고자 하셨다. 공자는 열악한 환경에서 학문에 뜻을 두었고, 마침내 역사상 가장 推仰(추앙) 받는 聖人(성인)으로 남았다. 똑같은 사안도 보는 이의 관점에 따라 다르듯이, 어려운 환경을 헤치고 나아가 성인의 반열에 오를 수 있었던 것은, 타고난 仁의 天性(천성)과 배움을 즐기는 끝없는 자기 수양의 결과일 것이다.

孔子 탄생 2570여 년을 지나오면서 공자에 대한 대접은 시대에 따라 크게 달랐으니, 생존하셨던 春秋時代(춘추시대)에도 제대로 대접받지 못했다. 진시황 때는 焚書坑儒(분서갱유)[1]까지 당하는 慘劇(참극)이 벌어졌다.

한 무제 때, 漢(한)나라가 儒教(유교)를 國教(국교)로 정하면서 古論(고론), 魯論(노론), 齊論(제론)의 論語판본은 표준화의 필요성으로 다듬어지고, 논어는 많은 유학자들의 지침서가 되면서 2000여 년간 유교의 鼻祖(비조)인 공자는 추앙받아 왔다.

근대 중국 공산주의 치하에서는 다시 철저히 배격되었으니, 유가의 핵심사상은 '仁義禮智信(인의예지신)'이며 공자는 道德規範(도덕규범)을 남겼으나, 文化大革命(문화대혁명)[2]의 극좌사회운동[3]으로 曲阜(곡부)를 파괴하고, 古書(고서)를 燒却(소각)하며, 공자 묘비를 비롯한 歷代石碑(역대석비) 1000여 기를 박살냈다.

특히, 1974년 공산당은 또 '批林批孔(비림비공)'[4] 운동으로 삶 속에서 수양하

1) BC 213년, 이 사건으로 論語는 禁書(금서)가 되었고, 공자의 후손들은 공자의 고택 담 속에 논어를 숨겼는데, 秦(진) 나라가 망하고 漢나라가 수립되어 공자의 고택을 수리하던 중, 담 속에서 옛 論語가 나왔으니 이것이 古論인데, 옛날 글로 쓰이고 내용이 일관되지 않았다.
2) 1966년~1976년
3) 마오쩌둥이 낡은 사상, 문화, 풍속, 관습의 척결을 목표로, 홍위병을 선동하여 유적과 유산을 파괴한 전통문화와 종교 탄압
4) 공자의 사상이 자본주의 사상과 상통한다.

는 유가의 전통사상과 도덕을 짓밟았다. 이리하여 수천 년간 이어온 전통문화와 도덕관념은 산산이 부서졌다.

2013년 시진핑은 공자의 묘를 직접 방문하고, 9월 10일인 스승의 날을 공자가 태어난 9월 28일로 옮기겠다고 선포했다. 이는 전 세계가 師表(사표)로 받드는 공자의 생일을 '스승의 날'로 정함으로써 '스승을 존경한다.' 는 뜻을 더 잘 살릴 수 있는 것은 물론, 그네들의 조상이 그들의 세계화에 크게 한 몫 할 것이라는 각계의 의견을 반영한 것이지만, 일부에서는 부정적인 의견도 적지 않았다. 즉 "공자가 한 말은 따르지 않으면서 생일만 챙기는 게 무슨 의미가 있느냐?" 는 것이다.

하여간 시진핑은 2014년 9월, 공자 탄신 2565주년 기념회에 참석하여 '尊孔崇儒(존공숭유)'를 천명함으로써 탄압에서 복권되었다. 이렇듯 공자께서는 시대에 따라 엄청난 차이의 歡待(환대)와 忽待(홀대)를 받으며 성인의 반열에 오르셨다.

내가 처음 논어를 접한 것은, 어린 시절 병으로 사경을 헤매면서이다. 투병 중에 우연히 접한 [논어]는 韋編三絕(위편삼절)하며 나의 스승이 되었으나, 아쉽게 그 책은 물난리를 겪으면서 분실되고, 1990년 '세명출판사' 이원섭님이 펴낸 책이 나의 지침서가 되었다. '[시경]을 읽어라' 하시기에 [시경]을 탐독하며, 고전에 심취하여 외골수 인생길에서 해가 서산마루에 걸린 줄 몰랐다.

역사를, 고전을 즐기며 외길을 걷다 보니 세상의 그 어떤 즐거움도 고전에 비길 수 없었고, 후학을 가르치는 즐거움에 비할 수 없으니 세상일에는 門外漢(문외한)인 어리석음을 면치 못하고, 기울어가는 석양을 마주하고 있지만, 천성은 쉽게 바뀌지 않으니 남은 삶도 어리석게 살 수밖에 없을 것이다.

論語를 강의할수록 편마다 공통되지 않은 연결과 중복되는 내용들이 안타까웠다. 한자에 토를 달고 부연하여 누구나 쉽게 논어를 읽으면서 그 시대를 이해하고 현시대에 接木(접목)하여 감히, 우리의 앞길을 헤쳐 나가는 智慧(지혜)로 삼았으면 한다. [논어]에 들어가기에 앞서 사마천의 史記世家(사기세가)를 통하여 사마천의 생각을 보고자 史記(사기)의 孔子世家(공자세가)를 넣었다.

아직 끝나지 않은

코로나19가 기승을 부리는

辛丑年 성하에

論 語

史記 孔子世家

논어 다시 태어나다

- 차 례 -

論 語

史記 孔子世家
논어 다시 태어나다

- 차 례 -

공자 14년간 열국을 주유하는 모습

제 1 부

史記 孔子世家

史記卷四十七

漢 太 史 令司馬遷 撰

宋中郎外兵曹參軍裴 駰集解

唐國子博士弘文館學士司馬貞索隱

唐諸王侍讀率府長史張守節正義

孔子世家第十七

【索隱】教化之主吾之師也爲帝王之儀表示人倫之準的自子思以下代有哲人繼世象賢誠可仰同列國前史既定吾無間然又孔子非有諸侯之位而亦稱系家者以是聖人爲教化之主又代有賢哲故亦稱系家焉【正義】孔子無侯伯之位而稱世家者太史公以孔子布衣傳十餘世學者宗之自天子王侯中國言六藝者宗於夫子可謂至聖故爲世家

사마천_공자세가_청나라판본

史記의 孔子世家

사마천

孔子生魯昌平鄕郰邑 其先宋人也 曰孔防叔 防叔生伯
공 자 생 노 창 평 향 추 읍 기 선 송 인 야 왈 공 방 숙 방 숙 생 백

夏 伯夏生叔梁紇 紇與顔氏女野合而生孔子 禱於尼丘
하 백 하 생 숙 량 흘 흘 여 안 씨 녀 야 합 이 생 공 자 도 어 니 구

得孔子 魯襄公二十二年而孔子生 生而首上圩頂 故因
득 공 자 노 양 공 이 십 이 년 이 공 자 생 생 이 수 상 우 정 고 인

名曰丘云 字仲尼 姓孔氏 丘生而叔梁紇死
명 왈 구 운 자 중 니 성 공 씨 구 생 이 숙 량 흘 사

공자께서 노나라 창평향 추읍에서 탄생하셨다. 그 선대는 송나라 사람 공방숙이며, 방숙은 백하를 낳고, 백하는 숙량흘을 낳았다. 흘은 안씨와 야합하여 공자를 낳았는데, 이구에서 기도하여 공자를 얻었다. 노양공 22년에 공자 태어났다. 태어날 때 머리 중간이 움푹 패어서 이름을 丘라 하였다. 字는 중니, 성은 孔씨. 구가 태어난 후 숙양흘이 사망하였다.

---

* 郰 : 마을이름 추. 紇 : 질 낮은 명주실 흘. 圩 : 오목할 우

* 野合(야합) : 여자가 六禮를 갖추지 않고 남자와 합함. <禮記>에 '聘禮(빙례)를 행하면 아내, 野合하면 첩이라 했다. 즉. 聘則爲妻 奔則爲妾 빙즉위처 분즉위첩'

* 宋나라 : 은나라의 마지막 紂王(주왕)이 포악하여, '牝鷄之晨(빈계지신) 암탉이 새벽을 알리지 못하게 한다.'의 명분을 내세운 周나라 무왕이 목야의 전투에서 주왕을 멸한 후, 주왕의 이복형인 미자를 송나라 군주로 세워 조상의 제사를 받들게 한다.

微子미자는 殷末三仁(은말삼인)의 한 사람으로 성이 子이고, 이름은 啓(계)였는데, 당시 사람들은 '微子啓(미자계)'라 불렀다. 미자는 은나라 왕 帝乙의 長子로 紂王의

이복형으로, 紂가 포악한 정치를 하여 여러 번 충고했지만 듣지 않자 은나라를 떠나며, "아비와 자식은 골육의 정이 있고, 군주와 신하는 의리가 있는데, 아비에게 잘못이 있을 때 자식은 세 번을 충고하고도 듣지 않으면 계속 통곡한다. 신하가 세 번 충고해도 듣지 않으면 의리상 떠나는 것이다." 했다.

殷末三仁 중의 한 사람인 비간은 紂王에게 직언을 하다가 '성인인 척하는 사람은 심장에 7개의 구멍이 있다는데 구경하자'며 가슴이 쪼개지는 형벌로 죽임을 당하였으며, 또 한 사람 기자는 미친 척 노예 무리들 속에 들어갔다가 후에 주 무왕이 찾아내어 조선에 봉했다고 한다.

葬於防山 防山在魯東 由是孔子疑其父墓處 母諱之也
장어방산 방산재노동 유시공자의기부묘처 모휘지야

孔子爲兒嬉戲 常陳俎豆 設禮容 孔子母死 乃殯五父之
공자위아희희 상진조두 설례용 공자모사 내빈오부지

衢 蓋其愼也 郰人輓父之母誨孔子父墓 然後往合葬於
구 개기신야 추인만부지모회공자부묘 연후왕합장어

防焉
방언

防山에 장사를 지냈다. 방산은 노나라 동부에 있다. 공자는 아버지의 묘소를 몰라서 의심하였지만, 어머니는 꺼렸다. 공자는 어려서 놀이를 할 때, 늘 祭器(제기)를 늘어놓고 예로써 베풀었다. 공자는 어머니가 죽자 '五父之衢오부지구'[5] 에 빈소를 차렸는데, 신중하기 위함이다. 추읍 사람 輓父의 어머니가 공자 아버지의 묘소를 알려준 후 방산에 합장하였다.

---

* 공자 어머니는 아버지의 무덤을 가르쳐주지 않고[6] 추읍 창평향을 떠나 지금 공자의 고택이 있는 궐리로 이사했다. 공자는 어릴 때부터 어머니의 행동을 따라 祭禮(제례)놀이를 한 것으로 보인다.

* 공자의 선조는 송나라 미자의 후손으로 공자의 6대조인 孔父嘉(공부가)가 송나라

---

5) 부모를 함께 매장하는 풍속을 지키기 위해

6) 어머니는 할아버지뻘의 늙은 남편의 세 번째 여자였던 것이 부끄러웠던 듯

귀족 內訌中(내홍 중)에게 피살되자, 4대조 공방숙 대에 노나라로 피신했다.

숙량흘은 세습귀족이었지만 변변한 지위가 없었다. 『孔子家語』에 "숙량흘은 施氏(시씨)딸과 혼인하여 딸만 9명을 낳자, 둘째부인을 얻어 아들 孟皮(맹피)를 낳고 字를 伯尼(백니)라 했는데, 맹피는 다리불구였다.

양공 10년(기원전 563년), 숙량흘은 제후연합군이 복양을 치는 전쟁에 참전했는데, 복양국은 성문을 열어 제후군을 성 안으로 유인한 후, 懸門(현문)[7]을 내려 가두려하자, 숙량흘은 성문을 두 팔로 떠받쳐 닫히지 못하게 하여 성 안의 군대를 탈출시켰다. 전쟁에서 많은 사람을 구하는 공을 세웠지만 그것이 富貴를 안겨주지는 못했으나, 當代의 영웅으로 60대 후반에 무당의 막내딸 안징재를 셋째부인으로 맞아들인다.

안씨 집안에는 딸이 3명이었는데, 숙량흘이 셋 중 하나를 아내로 맞으려 하자, 첫째와 둘째딸은 나이가 많다고 싫어하고, 막내딸 안징재는, 아버지의 입장을 생각하여 숙량흘의 세 번째 아내가 되어 尼丘山(니구산)에서 살고 숙량흘은 가끔 들렀다.

사마천은 공자의 탄생을 野合이라 했는데, 정식 절차를 치르지 않은 비공식 관계라는 뜻이다. 孔子는 하급무사의 아들로 嫡子(적자)가 아니었지만, 미미한 출신으로 그 끝은 너무나 창대하였다.

孔子要絰 季氏饗士 孔子與往 陽虎絀曰 "季氏饗士 非敢饗子也" 孔子由是退
공자요질 계씨향사 공자여왕 양호출왈 계씨향사 비감향자야 공자유시퇴

공자가 상중일 때, 계씨가 名士들에게 연회를 베풀었다. 공자도 갔는데 계씨의 家臣인 양호가 가로막으며 말하길 "계씨는 명사들에게 연회를 베풀려는 것이지 당신에게 베풀려는 것은 아니요." 이에 공자는 물러났다.

---

* 絰 : 질 질. 首絰(수질)은 喪服(상복) 입을 때 머리에 쓰고, 腰絰(요질)은 허리에 두르는 띠. 짚에 삼을 섞어서 굵은 동아줄처럼 만든 것. 공자상중은 어머니 喪일 것이다. 계씨의 가신이었던 양호는 당시에는 저명인사라고 할 수 없는 공자를 문전박대한다.
* 絀 : 물리칠 출. 饗 : 잔치할 향.

7) 위에서 아래로 내리는 문

孔子年十七 魯大夫孟釐子病且死 誡其嗣懿子曰“孔
공자년십칠 노대부맹리자병차사 계기사의자왈 공

丘 聖人之後 滅於宋 其祖弗父何始有宋而嗣讓厲公 及
구 성인지후 멸어송 기조불부하시유송이사양려공 급

正考父佐戴,武,宣公 三命茲益恭 故鼎銘云 ‘一命而僂
정고부좌대 무 선공 삼명자익공 고정명운 일명이루

再命而傴 三命而俯 循墻而走
재명이구 삼명이부 순장이주

공자 17세, 노나라 대부 맹리(희)자가 병으로 죽게 되자, 후계자 의자에게 훈계하길, “孔丘는 성인의 후손인데, 송나라에서 멸망하였다. 그 조상 불보하는 송나라의 후계자였으나, 여공에게 양보하고, 정고보에 이르러 대공, 무공, 선공을 섬길 때, 세 번 명을 받았는데, 더욱 공손하였으므로 鼎에 새겨놓은 銘文에 이르기를, ‘첫 번째 명에 몸을 숙이고, 두 번째 명에 허리를 굽히고, 세 번째 명에는 엎드렸다. 길을 걸을 때는 담장을 따라 다녀서

---

* 釐: 다스릴 리. 嗣 : 대 이을 사. 懿 : 아름다울 의. 僂 : 구부릴 루. 傴 : 구부릴 구.

亦莫敢余侮 饘於是 粥於是 以餬余口’ 其恭如是 吾聞
역막감여모 전어시 죽어시 이호여구 기공여시 오문

聖人之後 雖不當世 必有達者 今孔丘年少好禮 其達者
성인지후 수부당세 필유달자 금공구년소호례 기달자

歟吾卽沒 若必師之” 及釐子卒 懿子與魯人南宮敬叔
여오즉몰 약필사지 급리자졸 의자여노인남궁경숙

往學禮焉 是歲 季武子卒 平子代立
왕학례언 시세 계무자졸 평자대립

또한 감히 나를 업신여기지 않았다. 이 솥에 풀과 죽을 쑤어서 나는 겨우 살아왔다.’ 하였다. 그 공손함이 이와 같다. 내 듣기로 성인의 후손은 비록 당대는 아니어도 반드시 통달한 자가 있다. 지금 공구는 나이는 어리나 예를 좋아하

니 그가 바로 통달한 자가 아니겠느냐? 내가 죽거든 반드시 스승으로 모셔라."

釐子(僖子)가 죽자 의자는 노나라 사람 남궁경숙과 함께 가서 예를 배웠다. 이 해에 계무자가 죽고, 평자가 대를 이었다.

＊'聖人之後'에는 다른 해석도 있다. 즉, 공자의 父親이 군인이고, 母親은 무당 집안이라는 점에서 '聖人'은 소리를 듣는 사람이라는 뜻의 '聲人' 즉 무당으로 보는 시각이다. 성인聖도 耳로 시작하고 聲소리 성도 耳가 부수이므로 글자는 같으나 뜻이 다른 同字異意, 글자는 다르나 뜻은 같은 異字同意의 경우란 것이다.

＊饘 : 죽전. 餬 : 죽호.

孔子貧且賤 及長 嘗爲季氏史 料量平 嘗爲司職吏而 畜
공자빈차천 급장 상위계씨사 료양평 상위사직리이 축

蕃息 由時爲司空 已而去魯
번식 유시위사공 이이거로

공자는 가난하고 또 천하게 자라서 계씨의 관리가 되어 회계를 공평하게 하시고, 사직리[8]가 되자 가축이 번식하였고 司空이 되었을 때, 노나라를 떠났다.

＊司空 : 工事관리

斥乎齊 逐乎宋衛 困於陳蔡之間 於是反魯 孔子長九尺
척호제 축호송위 곤어진채지간 어시반로 공자장구척

有六寸 人皆謂之 '長人' 而異之 魯復善待 由是反魯
유육촌 인개위지 장인 이이지 노부선대 유시반로

齊나라에서 배척되고, 송과 위나라에서 쫓겨나고, 진과 채나라 사이에서 곤란해지자 이에 노나라로 되돌아왔다. 공자는 키가 9척 6촌이어서 사람들은 '키다리'라 부르며 괴이하게 여겼다. 노나라가 다시 잘 대우하므로 노나라로 되돌아

---

8) 犧牲(희생)에 쓸 牛羊을 기르는 관리

왔다.

---

* 인정을 받던 중 왜 노나라를 떠나야 했는지, 제, 송, 위에서는 왜 쫓겨나야만 했는지는 알 수 없다.

魯南宮敬叔言魯君曰 "請與孔子適周" 魯君與之一乘
노남궁경숙언노군왈 청여공자적주 노군여지일승

車 兩馬一豎子俱 適周問禮 蓋見老子云 辭去 而老子送
차 양마일수자구 적주문례 개견노자운 사거 이노자송

之曰 "吾聞富貴者送人以財 仁者送人以言吾不能富貴
지왈 오문부귀자송인이재 인자송인이언오불능부귀

竊仁人之號 送子以言 曰
절인인지호 송자이언 왈

남궁경숙이 노군주에게 말하길, "공자와 주나라에 갈 것을 청합니다." 魯君主는 수레 하나, 말 두 필, 시자 한 명을 갖추어 주나라에 가서 예를 묻게 하였다. 노자를 만나고, 작별할 때, 노자가 전송하며 말하길 "내가 들으니 부귀한 자는 사람을 전송할 때 재물로써 하고, 어진 자는 사람을 전송할 때 말로써 한다는데, 나는 부귀하지 못하나 仁者라 불리니 말로써 그대를 전송하겠습니다.

聰明深察而近於死者 好議人者也 博辯廣大危其身者
총명심찰이근어사자 호의인자야 박변광대위기신자

發人之惡者也 爲人子者毋以有己 爲人臣者毋以有己"
발인지악자야 위인자자무이유기 위인신자무이유기

孔子自周反于魯 弟子稍益進焉
공자자주반우로 제자초익진언

총명하고 깊게 살피면 죽음이 가까이하는데 남을 비판하기를 좋아하기 때문이요, 博識(박식)하고 재능이 뛰어나면 그 몸이 위태로운데, 남의 악을 잘 발견하기 때문입니다. 사람의 자식 된 자는 남 앞에서 자기를 낮추고, 남의 신하된

자는 자기를 내세우지 않는 법입니다." 공자가 주나라에서 노나라로 돌아오자 제자가 점점 더 늘었다.

---

* 남궁경숙과 周나라를 방문하여 周禮를 배울 때, 공자일행은 老子를 방문하여 禮에 관해 문답한 것으로 보인다. 이것이 道敎 측에서 말하는 '孔子問禮'로 산동의 嘉祥武氏(가상무씨)의 묘비에 공자와 노자가 서로 예를 다하여 마주하는 그림과 함께 '孔子見老子'라고 쓰여 있다. 노자는 공자를 만나고 헤어질 때 仁者로서 한마디 한다며 '驕慢(교만)'을 버리라고 비판했는데, 젊은 공자에게서 교만이 보였기 때문인 것일까? 그런데 공자는 노나라로 돌아와서 노자를 극찬했다하니, 당시 주나라 史官으로 엄청난 역사지식뿐만 아니라, 無爲自然의 天道를 주장하며, 자연의 섭리를 꿰뚫고 있던 노자를 진심으로 존경하였던 것 같다.

* 老子 : (기원전 579?~기원전 499? 확실치 않음) 도가사상의 창시자로 춘추시대에 활동한 인물로 알려져 있지만, 그의 생애는 구체적으로 전해지는 것이 없다. 사마천이 <사기>에 간략히 정리한 것으로 보면, 노자는 초나라 사람으로 성은 李, 이름은 耳, 자는 聃(담)으로, 주나라 守藏室(수장실)의 史官이었다고 한다. 노자가 쇠망해가는 주나라를 떠나 函谷關(함곡관)에 이르렀을 때, 관문지기 윤희가 노자에게 "나를 위해 책을 저술하여 주십시오."하여, 노자는 5천 字(자)에 달하는 <노자>를 남기고 떠난 후, 蹤迹(종적)을 알 수 없었다고 기술하였다.

* 당시에 '學在官府(학재관부)'는 귀족들이 교육을 독점하였는데, 공자가 최초로 講學(강학)을 시작하여 私學의 氣風을 열었다. 즉, 공자의 '杏壇講學(행단강학)'은 뜰에 은행나무를 심고, 그 아래에 講壇을 설치하여 講義한 것으로 행단은 유교를 상징하며 학문을 닦는 곳이다.

是時也 晉平公淫 六卿擅權 東伐諸侯 楚靈王兵彊 陵轢中國

시시야 진평공음 육경천권 동벌제후 초령왕병상 능력중국

이때 진평공(재위 기원전 557~532년)이 음탕하여 六卿[9]이 권력을 잡고 동

---

9) 天官 : 궁중의 일을 맡은 총재. 司徒 : 내정과 교육. 春官 : 제사와 예악. 司馬 : 군사. 司寇 : 사법과 외교. 司空 : 營造와 工作

쪽 제후들을 공격하였다. 초영왕의 군대가 강하여 중국을 침략하였다.

＊ 晉平公의 亡國之音 : [예기]와 [한비자]에서 유래한 고사성어로 나라를 망치는 음악, 즉 저속하고 난잡한 음악을 말한다. '凡音者 生人心者也 무릇 음악은 사람의 마음에서 생겨나므로 情動於中 故形於聲 감정의 움직임 가운데 소리가 있다. 聲成文 謂之音 소리가 문채를 이룬 것을 일러 음악이라 한다. 是故治世之音 安以樂 其政和 고로 세상이 잘 다스려진 시대의 음악은 편안하고 즐거우며, 그 정치는 조화롭다. 亂世之音 怨以怒 其政乖 난세의 음악은 원망과 분노로, 그 정치는 어그러진다. 亡國之音 哀以思 其民困 나라를 망치는 음악은 슬픈 생각으로 그 백성을 곤궁하게 한다.'

衛靈公(위영공)이 晉平公의 초청으로 여행길에 오르던 중 濮水(복수) 가에서 들려오는 아름다운 음악소리에 넋을 잃고 듣다가, 수행악사 사연에게 이를 채록하도록 명했다. 진나라에 도착해서 자신이 겪은 신기한 일을 자랑하며 사연에게 그 악곡을 연주하게 했다. 진나라에는 악사 사광이 있었는데, 음악을 듣자 즉시 중단시키며 아뢰었다. "이는 망국의 음악이므로 탄주해서는 안 됩니다(此亡國之聲 不可遂也)." 진평공이 까닭을 묻자, "일찍이 紂王(주왕)[10]의 악사였던 師延(사연)은 주왕을 위해 新聲百里(신성백리)와 같은 음란한 곡들을 지었는데, 이것이 그 노래입니다. 武王이 주왕을 정벌할 때 사연도 쫓기다 복수에 투신했는데 복수에서는 아직도 이 음악이 들립니다. 근방 사람들은 이것을 망국의 노래라 하여 두려워합니다." 진평공은 "한낱 음악 따위가 어찌 그런 조화를 부리겠느냐?"며 음악을 끝까지 연주하라 일렀고, 사광에게 그보다 더 슬픈 노래를 연주하게 하여 '淸徵(청치)'를 듣는다. 사광이 '청치'를 연주하자 검은 학 28마리가 廊門(낭문)에 모여 목을 길게 빼고 울며 너울너울 춤을 추자, 진평공은 사광의 만류를 뿌리치고 더 좋은 노래를 연주하라 일렀다. 사광이 할 수 없이 '淸角'을 연주하자 검은 구름과 광풍이 몰려와 연회장을 어지럽혔고 진은 3년 동안 가물었다고 한다.

＊ 사광 : 사광의 일화가 셋 있는데 위의 것이 그 중 하나이고, 둘째는 진평공이 여러 신하들과 술에 취하자 "군주라는 지위보다 더 즐거운 것은 없구나! 군주의 말은 그 누구도 거역하지 않는구나!" 그러자 그 앞에 앉아있던 사광이 비파를 들어 평공에게 던졌다. 평공이 몸을 피하자 비파는 벽에 부딪혀 부서졌다. 평공이 "太師는 누구를 치려는 것인가?"라고 묻자, 사광은 "지금 웬 소인배가 말을 하고 있어 그를 치려고 했습니다."라고 말했다. 평공이 "그 말을 한 사람은 나일세."라고 하니 사광은 "그렇습니다. 그것은 군주 된 사람이 입에 담으실 말이 아닙니다."라고 하였다. 주위의 신하들

---

10) 殷나라 마지막 왕

이 비파에 맞아 흠이 난 벽을 칠하려하자 평공은 "그만두어라. 그것으로 과인은 계명을 삼겠다."하였다. 셋째는 진평공이 맹인 음악가 사광에게 "그대는 나면서부터 눈동자가 없으니, 그대의 캄캄함은 대단하겠네." 사광은 "천하에 다섯 가지 캄캄함이 있는데, 나는 그 중의 하나에도 끼지 못하였습니다." 평공이 무슨 말인가 물으니, "뭇 신하들이 뇌물로 명예를 얻고, 백성은 억울한 일을 당하고도 호소할 데가 없는데 임금이 깨닫지 못하니, 이것이 첫째 캄캄함입니다. 충신을 등용하지 않고, 재능 없고 못난 자가 현명한 자 위에 있는데도 임금이 깨닫지 못하니, 이것이 둘째 캄캄함입니다. 국고를 탕진하는 간사한 신하가 존귀해지는데 임금이 깨닫지 못하니, 이것이 셋째 캄캄함입니다. 나라가 가난하여 백성은 지치고 위아래가 화합하지 않고, 재물을 좋아하고 군사를 쓰며, 욕심은 끝이 없고 아첨배가 줄을 잇는데도 임금이 깨닫지 못하니, 이것이 넷째 캄캄함입니다. 도리는 밝혀지지 않고, 법령은 행해지지 않으며, 관리는 정직하지 않고, 백성은 불안한데도 임금이 깨닫지 못하니, 이것이 다섯째 캄캄함입니다. 나라에 다섯 가지 캄캄함이 있고도 위태롭지 않은 나라는 없습니다. 신의 캄캄함은 一身의 작은 캄캄함이니, 국가에 무슨 해가 있겠습니까?" 어쩌다 장님이 되었는지 알 수 없지만, 그의 곧은 성정에 경의를 표한다. 어느 시대를 막론하고 통치권자는 手下를 잘 만나야 하니, 그 手下로 말미암아 빛날 수도 陷沒(함몰)할 수도 있음이니 그 手下를 잘 고르는 안목이 곧 지혜일 것이다.

齊大而近於魯 魯小弱 附於楚則晉怒 附於晉則楚來伐
제대이근어로 노소약 부어초즉진노 부어진즉초래벌

不備於齊 齊師侵魯
불비어제 제사침로

제나라는 대국으로 노나라와 가까이 있었는데, 노는 弱하여 초에 붙으면 진이 노하고, 진에 붙으면 초가 침공하여 齊를 대비하지 못했는데 제나라가 노나라를 침략하였다.

魯昭公二十年 而孔子蓋年三十矣 齊景公與晏嬰來適
노소공이십년 이공자개년삼십의 제경공여안영래적

魯 景公問孔子曰 "昔秦穆公國小處辟其霸何也?" 對
로 경공문공자왈 석진목공국소처벽기패하야 대

曰 "秦國雖小 其志大 處雖辟 行中正 身擧五羖 爵之大
왈 진국수소 기지대 처수벽 행중정 신거오고 작지대

夫 起纍紲之中 與語三日 授之以政 以此取之 雖王可也
부 기류설지중 여어삼일 수지이정 이차취지 수왕가야

其霸小矣" 景公說
기패소의 경공열

노소공 20년, 공자 나이 서른 때. 齊景公이 晏嬰과 함께 노나라에 왔는데, 경공이 공자에게 묻기를, "옛날 진목공은 나라도 작고 궁벽한 곳에서 覇者가 된 것은 무엇 때문일까?" 공자 대 왈, "秦나라는 비록 작아도 그 뜻이 컸고, 외진 곳에 있어도 행하는 것이 정당하였습니다. 五羖(百里奚)를 몸소 등용하여 大夫의 벼슬을 내리고, 감옥에서 석방시켜 더불어 3일간 대화를 나누고 정사를 맡겼습니다. 이를 취하였으니 王도 될 수 있었는데, 패자가 된 것은 작은 것입니다." 경공이 기뻐하였다.

---

* 羖 : 검은 암양 고. 纍 : 갇힐 류. 紲 : 고삐 설

* 五羖(백리해) : 백리해는 사십이 되도록 등용되지 못해서 가난했다. 현명한 아내는 집 걱정 말고 뜻을 펼치라며 세상으로 내보냈는데, 그의 능력을 알아본 蹇叔(건숙)을 만나 의형제를 맺고, 그의 추천으로 우나라의 관직에 올랐다. 우나라 북쪽에 있는 晉나라는 국경을 맞대고 있던 우나라와 괵국을 노리는데, 우와 괵의 동맹으로 기회를 얻지 못하자, 미인계로 괵의 임금을 홀리고, 우공에게는 굴산의 명마와 수극의 벽옥을 보내 괵나라를 치기 위한 길을 빌려달라고(假道滅虢가도멸괵) 한다. 뇌물에 혹한 우공은 진나라의 제의를 받아들였는데, 신하들이 "그동안 晉이 우리를 공격하지 못한 것은, 우와 괵이 입술과 이빨처럼(脣亡齒寒순망치한) 서로 돕기 때문입니다. 괵이 망하면 그 참화는 우리에게 닥칠 것입니다."라며 반대했지만, 우공은 듣지 않았다. 결국 우나라가 망하자, 우나라 관직에 있던 백리해도 포로가 되었고, 晉나라는 그를 秦나라 임금에게 시집가는 공주의 몸종으로 삼았다. 백리해는 "천하를 구제할 큰 뜻을 품었건만, 노예가 되었으니 이보다 더한 치욕이 어디 있으랴!" 탄식하며 도망쳐서 초나라로 숨어들었다. 이름을 숨기고 소먹이 꾼이 되었다. 소는 날이 갈수록 살이 쪄서 초왕의 귀에까지 들어갔지만, 초나라 사람들에게 백리해는 소의 전문가였을 뿐 그를 알아본 사람은

없었는데, 秦나라가 도망친 몸종을 조사하다가 그가 당대의 인재라는 것을 알고, 진목공은 초나라에 후한 예물을 보내 그를 데려오려고 하자, 신하 공손지가 "지금 초나라는 백리해의 뛰어남을 모릅니다. 만약 귀한 예물을 보내시면 '백리해가 어떤 인물이기에 이토록 높은 값으로 초빙하는가?' 의심하여 백리해를 내어주지 않을 것입니다. 차라리 도망친 몸종의 죄를 묻겠다고 헐값을 주어 그를 사겠다고 말씀하시면 충분합니다." 이에 진목공은 양가죽 다섯 장을 주며 백리해의 송환을 요구했고, 초나라는 그를 보내주어서 백리해를 '五羖(양가죽 다섯 장)대부'라 불렀다.

이후 백리해는 목공을 도와 진나라를 번성시키고, 기근으로 허덕이는 백성들을 구제했다. [戰國策]에 백리해가 죽자 "아이들은 노래를 부르지 않았고, 방아 찧는 사람은 절구질을 하지 않았다." 백성들이 생업을 접을 정도로 존경받았다. 한편, 백리해의 아내는 남편을 보낸 후, 생활고를 견디다 못해 아들을 데리고 이곳저곳을 떠돌며 남편을 찾던 중, 오랜 세월이 흐른 후 백리해가 진나라의 재상이 되었다는 소식을 듣고, 빨래하는 하녀가 되어 백리해의 집에 들어갔으나, 백리해 앞에 나서지 못하고 당상에 앉은 백리해를 멀리서 바라보며 노래를 부른다.

百里奚 五羊皮 憶別時
백 리 해 오 양 피 억 별 시

백리해! 양가죽 다섯 장이여! 이별하던 때 기억하는가?

烹伏雌 舂黃虀 炊扊扅
팽 복 자 춘 황 제 취 염 이

암탉을 잡고 서숙을 절구질하여 문짝으로 익히던

今日 富貴 忘我爲
금 일 부 귀 망 아 위

오늘날 부귀하시니 나를 잊으셨네.

百里奚 五羊皮
백 리 해 오 양 피

백리해! 염소가죽 다섯 장이여!

父粱肉 子啼饑
부 량 육 자 제 기

아버지는 좋은 음식 먹건만 자식은 배고파 우네.

夫文繡 妻澣衣
부 문 수 처 한 의

남편은 비단옷 입고 아내는 품삯 빨래하네.

嗟乎 富貴 忘我爲
차 호 부 귀 망 아 위

슬프다 부귀하시니 나를 잊으셨네.

百里奚 五羊皮
백 리 해 오 양 피

백리해! 염소가죽 다섯 장이여!

昔之日 君行易我啼
석 지 일 군 행 이 아 제

지난날 그대 떠날 때 나는 울었다.

今之日 君坐而我離
금 지 일 군 좌 이 아 리

오늘 그대 앉았건만 나는 떨어져 있도다.

嗟乎 富貴 忘我爲
차 호 부 귀 망 아 위

슬프다 부귀하시니 나를 잊으셨네.

이 노래를 들은 백리해가 놀라서 달려왔다. 수십 년 만에 부부는 다시 만났고, 아들 백리시는 훗날 진나라의 명장으로 이름을 날렸다.

昭公二十五年甲申 孔子年三十五 而季平子 與郈昭伯
소 공 이 십 오 년 갑 신 공 자 년 삼 십 오 이 계 평 자 여 후 소 백

以鬪鷄 故得罪魯昭公 昭公率師擊平子 平子與孟氏叔
이 투 계 고 득 죄 노 소 공 소 공 솔 사 격 평 자 평 자 여 맹 씨 숙

孫氏三家共攻昭公 昭公師敗 奔於齊 齊處昭公乾侯 其
손 씨 삼 가 공 공 소 공 소 공 사 패 분 어 제 제 처 소 공 건 후 기

後頃之 魯亂孔子適齊 爲高昭子家臣 欲以通乎景公 與
후경지 노란공자적제 위고소자가신 욕이통호경공 여

齊太師語樂聞韶音學之 三月不知肉味齊人稱之
제태사어악문소음학지 삼월부지육미제인칭지

소공 25년 갑신년(기원전 517년), 공자 나이 35세. 계평자가 후소백과 닭싸움으로 소공에게 죄를 얻었다. 소공이 군사를 이끌고 평자를 공격하자, 평자는 맹씨, 숙손씨 3家와 연합하여 함께 소공을 공격하였다. 소공의 군사는 패하여 제나라로 달아났다. 제나라는 소공을 건후에 거하게 하였다. 그 후 마침내 노나라는 혼란해졌다. 공자도 제나라로 가서 고소자의 가신이 되어 경공과 통하고자 하였다. 제나라 태사의 음악을 듣고 배우면서 3개월 동안 고기 맛을 알지 못하도록 심취하자 제나라 사람들이 칭송하였다.

＊ 당시 인기 있던 닭싸움에서 계평자는 닭의 머리에 가죽투구를 씌우고, 후소백은 닭의 발에 쇠 발톱을 끼우자, 계평자는 진노하여 후소백의 땅을 빼앗았다. 이에 소공이 계평자를 공격하였으나 패하여 제로 망명하였다. 공자도 禮가 무너진 노나라를 떠나서 제나라로 갔는데, 이 때 제나라는 음악이 매우 발달하여서, 공자는 음악담당 관리를 찾아가 가르침을 받았다. 특히 순임금이 만든 韶曲(소곡)에 깊은 감명을 받고 3개월 동안 침식을 잊고 배우셨다.

景公問政孔子 孔子曰 "君君 臣臣 父父 子子" 景公曰
경공문정공자 공자왈 군군 신신 부부 자자 경공왈

"善哉! 信如君不君 臣不臣父不父 子不子 雖有粟 吾
선재 신여군불군 신불신부불부 자부자 수유속 오

豈得而食諸" 他日 又復問政於孔子 孔子曰 "政在節
기득이식제 타일 우부문정어공자 공자왈 정재절

財" 景公說 將欲以尼谿田封孔子 晏嬰進曰 "夫儒者滑
재 경공열 장욕이니계전봉공자 안영진왈 부유자활

稽而不可軌法 倨傲自順 不可以爲下 破産厚葬 不可
계이불가궤법 거오자순 불가이위하 파산후장 불가

경공이 공자에게 정치를 묻자, 공자 왈, “군주는 군주답고 신하는 신하답고 아버지는 아버지답고 자식은 자식다워야 합니다.” 경공 왈, “옳은 말이오! 만약 군주가 군주답지 못하고 신하가 신하답지 못하고 아버지가 아버지답지 못하고 자식이 자식답지 못하면 비록 곡식이 있은들 내 어찌 그것을 먹을 수 있겠소!” 다른 날 경공이 다시 공자에게 정치를 묻자, 공자 왈, “정치는 재물을 절제하는 데 있습니다.” 경공이 기뻐하며 이계를 공자에게 봉하려하자, 안영이 나아와서 말하길, “무릇 유학자는 말재주가 있어서 법으로 규제할 수 없으며, 오만방자하여 아랫사람으로 두기 불가하며, 파산하면서 장례를 후하게 치르니,

---

* 滑 : 미끄러울 활. 稽 : 머무를 계.

以爲俗 游說乞貸 不可以爲國 自大賢之息周室旣衰 禮
이위속 유세걸대 불가이위국 자대현지식주실기쇠 례

樂缺有間 今孔子盛容飾 繁登降之禮 趨詳之節 累世不
악결유간 금공자성용식 번등강지례 추상지절 루세불

能殫其學 當年不能究其禮 君欲用之以以齊俗 非所以
능탄기학 당년불능구기례 군욕용지이이제속 비소이

先細民也”
선세민야

풍속으로 삼기 불가하고, 녹을 빌러 유세하러 다니니 나라를 위한다는 것은 불가합니다. 賢者는 사라지고 周왕실이 이미 쇠하였으며 禮樂이 어그러진 지가 오래입니다. 지금 공자는 용모를 성대히 꾸미고 의례 절차를 번거롭게 하고, 행동규범을 자세히 강조하고 있으나, 몇 세대를 배워도 다 배울 수 없으며 평생을 다해도 그 예를 터득할 수 없습니다. 군주께서 그를 채용하여 제나라 풍속을 바꾸시는 건, 백성을 다스리는 좋은 방법이 아닙니다.”

* 繁 : 번거로울 번. 趨 : 달릴 추. 殫 : 다할 탄.

後景公敬見孔子 不問其禮 異日 景公止孔子曰 "奉子
후경공경견공자 불문기례 이일 경공지공자왈 봉자
以季氏 吾不能" 以季孟之間待之
이계씨 오불능 이계맹지간대지

그 후, 경공은 공자를 공경하여 만나도 禮에 관해서는 묻지 않았다. 다른 날 경공이 공자를 붙잡고 말하길, "내가 그대를 季氏와 같은 지위로 대우할 수가 없소."라며 계씨와 맹씨 중간에 해당하는 대우를 해주었다.

齊大夫欲害孔子 孔子聞之 景公曰 "吾老矣 弗能用
제대부욕해공자 공자문지 경공왈 오노의 불능용
也" 孔子遂行 反乎魯
야 공자수행 반호로

제나라 대부들이 공자를 해치려는 것을 공자가 들었다. 경공이 말했다. "나는 늙었소. 등용할 수 없소이다." 공자는 드디어 노나라로 돌아왔다.

孔子年四十二 魯昭公卒於乾侯 定公立 定公立五年 夏
공자년사십이 노소공졸어건후 정공립 정공립오년 하
季平子卒 桓子嗣立 季桓子穿井得土缶 中若羊 問仲尼
계평자졸 환자사립 계환자천정득토부 중약양 문중니
云 "得狗" 仲尼曰 "以丘所聞 羊也 丘聞之木石之怪夔
운 득구 중니왈 이구소문 양야 구문지목석지괴기
罔閬 水之怪龍 罔象 土之怪墳羊"
망랑 수지괴룡 망상 토지괴분양

공자 42세, 노 소공이 건후에서 죽고, 定公이 즉위하였다. 정공 5년 여름, 계평자가 죽고 桓子가 대를 이었다. 季桓子는 우물을 파다가 흙으로 만든 그릇을 얻었는데 그 안에 羊과 같은 것이 있었다. 공자에게 묻기를 "개를 얻었다." 중니 왈, "제가 듣기는 양입니다. 제가 듣기로 나무와 돌의 요괴는 夔와 罔閬이고, 물의 요괴는 龍과 罔象, 흙의 요괴는 墳羊입니다."

---

* 缶 : 장군 부. 액체 담는 그릇, 질장구(진흙으로 만든 화로 모양의 악기)

吳伐越 墮會稽 得骨節專車 吳使使問仲尼"骨何者最大"仲尼曰"禹致群神於會稽山 防風氏後至 禹殺而戮之 其節專車 此爲大矣"吳客曰"誰爲神"

오벌월 타회계 득골절전차 오사사문중니 골하자최대 중니왈 우치군신어회계산 방풍씨후지 우살이륙지 기절전차 차위대의 오객왈 수위신

吳가 越을 쳐서, 수레에 가득 찰 만큼 큰 해골을 얻었다. 오왕이 使者를 보내어 공자에게 물었다. "해골은 누구의 것이 가장 큽니까?" 공자 왈, "禹왕이 會稽山에서 여러 神들을 불렀는데, 防風氏가 늦게 오자 우임금이 그를 죽였는데 수레 하나에 가득 찼다고 하는데 이것이 가장 큰 해골이오." 오객 왈, "누가 신입니까?"

仲尼曰"山川之神 足以綱紀天下 其守爲神 社稷爲公侯 皆屬於王者"客曰"防風何守"仲尼曰"汪罔氏之君守封禺之山 爲釐姓 在虞夏商爲汪罔 於周爲長翟 今謂之大人"

중니왈 산천지신 족이강기천하 기수위신 사직위공후 개속어왕자 객왈 방풍하수 중니왈 왕망씨지군수봉우지산 위리성 재우하상위왕망 어주위장적 금위지대인

공자 왈, "산천의 신은 천하를 주재하며 그것을 지키는 신이며, 사직은 公侯인

데 모두 王者에 속하오.” 객 왈, “방풍씨는 무엇을 지켰습니까?” 공자 왈, “왕망씨의 君長은 封山과 禺山을 지켰는데 성이 리씨였소. 虞, 夏, 商나라 때에는 汪罔, 周나라 때에는 長翟이라 하였고, 지금은 大人이라 하오.”

---

* 夔 : 외발짐승 기. 용과 비슷한 전설속의 외다리 동물.
* 閬 : 솟을대문 랑. 虞 : 헤아릴 우. 翟 : 꿩 적. 僬 : 밝게 살필 초

客曰 “人長幾何” 仲尼曰 “僬僥氏三尺 短之 至也長者
객 왈 인 장 기 하 중 니 왈 초 요 씨 삼 척 단 지 지 야 장 자

不過十之 數之極也” 於是吳客曰 “善哉聖人!”
불 과 십 지 수 지 극 야 어 시 오 객 왈 선 재 성 인

객 왈, “사람들의 키는 어느 정도입니까?” 중니 왈, “초요씨는 3尺으로 작고, 가장 큰 사람이라도 10배를 넘지 않는데 이것이 가장 큰 키요.” 이에 오나라 객 왈, “훌륭하신 성인이십니다!”

---

* 防風氏 : 3황 5제 시대에 太湖(태호)유역은 華夏(화하)족이 蠻夷戎狄(만이융적)의 땅이라 하였고, 많은 씨족 부락이 있었는데, 산해경 등 古書에 기재되어 있는 鑿齒民(착치민), 裸國民(나국민), 雕題(조제), 羽民(우민), 汪芒(왕망)씨 등이었다.

착치민은 강남(양자강) 오월의 조상으로 앞니 두 개를 뽑는 것이 美였다. 東夷의 羿(예)11)와 전쟁을 하면, 예가 활과 화살을 잡고 착치민이 방패를 잡았다.

나국민은 하우씨가 치수를 하기 위해 양자강 중, 하류인 裸國에 당도했을 때 현지인이 풍속을 따라 문신을 했다. 裸國은 옛 吳나라의 땅으로 지금의 蘇州(소주) 일대이다.

조제는 이마에 문신을 새기는 풍속이 裸國과 같다. 뿔로 만든 현판에 꽃 장식을 조각해 넣고, 치아를 검게 하고, 조상제사에 人肉을 사용하며 인골로 해장(醬 : 젓갈)을 담근다.

우민은 지금의 절강성 天目山 연해지구로, 우민국은 불사지향으로 瑪瑙(마노)로 항아리를 만들어 감로를 받아 씨족 수령에게 바친다.

---

11) 활로 나라의 여러 재앙을 막고, 토지를 황폐하게 만드는 풍신을 활로 쏘았고, 전설적인 요임금 시대에 하늘에 있던 10개의 태양 중 9개를 활로 쏘아 떨어뜨렸다.

왕망씨는 우민국의 남방부락으로 씨족 수령의 신체가 유달리 커서 防風氏라 했다. 후세 사람들은 왕망국을 長人國, 長夷國 등으로 불렀다.

桓子嬖臣曰仲梁懷 與陽虎有隙 陽虎欲逐懷 公山不狃
환자폐신왈중량회 여양호유극 양호욕축회 공산불뉴

止之 其秋 懷益驕 陽虎執懷 桓子怒陽虎因囚桓子 與盟
지지 기추 회익교 양호집회 환자노양호인수환자 여맹

而醳之 陽虎由此益輕季氏
이역지 양호유차익경계씨

桓子가 총애하는 신하 仲梁懷와 陽虎는 틈이 있었다. 양호가 내쫓으려고 하자 공산불뉴가 말렸다. 그 해 가을, 중양회가 더욱 교만해지자 양호가 회를 가두자 환자가 노하였다. 양호는 환자도 가두고, 맹세하게 한 후에 석방했다. 양호는 이로 말미암아 계손씨들을 더욱 가볍게 보았다.

季氏亦僭於公室 陪臣執國政 是以魯自大夫以下皆僭
계씨역참어공실 배신집국정 시이로자대부이하개참

離於正道 故孔子不仕 退而脩詩書禮樂 弟子彌衆 至自
리어정도 고공자불사 퇴이수시서례악 제자미중 지자

遠方 莫不受業焉
원방 막불수업언

계손씨들 역시 공실보다 참람하게 굴었기에 배신들이 나라의 국권을 잡았다. 이에 노나라 대부 이하 모두 정도를 떠났다. 고로 공자는 벼슬에서 물러나 詩, 書, 禮, 樂 등의 경전을 정리하였다. 제자들이 무리를 지어 먼 곳에서 이르니 수업을 안 할 수 없었다.

---

* 嬖 : 사랑 폐. 逐 : 좇을 축. 狃 : 친압할 뉴.
* 춘추시대 지위 : 王(天子) → 諸侯(公) → 大夫(제후 신하) → 陪臣(대부의 家臣)

定公八年 公山不狃不得意於季氏 因陽虎爲亂 欲廢三
정공팔년 공산불뉴부득의어계씨 인양호위란 욕폐삼

桓之適 更立其庶孽陽虎素所善者 遂執季桓子 桓子詐
환지적 경립기서얼양호소소선자 수집계환자 환자사

之 得脫
지 득탈

노 정공 8년, 공산불뉴는 계씨에게 뜻을 얻지 못하자 양호와 반란을 일으켜 三桓의 적장자를 폐하고, 양호와 사이가 좋은 서자를 세우고자 마침내 계환자를 잡았다. 환자는 속임수로 벗어났다.

---

* 孽 : 서자 얼

定公九年 陽虎不勝 奔于齊 是時孔子年五十 公山不狃
정공구년 양호불승 분우제 시시공자년오십 공산불뉴

以費畔季氏 使人召孔子 孔子循道彌久 溫溫無所試 莫
이비반계씨 사인소공자 공자순도미구 온온무소시 막

能己用曰 "蓋周文武起豊鎬而王 今費雖小 儻庶幾乎"
능기용왈 개주문무기풍호이왕 금비수소 당서기호

欲往 子路不說 止孔子 孔子曰 "夫召我者豈徒哉?
욕왕 자로불열 지공자 공자왈 부소아자기도재

정공 9년, 양호는 이기지 못하자 제나라로 달아났다. 이때 공자의 나이 50세였다. 공산불뉴가 費邑에서 계씨에게 반기를 들고 사람을 보내 공자를 불렀다. 공자는 도를 추구한 지 오래 되었고, 시험해 볼 곳이 없던 때라 왈, "주문왕과 무왕은 풍과 호에서 왕업을 일으켰다. 지금 비가 비록 작지만 (풍, 호) 같지 않겠는가!"라며 가려고 하자, 子路가 기뻐하지 않으며 공자를 말렸다. 공자 왈, "대저 나를 부르는 것이 어찌 무용한 일이겠는가?

如用我 其爲東周乎!" 然亦卒不行 其後 定公以孔子爲
여용아 기위동주호 연역졸불행 기후 정공이공자위

中都宰 一年 四方皆則之 由中都宰爲司空 由司空爲大
중도재 일년 사방개칙지 유중도재위사공 유사공위대

司寇
사구

나를 등용한다면 동주를 세울 수 있을 것이다!" 그러나 마침내 가지 않았다. 그 후, 정공이 공자를 中都의 邑宰로 삼자, 일 년 만에 사방의 제후들이 통치 방법을 따랐고, 중도의 읍재에서 司空이 되고, 사공에서 大司寇가 되었다.

---

* 나는 자주, 공자는 제자들을 잘 만나서 더욱 빛난 분이라고 강조한다. 50이 넘도록 도를 닦았으나 시험해 볼 수 없었으니 얼마나 답답했을까만, 만약 반역자와 손을 잡아서 설령, 이상 국가를 세웠다 할지라도 역사에서 聖人이라고 온전한 평가를 받을 수 있었을까? 聖人께서는 제자들의 말을 귀담아 들으셨고, 자신의 뜻을 고집하지 않으셨기에 오늘날의 공자가 계시는 것이리라.

定公十年春 及齊平 夏 齊大夫黎鉏言於景公曰 "魯用
정공십년춘 급제평 하 제대부려서언어경공왈 로용

孔丘 其勢危齊" 乃使使告魯爲好會會於夾谷 魯定公
공구 기세위제 내사사고로위호회회어협곡 로정공

且以乘車好往孔子攝相事
차이승차호왕공자섭상사

정공 10년(BC 500년 공자 52세) 봄, 제와 화친을 맺었다. 여름, 齊대부 黎鉏가 景公에게, "노나라가 孔丘를 중용하였으니 그 세가 제나라를 위태롭게 할 것입니다." 이에 노나라에 사자를 보내 친목하기로 하고, 夾谷에서 만나기로 했다. 노정공이 수레를 타고 가려하자, 공자가 회맹의 의식을 주재하는 禮를 맡겠다며

曰 "臣聞有文事 者必有武備 有武事者必有文備 古者
왈 신문유문사 자필유무비 유무사자필유문비 고자

諸侯出疆 必具官以從 請具左友司馬" 定公曰 "諾" 具
제후출강 필구관이종 청구좌우사마 정공왈 낙 구

左友司馬 會齊侯夾谷
좌우사마 회제후협곡

왈, "신이 듣기로는 文事에는 반드시 武를 갖추며, 武事에는 반드시 文을 갖춘다했습니다. 옛날에는 제후들이 疆域(강역)을 나갈 때는 반드시 관리들이 따랐습니다. 청컨대, 좌우 司馬를 갖추십시오." 정공이 허락하고 좌우사마를 갖추고 협곡에서 제경공을 만났다.

爲壇位 土階三等 以會遇之禮相見 揖讓而登 獻酬之禮
위단위 토계삼등 이회우지례상견 읍양이등 헌수지례

畢 齊有司趨而進曰 "請奏四方之樂" 景公曰諾 於是旍
필 제유사추이진왈 청주사방지악 경공왈낙 어시정

旄羽袚矛戟劍撥鼓噪而至孔子趨而進 歷階而登 不盡
모우발모극검발고조이지공자추이진 력계이등 부진

一等 擧袂而言
일등 거메이언

제단과 삼단의 흙 계단이 완성되자, 서로 만나 상견례하고 읍하며 양보하며 올랐다. 술잔을 주고받는 예를 마치자 제나라 관리가 달려 나와 말했다. "사방의 음악을 연주하도록 청하옵니다." 경공이 허락하자, 이에 꿩 털로 만든 모자를 쓰고, 가죽 옷을 입고, 칼과 방패 들고 북을 치며 요란하게 나왔다. 공자가 달려 나와 계단을 오르는데 한 계단은 오르지 않고 소매를 들고 말하였다.

---

* 獻 : 드릴 헌. 酬 : 갚을 수. 旍 : 깃발 정. 旄 : 깃대장식 모. 袚 : 오랑캐 옷 발. 噪 : 떠들썩할 조.

曰 "吾兩君爲好會 夷狄之樂何爲於此 請命有司" 有司
왈 오량군위호회 이적지악하위어차 청명유사 유사

卻之 不去 則左右視晏子與景公 景公心怍 麾而去之 有
각지 불거 즉좌우시안자여경공 경공심작 휘이거지 유

頃 齊有司趨而進曰
경 제유사추이진왈

왈, "양 군주께서 우호를 맺으시는 자리에 夷狄(이적)의 노래가 어찌 연주되는가? 청컨대 물러나게 하십시오!" 관리들이 물러가게 했으나 물러나지 않고, 좌우로 경공과 안영의 눈치를 살폈다. 경공이 부끄러운 마음에 팔을 휘둘러 물러나게 했다. 잠시 후 齊官吏가 나와 말했다.

"請奏宮中之樂" 景公曰 諾 優倡侏儒爲戲而前 孔子
청주궁중지악 경공왈 낙 우창주유위희이전 공자

趨而進 歷階而登 不盡一等 曰 "匹夫而營惑諸侯者罪
추이진 력계이등 부진일등 왈 필부이영혹제후자죄

當誅 請命有司" 有司加法焉 手足異處 景公懼而動 知
당주 청명유사 유사가법언 수족이처 경공구이동 지

義不若 歸而大恐 告其群臣曰
의불약 귀이대공 고기군신왈

"궁중의 음악을 연주하도록 청하옵니다." 경공이 허락하자, 광대와 난쟁이가 재주를 부리며 앞으로 나왔다. 공자가 달려 나가 계단을 올라가, 마지막 계단은 오르지 않고 말했다. "필부가 제후를 희롱한 자는 마땅히 목을 베야 합니다. 관리에게 명하여 처단해주십시오." 관리들이 법을 더하니 손과 발이 따로 떨어졌다. 경공이 행동을 두려워하며 도리를 아는 것이 같지 않다하고, 돌아가 크게 두려워하며 대신들에게 말했다.

"魯以君子之道輔其君 而子獨以夷狄之道 教寡人 使
로이군자지도보기군 이자독이이적지도 교과인 사

得罪於魯君 爲之奈何" 有司進對曰 "君子有過則謝以
득죄어로군 위지내하 유사진대왈 군자유과즉사이

質 小人有過則謝以文 君若悼之 則謝以質" 於是齊侯
질 소인유과즉사이문 군약도지 즉사이질 어시제후

乃歸所侵魯之鄆 汶陽 龜陰之田以謝過
내귀소침로지운 문양 구음지전이사과

"노나라는 군자의 도로써 그 군주를 보필하는데, 그대들은 夷狄의 도로써 과인을 이끌어 노 군주에게 죄를 얻었으니 어찌해야 하는가?" 관리가 나와서 왈, "군자는 잘못을 범하면 물질로써 사과하고, 소인은 잘못을 문장으로 합니다. 주군께서 사과하시려면 물질로써 하십시오." 이에 제후는 노나라에서 빼앗은 운, 문양, 귀음 땅을 돌려주고 사과했다.

---

* 輔 : 도울 보. 狄 : 오랑캐 적. 鄆 : 고을 운

定公十三年夏 孔子言於定公曰 "臣無藏甲 大夫毋百
정공십삼년하 공자언어정공왈 신무장갑 대부무백

雉之城" 使仲由爲季氏宰 將墮三都 於是叔孫氏先墮郈
치지성 사중유위계씨재 장타삼도 어시숙손씨선타후

정공 13년(기원전 497년 공자 55세) 여름, 공자가 定公에게 왈, "신하는 무기를 갖고 있으면 안 되며, 대부의 성은 100雉가 넘으면 안 됩니다." 仲由를 계손씨의 가신으로 보내어 장차 세 성을 타도하려 하자. 이에 숙손씨가 먼저 후읍을 허물고,

---

* 雉 : 꿩 치. 墮 : 떨어질 타

季氏將墮費 公山不狃 叔孫輒率費人襲魯 公與三子入
계씨장타비 공산불뉴 숙손첩솔비인습로 공여삼자입

于季氏之宮 登武子之臺 費人攻之 弗克入及公側 孔子
우계씨지궁 등무자지대 비인공지 불극입급공측 공자

命申句須 樂頎下伐之 費人北 國人追之 敗諸姑蔑 二子
명신구수 악기하벌지 비인배 국인추지 패제고멸 이자

奔齊 遂墮費 將墮成 公斂處父謂孟孫曰 "墮成 齊人必
분제 수타비 장타성 공렴처부위맹손왈 타성 제인필

至于北門 且成 孟氏之保鄣 無成是無孟氏也 我將弗
지우북문 차성 맹씨지보장 무성시무맹씨야 아장불

墮" 十二月 公圍成 弗克
타 십이월 공위성 불극

계씨도 費邑을 허물려하자[12] 邑宰인 공산불뉴와 숙손첩이 비읍의 군사들을 이끌고 노나라를 습격했다. 定公과 三家의 자식들이 계씨집 武子臺에 올랐다. 비인들이 공격하였으나 이기지 못하자, 정공 곁으로 들어왔다. 공자가 申句須와 樂頎에게 명하자 비인들이 달아났다. 국인들이 뒤를 추격하여 고멸에서 격파했다. 두 사람은 제로 달아나고, 드디어 비읍을 허물었다. 장차 성읍도 허물려는데 공렴처보(邑宰)가 맹손씨에게 말했다. "성읍을 격파하면 제나라 사람들이 반드시 북문에 이를 것입니다. 또 성읍은 맹손씨의 보루인데 이 곳 성읍이 없어지면 맹손씨도 없어집니다. 저는 허물지 못하겠습니다." 12월 공실의 군사가 포위했으나 이기지 못했다.

---

* 頎 : 헌걸찰 기. 郈 : 고을이름 후. 狃 : 친압할 뉴. 輒 : 문득 첩

* '협곡회담'으로 정치적 위상이 높아진 공자는 삼환씨를 꺾으려고 정공에게 '[周禮]에 大臣은 私兵을 소유하지 못하고, 大夫는 百雉之城[13]을 소유하지 못한다.'고 했다. 삼환씨는 각각 郕, 郈, 費성을 점거하고 있었는데, 계손씨는 家臣(양호)에게 당한 적이

12) 계씨는 양호에게 당한 적이 있어서 비읍을 허물려고 했다.
13) 1치는 높이 1장 길이 3丈으로 큰 성

있었고, 가신인 공산불뉴가 비성을 점거하고 있어서 이 기회에 공산불뉴를 제거하려는 의도로 동조했다. 공자는 '三都城 打倒'의 대역사를 시작하여(기원전 498년) 삼환 중에 가장 힘이 약한 숙손씨의 후성을 쉽게 철거하고, 공산불뉴의 비성도 철거하였으나, 맹손씨의 郕(땅이름 성)성은 정공이 친히 郕성을 포위했지만 타도하지 못했다. 그러나 전통적인 忠君尊王사상을 끌어내는 소득은 얻었다. 공자께서는 "집 안에 병기와 갑옷을 두는 것은 임금을 위협하는 짓이다." 하셨으니, 신하의 백치지성은 마땅히 철폐되어야 하는 것이다. 우리나라도 고려 광종, 조선의 권근, 태종도 사병철폐에 힘썼다. 公權力으로 무력을 통제하지 않으면 국정은 흔들리고, 백성들이 불안한 것은 어느 시대나 마찬가지겠지만, 세종 조처럼 균형을 이루어야 할 것이다.

定公十四年 孔子年五十六 由大司寇行攝相事 有喜色
정 공 십 사 년　공 자 년 오 십 륙　유 대 사 구 행 섭 상 사　유 희 색

門人曰 "聞君子禍至不懼 福至不喜" 孔子曰 "有是
문 인 왈　문 군 자 화 지 불 구　복 지 불 희　공 자 왈　유 시

言也 不曰 '樂其以貴下人' 乎?" 於是誅魯大夫亂政
언 야　불 왈　락 기 이 귀 하 인　호　어 시 주 로 대 부 란 정

者少正卯
자 소 정 묘

정공 14년 공자 56세. 大司寇 재상을 맡자 희색이 돌았다. 문인 왈, "군자란 화가 이르러도 두려워하지 않고, 복이 이르러도 기뻐하지 않는답니다." 공자 왈, "이런 말도 있지 않더냐? '귀하면서 낮은 사람을 귀중하게 여기는 즐거움도 있다'고?" 이에 노나라의 정치를 어지럽힌 대부 少正卯를 참했다.

與聞國政三月 粥羔豚者弗飾賈 男女行者別於塗 塗不
여 문 국 정 삼 월　죽 고 돈 자 불 식 가　남 녀 행 자 별 어 도　도 불

拾遺 四方之客至乎邑者不求有司 皆予之以歸 齊人聞
습 유　사 방 지 객 지 호 읍 자 불 구 유 사　개 여 지 이 귀　제 인 문

而懼 曰 "孔子爲政必霸 霸則吾地近焉 我之爲先幷矣
이 구　왈　공 자 위 정 필 패　패 즉 오 지 근 언　아 지 위 선 병 의

盍致地焉？”
합 치 지 언

국정을 맡은 지 3개월에 양고기와 돼지고기를 파는 장사들이 값을 속이지 않고, 남녀가 길을 걸을 때 따로 걷고, 길에 떨어진 것을 줍지 않았다. 사방의 객들은 읍에 와서 관리의 허가를 받지 않고 다 돌아갔다. 齊人들이 듣고 두려워하며 말했다. “공자가 정치를 맡았으니 패자가 될 것이다. 패자가 되면 가까운 우리나라가 먼저 병합될 것이다. 어찌 땅을 바치지 않는가?”

黎鉏曰“請先嘗沮之 沮之而不 可則致地 庸遲乎”於
려 서 왈 청 선 상 저 지 저 지 이 불 가 즉 치 지 용 지 호 어

是選齊國中女子好者八十人 皆衣文衣而舞康樂 文馬
시 선 제 국 중 녀 자 호 자 팔 십 인 개 의 문 의 이 무 강 악 문 마

三十駟 遺魯君 陳女樂文馬於魯城南高門外
삼 십 사 유 로 군 진 녀 악 문 마 어 로 성 남 고 문 외

여서 왈 “청컨대 먼저 막아보고 막아도 안 되면 그때 땅을 줘도 늦지 않습니다.” 이에 제나라 안의 미녀 80명을 뽑아서, 모두 다 고운 옷을 입히고 康樂舞를 가르쳐서, 무늬가 있는 말 120필이 끄는 30대의 수레에 태워 노나라에 보내어, 무희와 아름다운 말들을 곡부성 남문 밖에 진열시켰다.

季桓子微服往觀再三將受 乃語魯君爲周道游 往觀終
계 환 자 미 복 왕 관 재 삼 장 수 내 어 로 군 위 주 도 유 왕 관 종

日 怠於政事 子路曰“夫子可以行矣”孔子曰“魯今且
일 태 어 정 사 자 로 왈 부 자 가 이 행 의 공 자 왈 로 금 차

郊 如致膰乎大夫 則吾猶可以止”桓子卒受齊女樂 三
교 여 치 번 호 대 부 즉 오 유 가 이 지 환 자 졸 수 제 녀 악 삼

日不聽政 郊又不致膰俎於大夫 孔子遂行
일 불 청 정 교 우 불 치 번 조 어 대 부 공 자 수 행

계환자가 미복으로 두세 번 가서 보고, 장차 받으려고 魯侯와 두루 순시한다하고 종일 구경하느라, 정사를 게을리 했다. 자로 왈, "선생님께서 떠날 때가 됐습니다." 공자 왈, "이번에 郊祭지낼 때, 제사지낸 고기를 대부들에게 나누어주면 떠나지 않아도 될 것이다." 환자가 마침내 제나라 여자들을 받아들이고 3일 동안 정사를 듣지 않고, 교제를 지낸 제사음식을 대부들에게 나누어주지 않았다. 공자가 드디어 떠났다.

---

* 康樂舞 : 고운 옷을 입고 음란한 춤과 노래를 부르는 모양.
* 膰 : 제지낸 고기 번. 俎 : 도마 조

宿乎屯 而師己送曰 "夫子則非罪" 孔子曰 "吾歌可夫"
숙 호 둔 이 사 기 송 왈 부 자 즉 비 죄 공 자 왈 오 가 가 부

歌曰 彼婦之口 可以出走 彼婦之謁 可以死敗 蓋優哉游
가 왈 피 부 지 구 가 이 출 주 피 부 지 알 가 이 사 패 개 우 재 유

哉 維以卒歲" 師己反 桓子曰 孔子亦何言 師己以實告
재 유 이 졸 세 사 기 반 환 자 왈 공 자 역 하 언 사 기 이 실 고

桓子喟然嘆曰 "夫子罪我以群婢故也夫"
환 자 위 연 탄 왈 부 자 죄 아 이 군 비 고 야 부

屯에서 묵는데, 太師 己가 배웅하면서 말했다. "선생께서는 죄가 없습니다." 공자 왈, "내가 노래를 불러도 되겠는가?" 노래 왈, "군주가 여인의 말을 믿으면 군자는 떠나가고, 군주가 여인을 너무 가까이하면 신하와 나라는 망하도다. 유유자적하며 세월이나 보내리라." 악사 기가 돌아오자 환자가 물었다. "공자는 또 무슨 말을 하던가?" 기가 사실대로 고하자, 환자가 탄식하며 말하였다. "공자는 내가 제나라의 무녀를 받아들인 것을 책망하고 있구나!"

---

* 子路는 스승 앞에서도 거리낌 없고, 不義 앞에서는 당당히 자기주장을 내세웠다. 이때도 먼저 공자에게 떠날 것을 提示한다. 공자는 자로의 성급함과 무례를 지적하시면

서도 '베옷을 입고도 여우 털의 화려한 옷을 입은 사람 앞에서도 당당하다.' 하셨다

＊郊 : 제천행사 뒤, 신하들에게 보내는 祭物을 공자에게는 보내지 않았다. 祭物을 대부들에게 나누는 것이 당시의 예인데 정공이 이를 베풀지 않았다. 정공의 태도에 실망한 공자는 마침내 노나라를 떠난다.

＊飮福 : 제사를 마치고 후손들이 祭需나 祭酒를 먹는 것으로, 음덕을 입어 자손들이 잘 살게 해달라는 뜻을 가지고 있다.

孔子遂適衛 主於子路妻兄顔濁鄒家 衛靈公問孔子居
공자수적위 주어자로처형안탁추가 위령공문공자거

魯得祿幾何 對曰"奉粟六萬" 衛人亦致粟六萬 居頃之
로득록기하 대왈 봉속륙만 위인역치속륙만 거경지

或譖孔子於衛靈公
혹참공자어위령공

공자가 드디어 위나라에 가서, 자로의 처형 안탁추의 집에 묵었다. 위영공이 공자에게 물었다. "노나라에서 녹은 얼마나 받았소?" 대답하길, "조 6만斗를 받았습니다." 衛나라에서도 또한 조 6만 두의 봉록을 주었다. 이곳에 거한 지 얼마 안 되어 혹자가 위영공에게 공자를 참소하였다.

靈公使公孫余假一出一入 孔子恐獲罪焉 居十月去衛
령공사공손여가일출일입 공자공획죄언 거십월거위

將適陳 過匡 顔刻爲僕 以其策指之曰"昔吾入此 由彼
장적진 과광 안각위복 이기책지지왈 석오입차 유피

缺也" 匡人聞之 以爲魯之陽虎 陽虎嘗暴匡人 匡人於
결야 광인문지 이위로지양호 양호상폭광인 광인어

是遂止孔子 孔子狀類陽虎 拘焉五日 顔淵後子曰"吾
시수지공자 공자상류양호 구언오일 안연후자왈 오

以汝爲死矣" 顔淵曰"子在 回何敢死!"
이여위사의 안연왈 자재 회하감사

영공이 공손여가로 하여금 출입을 감시하게 하자, 공자는 죄를 얻을까 두려워

서 10달을 머문 뒤 위나라를 떠났다. 陳으로 가다가 匡을 지날 때 제자 顔刻(마부역)이 말채찍으로 가리키면서 말했다. “옛날에 제가 이곳에 왔을 때는 저 부서진 성곽의 틈사이로 들어왔었습니다.” 이 말을 들은 匡人들은 노나라 陽虎로 알았다. 양호는 일찍이 匡人들에게 사납게 굴었다. 匡人들이 몰려와 공자를 막았는데 공자의 형상이 양호와 닮아서 5일이나 잡혀 있었다. 안연이 뒤에 오자 공자 왈, “나는 네가 亂 중에 죽은 줄 알았다.” 안연 왈, “선생님이 계신데, 제가 어찌 감히 죽겠습니까?”

---

* 제자를 사랑하는 스승의 마음과 스승을 존경하는 마음이 감동이다.

匡人拘孔子益急 弟子懼 孔子曰“文王旣沒 文不在玆
광인구공자익급 제자구 공자왈 문왕기몰 문부재자

乎 天之將喪斯文也 後死者不得與于斯文也 天之未喪
호 천지장상사문야 후사자부득여우사문야 천지미상

斯文也 匡人其如予何”
사문야 광인기여여하

광인들이 공자 일행을 잡고 더욱 압박하는 것을 두려워하는 제자들에게 공자 왈, “文王은 이미 돌아가셨으니 그 문화가 여기 있지 않은가? 하늘이 장차 이 문화를 없앤다면, 후세는 이 문화를 얻을 수가 없을 것이다. 하늘이 이 문화를 없애지 않을 것인데, 匡人들이 우리를 어찌하겠는가?”

---

* 文王 : 殷나라 말의 西伯으로, 주나라를 일으켰다. 文은 문왕이 만든 禮樂과 法度, 文은 훗날 유교문화를 가리키는 말이 되었다.

孔子使從者爲甯武子臣於衛 然後得去 去卽過蒲 月餘
공자사종자위녕무자신어위 연후득거 거즉과포 월여

反乎衛 主蘧伯玉家
반호위 주거백옥가

공자는 따르던 제자로 하여금 寗武子의 가신으로 만든 후에야 갈 수 있었다. 포에 가서 지내다 한 달여 만에 위나라로 돌아와 거백옥의 집에 묵었다.

＊ 甯 : 차라리 녕. 蒲 : 부들 포. 蘧 : 풀이름 거

靈公夫人有南子者 使人謂孔子曰 "四方之君子不辱欲
령공부인유남자자 사인위공자왈 사방지군자불욕욕

與寡君爲兄弟者 必見寡小君 寡小君願見" 孔子辭謝
여과군위형제자 필견과소군 과소군원견 공자사사

不得已而見之 夫人在絺帷中 孔子入門 北面稽首 夫人
부득이이견지 부인재치유중 공자입문 북면계수 부인

自帷中再拜 環珮玉聲璆然
자유중재배 환패옥성구연

영공부인 南子가 사람을 시켜 공자에게 말하길, "사방의 군자들은 우리 군주와 더불어 형제 되지 못함을 부끄럽게 여기고, 반드시 부인을 만나는데 부인께서 뵙기를 원합니다." 공자가 감사하며 사양하다가, 부득이 남자를 만났다. 부인은 휘장 안에 앉아있었고, 공자는 문을 들어가서 북면하여 머리를 숙였다. 부인도 휘장 안에서 절을 두 번 올렸다. 부인 허리에 찬 패옥들이 아름다운 소리를 냈다.

孔子曰 "吾鄕爲弗見 見之禮答焉" 子路不說 孔子矢之
공자왈 오향위불견 견지례답언 자로불열 공자시지

曰 "予所不者 天厭之 天厭之"
왈 여소부자 천염지 천염지

공자 왈, "나는 부인을 접견하고 싶지 않았으나, 만나게 되었으니 예로 대했을

뿐이다." 자로가 기뻐하지 않자, 공자가 하늘에 맹세하며 왈, "내가 잘못했으면, 하늘이 용납하지 않을 것이다! 하늘이 용납하지 않을 것이다!"

---

* 絺 : 칡베 치. 帷 : 휘장 유. 稽 : 조아릴 계. 璆 : 아름다운 옥 구

居衛月餘 靈公與夫人同車 宦者雍渠參乘 出 使孔子爲次乘 招搖市過之 孔子曰 "吾未見好德如好色者也" 於是醜之 去衛 過曹 是歲 魯定公卒

거위월여 령공여부인동차 환자옹거참승 출 사공자위차승 초요시과지 공자왈 오미견호덕여호색자야 어시추지 거위 과조 시세 로정공졸

衛나라에 머문 지 한 달, 영공은 부인과 함께 수레를 타고 환관 옹거를 옆에 태우고 나가는데, 공자는 다음 차를 타게 하고 요란하게 시내를 지나갔다. 공자 왈, "나는 덕을 좋아하기를 색을 좋아하는 것과 같이 하는 자를 보지 못하였다." 이에 이 곳의 추한 정치에 실망하고 위나라를 떠나 曹나라로 갔다. 이 해에 魯定公이 죽었다.

---

* 宦 : 벼슬 환. 雍 : 화할 옹. 搖 : 흔들 요. 醜 : 추할 추
* 노정공 : 재위 15년. 기원전 495년, 공자의 나이 57세.
* 南子는 衛나라 32대 군주 靈公(영공)의 부인으로, 宋나라 공주로 正妃였다. 영공은 부인 남자를 위하여 송나라에서 異腹(이복)오빠 宋朝(송조)를 데려왔다. 송조는 宋子朝라고도 하며 송나라 왕자로 남자가 위나라로 시집오기 전에 송나라에서 정분이 있었다. 남자가 송조를 잊지 못하자, 영공은 송조를 위나라로 데리고 왔다는데 자세한 기록은 없고, 옹야편 16장에 "子曰자왈, 不有祝鮀之佞불유축타지녕, 而有宋朝之美이유송조지미, 難乎免於今之世矣난호면어금지세의. 자 왈, 축타의 말솜씨가 없이 송조의 미모만 있어서는 지금 세상에서 (화를) 면하기 어렵다."라는 말씀으로 송조가 등장한다.

[좌전]에 위나라 영공의 아들 태자 괴외는 영공 39년(BC 496) 제나라 군주와 송나라 군주가 洮(조)에서 회합하는데 참석하러 송나라의 시골 마을을 지나는데, 시골 사람들이 노래를 부르는데, "이미 그대의 암퇘지로 정했는데, 어찌 우리의 예쁜 수퇘지는

돌려주지 않는가?” 송나라에서 위나라로 데려간 南子와 宋朝를 빗댄 풍자노래라는 것을 알고, 수치심에 남자를 죽이려고 신하인 戱陽速(희양속)에게 ‘귀국하면 부인을 죽이라.’라 짰으나, 희양속은 자기만 죽임을 당할 것 같아서 나서지 않았다. 南子가 그들의 거동을 눈치 채고 달아나며 “괴외가 나를 죽이려 해요!” 소리치자, 영공이 달려와 남자와 樓臺(누대)로 몸을 피하고, 태자를 죽이려하자, 괴외는 송나라로 도망쳤다가 晉나라로 가서 趙簡子의 도움을 받으며 16년의 망명생활을 한다. 이후 3년 뒤 영공이 죽었지만 계승할 아들은 南子의 아들 영뿐이었는데 영이 固辭해서 결국 영공의 손자이자 괴외의 아들 輒(첩)이 계승하니 出公이다. 그는 망명 중인 아버지를 모실 생각이 없었으므로 훗날 부자간의 긴 다툼이 벌어진다. 자로는 음탕한 南子부인을 만난 스승에게 화가 났다.

＊ 趙鞅(조앙) : 조간자로 진의 六卿 중의 한 사람으로 范氏(범씨)와 中行氏의 亂(난)을 제압하고 조씨들의 봉지를 확대하여 전국칠웅 중의 하나인 조나라의 건국에 토대를 마련하였으며, 동생에 의해 쫓겨나 외지를 유랑하던 경왕을 복위시키는 데 큰 역할을 했다. 조나라를 세운 조양자의 아버지.

孔子去曹適宋 與弟子習禮大樹下 宋司馬桓魋欲殺孔子 拔其樹 孔子去 弟子曰 “可以速矣” 孔子曰 “天生德於予 桓魋其如予何!”

공자거조적송 여제자습례대수하 송사마환퇴욕살공자 발기수 공자거 제자왈 가이속의 공자왈 천생덕어여 환퇴기여여하

공자가 조나라를 떠나 송나라로 가서 제자들과 큰 나무 밑에서 예를 강론했다. 송나라의 사마환퇴가 공자를 살해하고자 그 나무를 뽑아서 공자가 떠났다. 제자들이 “속히 도망가자.” 하자, 공자 왈, “하늘이 나에게 천하에 덕을 펼치라 하였는데, 환퇴가 나를 어찌하겠는가?”

孔子適鄭與弟子相失 孔子獨立郭東門 鄭人或謂子貢曰 “東門有人 其顙似堯 其項類皐陶其肩類子產 然自要

공자적정여제자상실 공자독립곽동문 정인혹위자공왈 동문유인 기상사요 기항류고도기견류자산 연자요

以下不及禹三寸 纍纍若喪家之狗" 子貢以實告孔子 孔
이 하 불 급 우 삼 촌 류 류 약 상 가 지 구 자 공 이 실 고 공 자 공

子欣然笑曰 "形狀末也 而謂似喪家之狗 然哉然哉"
자 흔 연 소 왈 형 상 말 야 이 위 사 상 가 지 구 연 재 연 재

공자가 정나라에 도착했으나 제자들을 잃어버리고 공자 홀로 城郭東門 앞에 서있었다. 정나라 사람이 子貢에게 말했다. "동문에 사람이 있는데, 그 이마는 요임금과 같고, 그 목은 고요를 닮았으며, 그 어깨는 子産과 비슷한데, 허리 이하는 우임금보다 세 마디가 짧으며, 풀이 죽은 모습이 상가 집의 개와 같았습니다." 자공이 공자를 만나 그 사람의 말을 전하자, 공자가 유쾌하게 웃으며 말했다. "다른 모습은 내가 알지 못하겠으나, 상가 집 개와 같았다는 말은 맞다. 그렇지, 맞는 말이고말고!"

---

* 顙 : 이마 상. 項 : 목 항. 皐 : 언덕 고. 魋 : 사람이름 퇴. 纍 : 고달플 류
* 공자가 나무 밑에서 제자들에게 禮를 강론할 때 공자에게 창피를 당한 적이 있는 송나라 무관 사마환퇴14)가 한 무리의 병력을 이끌고 와서 공자를 죽이려고 나무를 찍어 쓰러뜨리며 위협하였다. 겨우 몸을 피해 鄭나라로 들어갔으나 일행을 잃고 喪家之狗(상가지구) 같다는 말을 들으며 陳나라로 갔다.

孔子遂至陳 主於司城貞子家 歲餘 吳王夫差伐陳 取三
공 자 수 지 진 주 어 사 성 정 자 가 세 여 오 왕 부 차 벌 진 취 삼

邑而去
읍 이 거

공자가 진나라에 이르러 사성정자의 집에 머무르기를 일 년여가 되었을 때, 오왕 부차가 진나라에 쳐들어와 세 고을을 빼앗은 후에 돌아갔다.

---

14) 격동기에 지위가 급상승한 벼락부자로 죽은 후에도 영생하고자 3년이 넘도록 석관을 만들고 있었다.

趙鞅伐朝歌 楚圍蔡 蔡遷于吳 吳敗越王句踐會稽 有隼
조앙벌조가 초위채 채천우오 오패월왕구천회계 유준

集于陳庭而死 楛矢貫之 石砮 矢長尺有咫 陳愍公使使
집우진정이사 고시관지 석노 시장척유지 진민공사사

問仲尼 仲尼曰 "隼來遠矣 此肅愼之矢也 昔武王克商
문중니 중니왈 준래원의 차숙신지시야 석무왕극상

通道九夷百蠻使各以其方賄來貢 使无忘職業
통도구이백만사각이기방회래공 사무망직업

조앙이 군사를 이끌고 위나라를 공격하여 朝歌를 빼앗았다. 초나라가 채나라를 포위하자 채나라는 오나라 땅으로 나라를 옮겼다. 오왕 夫差가 월왕 구천을 회계의 싸움에서 이겼다. 매 한 마리가 陳나라 궁전 뜰 안으로 날아와 죽었는데, 싸리나무 화살이 관통했고, 돌화살촉은 화살의 길이가 한 자 여덟 치였다. 진민공이 사람을 보내 공자에게 물었다. 공자 왈, "매는 먼 곳에서 오는데, 이것은 숙신족의 화살입니다. 옛날 무왕이 商을 이기고, 九夷와 百蠻으로 통하는 길을 열고, 각기 그 지방의 특산물을 바치게 하여 직무를 잊지 않도록 했습니다.

＊ 楛 : 싸리나무 고. 砮 : 돌살촉 노. 愍 : 근심 민. 蠻 : 오랑캐 만. 賄 : 뇌물 회.
＊ 九夷百蠻 : 온갖 이민족.

於是肅愼貢楛矢石砮 長尺有咫 先王欲昭其令德 以肅
어시숙신공고시석노 장척유지 선왕욕소기령덕 이숙

愼矢分大姬 配虞胡公而封諸陳 分同姓以珍玉 展親 分
신시분대희 배우호공이봉제진 분동성이진옥 전친 분

異姓以遠職 使无忘服 故分陳以肅愼矢" 試求之故府
이성이원직 사무망복 고분진이숙신시 시구지고부

果得之
과득지

이에 숙신족들은 싸리나무와 돌촉화살대를 바쳤는데, 길이가 한 자 여덟 치였습니다. 선왕께서 그 덕을 밝히고자 숙신의 화살을 太姬(큰딸)에게 주고, 우호공과 결혼시키고 陳에 봉했습니다. 同姓들에게는 진귀한 옥을 나누어주고 친척으로서의 임무를 행하게 하고, 異姓들에게는 먼 지방에서 바친 조공을 나누어주어 복종할 것을 잊지 않도록 하였습니다. 고로 진나라에게는 숙신에서 바친 화살을 주었습니다." 옛날 창고를 찾아보았더니 과연 있었다.

孔子居陳三歲 會晉楚爭彊 更伐陳 及吳侵陳 陳常被寇
공자거진삼세 회진초쟁강 경벌진 급오침진 진상피구

孔子曰"歸與歸與 吾黨之小子狂簡 進取不忘其初"
공자왈 귀여귀여 오당지소자광간 진취불망기초

於是孔子去陳
어시공자거진

공자는 진에서 3년을 보냈다. 세력을 다투던 초와 唐, 晉이 다시 陳나라를 치고, 오나라가 진나라를 침범했다. 진나라는 강대국들의 침략에 항상 시달렸다. 공자 왈, "돌아가자! 돌아가자! 내 고향의 젊은이들은 경솔하지만 진취적이고 처음 가졌던 마음을 잊지 않는다." 이에 공자는 진나라를 떠났다.

---

* 陳나라에서 3년을 지냈으나 진민공은 공자를 학자로만 존경했다.

過蒲 會公叔氏以蒲畔 蒲人止孔子 弟子有公良孺者 以
과포 회공숙씨이포반 포인지공자 제자유공량유자 이

私車五乘從孔子 其爲人長賢有勇力 謂曰"吾昔從夫子
사차오승종공자 기위인장현유용력 위왈 오석종부자

遇難於匡 今又遇難於此 命也已 吾與夫子再罹難 寧鬪
우난어광 금우우난어차 명야이 오여부자재리난 령투

而死"鬪甚疾 蒲人懼 謂孔子曰"苟毋适衛 吾出子"與
이사 투심질 포인구 위공자왈 구무괄위 오출자 여

之盟 出孔子東門 孔子遂适衛 子貢曰 盟可負邪 孔子曰
지맹 출공자동문 공자수괄위 자공왈 맹가부사 공자왈

"要盟也神不聽"
요맹야신불청

포를 지날 때, 공숙씨가 포에서 반란을 일으키자 蒲人들이 공자를 막았다. 제자 공량유는 사사로이 수레 다섯 대로 공자를 따랐는데, 그 사람됨이 長者요, 어질고 용력이 있었는데 이르길, "제가 옛날에도 선생님을 따르다가 匡땅에서 어려움을 만났는데 지금 또 어려움을 만나니 운명입니다. 제가 선생님과 다시 어려움에 빠지느니 차라리 싸우다 죽겠습니다."며 격렬하게 싸우자 포인들이 두려워서 공자에게 말했다. "만일 위나라로 들어가지 않겠다면 지나가게 해주겠소." 그들에게 맹세하고 공자는 동문으로 나와 드디어 위나라로 갔다. 자공이 말하길, "맹세를 저버리십니까?" 공자 왈, "강요된 맹약은 신도 듣지 않는다."

衛靈公聞孔子來 喜 郊迎 問曰 "蒲可伐乎" 對曰 可靈
위령공문공자래 희 교영 문왈 포가벌호 대왈 가령

公曰 "吾大夫以爲不可 今蒲 衛之所以待晉楚也 以衛
공왈 오대부이위불가 금포 위지소이대진초야 이위

伐之 无乃不可乎"
벌지 무내불가호

위영공이 공자가 온다는 소식을 듣고 기뻐하며 교외까지 마중 나와 물었다. "포읍의 반란을 진압할 수 있겠습니까?" 대답하길, "가능합니다." 영공 왈, "우리 대부들은 불가하다고 합니다. 지금 포읍은 초와 唐晉의 침략으로부터 지키는 바, 위나라가 공격한다면 불가하지 않겠습니까?"

孔子曰 "其男子有死之志 婦人有保西河之志 吾所伐
공자왈 기남자유사지지 부인유보서하지지 오소벌

者不過四五人” 靈公曰 “善” 然不伐蒲 靈公老 怠於政
자불과사오인 령공왈 선 연불벌포 령공로 태어정

不用孔子 孔子喟然嘆曰 “苟有用我者 朞月而已 三年
불용공자 공자위연탄왈 구유용아자 기월이이 삼년

有成” 孔子行
유성 공자행

공자 왈, “그곳의 남자들은 (위나라를 위해) 죽을 각오가 되어 있으며, 부녀자까지도 서하를 지키겠다는 뜻이 있습니다. 제가 생각하기에 토벌할 자는 4~5명에 불과합니다.” 영공 왈, “좋습니다.” 그러나 포읍을 토벌하지 않았다. 영공은 늙었고 정사에 태만하며 공자를 등용하지 않았다. 공자가 탄식하며 말했다. “진실로 나를 쓰는 자가 있다면 1년이면 자리가 잡히고 3년이면 성과가 있을 것이다!” 공자가 떠났다.

---

* 蒲 : 부들 포. 喟 : 한숨 위. 朞 : 돌 기

佛肹爲中牟宰 趙簡子攻范中行 伐中牟 佛肹畔 使人召
불힐위중모재 조간자공범중항 벌중모 불힐반 사인소

孔子 孔子欲往 子路曰 “由聞諸夫子 ‘其身親爲不善者
공자 공자욕왕 자로왈 유문제부자 기신친위불선자

君子不入也’ 今佛肹親以中牟畔 子欲往 如之何?” 孔
군자불입야 금불힐친이중모반 자욕왕 여지하 공

子曰 “有是言也
자왈 유시언야

불힐이 中牟의 읍재가 되자, 조간자가 범씨와 중행씨를 공격하고 중모를 치자, 불힐이 반기를 들고 사람을 시켜 공자를 부르자 공자 가려고 했다. 자로가 말하길, “제가 선생님께 듣기를 ‘스스로 선하지 못한 일을 한 자에게 군자는 가지 않는다.’ 하셨는데, 지금 불힐이 중모에서 반기를 들었는데 선생님께서는 가시려고 하니 어찌 된 일입니까?" 공자 왈, "이런 말도 있다.

不曰堅乎 磨而不磷 不曰白乎 涅而不淄 我豈匏瓜也哉
불 왈 견 호 마 이 불 린 불 왈 백 호 열 이 불 치 아 기 포 과 야 재

焉能系而不食"
언 능 계 이 불 식

견고한 것은 갈아도 얇아지지 않고, 흰 것은 물들여도 검어지지 않는다고 내가 어찌 박이 되겠는가? 어찌 매달려있기만 하고 먹을 수 없단 말인가?"

---

* 불힐 : 춘추시대 당진 범씨의 가신으로 중모의 읍재. 기원전 490년, 이때 공자는 광에서 풀려나 晉나라에 들어가려고 변경에 머물 때였는데, 범씨(이때는 조간자의 소속)의 가신인 필힐이 중모를 점거하고 독립을 선언하고, 공자에게 사람을 보내 서로 돕자고 제안하므로 공자가 응하려하자, 자로가 극구 비난하며 만류하자, 황하에 우두커니 서서 갈등하다가 끝내 중모로 가지 않고 衛나라로 들어가 거백옥의 집에 머물렀다. 이때 태자가 南子를 암살하려다 실패하고 晉나라로 도망가자, 위영공은 태자를 처벌하려고 공자에게 계책을 묻자, '제사에 관한 일이라면 잘 알지만, 전쟁에 대해서는 아는 것이 없다' 하고, 더 이상 위영공과 정치를 논할 수 없다고 위나라를 떠나 진나라로 가니 환갑이었다. 노나라를 떠난 지 5년, 환갑도 지났으나, 도를 펼 곳은 없고 따르던 많은 제자들도 하나둘 떠나가고 여기저기에서 고초를 겪으셨으니 그 심정이 오죽하셨을까? 공자는 불힐은 범씨의 家臣이었고, 주인이 조간자에게 당했으니 조간자에게 대항하는 것은 그 주인에 대한 의리이며 반역이 아닐 수 있다고 본 것은 아닐까? 사실 [좌전]과 [사기]에는 조간자가 晉公을 손에 넣고 범씨를 쳤다하니, 범씨의 신하인 불힐은 거점인 중모에서 독립을 선언하고 衛나라에 붙었는데, 진으로 보면 역적이지만 범씨의 家臣입장에서 보면 당연하였으리라.

孔子擊磬 有荷蕢而過門者曰 "有心哉 擊磬乎硜硜乎
공 자 격 경 유 하 궤 이 과 문 자 왈 유 심 재 격 경 호 갱 갱 호

莫己知也夫而已矣"
막 기 지 야 부 이 이 의

공자가 磬을 연주할 때, 망태기를 메고 문 앞을 지나던 자가 말했다. "깊은

생각에 빠져있구나, 경을 연주하는 사람이여! 쨍강 쨍강, 자기를 알아주는 사람이 없으면 그것으로 그만인 것을.”

＊磬 : 경쇠 경. 蕢 : 망태기 궤. 硜 : 돌 소리 갱

孔子學鼓琴師襄子 十日不進師襄子曰“可以益矣”孔
공 자 학 고 금 사 양 자 십 일 불 진 사 양 자 왈 가 이 익 의 공
子曰“丘已習其曲矣 未得其數也”有閑曰“已習其數
자 왈 구 이 습 기 곡 의 미 득 기 수 야 유 한 왈 이 습 기 수
可以益矣”孔子曰“丘未得其志也”有閑曰“已習其
가 이 익 의 공 자 왈 구 미 득 기 지 야 유 한 왈 이 습 기
志 可以益矣”
지 가 이 익 의

공자가 악사 사양자에게 거문고를 배우는데 10일이 지나도 진전이 없자, 사양자 왈, “이제는 다른 곡을 배워도 되겠습니다.” 공자 왈, “나는 이미 그 곡조는 익혔으나 연주하는 수법은 깨닫지 못했습니다.” 얼마 있다가 말하길, “이미 수법을 터득하셨으니 다른 곡을 배워도 되겠습니다.” 공자 왈, “丘가 그 뜻을 얻지 못했습니다.” 얼마 있다가 “그 뜻을 익혔으니 다른 곡을 배워도 되겠습니다.”

孔子曰“丘未得其爲人也”有閑曰有所穆然深思焉 有
공 자 왈 구 미 득 기 위 인 야 유 한 왈 유 소 목 연 심 사 언 유
所怡然高望而遠志焉 曰“丘得其爲人 黯然而黑 幾几
소 이 연 고 망 이 원 지 언 왈 구 득 기 위 인 암 연 이 흑 기 궤
然而長 眼如望羊 如王四國 非文王其誰能爲此也!”
연 이 장 안 여 망 양 여 왕 사 국 비 문 왕 기 수 능 위 차 야

공자 왈, “그 곡을 만든 사람이 누구인지 모르겠습니다.” 얼마 있다가, 평온한 가운데 깊이 생각하고 또 즐겁고 원대한 마음을 갖게 된 공자 왈, “내가 이제야

곡을 만든 사람의 됨됨이를 알게 되었습니다. 피부는 검고, 키는 크며, 눈은 빛나 멀리까지 볼 수 있는데, 마치 사방의 제후국을 다스리는 사람 같았으니 이는 문왕이 아니면 누구겠습니까?"

---

* 黯 : 검을 암

師襄子辟席再拜 曰"師蓋云文王操也"
사양자벽석재배 왈 사개운문왕조야

사양자가 자리에서 일어나 공자를 향해 절을 올리며 말했다. "스승께서도 이 곡의 이름을『文王操』라고 하셨습니다."

孔子旣不得用於衛 將西見趙簡子 至於河而聞竇鳴犢
공자기부득용어위 장서견조간자 지어하이문두명독

舜華之死也 臨河而歎曰 '美哉水 洋洋乎! 丘之不濟此
순화지사야 림하이탄왈 미재수 양양호 구지부제차

命也夫!' 子貢趨而進曰 "敢問何謂也" 孔子曰 "竇鳴
명야부 자공추이진왈 감문하위야 공자왈 두명

犢 舜華 晉國之賢大夫也 趙簡子未得志之時 須此兩人
독 순화 진국지현대부야 조간자미득지지시 수차량인

而后從政 及其已得志 殺之乃從政"
이후종정 급기이득지 살지내종정

공자는 위나라에서 등용되지 못하자 장차 서쪽으로 가서 晉나라의 조간자를 만나려고 했다. 황하에 이르러 竇鳴犢과 舜華가 피살된 소식을 듣고서 탄식해서 말했다. "아름답구나, 황하, 넓고 넓도다! 내가 이곳을 건너지 못하는 것은 또한 운명이로다!" 자공이 달려 나아가 물었다. "감히 여쭈오니 무슨 말씀입니까?" 공자 왈, "두명독과 순화는 晉나라의 어진 대부였다. 조간자가 뜻을 얻지 못했을 때 모름지기 이 두 사람의 도움으로 정치를 했는데, 이미 그 뜻을 얻자 그들을 죽이고 정권을 장악했다."

---

* 竇 : 구멍 두. 犢 : 송아지 독

丘聞之也 刳胎殺夭則麒麟不至郊 竭澤涸漁則蛟龍不
구 문 지 야 고 태 살 요 칙 기 린 부 지 교 갈 택 학 어 칙 교 룡 불
合陰陽 覆巢毁卵則鳳皇不翔 何則 君子諱傷其類也 夫
합 음 양 복 소 훼 란 칙 봉 황 불 상 하 칙 군 자 휘 상 기 류 야 부
鳥獸之於不義也尙知辟之 而況乎丘哉!"
조 수 지 어 불 의 야 상 지 벽 지 이 황 호 구 재

내가 듣기로 배를 갈라 어린 것을 죽이면 기린이 교외에 이르지 아니하고, 연못을 마르게 하여 고기를 잡으면 교룡이 음양의 조화를 이루지 않고, 둥지를 뒤엎어 알을 깨뜨리면 봉황이 날아오지 않는다. 왜냐하면 군자는 그 무리가 상하는 것을 꺼리기 때문이다. 대저 조수도 의롭지 못한 것을 오히려 피할 줄 아는데 하물며 이 丘에게서랴!"

乃還息乎陬鄕 作爲陬操以哀之 而反乎衛 入主蘧伯玉
내 환 식 호 추 향 작 위 추 조 이 애 지 이 반 호 위 입 주 거 백 옥
家 他日 靈公問兵陳 孔子曰 "俎豆之事則嘗聞之 軍旅
가 타 일 령 공 문 병 진 공 자 왈 조 두 지 사 즉 상 문 지 군 려
之事未之學也"
지 사 미 지 학 야

이에 추향에 돌아가 쉬면서 '陬操'를 지어 애도하고, 衛나라로 돌아가 거백옥의 집으로 들어갔다. 다른 날, 靈公이 兵法을 묻자, 공자 왈, "제사 지내는 일은 일찍이 들었으나, 군사의 일은 배우지 못했습니다."

明日 與孔子魚見蜚鴈仰視之 色不在孔子 孔子遂行 復
명일 여공자어 견비안 앙시지 색부재공자 공자수행 복

如陳
여진

다음날 공자와 더불어 물고기를 보다가 날아가는 기러기를 우러러보며 공자는 안중에 있지 않았다. 공자 드디어 陳나라로 돌아갔다.

夏 衛靈公卒 立孫輒 是爲衛出公 六月 趙鞅內太子蒯聵
하 위령공졸 립손첩 시위위출공 륙월 조앙내태자괴외

于戚 陽虎使太子絻 八人衰絰 僞自衛迎者 哭而入 遂居
우척 양호사태자문 팔인쇠질 위자위영자 곡이입 수거

焉 冬 蔡遷于州來 是歲魯哀公三年 而孔子年六十矣 齊
언 동 채천우주래 시세로애공삼년 이공자년륙십의 제

助衛圍戚 以衛太子蒯聵在故也
조위위척 이위태자괴외재고야

여름 위영공이 죽자 손자 첩을 세웠는데, 이가 위출공이다. 6월, 조앙이 태자 괴외를 척으로 받아들였다. 양호가 태자에게 絻을 입히고, 여덟 명에게 쇠질(衰絰)을 입혀 衛나라에서 온 영접자로 가장해 울며 들어와 드디어 살았다. 겨울에 蔡나라는 州來로 천도했다. 이듬해 魯哀公 3년, 공자 60세. 제의 도움으로 위나라가 척을 포위했는데, 위의 태자 괴외가 있었기 때문이었다.

---

* 輒 : 문득 첩. 鞅 : 가슴걸이 앙. 蒯 : 황모 괴. 聵 : 배내귀머거리 외. 絻 : 상복 문
* 衰絰(쇠질) : 상복을 입다. 喪服의 하나로 衰(최)는 상복의 가슴에 붙이는 길이 6寸 너비 4寸의 삼베 조각이고, 絰(질)은 머리에 두르는 수질(首絰)과 허리에 두르는 요질(腰絰). 衰 : 쇠할 쇠, 상복 최.
* 출공 : 위영공 42년(기원전 493년), 영공이 죽자, 세자 괴외의 아들이 대를 이으니 위 출공이다. 출공은 해외에 있는 아버지 괴외에게 왕위를 양보하지 않았고 모셔오려고도 않았다. 출공 12년(기원전 481년), '孔悝의 난'으로 출공은 노나라로 달아나고 그

아버지 괴외가 즉위한다. 이 과정에서 자로가 죽음을 당하여 젓갈에 담겨졌다.
＊ 후장공 : 괴외는 세자시절 南子의 음란함을 백성이 다 알고, 왕실의 체면이 손상되자 南子를 살해하려 했으나 일이 누설되는 바람에 晉나라의 실권자인 趙簡子(조앙)에게 달아났다. 아들에게서 왕위를 빼앗기 위하여 조앙과 공회의 도움으로 왕위에 오르나, 즉위하자마자 南子를 죽이고 포악한 정치를 하다가 결국 쫓겨나서 피살당한다. 권력쟁탈에는 천륜도 인륜도 없으니 참 통탄할 일이다.

夏 魯桓釐廟燔 南宮敬叔救火 孔子在陳 聞之 曰“災必
하 로환리묘번 남궁경숙구화 공자재진 문지 왈 재필

於桓釐廟乎?” 已而果然 秋 季桓子病 輦而見魯城 喟
어환리묘호 이이과연 추 계환자병 련이견로성 위

然歎曰“昔此國幾興矣 以吾獲罪於孔子 故不興也”
연탄왈 석차국기흥의 이오획죄어공자 고불흥야

여름, 노나라의 환공과 리공의 묘에 불이 나서 南宮敬叔이 불을 껐다. 공자는 陳나라에 있다가 듣고 말하길, “재해는 반드시 환공과 희공의 묘에서 났을 것이다.” 과연 그러했다. 가을에 季桓子가 병이 들어, 마차에 올라 노나라 도성을 바라보고 탄식하며 말했다. “이전에 이 나라는 거의 흥성할 수가 있었는데 내가 공자를 등용해서 그의 말을 듣지 않았던 까닭에 흥하지 못했다”

＊ 釐 : 다스릴 리. 燔 : 사를 번. 輦 : 손수레 련. 喟 : 한숨 위

顧謂其嗣康子曰“我卽死 若必相魯 相魯 必召仲尼”
고위기사강자왈 아즉사 약필상로 상로 필소중니

後數日 桓子卒 康子代立 已葬 欲召仲尼 公之魚曰
후수일 환자졸 강자대립 이장 욕소중니 공지어왈

“昔吾先君用之不終 終爲諸侯笑 今又用之不能終 是
석오선군용지부종 종위제후소 금우용지불능종 시

再爲諸侯笑”
재위제후소

그 후계자인 康子를 돌아보고 말했다. "내가 죽으면 노나라의 재상이 될 것이니 재상이 되면 반드시 공자를 초청해라." 얼마 후 계환자가 죽고 강자가 대를 이었다. 장례가 끝난 뒤 공자를 부르려고 했다. 公之魚가 말하길, "지난날에 선군께서 등용하려다가 못하여 마침내 제후의 웃음거리가 되었는데, 이제 또 등용하여 좋은 결과를 거두지 못하게 되면 이는 다시 제후들의 웃음거리가 될 것입니다."

康子曰 "則誰召而可" 曰 "必召冉求" 於是使使召冉求
강자왈 즉수소이가 왈 필소염구 어시사사소염구

冉求將行 孔子曰 "魯人召求 非小用之 將大用之也"
염구장행 공자왈 로인소구 비소용지 장대용지야

강자가 말했다. "그러면 누구를 초빙하면 좋겠소?" 공지어가 말했다. "반드시 冉求를 부르십시오." 이에 사람을 보내어 염구를 불렀다. 염구가 장차 가려고 하자 공자 왈, "우리 노나라 사람이 求를 부르는 것을 보니 이것은 작게 등용하려는 것이 아니라 장차 크게 등용하려는 것이리라."

是日 孔子曰 '歸乎歸乎! 吾黨之小子狂簡 斐然成章 吾
시일 공자왈 귀호귀호 오당지소자광간 비연성장 오

不知所以裁之" 子贛知孔子思歸 送冉求 因誡曰 "卽用
부지소이재지 자공지공자사귀 송염구 인계왈 즉용

以孔子爲招" 云
이공자위초 운

이날 공자 왈, "돌아가자, 돌아가자! 내 향당의 젊은이들은 뜻은 크지만 행하는 것에서는 소홀하고 거칠며, 문장은 훌륭하니 나는 어떻게 지도해야 좋을지 모르겠다." 子贛(貢)은 공자가 돌아갈 생각이 있음을 알고 염구를 전송하며 부탁하기를, "곧 등용되면 선생님을 초빙해주시오."라고 일렀다.

* 公之魚 : 노나라 대부. 노나라 公族 계손앙의 후손.

冉求既去 明年 孔子自陳遷于蔡 蔡昭公將如吳 吳召之
염구기거 명년 공자자진천우채 채소공장여오 오소지

也 前召公欺其臣遷州來 後將往 大夫懼復遷 公孫翩射
야 전소공기기신천주래 후장왕 대부구복천 공손편사

殺昭公 楚侵蔡 秋 齊景公卒
살소공 초침채 추 제경공졸

염구가 가고 다음 해에 공자는 陳에서 蔡나라로 옮겨갔다. 蔡昭公이 장차 오나라에 가려고 했는데, 오나라 왕이 불렀기 때문이었다. 앞서 소공이 신하들을 속이고 州來로 천도했다. 후에 장차 가려고 하자 대부들이 천도할까 두려워서 公孫翩이 소공을 쏘아 죽였다. 초나라가 채나라를 침공했다. 가을에 齊景公이 죽었다.

* 既 : 이미 기. 遷 : 옮길 천. 蔡 : 성 채. 翩 : 빨리 날 편

明年 孔子自蔡如葉 葉公問政 孔子曰 "政在來遠附
명년 공자자채여섭 섭공문정 공자왈 정재내원부

邇" 他日 葉公問孔子於子路 子路不對 孔子聞之 曰
이 타일 섭공문공자어자로 자로부대 공자문지 왈

"由 爾何不對曰 '其爲人也 學道不倦 誨人不厭 發憤
유 이하부대왈 기위인야 학도부권 회인부염 발분

忘食 樂以忘憂 不知老之將至' 云爾" 去葉 反于蔡
망식 낙이망우 부지노지장지 운이 거섭 반우채

다음 해 (BC 491년) 공자가 채나라에서 초나라의 섭읍으로 갔다. 섭공이 공자에게 정치를 묻자, 공자 왈, "정치란 먼 곳에서 찾아오게 하고 가까이 있는 사람들의 마음을 얻는 것입니다." 다른 날 섭공이 子路에게 공자에 관해 물었는

데, 자로는 대답을 못했다. 공자가 듣고 말하길, "由야, 너는 어찌 대답하지 못했는가! '그 사람됨이 도를 배우는 데 게으르지 않고, 사람을 가르치는 데 싫증내지 않으며, 일에 열중하면 먹는 것조차 잊으며, 음악을 들으면 근심을 잊으며, 장차 늙음이 이르는 것도 알지 못한다.'라고 너는 말하지 않았느냐?" 공자는 섭 땅을 떠나 채나라로 돌아갔다.

---

* 섭공 : 초나라 대부 沈諸梁(심재량)으로 심윤술의 아들. 섭공의 봉지인 섭읍은 지금의 하남성 섭현 남쪽의 초나라 땅. BC 491년 초나라에 내란이 일어나 白公 勝이 令尹 子西 등 초나라 대신들을 살해하고 楚 惠王을 감금하자, 섭공이 휘하의 군사들을 이끌고 郢城(영성)으로 진격하여 백공으로 하여금 자살하게끔 만들고 혜왕을 복위시켰다.

長沮桀溺耦而耕 孔子以爲隱者 使子路問津焉 長沮
장저걸닉우이경 공자이위은자 사자로문진언 장저

曰 "彼執輿者爲誰?" 子路曰 "爲孔丘" 曰 "是魯孔丘
왈 피집여자위수 자로왈 위공구 왈 시노공구

與?" 曰 "然" 曰 "是知津矣" 桀溺謂子路曰 "子爲誰?"
여 왈 연 왈 시지진의 걸닉위자로왈 자위수

長沮와 桀溺이 짝이 되어 밭을 갈고 있었다. 공자는 隱者라 여기고, 자로로 하여금 나루를 물어보게 하였다. 장저가 말하길, "저 수레를 잡고 있는 사람은 누구입니까?" 자로 말하길, "孔丘입니다." 장저가 말하길, "노나라의 공구입니까?" 자로가 말하길, "그렇습니다." 장저가 말하길, "그렇다면 나루터를 알고 있을 것입니다." 걸닉이 자로에게 일러 말하길, "그대는 누구십니까?"

曰 "爲仲由" 曰 "子孔丘之徒與?" 曰 "然" 桀溺曰 悠
왈 위중유 왈 자공구지도여 왈 연 걸닉왈 유

悠者天下皆是也 而誰以易之 且與其從辟人之士 豈若
유자천하개시야 이수이역지 차여기종피인지사 개야

從世之士哉!” 耰而不輟
종 세 지 사 재 　 우 이 불 철

자로가 말하길, “저는 仲由입니다.” 말하길, “공구의 무리입니까?” 말하길, “그렇습니다.” 걸닉이 말하길, “천하가 다 불안한데 누가 바꿀 수 있겠습니까? 또 사람을 피해 다니는 인사를 따라다니기보다는 세상을 피해 다니는 인사를 따라다니는 것이 좋지 않겠습니까?” 하고는 쟁기질을 그치지 않았다.

---

* 耰 : 씨 덮을 우. 輟 : 그칠 철

子路以告孔子 孔子憮然曰 “鳥獸不可與同群 天下有道
자 로 이 고 공 자 　 공 자 무 연 왈 　 조 수 불 가 여 동 군 　 천 하 유 도

丘不與易也” 他日 子路行 遇荷蓧丈人曰 “子見夫子
구 불 여 역 야 　 타 일 　 자 로 행 　 우 하 조 장 인 왈 　 자 견 부 자

乎” 丈人曰 “四體不勤 五穀不分 孰爲夫子!” 植其杖
호 　 장 인 왈 　 사 체 불 근 　 오 곡 불 분 　 숙 위 부 자 　 식 기 장

而芸 子路以告 孔子曰 “隱者也” 復往 則亡
이 운 　 자 로 이 고 　 공 자 왈 　 은 자 야 　 복 왕 　 즉 망

자로가 돌아가 공자에게 두 사람이 한 말을 전하자, 공자가 실망하며 말했다. “새나 짐승의 무리와 함께할 수는 없으니, 천하에 도가 있다면 나도 바꾸려 않을 것이다.” 다른 날, 자로가 길을 가다가 삼태기를 메고 가는 노인을 만나서 말하길, “우리 선생님을 보셨습니까?” 노인이 말하길, “사지를 부지런히 움직이지 않고, 오곡도 구분하지 못하면서 누가 선생이오?” 지팡이를 땅에 꽂아놓고 김을 맸다. 자로가 고하자 공자 왈, “은자이다.” 다시 갔으나 없었다.

---

* 蓧 : 삼태기 조.

孔子遷于蔡三歲 吳伐陳 楚救陳 軍于城父 聞孔子在陳
공자천우채삼세 오벌진 초구진 군우성부 문공자재진
蔡之間 楚使人聘孔子 孔子將往拜禮 陳蔡大夫謀曰
채지한 초사인빙공자 공자장왕배례 진채대부모왈
"孔子賢者
공자현자

공자가 채나라로 옮긴 지 3년이 되던 해, 오나라가 陳나라를 공격했다. 진나라를 구원하려는 초나라 군사들이 城父에 주둔했는데, 공자가 陳과 蔡 사이에 살고 있다는 소식을 듣고 초나라 사람을 보내 초빙했다. 공자가 장차 가서 예를 행하려는데, 陳과 蔡의 대부들이 알고 모의하여 말하길, "공자는 賢者라!

所刺譏皆中諸侯之疾 今者久留陳蔡之閒 諸大夫所設
소자기개중제후지질 금자구류진채지한 제대부소설
行皆非仲尼之意 今楚大國也 來聘孔子孔子用於楚 則
행개비중니지의 금초대국야 래빙공자공자용어초 즉
陳蔡用事大夫危矣"於是 乃相與發徒役圍孔子於野 不
진채용사대부위의 어시 내상여발도역위공자어야 부
得行
득행

그가 비난하는 바는 다 제후들의 잘못된 것이다. 지금 오랫동안 陳과 蔡나라를 오가며 살았다. 우리 두 나라의 대부들이 행한 바는 모두가 공자의 뜻과 맞지 않을 것이다. 지금 초나라는 대국인데 공자를 초빙하는 것은 그를 쓰려는 것인즉, 진과 채의 일을 맡은 대부들이 위험하지 않겠는가?" 이에 무리들과 더불어 들판에서 공자를 포위하고 가지 못하게 하였다.

---

* 城父성보 : 하남성 平頂山市 寶豐縣 동쪽에 있던 초나라의 요충지.

絶糧 從者病 莫能興 孔子講誦弦歌不衰 子路慍見 曰
절량 종자병 막능흥 공자강송현가불쇠 자로온견 왈

"君子亦有窮乎?" 孔子曰 "君子固窮 小人 窮斯濫矣"
군자역유궁호 공자왈 군자고궁 소인 궁사람의

子貢色作
자공색작

식량이 떨어지고 따르던 제자들은 병이 들어 일어나지 못하였으나, 공자는 강론하고 낭송하며 거문고를 타고 노래 부르며 쇠하지 않았다. 자로가 성을 내며 말했다. "군자도 또한 곤궁할 때가 있습니까?" 공자 왈, "군자는 곤궁함에 처해도 절제하지만, 소인은 곤궁하면 절제를 잃는다." 자공이 얼굴색이 변하자

孔子曰 "賜爾以予爲多學而識之者與?" 曰 "然非與?"
공자왈 사이이여위다학이식지자여 왈 연비여

孔子曰 "非也 予一以貫之" 孔子知弟子有慍心 乃召子
공자왈 비야 여일이관지 공자지제자유온심 내소자

路而問曰 "詩云 '匪兕匪虎 率彼曠野' 吾道非邪 吾何
로이문왈 시운 비시비호 솔피광야 오도비사 오하

爲於此?" 子路曰 "意者吾未仁邪? 人之不我信也 意者
위어차 자로왈 의자오미인사 인지불아신야 의자

吾未知邪? 人之不我行也" 孔子曰 "有是乎! 由 譬使仁
오미지사 인지불아행야 공자왈 유시호 유 비사인

者而必信 安有伯夷·叔齊?
자이필신 안유백이 숙제

공자 왈, "賜야! 너는 내가 아는 것이 많다고 생각하느냐?" 자공이 "그렇습니다. 아닙니까?" 공자 왈, "아니다. 나는 한 가지를 꿰고 있을 뿐이다." 공자께서 제자들이 속으로 화가 났음을 알고, 이에 자로를 불러 물었다. "詩에 이르길 '외뿔소도 아니요, 호랑이도 아닌 것이 저 넓은 광야를 헤매고 다니나!' 했는데, 내 도가 잘못되었는가? 우리가 어찌 이런 곤란을 당하느냐?" 자로가 말하길,

“우리가 어질지 못해서 사람들이 우리를 믿지 못해서가 아니겠습니까? 우리가 지혜가 부족해서 사람들이 우리를 가지 못하게 하는 것이 아니겠습니까?” 공자 왈, “이 정도였느냐? 유야! 비유하건데 어진 사람이라고 반드시 믿음을 얻는다면 어찌하여 伯夷와 叔齊가 있겠느냐?

---

* [詩經] <小雅>편(都人士之什) 제10편 ‘何草不黃’의 시구. ‘외뿔소나 호랑이도 아닌데 광야에서 노역하며 쉴 틈이 없는가?’ 한탄하는 시.

使知者而必行 安有王子比干?” 子路出 子貢入見 孔子
사 지 자 이 필 행 안 유 왕 자 비 간 자 로 출 자 공 입 견 공 자

曰 “賜詩云 ‘匪兕匪虎率彼曠野’ 吾道非邪? 吾何爲於
왈 사 시 운 비 시 비 호 솔 피 광 야 오 도 비 사 오 하 위 어

此?” 子貢曰 “夫子之道至大也 故天下莫能容夫子 夫
차 자 공 왈 부 자 지 도 지 대 야 고 천 하 막 능 용 부 자 부

子蓋少貶焉?” 孔子曰 “賜良農能稼而不能爲穡 良工能
자 개 소 폄 언 공 자 왈 사 량 농 능 가 이 불 능 위 색 량 공 능

巧而不能爲順 君子能脩其道 綱而紀之 統而理之而不
교 이 불 능 위 순 군 자 능 수 기 도 강 이 기 지 통 이 리 지 이 불

能爲容 今爾不脩爾道而求爲容 賜 而志不遠矣!”
능 위 용 금 이 불 수 이 도 이 구 위 용 사 이 지 불 원 의

지혜 있는 자가 반드시 행한다면 어찌 왕자 比干이 있겠느냐?” 자로가 나가자, 자공이 들어와 공자를 뵙자, 공자 왈, “賜야! 詩에 이르길, ‘외뿔소도 아니요, 호랑이도 아닌 것이 저 넓은 광야를 헤매고 다니나!’ 했는데, 내 도에 무슨 잘못이 있어서, 우리가 이런 곤란을 당해야 한단 말이냐?” 자공이 말하길, “선생님의 도가 지대하므로 천하가 선생님을 받아들이지 못하는 겁니다. 선생님께서 조금 낮추시는 것이 어떻겠습니까?” 공자 왈, “賜야! 훌륭한 농부가 씨 뿌리는 것은 잘할지라도 수확까지 잘한다고 볼 수 없고, 훌륭한 장인이 공교한 재주가 있다

해도 순리대로 되는 것은 아니다. 군자가 도를 닦아서 기강을 세워 다스릴 수는 있겠지만, 받아들여지는 것은 아니다. 지금 너는 너의 도를 닦지 않고, 용납되기를 구하느냐? 너의 뜻이 원대하지 않구나!"

---

* 比干 : 紂王의 숙부로 주왕의 폭정을 간하자, 주왕이 노하여 聖人의 심장은 어떻게 생겼는지 보자고 세워둔 채로 비간의 간을 꺼냈다.

子貢出 顔回入見 孔子曰 "回 詩云 '匪兕匪虎 率彼曠
자공출 안회입견 공자왈 회 시운 비시비호 솔피광

野' 吾道非邪?吾何爲於此?" 顔回曰 "夫子之道至大 故
야 오도비사 오하위어차 안회왈 부자지도지대 고

天下莫能容 雖然 夫子推而行之 不容何病 不容然後見
천하막능용 수연 부자추이행지 불용하병 불용연후견

君子! 夫道之不脩也 是吾醜也 夫道旣已大脩而不用 是
군자 부도지불수야 시오추야 부도기이대수이불용 시

有國者之也 不容何病 不容然後見君子!"
유국자지야 불용하병 불용연후견군자

자공이 나가고 顔回가 들어왔다. 공자 왈, "회야 詩에 이르길, '외뿔소도 아니요, 호랑이도 아닌 것이 저 넓은 광야를 헤매고 다니나!'라고 했는데 내 도에 무슨 잘못이 있어서 여기에서 우리가 이런 곤란을 당한단 말이냐?" 안회가 말하길, "선생님의 도는 너무 커서 천하가 선생님을 받아들일 수가 없습니다. 비록 그러하나 선생님께서 추진하여 행하시는데, 선생님의 도가 받아들여지지 않는다고 어찌 걱정하십니까? 받아들이지 않은 후에야 군자의 모습이 드러날 것입니다. 무릇 도를 닦지 않은 것은 우리의 수치입니다. 이미 큰 도가 있음에도 쓰지 않음은 나라를 운영하는 자들이 부끄럽게 여겨야 할 것입니다. 받아들이지 않는다고 근심하십니까?"

孔子欣然而笑曰“有是哉顔氏之子 使爾多財 吾爲爾
공 자 흔 연 이 소 왈 유 시 재 안 씨 지 자 사 이 다 재 오 위 이

宰” 於是 使子貢至楚 楚昭王興師迎孔子 然後得免 昭
재 어 시 사 자 공 지 초 초 소 왕 흥 사 영 공 자 연 후 득 면 소

王將以書社地七百里封孔子 楚令尹子西曰
왕 장 이 서 사 지 칠 백 리 봉 공 자 초 령 윤 자 서 왈

공자가 유쾌하게 웃으면서 말했다. “그렇구나! 안씨 집안의 아들이여! 네가 만일 큰 부자가 된다면 나는 너의 家宰가 되겠노라!” 이에, 자공을 초나라에 보냈다. 초 소왕이 군사를 보내 공자를 맞이한 연후에 면할[15] 수 있었다. 소왕이 장차 7백리에 이르는 서사 땅에 공자를 봉하려는데, 초나라 令尹 子西가 말했다.

“王之使使諸侯有如子貢者乎?” 曰 “無有” 王之輔相
왕 지 사 사 제 후 유 여 자 공 자 호 왈 무 유 왕 지 보 상

有如顔回者乎? 曰 無有 王之將率有如子路者乎? 曰 無
유 여 안 회 자 호 왈 무 유 왕 지 장 솔 유 여 자 로 자 호 왈 무

有 王之官尹有如宰予者乎? 曰 無有 且楚之祖封於周
유 왕 지 관 윤 유 여 재 여 자 호 왈 무 유 차 초 지 조 봉 어 주

虎爲子男五十里 今孔丘述三五之法 明周召之業 王若
호 위 자 남 오 십 리 금 공 구 술 삼 오 지 법 명 주 소 지 업 왕 약

用之 則楚安得世世堂堂方數千里乎? 夫文王在豊 武王
용 지 즉 초 안 득 세 세 당 당 방 삭 천 리 호 부 문 왕 재 풍 무 왕

在鎬 百里之君卒王天下 今孔丘得據土壤 賢弟子爲佐
재 호 백 리 지 군 졸 왕 천 하 금 공 구 득 거 토 양 현 제 자 위 좌

非楚之福也” 昭王乃止 其秋 楚昭王卒于城父
비 초 지 복 야 소 왕 내 지 기 추 초 소 왕 졸 우 성 부

“왕의 신하 중 제후들에게 사신으로 보낼만한 사람이 자공만한 인물이 있습니까?” 왈, “없소.” “왕의 신하 가운데 재상으로서 보필 받을 사람 중에 안회만한

---

15) 陳과 蔡 사이의 곤란

인물이 있습니까?" "없소." "왕이 거느린 장수 중 자로만한 인물이 있습니까?" "없소." "왕의 신하 중에 재여만큼 일을 잘하는 장관이 있습니까?" "없소." "또 우리 초나라의 조상은 주나라 왕으로부터 子·男에 봉해졌을 때 그 봉지는 사방 오십 리에 불과했습니다. 지금 공자는 三皇五帝의 治國 방법에 통달하여 周公과 召公이 이룬 공업에 밝으니, 만일 왕께서 등용하신즉 초나라가 당당하게 세세대대로 다스려온 사방 수천 리의 땅을 후손에게 물려줄 수 있겠습니까? 무릇 周文王은 豊에, 주무왕은 鎬에 도읍하여 사방 백 리의 땅에서 출발했으나 천하를 다스리는 천자가 되었습니다. 오늘 공자가 우리 초나라에서 봉함을 받아 그 땅을 얻게 되면, 어진 제자들의 보좌를 받아 나라가 크게 번성할 것인데, 그것은 결코 우리 초나라에 도움이 되는 일은 아닐 것입니다." 소왕이 이에 그만두었다. 그해 가을 초 소왕이 城父에서 죽었다.

---

* 書社 : 25채의 집을 한 마을로 하였다.
* 芈 : 양울 미
* 子西 : 초 소왕 때의 영윤 公子 申. 楚 平王의 庶弟로 평왕이 죽자 영윤이 초왕으로 추대하려고 했으나, 평왕의 아들 세자 珍을 세웠다. 소왕이 죽고 그의 아들인 惠王 2년(BC 487년)에 오나라에 망명하여 살던 太子 建의 아들 미승을 불러 소 땅에 봉하고 白公으로 호칭하였다. 후에 자서는 난을 일으킨 백공 미승에게 살해당했다.
* 子·男 : 周가 殷을 멸하고 제후들을 公, 侯, 伯, 子, 男 등의 5등급의 작위를 주어 봉했다. 그중 子와 男은 봉지가 사방 오십 리였고 초나라는 사작국이다.
* 周公 : 주나라 文公의 아들이요, 武王의 동생 公旦으로 무왕을 도와 주나라 창업에 큰 공을 세우고 魯나라에 封해졌으나 형과 조카를 보필하느라 아들 伯禽에게 노나라를 맡겼다
* 召公 : 姬奭(희석)은 旦과 함께 文王의 아들이며 무왕의 아우로, 무왕을 도와 은을 멸망시켰다. 武王 死後 成王이 어린 나이에 즉위하자 周公이 攝政(섭정)했는데, 소공이 주공을 의심해 은퇴하려고 하자, 주공은 탕 임금 때의 이윤, 태갑 때의 보형, 태무 때의 伊陟(이척)과 臣扈(신호)와 巫咸(무함), 祖乙 때의 巫賢, 武丁 때의 甘般(감반) 등을 들어 만류하면서 힘을 합해 성왕을 보좌할 것을 당부하므로 함께 성왕을 도와 주나라를

반석 위에 올리고 후에 燕에 封해졌다. 이들 형제(주공, 소공)와 강태공을 주나라의 창업공신인 三公이라 한다.

---

* 酆鎬(풍호) : 지금의 섬서성 서안시 서쪽의 주나라 도성.

楚狂接輿歌而過孔子 曰 "鳳兮鳳兮 何德之衰! 往者不
초광접여가이과공자 왈 봉혜봉혜 하덕지쇠 왕자불

可諫兮 來者猶可追也! 已而已而
가간혜 내자유가추야 이이이이

초나라에 미치광이 接輿가 노래를 부르며 공자의 곁을 지나갔다. "봉황새야! 봉황새야! 너의 덕은 어찌 이리 쇠락해졌단 말인가? 지난날의 잘못이야 돌이킬 수 없지만, 앞날의 잘못이야 피할 수 있으리! 그만두어라!

今之從政者殆而!" 孔子下 欲與之言 趨而去弗得與之
금지종정자태이 공자하 욕여지언 추이거불득여지

言 於是孔子自楚反乎衛
언 어시공자자초반호위

지금은 정치에 관여하면 위태롭나니!" 공자가 내려서 접여와 말을 하고자 했으나 그가 달아나서, 말을 나눌 수 없었다. 이에 공자는 초나라에서 衛나라로 돌아왔다.

---

* 接輿 : 춘추 때 초나라의 隱士. 성은 陸. 이름은 通. 接輿는 字. 미친척하며 세상을 피해 농사를 짓고 살았다. "초광접여"로 불렸다.

是歲也 孔子年六十三 而魯哀公六年也 其明年 吳與魯
시세야 공자년륙십삼 이로애공륙년야 기명년 오여로

會繒 徵百牢 太宰嚭召季康子 康子使子貢往 然後得已
회증 징백뢰 태재비소계강자 강자사자공왕 연후득이

이 해 공자의 年歲 63세였다. 노애공 6년. 그 다음해 오나라는 노나라와 繒에서 회합하고 百牢를 요구했다. 太宰 嚭가 季康子를 불렀다. 康子는 자공을 보낸 후에 면하게 되었다.

---

* 百牢 : 牛, 羊, 豕 각각이 1牢이며, 즉 소, 양, 돼지 각각 1백 마리.

* 伯嚭 : 초나라 사람으로 비무기의 모함으로 오나라로 망명한 후, 오자서를 찾아가자 오자서는 同病相憐(동병상련)의 정으로 합려에게 추천했으나 오자서를 誣告(무고)로 죽이고 太宰가 된 뒤, 越王(월왕) 구천의 뇌물을 받고 和議(화의)를 받아들이게 하여, 월나라가 오나라를 멸망시키는 빌미를 제공하였으나 월왕에게 죽임을 당하였다.

孔子曰 "魯衛之政兄弟也" 是時 衛君輒父不得立 在外
공자왈 노위지정형제야 시시 위군첩부부득립 재외
諸侯數以爲讓 而孔子弟子多仕於衛 衛君欲得孔子爲
제후수이위양 이공자제자다사어위 위군욕득공자위
政 子路曰 "衛君待子而爲政 子將奚先" 孔子曰 "必也
정 자로왈 위군대자이위정 자장해선 공자왈 필야
正名乎"
정명호

공자 왈, "노나라와 위나라의 정치는 형제 같다." 이때 위나라의 군주 輒의 부친은 자리를 얻지 못하고 국외에 있었다. 제후들은 양위해야 한다고 하였다. 공자의 제자들도 다수가 위나라에서 벼슬을 하고 있었는데, 위군은 공자를 얻어 정사를 맡기고 싶어 했다. 자로가 말했다. "위군주가 선생님께 정사를 맡기고자 하는데, 선생님께서는 장차 무슨 일을 먼저 하시겠습니까?" 공자 왈, "반드시 명분을 바르게 하겠다."

子路曰 "有是哉 子之迂也! 何其正也" 孔子曰 "野哉
자로왈 유시재 자지우야 하기정야 공자왈 야재

由也! 夫名不正則言不順 言不順則事不成 事不成則禮
유야 부명부정즉언불순 언불순즉사불성 사불성즉례

樂不興 禮樂不興則刑罰不中
악불흥 례악불흥즉형벌부중

자로가 말하길, "이러시니 선생님은 (현실)거리가 머십니다! 어떻게 그것을 바로잡겠습니까?" 공자 왈, "거칠구나, 由야! 대저 명분이 바르지 않으면 말이 순하지 못하고, 말이 불순하면 일을 이루지 못하며, 일을 이루지 못하면 예악이 일어나지 않는다. 예악이 일어나지 않으면 형벌이 적중하지 않고,

刑罰不中則民無所錯手足矣 夫君子爲之必可名 言之
형벌부중즉민무소착수족의 부군자위지필가명 언지

必可行 君子於其言 無所苟而已矣"
필가행 군자어기언 무소구이이의

형벌이 적중하지 않으면 백성들은 손발 둘 곳이 없다. 그러므로 군자는 반드시 명분에 맞아야 하고, 말은 반드시 행하니 군자의 그 말은 구차함이 없다."

其明年 冉有爲季氏將師 與齊戰於郎 克之 季康子曰
기명년 염유위계씨장사 여제전어랑 극지 계강자왈

"子之於軍旅 學之乎性之乎?" 冉有曰 "學之於孔子"
자지어군려 학지호성지호 염유왈 학지어공자

季康子曰 "孔子何如人哉" 對曰 "用之有名 播之百姓
계강자왈 공자하여인재 대왈 용지유명 파지백성

質諸鬼神而無憾 求之至於此道 雖累千社 夫子不利也"
질제귀신이무감 구지지어차도 수루천사 부자불리야

그 다음해 염유는 季氏의 명을 받고 장군이 되어 郎에서 제나라와 싸워서 이겼다. 季康子가 말했다. "그대는 군사에 관한 것을 배웠는가? 아니면 본래 그 방면에 재주가 있는 것인가?" 염유가 말했다. "공자께 배웠습니다." 계강자

말하길, “공자는 어떤 사람인가?” 대답하길, “등용하면 명성이 있게 되고, 백성에게 시행하거나 신명에게 고하거나 유감이 없을 것입니다. 이 길에 이른다면 비록 수천 社를 준다 해도 공자는 그 이익을 취하지 않을 것입니다.”

---

* 염구 : 字는 子有, 冉有. 陳蔡絶糧의 시기에 공자와 생사를 함께 함.

康子曰“我欲召之可乎？”對曰“欲召之 則毋以小人
강자왈 아욕소지가호 대왈 욕소지 즉무이소인

固之 則可矣”而衛孔文子將攻太叔 問策於仲尼 仲尼
고지 즉가의 이위공문자장공태숙 문책어중니 중니

辭不知 退而命載而行 曰“鳥能擇木木豈能擇鳥乎!”
사부지 퇴이명재이행 왈 조능택목목기능택조호

文子固止 會季康子逐公華 公賓 公林 以幣迎孔子 孔子
문자고지 회계강자축공화 공빈 공림 이폐영공자 공자

歸魯 孔子之去魯凡十四歲而反乎魯
귀로 공자지거노범십사세이반호노

강자가 말하길, “내가 부르고자 하는데 가능하겠소?” 대답하길, “부르신다면 소인들의 방해가 없다면 가할 것입니다.” 衛나라의 孔文子는 장차 太叔을 공격하려고 계책을 공자에게 물었다. 공자는 모른다고 사양하고 물러나 수레를 준비시켜 떠나면서 왈, “새는 나무를 가릴 수 있지만 나무가 어찌 새를 가릴 수 있겠는가!” 문자는 간곡히 반류했다. 계강자가 公華, 公賓, 公林을 내쫓고 폐백을 갖추어 공자를 영접하여 공자는 노로 돌아왔다. 공자는 노나라를 떠난 지 14년 만에 노나라로 돌아왔다.

---

* 陳蔡絶糧(진채절량)의 시기란, 陳나라가 전쟁에 말려들자 남쪽의 蔡나라로 피신할 때 겪었던 어려운 상황으로, 공자 일행이 오와 초의 병사들에게 잡혀서 진과 채 사이의 광야에서 식량이 떨어져 굶주림에 허덕였다. 晩年에 극도의 상황을 함께한 열 명의

제자를 孔門十哲이라 한다. 염구에 이어 자공도 계강자에게 발탁되어 가고, 이들이 계씨의 장군이 되어 제나라와의 싸움에서 공을 세우니, 계강자는 정치를 하지 않는다는 조건으로 공자를 불렀다. 염구, 자공, 유약을 대표로 파견하여 공자를 예로써 영접하니 애공 11년(기원전 484년) 68세였다.

魯哀公問政 對曰"政在選臣" 季康子問政曰"擧直錯諸枉 則枉者直" 康子患盜 孔子曰"苟子之不欲 雖賞之不竊" 然魯終不能用孔子 孔子亦不求仕
노애공문정 대왈 정재선신 계강자문정왈 거직착제왕 즉왕자직 강자환도 공자왈 구자지불욕 수상지불절 연노종불능용공자 공자역불구사

노 애공이 정치를 묻자, 대 왈, "정치는 신하를 잘 뽑는 데 있습니다." 계강자가 정치를 묻자 왈, "곧은 사람을 모든 굽은 사람 위에 두면, 굽은 사람도 곧게 됩니다." 강자가 도적을 근심하자, 공자 왈, "진실로 선생이 탐욕하지 않는다면, 비록 상을 준다 해도 훔치지 않을 것입니다." 그러나 노나라는 끝내 공자를 등용하지 않았고, 공자 또한 벼슬을 구하지 않았다.

---

* 錯 : 섞일 착. 竊 : 훔칠 절

孔子之時 周室微而禮樂廢 詩書欠 追跡三代之禮 序書傳 上紀唐虞之際 下至秦繆 編次其事 曰
공자지시 주실미이례악폐 시서흠 추적삼대지례 서서전 상기당우지제 하지진무 편차기사 왈

공자의 시대에는 周왕실이 쇠퇴해져 禮樂은 폐지되었고, 시와 서가 부족하였다. 공자는 3대의 예를 추적해 書傳의 순서를 정하는데, 위로는 堯舜시대부터, 아래로는 진무공에 이르기까지 그 사적을 차례로 엮고 왈,

“夏禮吾能言之 杞不足徵也 殷禮吾能言之 宋不足徵
하 례 오 능 언 지 기 부 족 징 야 은 례 오 능 언 지 송 부 족 징

也 足 則吾能徵之矣”
야 족 즉 오 능 징 지 의

“夏나라의 예는 내가 능히 말할 수 있지만, 기나라는 증명하기에 부족하다. 은나라의 예는 내가 말할 수 있지만, 송나라는 증명하기에 부족하다. (자료가) 충분했다면 나는 그것을 증명할 수 있었을 것이다.”

---

*虞 : 헤아릴 우. 繆 : 얽을 무

觀殷夏所損益 曰“後雖百世可知也 以一文一質 周監
관 은 하 소 손 익 왈 후 수 백 세 가 지 야 이 일 문 일 질 주 감

二代 郁郁乎文哉 吾從周” 故書傳 禮記自孔氏
이 대 욱 욱 호 문 재 오 종 주 고 서 전 례 기 자 공 씨

은과 하나라의 손익된 것을 보고 왈, “후로는 비록 백세가 지나도 알 수 있는데, 하나는(夏) 화려함을 중시하였고, 하나는(殷) 소박함을 중시했기 때문이다. 周왕조는 하, 은 2대의 제도를 귀감으로 삼아서, 그 문화는 참으로 풍성하고 화려하다. 나는 주나라를 따르겠다.” 고로 書傳과 禮記는 공자로부터 나왔다.

孔子語魯大師“樂其可知也˙始作翕如 縱之純如皦如
공 자 어 노 대 사 악 기 가 지 야 시 작 흡 여 종 지 순 여 교 여

繹如也 以成“吾自衛反魯 然後樂正 雅頌各得其所”
역 여 야 이 성 오 자 위 반 로 연 후 악 정 아 송 각 득 기 소

공자가 노나라의 太師에게 말했다. “음악을 연주하는 과정은 이해할 수 있다. 연주를 시작할 때에는 5음이 조화를 이루고, 그 다음으로는 청순하고 잘 어울려 끊이지 않고 잘 이어져 여운을 남김으로써 비로소 한 곡이 완성되는 것이다.” “내가 위나라에서 노나라로 돌아온 이후에 비로소 음악이 바르게 되고 ‘雅’와

'頌'이 각기 제자리를 찾았다."

---

* 皦 : 옥석 흴 교

古者詩三千余篇 至孔子 去其重 取可施於禮義 上采契
고자시삼천여편 지공자 거기중 취가시어례의 상채계

后稷 中述殷周之盛 至幽厲之缺 始於衽席 故曰關雎之
후직 중술은주지성 지유려지결 시어임석 고왈관저지

亂以爲風始 鹿鳴爲小雅始 文王爲大雅始 清廟爲頌始"
란이위풍시 록명위소아시 문왕위대아시 청묘위송시

옛날 詩가 삼천여 수였으나, 공자에 이르러 그 중복을 빼고 禮義에 합당한 것만 취했다. 위로는 契와 后稷, 중간에는 殷과 周의 성대함을 서술하고, 幽王과 厲王의 失政에 이르렀다. 서두에 남녀와 부부간의 감정을 서술했다. 그러므로 왈, "國風은 '關雎관저'로부터 시작했고, 小雅는 '鹿鳴'으로부터 시작했다. 大雅는 '文王'으로 시작했고, 頌은 '清廟'로 시작했다."

三百五篇孔子皆弦歌之 以求合韶武雅頌之音 禮樂自
삼백오편공자개현가지 이구합소무아송지음 례악자

此可得而述 以備王道 成六藝 孔子晩而喜易 序彖繫象
차가득이술 이비왕도 성륙예 공자만이희역 서단계상

說卦文言讀易 韋篇三絶 曰 "假我數年 若是 我於易則
설괘문언독역 위편삼절 왈 가아수년 약시 아어역칙

彬彬矣"
빈빈의

시경 305편을 공자가 다 거문고를 뜯으며 불러서 韶, 武, 雅, 頌의 음악에 맞추었다. 禮樂은 이로부터 회복되었다고 말할 수 있다. 이로서 왕도가 갖추어지고 六藝가 완성되었다. 공자 말년에 [주역]에 심취하여 象, 繫, 象, 說卦, 文言

을 서술했다. [주역]을 몇 번이나 반복해서 읽다가 책을 엮은 가죽 끈이 세 번이나 끊어지자(韋編三絶위편삼절) 왈, “나에게 몇 년을 빌려준다면 내가 [주역]의 文辭와 이치에 통달할 수 있겠다.” 하셨다.

＊契 : 사람이름 설, 맺을 계. 은의 시조. 五帝 중의 한 사람인 帝嚳의 아들로 禹임금이 舜임금 밑에서 황하의 치수 공사를 할 때, 우임금을 도와 공을 세워서 순임금으로부터 司徒로 임명되고 백성들을 교화시키는 임무를 맡았다.

＊周易 : 공자가 저술한 [주역]의 해설서인 [易傳]은 10편으로 十翼(십익)이라 부른다. 십익은 上彖상단, 下彖하단, 上象상상, 下象하상, 上繫상계, 下繫하계, 文言문언, 序卦서괘, 說卦설괘, 雜卦잡괘.

＊后稷후직 : 주나라의 시조. 어머니가 우연히 거인의 발자국을 밟은 후 임신하여 후직이 태어나자 상서롭지 못하다고 내다버렸는데, 짐승들이 보호하므로 다시 데려다 기르며 이름을 棄라 하였다. 기가 성장하여서 농사짓는 일을 좋아하여 씨를 뿌리고 수확하는 법에 정통하였다. 요임금이 후직을 農師에 임명하여 백성들에게 농사짓는 법을 가르치게 하였고, 순임금은 邰(태)에 封했다. 周는 그가 인류 최초로 기장과 보리를 기르기 시작했다고 생각하여 그의 이름에 稷자를 붙여 불렀다. 후세에 이르러 농사를 관장하는 신으로 받들어졌다.

孔子以詩書禮樂教 弟子蓋三千焉 身通六藝者七十有二人 如顏濁鄒之徒 頗受業者甚衆

공자이시서례악교 제자개삼천언 신통륙예자칠십유이인 여안탁추지도 파수업자심중

공자가 詩, 書, 禮, 樂을 가르쳤는데, 제자가 3천 명이 넘었고, 六藝에 통달한 자가 72명이었고, 안탁추처럼 가르침을 받고도 72명 중에 들어가지 못한 자들도 매우 많았다.

孔子以四教 文, 行, 忠, 信. 絶四 毋意 毋必 毋固 毋我.

공자이사교 문 행 충 신 절사 무의 무필 무고 무아

所愼 齊,戰,疾. 子罕言利與命與仁 不憤不啓 擧一隅不
소 신 제 전 질 자 한 언 리 여 명 여 인 불 분 불 계 거 일 우 불

以三隅反 則弗復也
이 삼 우 반 즉 불 부 야

공자는 네 가지 방면에서 가르쳤다. 文, 行, 忠, 信은 권장하고, 毋意, 毋必, 毋固, 毋我 넷을 못하게 했다. 신중하게 생각해서 함부로 말하지 않는 것은 齋戒, 戰爭, 疾病이었다. 공자는 利와 命과 仁에 대해서는 거의 말하지 않았다. 그가 제자들을 가르칠 때는 사람이 스스로 배우는 곤란을 당해, 번민하고 발분하지 않으면 깨우쳐주지 않았고, 한 가지 도리를 가르쳐서 세 가지 도리를 물어오지 않으면 다시 반복해서 말하지 않았다.

＊ 絶四 : 毋意는 억측하지 말 것, 毋必은 독단하지 말 것, 毋固는 고집하지 말 것, 毋我는 스스로 옳다고 여기지 말 것.

其於鄕黨 恂恂似不能言者 其於宗廟朝廷 辯辯言唯謹
기 어 향 당 순 순 사 불 능 언 자 기 어 종 묘 조 정 변 변 언 유 근

爾 朝與上大夫言 誾誾如也 與下大夫言 侃侃如也 入公
이 조 여 상 대 부 언 은 은 여 야 여 하 대 부 언 간 간 여 야 입 공

門 鞠躬如也 趨進 翼如也 君召使擯 色勃如也 君命召
문 국 궁 여 야 추 진 익 여 야 군 소 사 빈 색 발 여 야 군 명 소

不俟駕行矣
불 사 가 행 의

그 향당에서는 겸손하여 말을 못하는 사람처럼 보였으나, 그가 宗廟나 조정에 있을 때는 언변이 뛰어났지만 신중하였다. 조정에서 상대부들에게 더불어 말할 때는 평온하게 말을 잘하였으며, 하대부들과 말할 때는 온화하면서 강직하였다. 궁궐 문에 들어설 때는 몸을 공처럼 둥글게 굽히고, 달려 나갈 때는 날개가 있는 것 같았다. 군주가 불러서 손님을 영접하라는 명을 받았을 때는 얼굴에

엄숙한 기색으로 임했다. 군주가 부를 때는 수레를 기다리지 않고 급히 갔다.

＊ 黨 : 500家가 一黨.

魚餒 肉敗 割不正 不食 席不正 不坐 食於有喪者之側
어뇌 육패 할부정 불식 석부정 부좌 식어유상자지측

未嘗飽也 是日哭 則不歌 見齊衰瞽者 雖童子必變 "三
미상포야 시일곡 즉불가 견제쇠고자 수동자필변 삼

人行 必得我師"
인행 필득아사

상한 생선이나 변한 고기는 먹지 않고, 자리가 바르지 않으면 앉지 않았다. 상을 당한 사람 곁에서 음식을 먹을 때는 배불리 먹지 않고, 상가에서 곡을 한 날은 노래를 부르지 않았다. 상복을 입은 사람이나 맹인을 보면 비록 어린아이일지라도 반드시 얼굴빛이 변하였다. "세 사람이 길을 가면, 그 사람 중에 분명히 스승으로 모실만한 사람이 있을 것이다."

＊ 餒 : 굶주릴 뇌. 衰 = 縗 : 상복 최. 瞽 : 소경 고

"德之不脩 學之不講 聞義不能徙 不善不能改 是吾憂
덕지불수 학지불강 문의불능사 불선불능개 시오우

也"使人歌 善則使復之 然后和之 子不語 怪力亂神 子
야 사인가 선즉사부지 연후화지 자불어 괴력란신 자

貢曰 "夫子之文章 可得聞也 夫子言天道與性命 弗可
공왈 부자지문장 가득문야 부자언천도여성명 불가

得聞也已"
득문야이

"덕을 쌓지도 않고, 학문도 연마하지 않으며, 옳은 소리를 듣고도 행하지 않으며, 잘못이 있어도 고치지 않는 것이야말로 내가 걱정하는 것이다." 공자가 다른

사람에게 노래를 부르게 하여 잘 부르면 다시 부르게 한 다음 같이 따라 불렀다. 공자는 괴이한 것, 폭력, 문란한 것과 귀신에 대해서는 말하지 않았다. 자공이 말했다. "선생님의 문장은 배울 수 있으나, 선생님이 생각하시는 하늘의 도리나 사람의 본성과 운명에 대한 것은 들어본 적이 없다."

顔淵喟然歎曰 "仰之彌高 鑽之彌堅 瞻之在前 忽焉在
안 연 위 연 탄 왈 앙 지 미 고 찬 지 미 견 첨 지 재 전 홀 언 재

後 夫子循循然善誘人 博我以文 約我以禮 欲罷不能 旣
후 부 자 순 순 연 선 유 인 박 아 이 문 약 아 이 례 욕 파 불 능 기

竭我才 如有所立 卓爾 雖欲從之 蔑由也已"
갈 아 재 여 유 소 립 탁 이 수 욕 종 지 멸 유 야 이

안연이 탄식하며 말했다. "우러러볼수록 숭고하시고, 탐구할수록 견고하고 심오하며, 도가 앞에 있다고 바라보면, 홀연히 뒤에 있었다. 선생님께서는 조리 있게 사람을 잘 이끌어주시고, 문장으로 나를 박학하게 해주시고 禮로써 나를 절제토록 하시니 내가 파하려 해도 그럴 수가 없었다. 나의 온갖 재주를 다해 봤지만, 선생님의 학문은 높이 서 있어서 비록 따라가려고 해도 따라갈 방법이 없다."

達巷黨人童子曰 "大哉孔子 博學而無所成名" 子聞之
달 항 당 인 동 자 왈 대 재 공 자 박 학 이 무 소 성 명 자 문 지

曰 "我何執? 執御乎? 執射乎? 我執御矣" 牢曰 "子云
왈 아 하 집 집 어 호 집 사 호 아 집 어 의 뢰 왈 자 운

'不試 故藝' "
불 시 고 예

達巷의 黨人이 말했다. "참으로 위대하다, 공자여! 박학다식하지만 (하나로) 이름을 이루지 않으셨구나!" 공자가 듣고 왈, "나는 무엇을 잡을까? 수레를 잡을

까? 활을 잡을까? 나는 수레를 잡겠다!" 子牢가 말했다. "선생님께서 이르시길 '등용되지 않아서 技藝를 배울 수 있었다.'고 말씀하셨다."

---

* 달항은 지방 행정의 단위 이름이며, 그가 누구인지는 전해지지 않는다. 그는 박학하신 공자가 하나로 명성을 얻지 못함을 안타까워한다.

魯哀公十四年春 狩大野 叔孫氏車子鉏商獲獸 以爲不
노애공십사년춘 수대야 숙손씨차자서상획수 이위불
祥 仲尼視之 曰 "麟也" 取之 曰 "河不出圖 雒不出
상 중니시지 왈 린야 취지 왈 하불출도 락불출
書 吾已矣夫!"
서 오이의부

노 애공 14년(BC 478년 공자 69세) 봄 大野에 사냥을 나갔다. 숙손씨의 마부 서상이 짐승을 잡았는데 상서롭지 않다고 했다. 공자가 보고 왈, "기린이다." 사람들이 가져갔다. 공자 왈, "황하에서 (龍馬가 八卦圖를 물고) 나오지 않고, 雒水에서는 신령스러운 거북이 서판을 등에 지고 나오지 않으니 나도 끝이구나!"

顔淵死 孔子曰 "天喪予" 及西狩見麟曰 "吾道窮矣"
안연사 공자왈 천상여 급서수견린왈 오도궁의
喟然歎曰 "莫知我夫"
위연탄왈 막지아부

顔淵이 죽자 공자 왈, "하늘이 나를 망쳤구나!" 곡부의 서쪽에서 사냥한 기린을 보고 왈, "내 도가 다 끝났구나!" 탄식하며 왈, "내 도를 알아주는 사람이 없구나!"

子貢曰“何爲莫知子”子曰“不怨天不尤人 下學而上
자공왈 하위막지자 자왈 불원천불우인 하학이상

達 知我者其天乎!” “不降其志 不辱其身 伯夷·叔齊
달 지아자기천호 불강기지 불욕기신 백이 숙제

乎! 謂 柳下惠·少連降志辱身矣”謂“虞仲·夷逸隱
호 위 류하혜 소련강지욕신의 위 우중 이일은

居放言 行中清 廢中權 我則異於是 無可無不可”
거방언 행중청 폐중권 아즉이어시 무가무불가

자공이 말했다. “어찌 선생님의 도를 알지 못하겠습니까?” 자 왈, “나는 하늘을 원망하지 않고, 사람을 탓하지도 않으며, 아래에서 배워서 위로 이르려고 했을 뿐이다. 나를 알아주는 이는 하늘뿐이다.” “그 뜻을 낮추지 않고, 그 몸을 욕되게 하지 않은 사람은 伯夷와 叔齊이다. 이르시길 柳下惠와 少連은 뜻을 낮추고 몸을 욕되게 하였다. 虞仲과 夷逸은 은거하며 말하지 않았고, 행동은 깨끗하여 권세를 구하지 않았으나 나는 이와는 다르다. 가한 것도 불가한 것도 없다.

---

* 柳下惠 : 노나라 대부로 食邑이 柳下, 시호는 惠. 노나라에서 刑獄을 관장하였다. 魯僖公 26년(BC 634년) 齊가 魯를 공격하자 사람을 제나라 진영으로 보내 齊軍들을 물러나게 했다. 변설에 능하고 예절에 밝았다. 뛰어난 능력에도 불구하고 벼슬의 높고 낮음을 가리지 않았다.

* 少連 : 춘추 때의 賢士(현사), 東夷族(동이족)이라고만 알려졌다. 부모가 죽어 상을 당하자 삼 년 동안 슬퍼하였다.

* 虞仲 : 周文王은 고공단보의 손자이다. 고공단보의 장자는 太伯, 次子는 虞仲, 셋째가 季歷인데, 계력이 昌을 낳을 때 성스러운 조짐이 있었다. 태백과 우중은 고공단보가 셋째 아들인 계력을 후사로 세워 그 아들인 昌에게 周를 물려주고 싶어 하는 것을 알고, 두 사람은 荊蠻(형만)으로 달아나 그들의 풍습대로 몸에 문신을 하고 머리를 짧게 깎아서 계력에게 후계자의 자리를 양보하였다. 문왕의 아들 무왕이 은나라를 멸하고 태백과 우중의 후손을 찾아 제후에 봉하려고 하였으나, 태백은 후사가 없었다. 우중의 후손 周章은 오나라의 족장이 되었기에 그 동생인 虞仲을 찾아내어 하남성 평륙현

북쪽에 封했다. 이 나라가 假道滅虢(가도멸괵)이라는 고사성어에 나오는 虞나라이다.
＊夷逸 : 고대의 隱士(은사)로 세상일에 관심을 끊어서 화난을 피하려고 했다. 공자는 그의 소극적인 태도는 바람직하지 못하다고 평했다.

子曰“弗乎弗乎 君子病沒世而名不稱焉 吾道不行矣
자 왈 불 호 불 호 군 자 병 몰 세 이 명 불 칭 언 오 도 불 행 의
吾何以自見於後世哉?” 乃因史記作春秋 上至隱公 下
오 하 이 자 견 어 후 세 재 내 인 사 기 작 춘 추 상 지 은 공 하
訖哀公十四年 十二公 據魯 親周 故殷 運之三代 約其文
흘 애 공 십 사 년 십 이 공 거 로 친 주 고 은 운 지 삼 대 약 기 문
辭而指博
사 이 지 박

자 왈, “안 되겠다, 안 되겠다! 군자는 죽어서 이름이 후세에 칭송되지 않는 것을 걱정한다. 나의 도가 행해지지 않으니 나는 무엇으로 후세에 스스로를 나타내겠는가?” 이에 史書를 근거해서 [春秋]를 지으니, 위로는 隱公(은공)에서 아래로는 哀公 14년까지 열두 명의 군주로, 노나라를 근거로 삼고, 주나라의 정통성을 받들고, 은나라를 귀감으로, 夏하, 殷은, 周주 삼대의 법률을 계승하였다. 그 문사는 간결하지만, 그 내용은 넓었다.

故吳楚之君自稱王 而春秋貶之曰 子 踐土之會實召周
고 오 초 지 군 자 칭 왕 이 춘 추 폄 지 왈 자 천 토 지 회 실 소 주
天子 而春秋諱之曰 天王狩於河陽 推此類以繩當世 貶
천 자 이 춘 추 휘 지 왈 천 왕 수 어 하 양 추 차 류 이 승 당 세 폄
損之 義後有王者擧而開之
손 지 의 후 유 왕 자 거 이 개 지

고로 오와 초의 군주가 왕으로 자칭하자 [춘추]는 ‘子’로 낮추었다. 踐土의 會盟(회맹)에서는 실제로 주나라의 천자를 불렀지만 [춘추]는 그것을 피해 “천자가 河陽에 사냥을 나갔다.”고 했다. 이런 것으로 당세의 뜻을 바로잡고 낮게

평가하여 후에 왕들이 참고하도록 하였다.

---

* 繩 : 줄 승, 법도 승

春秋之義行 則天下亂臣賊子懼焉 孔子在位聽訟 文辭
춘추지의행 즉천하란신적자구언 공자재위청송 문사

有可與人共者 弗獨有也 至於爲春秋 筆則筆 削則削 子
유가여인공자 불독유야 지어위춘추 필즉필 삭즉삭 자

夏之徒不能贊一辭
하지도불능찬일사

[춘추]의 대의가 시행되면 곧 천하의 난신적자들이 두려워하게 될 것이다. 공자가 벼슬할 때 송사를 들으면, 문서를 사람들과 의논해야 할 때는 혼자서 판단을 내리지 않았지만, [춘추]에서는 기록할 것은 기록하고 삭제할 것은 삭제하여, 子夏같은 제자들조차 한마디도 거들 수 없었다.

弟子受春秋 孔子曰 "後世知丘者以春秋 而罪丘者亦以
제자수춘추 공자왈 후세지구자이춘추 이죄구자역이

春秋" 明歲 子路死於衛 孔子病 子貢請見 孔子方負杖
춘추 명세 자로사어위 공자병 자공청견 공자방부장

逍遙於門曰 "賜汝來何其晩也?" 孔子因歎歌曰 "太山
소요어문왈 사여래하기만야 공자인탄가왈 태산

壞乎 梁柱摧乎 哲人萎乎" 因以涕下
괴호 량주최호 철인위호 인이체하

제자들이 [춘추]의 뜻을 전수받은 후 공자 왈, "훗날 이 丘를 알아주는 사람이 있다면 [춘추] 때문일 것이고, 이 구를 책망하는 것 역시 [춘추] 때문일 것이다." 이듬 해(기원전 480년) 子路가 衛나라에서 죽었다. 공자가 병이 나자 자공이 뵙기를 청했다. 공자가 마침 지팡이를 짚고 문 앞을 거닐고 있다가 말했다.

"賜야, 너는 왜 이렇게 늦게 왔느냐?"라며 탄식하더니 노래를 불렀다. "태산이 무너지는가! 기둥이 부러지는가! 哲人이 죽는가!" 그리고 눈물을 흘렸다.

謂子貢曰 "天下無道久矣 莫能宗予 夏人殯於東階 周人於西階 殷人兩柱閒 昨暮予夢坐奠兩柱之閒 予始殷人也"
위자공왈 천하무도구의 막능종여 하인빈어동계 주인어서계 은인량주한 작모여몽좌전량주지한 여시은인야

공자가 자공에게 말했다. "천하에 도가 없어진 지 오래되었으니 아무도 나의 주장을 존중하지 않는구나. 하나라 사람들은 동쪽 계단에다 관을 모셨고, 주나라 사람들은 서쪽 계단에다 모셨으며, 은나라 사람들은 두 기둥 사이에다 모셨다. 어젯밤에 나는 두 기둥 사이에서 제사 받는 꿈을 꾸었으며, 내 선조가 은나라 사람이니라."

後七日卒 孔子年七十三 以 魯哀公十六年四月己丑卒 哀公誄之曰 "旻天不弔 不憖遺一老 俾屛余一人以在位 煢煢余在疚 嗚呼哀哉! 尼父 毋自律!" 子貢曰 "君其不沒於魯乎! 夫子之言曰 '禮失則昏 名失則愆 失志爲昏 失所爲愆'
후칠일졸 공자년칠십삼 이 노애공십륙년사월기축졸 애공뢰지왈 민천불조 불은유일로 비병여일인이재위 경경여재구 오호애재 니부 무자률 자공왈 군기불몰어로호 부자지언왈 례실즉혼 명실즉건 실지위혼 실소위건

7일 뒤에 공자가 세상을 떠났다. 공자 73세로 노애공 16년 4월 기축일에 졸하였다. 노애공이 조문에 말하길, "하늘이 불쌍히 여기지 않으셔서 노인 하나

남겨놓지 않으시니 나 한 사람만 군주의 자리에 버려두어 외로움에 괴롭도다. 아, 슬프다! 尼父여, 내가 법으로 삼을 사람이 없게 되었구나!" 자공이 말했다. "군주는 노나라에서 천명을 다할 수 없을 것이다! 선생님께서 말씀하시기를, '예를 잃은즉 어둡게 되고, 명분을 잃으면 잘못을 범한다. 뜻을 잃으면 어둡게 되고, 마땅한 바를 잃으면 잘못을 저지른다.' 하셨다.

生不能用 死而誄之 非禮也 稱'余一人' 非名也" 孔子葬魯城北泗上
생불능용 사이뢰지 비례야 칭 여일인 비명야 공자장로성북사상

살아계실 때 기용하지 못했으면서 죽은 후에 애도사를 지은 것은 예의가 아니다. '나 한 사람'이라고 칭한 것은 명분에 맞는 말이 아니다."라고 하였다. 공자는 노나라 도성의 북쪽 泗水가에 장례 지냈다.

---

* 스승을 조문하는 군주에게 노나라에서 천명을 다할 수 없다는 말은 얼마나 무서운 말인가? 자공만이 할 수 있는 말일 것이다.

弟子皆服三年 三年心喪畢 相訣而去 則哭 各復盡哀 或復留 唯子贛廬於冢上 凡六年 然後去 弟子及魯人往從冢而家者百有余室 因命曰孔里 魯世世相傳以歲時奉祠孔子冢 而諸儒亦講禮鄉飮大射於孔子冢
제자개복삼년 삼년심상필 상결이거 즉곡 각부진애 혹부류 유자공려어총상 범륙년 연후거 제자급로인왕종총이가자백유여실 인명왈공리 로세세상전이세시봉사공자총 이제유역강례향음대사어공자총

제자들이 다 3년간 복상했으며 3년의 애도를 마치고 서로 헤어지면서 통곡하고 각자 다시 애도하고 혹은 머물기도 했다. 오직 자공만이 무덤가에 여막을

짓고 6년을 지킨 후 떠났다. 제자들과 노나라 사람들이 무덤 근처에서 집을 짓고 산 사람이 100여 집이 되어서 '孔里'라 했다. 노나라는 대대손손 서로 전하여 계절마다 공자 무덤에 제사 드리고 유생들도 와서 공자의 무덤에서 예의를 강습하고 鄕飮과 大射를 행했다.

孔子冢大一頃 故所居堂弟子內 後世因廟藏孔子衣冠
공자총대일경 고소거당제자내 후세인묘장공자의관
琴車書 至于漢二百余年不絶 高皇帝過魯 以太牢祠焉
금차서 지우한이백여년부절 고황제과로 이태뢰사언
諸侯卿相至 常先謁然後從政
제후경상지 상선알연후종정

공자의 무덤은 크기가 1頃이나 되었다. 공자가 살던 집과 제자들이 거처하던 곳은 후세에 사당이 되었고, 공자의 의관, 악기, 수레, 책들을 소장했는데, 한나라 때에 이르기까지 200년 넘게 폐기하지 않았다. 高皇帝가 노나라를 지나면서 太牢로 제사를 지냈다. 제후, 경대부, 재상이 부임하면 항상 먼저 제사를 지낸 연후에 정무에 임했다.

孔子生鯉 字伯魚 伯魚年五十 先孔子死 伯魚生伋 字子
공자생리 자백어 백어년오십 선공자사 백어생급 자자
思 年六十二 嘗困於宋 子思作中庸
사 년륙십이 상곤어송 자사작중용

공자는 鯉를 낳았는데, 字伯魚였다. 백어는 나이 50세에 공자보다 먼저 죽었다. 백어는 伋을 낳았는데, 字는 子思였으며 62세까지 살았다. 일찍이 송나라에서 곤경에 처하였고 자사는 [中庸]을 지었다.

---

* 頃 : 이랑 경. 頃은 중국의 논밭 넓이를 재는 단위로 1경은 100畝, 10,000㎡.

공자는 19세에 송나라 幷官氏에게 장가들어 伯魚를 낳았는데 魯 昭公이 공자에게 잉어를 하사하였다. 공자는 선물을 영광스럽게 여기고 이로 인하여 아들의 이름을 鯉라고 하고 자를 伯魚라고 하였다. [공자가어 제39편]

* 子思 : 공자의 손자로 4서의 하나인 [중용]의 저자로 전해진다. 평생을 고향인 노나라에서 살면서 曾子에게서 학문을 배워 儒學의 연구와 전승에 힘썼다.

太史公曰 "詩有之 '高山仰止 景行行止' 雖不能至 然
태사공왈 시유지 고산앙지 경행행지 수불능지 연

心鄕往之 余讀孔氏書 想見其爲人 適魯 觀仲尼廟堂車
심향왕지 여독공씨서 상견기위인 적로 관중니묘당차

服禮器 諸生以時習禮其家
복례기 제생이시습례기가

태사공(사마천)이 말하길, "[시경]에 '높은 산은 우러러보고, 큰 길은 따라간다'라는 말이 있다. 비록 그 경지에 이르지는 못할지라도 마음으로 공경하며 따라간다. 나는 孔子의 저술을 읽고, 그 사람됨을 상상할 수 있었다. 노나라에 가서 공자의 사당, 수레, 의복, 禮器를 참관하고, 모든 유생들이 때때로 그 집에서 예를 익히는 것을 보았다.

余祗廻留之不能去云 天下君王至于賢人衆矣 當時則
여지회류지불능거운 천하군왕지우현인중의 당시즉

榮 沒則已焉 孔子布衣 傳十余世 學者宗之 自天子王侯
영 몰즉이언 공자포의 전십여세 학자종지 자천자왕후

中國言六藝者折中於夫子 可謂至聖矣!"
중국언륙예자절중어부자 가위지성의

나는 공경하는 마음이 우러나 머뭇거리며 능히 떠날 수가 없었다. 천하의 군왕에서 현인에 이르기까지 많은 사람들이 있었지만, 생존 당시에는 영화로웠으나 죽으면 그것으로 끝이었지만, 공자는 布衣로[16] 10여 세대를 지나왔어도

16) 벼슬을 안 했지만

학자늘이 추앙한다. 천자, 왕후로부터 나라 안의 六藝를 담론하는 모든 사람들에 이르기까지 다 공자의 말씀을 판단기준으로 삼으니, 참으로 최고의 성인이라고 말할 수 있다."

---

* 사마천의 [사기]는 황제에서 한 무제에 이르기까지 약 3천 년간의 기록이다. 치욕적인 궁형을 당하면서 [사기]를 저술한 것은, 史官 가문으로써 역사를 기록하는 것만이 '죽어도 사는 길'이라는 의식으로 그 죽기보다 힘든 궁형을 감내하였을 것이다. [사기]는 12본기, 연대기, 30세가, 열전 등 어마어마한 분량이다. 사마천이 인물을 기록한 것을 보면, 어떤 사상을 가지고 살았는지를 중요시한 것 같다. 즉 높은 이상과 훌륭한 인품이 觀點(관점)이지 삶의 성공과 실패는 觀點이 아니었다. 공자를 周公 다음의 위대한 聖人으로 보았으며, 제후들의 世家에 공자세가를 엮음으로써 공자의 위상을 높이었다.

제 2 부

논어 다시 태어나다

論語集註大全卷之十二

顔淵第十二

凡二十四章

顔淵問仁子曰克己復禮為仁一日克己復禮天下歸仁焉為仁由己而由人乎哉

仁者本心之全德慶源輔氏曰仁義禮智皆心之德而仁包義禮智故曰本心之全德克勝也朱子曰聖人下箇克字譬如相殺相似要克勝得他○克己亦別無巧法如孤軍猝遇強敵只是盡力舍死向前而已己謂身之私欲也問己私有三氣質之偏一也耳目口鼻之欲二也人我忌克之類三也孰是夫子所若朱子曰三者皆在裏者下文非禮勿視聽則耳目口鼻之欲較多○胡氏曰耳目口言

論語集註大全卷十二

논어집주 안연 제12

| 들어가기 |

[論語(논어)]는 20편으로 구성되었으며, 篇名(편명)은 그 편 1장의 머리글자를 제목으로 삼았다.

漢나라 때 전해진 논어는 魯論(노론), 齊論(제론), 古論(고론), 세 종류인데, 魯論은 공자가 노나라 사람이므로 지어진 이름이며, 齊나라에 전해진 것을 齊論, 공자의 집에서 나온 것을 古論이라 한다.

최초 魯論과 古論을 지은 사람들은 공자에게 들은 말씀을 모으고 인용한 유약과 증삼, 그리고 이들의 제자일 것이다. 공자의 수제자로 손꼽히는 안회, 6년의 시묘살이를 한 자공 외에 자로, 자하, 자장, 민자건 등 다른 제자들은 이름으로 指稱(지칭)되는데, 후기 제자에 속하는 유약과 증삼은 유자와 증자로 尊稱(존칭)되는 까닭이다.

孔子 死後에 제자들이 전국으로 흩어지면서 여러 파로 나뉘어졌다. 즉, 曾子와 子思의 계통인 內省派내성파[17]와 子夏와 子遊 계통인 崇禮派숭례파[18]로 나뉘고, 이 두 파는 孔門의 二流派로 유교의 기둥이 되어 후대 유학자들의 지침이 되었다.

魯論을 중심으로 古論과 齊論을 勘案(감안)하여 지금의 논어 20편으로 새롭게 편찬한 사람이 前漢末 安昌侯(전한 말 안창후)에 봉해졌던 張禹(~BC 5)이다. 이것에 주역을 단 사람들이 鄭玄(정현)[19]과 何晏하안[20]인데, 이들의 註釋(주

---

17) 反省, 마음 수양, 仁 重視
18) 禮 重視

석)을 古注라 하며, 주희의 [논어집주]를 新注라 한다.

아쉬운 점은 [論語]의 스무 편은 대부분 명확한 주제의식 없이 공자와 제자들과의 문답이나 일화와 시대비평 등을 수록한 것이다. 제자들이 논어를 엮으면서 좀 더 세심히 텍스트별로 나누어서 후세 학자들이 난해해 하는 부분이 없게 했으면 좋았으리라는 안타까움이 있다. 만약 안회에게 좀 더 시간이 있었더라면 가능했을까?

그러나 그 시대에 이 정도를 남긴 것도 얼마나 대단한 일인가!

이 글을 남기신 그 시대를 살아가신 분들께 감사드린다.

19) 127~200 後漢末 在野儒學者(재야유학자)로 자료가 별로 남아 있지 않음.
20) 193(?)~249 論語集解논어집해

第1章 學而

[논어]의 各 篇은 대부분 공자와 그 제자들의 문답이나 대화로 이루어졌는데, 각 편마다 각각의 성격이 있다. 특히, 첫 번째 장으로 편명을 삼았는데, 1장의 '때때로 배우고 익히면'을 따서 學而篇이라고 하였다.

제1편은 배우는 즐거움을 노래하며, 배우는 사람의 자기 수양적 태도를 생각하게 하는 편이다. 그리고 제1편은 유자, 증자의 계통인 노국학파에 의해 전승되었다고 보인다.

같은 공자의 제자이면서도 공자 사후 제자들이 각국으로 흩어지면서 각 학파의 성격 차이가 나타난다.

1. 子曰 學而時習之면 不亦悅乎아 有朋이 自遠方來면 不亦樂乎아 人不知而不慍이면 不亦君子乎아

자 왈, "배우고 때로 익히면 또한 기쁘지 아니한가, 벗이 먼 곳에서 찾아오면 또한 즐겁지 아니한가, 남이 알아주지 않아도 성내지 않으면 또한 군자가 아니겠는가."

---

* 慍 : 성낼 온

* 子 : 공자가 제자들을 젊은이, 자네들이라는 뜻으로 '小子'라고 부르고, 제자들은 선생님이라는 뜻으로 '子'라고 불렀다.

* 君子 : 君은 群에 통하고, 子는 존칭으로 朝廷 일에 참석하는 귀족이 갖추어야

할 교양과 품위를 뜻한다. 하급 士族 출신인 공자는 이 귀족적인 이상을 일반화시켜서 學者, 人格者, 求道者의 의미가 되었다.

2. 有子曰 其爲人也 孝弟오 而好犯上者 鮮矣니 好犯上이요 而好作亂者 未之有也니라. 軍子는 務本이니 本立而道生하나니 其爲仁之本與인저

유자가 말하길, "그 사람됨이 효도하고 공손하면서 윗사람 범하기를 좋아하는 자가 적으니, 윗사람 범하기를 좋아하지 않고 난을 일으키기를 좋아하는 자는 있지 않을 것이다. 군자는 근본에 힘쓸 것이니, 근본이 서면 도가 생길 것이다. 효도와 공손은 그 어진 것의 근본인 것이다."

---

* 有子 : 성 有. 이름 若. 공자보다 43세 아래. 공자 死後에 공자를 추모하는 제자들이 외모가 공자를 닮아서 스승의 자리에 앉히고 공자 섬기듯 한 적도 있으나 제자들의 질문에 대답을 못하여 내려왔다. 즉 외모는 닮았지만 학문은 닮지 못했나보다. 논어의 내용 중 가장 어려운 말이 유자의 말인 것 같고 난해하여 이해하기가 쉽지 않다.

* [논어]에서 '子'라는 존칭으로 불린 이는 유약, 증참, 염구뿐인데 노나라에서는 유약, 증참을 추종하는 학파가 세력을 잡았으니 유약과 증참의 제자들이 그 선생을 '子'로 존칭하였음이다.

3. 子曰 巧言令色이 鮮矣仁이니라.

자 왈, "교묘하게 꾸민 말과 얼굴빛에는 어진 사람이 드물다."

---

* 巧言令色 : 교묘한 말과 아첨하는 낯빛으로는 공자가 가장 중요하게 생각한 최고의 德인 仁이 함께 할 수 없다.

4. 曾子曰 吾 日三省吾身하나니 爲人謀而不忠乎아, 與朋友交而不信乎아, 傳不習乎아니라.

증자가 말하길, "나는 매일 나 자신을 세 번씩 반성한다. 남을 위해서 일을 하는데 정성을 다하였든가, 벗들과 더불어 사귀는데 신의를 다하였든가, 전수받은 가르침을 반복하여 익혔는가."

---

* 曾子 : 성은 曾, 이름은 參. 字는 子與. 공자보다 46세 아래로 공자의 문인 중에서는 연소 층에 속했는데, 공자 사후, 공자학파의 우두머리가 되어 유교의 정통을 계승했다. 그 문하에서 子思(공자의 손자)가 나오고 자사의 제자의 제자에게서 '孟子'가 나왔다.

* 傳不習乎 '제대로 익히지 못한 것을 남에게 전하지 않았던가.' 라고 해석하기도 한다.

5. 子曰 道千乘之國 敬事而信 節用而愛人하며 使民以時니라.

자 왈, "천승의 나라를 다스리는 도는, 일을 공경하여 믿음을 받고, 쓰기를 절약하고 사람을 사랑하고, 백성은 때에 맞게 부려야 한다."

---

* 殷, 周시대에서 춘추전국시대까지는 네 필의 말이 끄는 수레를 타고 전쟁을 했다. 국력은 몇 대의 전차를 동원할 수 있느냐로 측정했다. 千乘은 전차 천 대가 나올 수 있는 나라이다. 敬은 한 눈 팔지 않고 '敬事而信' 즉, 일에 전념하여 백성에게 믿음을 사고, 時는 농번기를 피하여야 한다. 나라를 다스리는 요체는 敬, 信, 節, 愛, 時 다섯 가지에 있으니 근본에 힘쓰라는 것. 백성에게 믿음을 얻지 못하면 끝이니 백성을 아끼며 반드시 씀씀이를 절제해야 한다.

6. 子曰 弟子入則孝하고 出則弟하며 謹而信하며 汎愛衆하

되 而親仁(이친인)이니 行有餘力(행유여력)어든 則以學文(즉이학문)라.

자 왈, "제자들은 집에 들어가면 효도하고, 나가면 공손하고, 삼가 신의가 있어야 하며, 많은 사람을 널리 사랑하고 어진 이와 친해야 한다. 이것을 행하고 남는 힘이 있거든 글을 배워야 하느니라."

---

* 본인의 직분을 충실히 하고, 힘이 남으면 글을 배워라. 그 직분은 다 하지 않고, 글을 먼저 배우면 자기를 위한 배움이 아니다. 즉, 덕행이 근본이고, 문예는 말단이니, 먼저 할 것과 나중에 할 것을 알아야 덕의 경지에 들어갈 수 있다. 여력이 없는데 글을 배우면 글의 본질이 없어지고, 여력이 있는데 글을 배우지 않으면, 성현이 이룬 법도를 살필 수 없고, 사리의 당연함도 알 수 없다.

7. 子夏曰(자하왈) 賢賢易色(현현역색)하며 事父母(사부모)호대 能竭其力事君(능갈기력사군) 能致其身(능치기신)하며 與朋友交(여붕우교)호대 言而有信(언이유신)이면 雖曰未學(수왈미학)이라도 吾必謂之學矣(오필위지학의)라 호리라.

자하가 말하길, "현인을 현인으로 여김에 낯빛을 바꾸어 공손하고, 어버이를 섬김에 그 힘을 다하고, 임금을 섬기되 그 몸을 바치고, 벗과 더불어 사귐에는 말에 믿음이 있으면 비록 배우지 않았더라도, 나는 반드시 학자라 하리라."

---

* 이 장은 가장 異說이 많은 장으로 해설이 난해하고 학자들의 의견이 분분하다. 당시에 '賢賢易色'이라는 격언이 있어서 현인 좋아하기를 바꾸어 색을 좋아하듯이 현인을 공경하라는 해석도 있다.

* 子夏 : 姓은 卜. 名은 商. 공자보다 44세 아래로 연소 층의 수제자. 증자 등은 노나라에 남아서 공자의 도를 계승했지만, 자하는 위나라로 가서 문후의 고문이 되었다. 詩經의 大序를 자하가 썼다는 설도 있다.

자 왈 군 자 부 중 즉 불 위 학 즉 불 고 주 충 신 무 우

8. 子曰 君子不重則不威니 學則不固라 主忠信하며 無友

불 여 기 자 과 즉 물 탄 개

不如己者오 過則勿憚改니라.

자 왈, "군자가 重厚하지 않은즉, 위엄이 없으니, 배움도 견고하지 못하다. 忠과 信을 主로 삼고, 나와 뜻이 같지 않은 자와 벗하지 말고, 허물 고치기를 꺼려하지 말라."

---

* 重은 중후함, 威는 위엄, 固는 견고함. 행실이 가벼운 자는 반드시 속도 굳건히 할 수 없다. 행실이 중후하지 않으면 위엄이 없고, 배운 것도 견고하지 못하고, 忠과 信이 없으면 악을 행하기 쉽고, 선은 행하기 어려우므로 반드시 忠과 信을 主로 삼는다. 친구는 仁을 보충해주므로 仁이 나보다 못하면 곤란하다. 憚은 스스로 수양하지 않으면 악은 날마다 자라므로 잘못을 고치는 것에 머뭇거려서는 안 된다.

* 無友不如己者 : '자기보다 못한 자와 벗하지 말라'라는 견해도 있으나, 나보다 나은 자는 나와 벗하려고 하지 않을 것이기에, 나와 뜻이 같지 않는 자라고 생각한다.

증 자 왈 신 종 추 원 민 덕 귀 후 의

9. 曾子曰 愼終追遠이면 民德이 歸厚矣니라

증자가 말하길, "돌아가신 이의 장례를 신중히 치르고, 먼 조상을 추모하면, 백성의 덕이 두터워질 것이다."

---

* 愼終은 상을 당함에 예를 다함. 追遠은 먼 조상의 제사에 성심을 다함. 民德歸厚는 죽은 자에게는 소홀하기 쉬운데 공경하고, 죽은 지 오래된 자는 잊기 쉬운데 추모하는 것은 厚德, 자기 덕이 두터우면 백성의 덕도 두터워진다.

자 금 문 어 자 공 왈 부 자 지 어 시 방 야 필 문 기 정

10. 子禽問於子貢曰 夫子至於是邦也하사 必聞其政하시

구 지 여 억 여 지 여 자 공 왈 부 자 온 량 공 검 양 이 득

니 求之與아 抑與之與아 子貢曰 夫子는 溫良恭儉讓以得

之시니 夫子之求之也 其諸異乎人之求之與아

자금이 자공에게 물어 말하길, "우리 선생님은 이 나라에 이르시면, 반드시 그 정치를 듣습니다. 이는 선생님께서 구한 것입니까, 아니면 그들이 부탁하는 것입니까?" 자공이 말하길, "우리 선생님은 온화함, 어짊, 공경함, 검소함, 겸양함으로써 얻으신 것이니 선생님이 구하심은 남이 구하는 것과는 다르지 않겠는가?"

---

* 子禽 : 姓은 陳, 名은 亢. 字가 子禽이며 자공과 자주 대화하는 장면이 있어서 공자의 제자이자 자공의 제자라는 설도 있는데, 공자가 많은 제자를 일일이 가르칠 수는 없었을 것이니, 크게는 공자의 제자요 작게는 자공의 직계 제자일 것이다.
* 子貢 : 姓은 端木, 名은 賜. 字가 子貢이며, 공자보다 31세 어리며 子路, 顔回, 仲弓, 冉求 등과 연장자 그룹을 형성했으며 문학과 언변에 뛰어났다. 공자 사후에 제자들은 무덤 옆에 廬幕을 짓고 삼년상을 입었는데 홀로 삼 년을 더 지켰으니 그의 6년간의 侍墓살이가 공자를 더욱 빛나게 했다고 생각한다.
* 溫, 良, 恭, 儉, 讓 : 공자의 덕을 나타내는 대표적인 글자로, 공자께서 가신 지 이천오백여 년이 지났고, 영겁의 시간이 흘러도 그 자리에 우뚝 서 계시리라.

11. 子曰 父在에 觀其志요 父沒에 觀其行이니 三年無改於父之道라야 可謂孝矣니라.

자 왈, "아버지가 살아계실 때는 그 뜻을 살피고, 아버지가 돌아가셨을 때는 그 행실을 볼 것이니, 삼 년 동안 아버지의 도(방식)를 고치지 않으면 가히 효라 이를 수 있다."

---

* 아버지가 돌아가신 후에는 그 행실을 볼 수 있으니 그 사람의 선악을 알 수 있다.

12. 有子曰 禮之用이 和爲貴하니 先王之道 斯爲美라 小大由之에 有所不行이라 知和而和라도 不以禮節之면 亦不可行也니라.

有子가 말하길, "禮를 사용함에 조화가 귀하니, 선왕의 도는 이 점이 아름답다. 크고 작은 일에 예를 따르려 해도 행하지 못하는 바가 있으니, 和만 알고 和를 禮로써 절제하지 않으면 또한 행해지지 않는 것이다."

---

* 희로애락이 일어나기 이전이 '中'이고, 일어나 모든 것이 절도에 맞는 것이 '和'이다. 중용은 '中'은 천하의 大本이고, '和'는 천하의 달도인데, '中'을 '禮'로 바꾸면 예가 大本이 된다고 했다. 유자는 孝悌는 仁의 근본이라고 말한다.

13. 有子曰 信近於義면 言可復也며 恭近於禮면 遠恥辱也며 因不失其親이면 亦可宗也라

유자가 말하길, "신의가 의에 가까우면 말은 실천할 수 있고, 공손이 예에 가까우면 치욕을 멀리할 수 있다. 그 친함을 잃지 않음으로 인하여 또 한 집안의 신뢰를 얻을 수 있다."

---

* 因은 姻과 같은 뜻으로 혼인으로 맺어진 즉, 처갓집을 너무 위하고 친가에 소홀하여 친가를 잃어버리면 안 된다는 뜻.
* 우리는 작은 이해관계로 친해야 할 사람과 결별하는 일이 종종 있다. 사람의 언행과 교제는 시작함에 신중하고 그 끝냄도 염두에 두어야 한다. 그렇지 않으면 구차해졌을 때에 스스로 실수한 것에 대한 후회를 금치 못할 것이다. 친해야 할 사람을 잃지 않는 것이 지혜이다.

14. 子曰 君子食無求飽며 居無求安며 敏於事而愼於言요 就有道而正焉이면 可謂好學也已라

공자 왈, "군자는 배부르게 먹기를 구하지 않고, 안락한 집에서 살기를 구하지 않으니, 일은 민첩하게 하고, 말은 신중하게 하며, 도 있는 사람에게 나아가 바로잡음이 있으면 가히 배움을 좋아한다고 할 만하다."

15. 子貢曰 貧而無諂하며 富而無驕면 何如이꼬 子曰 可也나 未若貧而樂富而好禮者也라. 子貢曰 詩云 如切如磋하며 如琢如磨라 하니 其斯之謂與인저. 子曰 賜也 始可與言詩已矣로다. 告諸往而知來者여

자공이 말하길, "가난하되 아첨하지 않고, 부유하되 교만하지 않으면 어떻습니까?" 자 왈, "좋은데 가난하면서 도를 즐기고, 부유하면서 예를 좋아하는 것보다는 못 하다." 자공이 말하길, "詩經에서 '뼈와 상아를 다듬듯이, 옥과 돌을 쪼고 갈듯이'라고 한 것은 이를 이르는 겁니까?" 자 왈, "賜야는 비로소 함께 시를 논할 만하구나. 지나간 것을 알려주니 오는 것도 아는구나."

---

* 如切如磋 如琢如磨는 [시경] '위풍'에 나오는 구절로, 뼈를 깎아 물건을 만드는 것이 切, 상아를 다듬는 것이 磋, 구슬을 다듬는 것이 琢, 돌을 가는 것이 磨. 아첨함이 없고 교만함이 없으면 스스로 지켜야 할 줄을 아는 것이지만, 빈부의 한계를 초월한 것은 아니다. 樂은 몸과 마음이 그 가난에 구애받지 않고

편안하며, '好禮'는 그 부유함에 구애받지 않는다. 경제에 밝았던 子貢은 부유해졌는데, 스스로 지키는 것에 힘썼으므로 이런 질문을 하였고, 공자는 먼저 그 잘한 행위를 인정하고, 아직 부족한 점은 더 노력하라는 뜻으로 말씀하셨다.

자 왈 불 환 인 지 불 기 지 환 부 지 인 야

16. 子曰 不患人之不己知요 患不知人也라.

자 왈, " 남이 나를 알아주지 않음을 걱정하지 말고 내가 남을 알지 못함을 걱정하라."

영성문

第2章 爲政

2장도 첫 편의 글자를 따서 爲政으로 篇名을 삼았다. 위정편을 정치와 효에 관한 이야기들로 엮은 것은 효도의 간접적 영향이 정치에 미치기 때문이다.

1. 子曰 爲政以德이 譬如北辰이 居其所어든 而衆星이 共之니라

자 왈, “덕으로써 정치를 하는 것은 비유하건데, 북두성이 그 자리에 있는데 모든 별들이 함께하는 것과 같다.”

---

* 정치를 德으로 하면 모든 백성들이 교화되어 무리들이 모여든다는 것이다.

2. 子曰 詩三百을 一言以蔽之하니 曰 思無邪니라.

자 왈, “시 삼백 편을 한마디로 덮어서 말한다면 생각함에 간사함이 없다.”

---

* 詩經은 중국 고대의 민요, 궁중음악, 종묘아악을 집대성한 것으로, 공자께서는 [서경], [시경]으로 제자들을 가르쳤다. 현존하는 것은 305편이다.

3. 子曰 道之以政하고 齊之以刑이면 民免而無恥라 道之以

德하고 齊之以禮면 有恥且格이라.

자 왈, "법률로써 지도하고 형벌로써 가지런히 하면 백성들은 면할 수만 있다면 부끄러움을 모른다. 덕으로써 지도하고 예로서 가지런히 하면 백성들은 부끄러움을 알고 또 격식을 차린다."

＊ 형벌만으로 다스리면 법을 어기고도 법망을 피하기만 하면 부끄러움을 모른다.

4. 子曰 吾十有五而志于學하고 三十而立하고 四十而不惑하고 五十而知天命하고 六十而耳順七十而從心所欲하야 不踰矩니라.

자 왈, "나는 열다섯에 학문에 뜻을 두었고, 서른에 자립하고, 마흔에는 미혹함이 없었고, 쉰에는 천명을 알았고, 예순에는 남의 말을 이해할 수 있었고, 일흔에는 마음 가는 대로 행동을 하여도 법도에 어긋나는 일이 없었다."

＊ 공자는 어렵게 성장하였다. 15세에 학문 '志學지학'에 뜻을 두었다. 서른 '而立이립'이 되어 학자로서 이름을 알리게 된 공자는, "나는 젊은 시절 천한 처지여서 고상하지 못한 일에 능통하다."고 (자한편)에서 말하고 있다. 공자는 계씨집의 창고지기, 가축 기르기 등으로 생계를 유지하고, 晝耕夜讀하며 서른에 학자로서 명성을 얻었다. 마흔 '不惑불혹'은 공자가 36세 때, 노나라 소공이 三桓氏(季氏, 孟氏 叔氏)로부터 정권을 탈환하려다가 실패하여 齊나라로 망명하자 노나라는 극도로 어지러워졌다. 공자도 齊나라로 갔으나 마땅한 일을 구하지 못하고, 7년 후 소공이 망명객 신세로 제나라에서 죽자 공자는 노나라로 돌아왔는데, 이 때 양호는 주군 계환자를 잡아 가두고 노나라의 정권을 잡고 있었다. 양호는 그의 입지를 강하게 하려고 학자로 명성을 얻은 공자를 정계에 입문시키려고 했다. '不惑불혹'은 이 유혹을 거절하는 지혜인 듯하다. 오십 '知天

命지천명'은 노나라로 돌아온 뒤 오십이 넘어서 벼슬에 올라 司寇(사구)의 지위에 올라서 삼환씨를 타도하려고 하였으나 실패하여 망명의 길을 떠날 수밖에 없는 상황, 즉 삼환을 타도하는 것이 하늘의 뜻인 줄 알았으나 좌절된 것 또한 하늘의 뜻이라고 회상한 듯하다. '耳順이순'은 56세에 송, 위, 진 등을 주류하며, 69세에 노나라로 돌아올 때까지 힘든 방랑을 하였다. 각국의 군주를 만났으나 자신의 이상은 받아들여지지 않고, 온갖 난관을 겪으면서, 자신의 의견과 일치하지 않는 이들의 말을 받아들일 수 있는 경지에 도달함이다. '從心종심'은 고국에 돌아온 후, 후진의 교육에 힘쓰며 마음 가는 대로 행하여도 법도에 어긋남이 없더라는 것이다.

맹의자문효 자왈 무위 번지어 자고지왈 맹
5. 孟懿子問孝한대 子曰 無違니라 樊遲御러니 子告之曰 孟
손 문효어아 아대왈 무위 번지왈 하위야 자
孫이 問孝於我어늘 我對曰 無違라 樊遲曰 何謂也니잇고 子
왈 생사지이례 사장지이례 제지이례
曰 生事之以禮하며 死葬之以禮하며 祭之以禮니라

맹의자가 효에 대해서 물으니, 자 왈, "어긋남이 없어야 합니다." 번지가 공자의 수레를 몰고 있는데 공자가 일러 말씀하시길, "맹손이 나에게 효에 대해 묻기에 내가 대답하기를, 어김이 없어야 한다."고 하였다. 번지가 "무엇을 이르시는 겁니까?" 자 왈, "살아계실 때는 예로써 섬기며, 사후에는 예로써 장사 지내며, 예로서 제사 지내는 것이다."

---

* 懿 : 아름다울 의. 樊 : 울타리 번. 遲 : 더딜 지
* 樊遲 : 공자의 제자로 마부 역할도 하였다. 연소 층의 제자로 공자 나들이에 함께하면서 공자와 독대할 수 있는 기회가 많았으니 얼마나 좋았겠는가.

맹무백문효 자왈 부모 유기질지우
6. 孟武伯問孝에 子曰 父母는 唯其疾之憂라

맹무백이 효를 묻자, 자 왈, "부모는 오직 그 질병만을 근심하게 하십시오."

* 唯其疾之憂에 관해서는 두 가지 설이 있다. 후한의 왕충은 [論衡논형]에서 '무백은 부모를 걱정하는 사람이었으므로 부모의 병환만을 신경 쓰게 하는 것'이라고 하였고, 후한 말기의 마융은 자식의 병이라고 해석하였다. 공자는 '身體髮膚受之父母라 不敢毁傷이 孝之始也. 신체발부수지부모 불감훼상 효지시야. 무릇 효란 덕의 근본이요, 사람의 신체와 터럭과 살갗은 부모에게서 받은 것이니, 이것을 손상시키지 않는 것이 효의 시작이다.' 하셨으니, 자식이 그 몸을 훼손시키지 않음은 효의 기본이니, 자식의 걱정이 아닌 당신의 질병 외엔 근심할 것이 없게 하는 것이 효라는 것.

* 맹무백은 맹의자의 子. 名은 彘(돼지 체). 武는 시호. 伯은 장남의 뜻.

7. 子游問孝에 子曰 今之孝者는 是謂能養이니 至於犬馬도 皆能有養이니 不敬이면 何以別乎라

자유가 효에 대해서 묻자, 자 왈, "요즘 효도라는 것은 부모를 잘 봉양하는 것을 말하는데, 개나 말도 다 먹이고는 있으니 공경하지 않으면 무엇으로 구별하겠는가."

* 子游 : 성은 言. 名은 偃, 子游는 字이며, 망명 후에 입문한 소장파 제자 중의 수재로 禮의 전문가였다. 養은 음식을 먹이는 것, 犬馬를 기름에도 먹이를 주어 기르는 것이니, 부모에 대한 공경심이 없이 음식만 드린다면 犬馬를 기르는 것과 무엇이 다르겠는가? 공자는 여러 제자들의 같은 질문에도 질문자의 성격을 파악해서 각자에 맞는 대답으로 가르치셨다.

8. 自夏問孝에 子曰 色難이니 有事어든 弟子服其勞하고 有酒食어든 先生饌이 曾是以爲孝乎아

자하가 효에 대해서 묻자, 자 왈, "부모를 공경하는 마음이 얼굴빛에 나타나야

하니 어렵다. 일이 있으면 젊은이들이 그 수고를 대신하고, 술과 음식이 있으면 어른에게 대접하는 것, 일찍이 이것을 효도라 하겠지?"

---

* 지금과 옛날의 孝 개념은 좀 다르다. 지금의 효는 내 부모에게 국한되었다면, 옛날의 효는 씨족 공동체 구성으로 마을 어른들은 모두 집안어른으로 공경하고 효도했어야 했다. 여기서 弟子는 鄕黨의 젊은이들로 마을의 청년들은 마을의 어른들 즉, 先生들께 봉사할 의무가 있었다.

9. 子曰 吾與回言終日에 不違如愚러니 退而省其私한대 亦足以發하나니 回也不愚로다.

(자 왈 오여회언종일 불위여우 퇴이성기사 역족이발 회야불우)

자 왈, "내가 안회와 더불어 종일 말하여도 어김이 없어서 어리석은 것 같으나, 묻고 간 뒤에 그 사생활을 살펴보니 역시 내가 말한 대로 충분히 이해하고 있으니 안회는 어리석지 않다."

---

* 顔回 : 공자가 가장 사랑했던 제자로 姓은 顔. 名은 回. 字는 自淵. 공자보다 30세 연하로 41세의 젊은 나이로 공자보다 먼저 죽었다.

10. 子曰 視其所以하며 觀其所由하며 察其所安이면 人焉廋哉리오, 人焉廋哉리오.

(자 왈 시기소이 관기소유 찰기소안 인언수재 인언수재)

자 왈, "그 하는 바를 보며, 그 하는 바를 살피며, 그 편안함을 살피면 사람이 어찌 숨길 수 있겠는가. 사람이 어찌 숨길 수 있겠는가."

11. 子曰 溫故而知新이면 可以爲師矣니라.

(자 왈 온고이지신 가이위사의)

사 왈, "옛것을 알고 새로운 지식을 터득하면 가히 스승이 될 수 있다."

---

* 식은 국을 데워 먹듯이 과거의 전통을 재검토하여서, 새로운 의미를 발견하는 사람이라야 남의 스승이 될 수 있다. 貴鵠賤鷄라고 옛것을 천시하고 새로운 것만 탐닉하는 愚를 범하지는 말아야겠다.

12. 子曰 君子는 不器니라.

자 왈, "군자는 그릇이 아니다."

---

* 그릇은 특정한 용도를 지닌 도구이다. 군자는 한 가지 용도로 밖에 쓸 수 없는 그릇이 되어서는 안 된다.

13. 子貢問君子 子曰 先行其言이오 以後從之라

자공이 군자에 대하여 물으니, 자 왈, "먼저 행한 후에 말하는 사람이다."

---

* 말만 앞세우지 말고 솔선수범의 행동이 먼저라는 말씀.

14. 子曰 君子는 周而不比하고 小人은 比以不周니라.

군자는 두루 통해도 작당하지 않고, 소인은 작당하며 통하지 않는다."

---

* 周, 比에 관하여서 여러 가지 설이 있는데, 일반적으로는 친히 지낸다는 뜻이지만, 여기서는 '친히 지내다' '작당하다'로 쓰였다.

15. 子曰 學而不思則罔하고 思而不學則殆라

자 왈, "배우고도 생각하지 않으면, 사리분별이 확실하지 않고, 생각만 하고 배우지 아니하면 독단에 빠져 위태롭다."

16. 子曰 攻乎異端이면 斯害也已니라.
(자왈 공호이단 사해야이)

자 왈, "이단에 대해 연구하는 것, 이것은 해로울 뿐이다."

---

* 천을 양쪽 끝에서 동시에 감으면 이도저도 아니듯이, 다른 경우의 두 학문을 동시에 배우면 이도저도 아니고 해만 얻는다.

17. 子曰 由아 誨女知之乎인저. 知之爲知之오 不知爲不知 是知也니라.
(자왈 유 회여지지호 지지위지지 부지위부지 시지야)

자 왈, "유야 너에게 '안다'는 것을 가르쳐 주마. '아는 것을 안다고 하고, 모르는 것을 모른다고 하는 것' 이것이 아는 것이다."

---

* 女 = 汝
* 由 : 姓은 仲, 名은 由. 字는 子路 또는 季路. 공자보다 9살 아래로 제자들 중에는 연장자이며, 용기가 있고 솔직하여 공자의 사랑을 받음. 솔직 강직한 인물이었기에 공자는 제 명대로 못살 것을 염려했는데, 의를 지키려던 자로는 위나라에서 괴외의 난을 만나서 죽임을 당하고 젓갈에 담겨졌다.

18. 子張 學干祿한대 子曰 多聞闕疑요 愼言其餘則寡尤며 多見闕殆 愼行其餘則寡悔 言寡尤하며行寡悔 祿在其中
(자장 학간록 자왈 다문궐의 신언기여즉과우 다견궐태 신행기여즉과회 언과우 행과회 록재기중)

矣니라

자장이 녹을 구하는 것을 배우려고 하니, 자 왈, “많이 들어서 의심스러운 것을 버리고 그 나머지 말을 삼가면 허물이 적으며, 많이 보아서 위태로움을 버리고 그 나머지 행동을 삼가면 뉘우침이 적을 것이니, 말에 허물이 적으며 행실에 뉘우침이 적으면 녹이 그 가운데 있는 것이다.”

---

* 子張 : 姓은 顓孫. 名은 師. 字는 子張으로 허우대가 좋고 언변이 뛰어났으나 성의가 좀 부족하였는지, 공자는 신중하라고 가르치신다.

19. 哀公이 問曰 何爲則民服이니꼬. 孔子 對曰 擧直錯諸枉則民服하고 擧枉錯諸直則民不服니다.

애공이 물어 말하기를, “어떻게 하면 백성들이 복종을 하겠습니까?” 공자 대 왈, “곧은 사람을 등용하여 모든 곧지 않는 사람 위에 놓으면 백성들이 복종하지만, 굽은 사람을 등용하여 모든 곧은 사람 위에 두면 백성들은 복종하지 않습니다.”

---

* 애공 : 노나라 군주. 재위 BC 494~468. 공자와 애공의 문답은 애공 11년 노나라로 돌아와서부터 479년 돌아가실 때까지 5년 사이의 일로, 정치는 하지 않았지만 자주 자문을 받는다.
* 錯 : 섞일 착, 둘 조 = 置 : 둘 치와 동의어.

20. 季康子問 使民敬忠以勸하되 如之何잇고 子曰 臨之以

장즉경 효자즉충 거선이교불능즉권
莊則敬하고 **孝慈則忠**하고 **擧善而教不能則勸**이니라

계강자가 묻기를, "백성들로 하여금 공경하고 충성하도록 권하려면 어떻게 해야 됩니까?" 자 왈, "정중하게 임한즉 공경하게 되고, 효도하고 사랑한즉 충성할 것이요. 착한 사람을 천거하여 능력 없는 자를 가르치시면 권면할 것입니다."

---

* 季康子 : 名은 肥. 康은 시호. 공자 말년의 세도가.

혹위공자왈 자 해불위정 자왈 서운효호
21. 或謂孔子曰 子는 奚不爲政이시잇고 子曰 書云孝乎인저

유효 우우형제 시어유정 시역위정 해기위
惟孝하며 **友于兄弟**하여 **施於有政**이니 **是亦爲政**이니 **奚其爲**

위정
爲政이리오

혹자가 공자께, "선생께서는 왜 정치를 하지 않습니까?" 자 왈, "서경에 '효란 오직 효도하며 형제간에 우애하며 정치를 베푸는 것이다.' 하니 이 역시 정치를 하는 것인데 어찌 정치를 하는 것만이 정사라 하겠습니까?"

자왈 인이무신 부지기가야 대차무예 소차
22. 子曰 人而無信이면 不知其可也라 大車無輗하고 小車

무월 기하이행지재
無軏 其何以行之哉리오

자 왈, "사람이 신의가 없다면 그 옳은 것을 알지 못하니, 큰 수레에 멍에가 없고, 작은 수레에도 멍에가 없으면 어찌 수레를 몰 수 있겠는가."

---

* 輗 : 끌채머리 예. 軏 : 끌채 끝 월. 牛車의 멍에의 앞 끝에 있어서 소의 목 뒤에 거는 横木.

23. 子張 問 十世를 可知也잇가 子曰 般因於夏禮하니 所損益을 可知也며 周因於般禮하니 所損益을 可知也니 其或繼周者면 雖百世라도 可知也라

자장이 묻기를, "십 세의 미래의 알 수 있습니까?" 자 왈, "은나라는 하나라의 예법을 답습하였으니 손익을 알 수 있으며, 주나라는 은나라 예법을 답습하였으니 인습한 것을 알 수 있다. 혹 주를 계승한 자가 있다면 비록 백세라도 알 수 있을 것이다."

---

* 자장은 미래를 알고자 하였는데, 공자는 지나간 일들로 은나라는 하의 제도를 계승했으니 무엇을 폐지하고 무엇을 덧붙였는지, 주는 다시 은나라를 계승했으니, 이를 바탕으로 백대 이후도 짐작할 수 있다.
* 夏나라 : 禹왕이 治水로 舜임금에게 나라를 물려받아서 세운 나라.
* 般나라 : 湯王이 하나라 걸왕을 무너뜨리고 세운 나라.

24. 子曰 非其鬼而祭之는 諂也요 見義不爲 無勇也라.

자 왈, "그 조상이 아닌 귀신에게 제사함은 아첨하는 것이요, 의를 보고도 하지 못하는 것은 용기가 없는 것이다."

第3章 八佾

팔일은 1장에서 공자가 계씨의 非禮(비례)를 비판한 舞樂(무악)의 이름인 팔일을 편명으로 삼아 禮樂(예악)에 관련한 이야기를 모아놓았다.

1. 孔子謂季氏하시되 八佾로 舞於庭하니 是可忍也면 孰不可忍也리오

공자가 계씨를 일러 말씀하시기를, "팔일무를 뜰에서 추게 하니 이것을 참을 수 있다면 무엇을 참지 못할 것인가."

---

* 八佾 : 佾(줄 춤 일)은 춤추는 사람의 줄 즉, 한 줄에 8명씩 8줄이었으므로 64명의 무용단으로 팔일은 천자만이 쓸 수 있는 것이다. 당시 예법은 천자는 8명씩 八佾로 64명, 제후는 6명씩 六佾로 36명, 대부는 4명씩 四佾로 16명, 士는 2명씩 二佾로 4명이었다. 당시 군주인 소공은 삼환세도들의 정권농단에 이들을 제거하려다 실패하여 齊나라로 망명하였다. 이 때 36세이던 공자도 제나라로 갔다. 이 기간에 천자의 특권인 8佾舞를 季氏가 자기 집 뜰에서 베푼 것을 듣고 공자께서 분개하신 것.

2. 三家者以雍撤이러니 子曰 相維辟公이어늘 天子穆穆을 奚取於三家之堂고

三家21)에서 雍의 음악에 맞추어 제사음식을 거두었다. 자 왈, "제후들이 제사

21) 맹, 계, 숙손

를 노우니 천자의 온화한 모습을 어찌 三家에서 취하는고."

---

* 雍 : [시경]에 나오는 篇名(편명)으로 천자가 종묘제사 때 쓰던 가사.
* 相 : 서로 도움.
* 辟公 : 제후.
* 穆穆 : 덕이 겉으로 드러나 아름다운 모습.
* 三家에서 참람하게 이를 사용하였는데, 공자께서 비판하심.

3. 子曰 人而不仁이면 如禮何며 人而不仁 如樂何리오

자 왈, "사람이 어질지 않으면, 예는 배워서 무엇 하며 사람이 어질지 않으면 음악은 배워서 무엇 하리오."

---

* 仁은 인간다운 감정이므로 예악의 본질은 인간다운 감정에 있으니, 이 仁이 결여되었다면 외형만의 예악이 무슨 소용 있겠느냐는 말씀.

4. 林放이 問禮之本 子曰 大哉라 問이여 禮는 與其奢也론 寧儉이요 喪은 與其易也론 寧戚이니라.

임방이 예의 근본을 묻자, 자 왈, "크구나, 질문이여. 예는 그 사치함보다는 차라리 검소할 것이요, 장례는 막힘없이 집행하기보다는 차라리 슬퍼해야 한다."

---

* 겉으로 보이는 형식적인 禮보다는 형식에는 부족하더라도 그 진정한 마음이 중요함을 강조하심이다.
* 임방은 노나라 사람인 것 외에는 알 수 없다.

자 왈 이 적 지 유 군 부 여 제 하 지 망 야
5. 子曰 夷狄之有君이 不如諸夏之亡也니라.

자 왈, "오랑캐에 왕이 있음은 중국에 왕이 없는 것과 같지 않다."

---

* 고대 중국은 주위의 나라를 東夷동이, 南蠻남만, 西戎서융, 北狄북적 즉, 오랑캐라 불렀는데, 夷狄은 사방 오랑캐를 줄인 말이다.
* 諸夏는 禹가 세운 나라 즉, 중국의 여러 나라.

계 씨 려 어 태 산 자 위 염 유 왈 녀 불 능 구 여 대 왈
6. 季氏旅於泰山이러니 子謂冉有曰 女弗能救與아 對曰

불 능 자 왈 오 호 증 위 태 산 불 여 림 방 호
不能이니다. 子曰 嗚呼 曾謂泰山不如林放乎아

계씨가 태산에 旅祭(여제)를 지내니 공자께서 염유에게 말씀하시기를, "너는 (계씨를 섬기면서) 능히 말리지 못하였는가?" 염유가 대답하길, "불가했습니다." 자 왈, "오호라 태산의 신이 임방보다 못한 것 같으냐?"

---

* 旅 : 지금은 '나그네 려'로 쓰이나, 당시에는 大祭를 나타내는 글자였음.
* 冉有 : 冉求(BC 522년~ ?). 字는 子有. 공자를 따라 천하를 周流할 때 계씨에게 발탁되었다. 정치와 군사에 뛰어난 재능이 있었으나, 태산의 大祭는 황제의 자리에 올라 천하를 다스림을 감사하는 제사인데, 이를 계씨가 행하는데 집사인 염유가 막지 못함을 탄식하셨다. 임방도 예에 대하여 훌륭한 질문을 하는데, '너는 어떻게 된 거냐'고 詰責(힐책)하심이다. 염유는 공자가 노나라에 돌아올 수 있게끔 계씨를 설득하였다.

자 왈 군 자 무 소 쟁 필 야 사 호 읍 양 이 승 하 이
7. 子曰 君子無所爭이나 必也射乎인저 揖讓而升하여 下而

음 기 쟁 야 군 자
飮하나니 其爭也君子니라.

자 왈, "군자는 다투는 바가 없으나, 활쏘기에서는 반드시 다툰다. 읍하고,

사양하며, 오르고, 내려와서 마신다. 그것이 군자의 다툼이라."

---

* 揖은 두 손을 들어 올려 인사하는 것이고, 升은 주인의 초대로 집에 올라가는 것이고, 下는 활을 쏘기 위해 뜰로 내려서는 것.
* 군자는 남과 다투는 일이 없으나 弓術에서는 경쟁하는데, 堂에 올라 주인에게 인사할 때, 뜰에 내려와 활을 쏠 때, 서로 揖하며 양보하고 승자에게 술을 대접하는 모습이 경쟁이지만 아름답다. 현대에는 씨름, 태권도 등의 운동을 보면 상대에게 읍하고 죽을 힘을 다해 경쟁하고, 다시 읍하는 스포츠정신이 이와 닮았다.

8. 子夏問曰 巧笑倩兮며 美目盼兮여 素以爲絢兮라 하니 何謂也잇고 子曰 繪事後素니라 曰 禮後乎인저 子曰 起予者는 商也로다 始可與言詩已矣라

자하가 묻기를, "웃으면 예쁜 보조개, 아름다운 눈, 눈동자여! 흰 바탕에 고운 채색이라 하니 무엇을 이르는 것입니까?" 자 왈, "그림 그릴 때 흰 색을 나중에 칠한다는 말이니라." 자하가 말하길, "예가 뒤라는 말입니까?" 자 왈, "나를 일으키는 자는 商(子夏)이로다. 비로소 더불어 시를 논할 만하도다."

---

* 倩 : 예쁠 천. 웃을 때 보조개가 생기는 모습
* 盼 : 눈 예쁠 반. 흰 눈자위에 까만 눈동자가 또렷한 것
* 巧笑倩兮 美目盼兮는 [詩經시경] 國風 碩人(석인)에 나오는 문구

9. 子曰 夏禮를 吾能言之나 杞不足徵也며 殷禮를 吾能言之나 宋不足徵也는 文獻不足故也니 足則吾能徵之矣라.

자 왈, "하나라의 예를 내가 능히 말할 수 있으나, 기나라의 일은 충분히 증명할 수 없으며, 은나라의 예를 내가 능히 말할 수 있으나, 송나라의 일은 충분히 증명할 수 없다. 문헌이 부족한 까닭이니라. 만약 충분하다면 내가 증명할 수 있다."

---

* 杞는 夏나라의 후손이 봉해진 나라로 지금의 하남성 杞縣
* 宋은 殷나라의 후손이 봉해진 나라로 지금의 하남성 商邱縣
* 옛 중국의 역사를 보면서 아름답다고 느낀 점은 왕조가 교체될 때 전 왕조의 후손을 멸족시키지 않고, 그 후손에게 조상을 모실 수 있는 땅을 주고 대를 이어가게 한 것이다. 조선이 건국하면서 고려의 왕족을 몰살한 것과 비교된다.

자왈 체자기관이왕자 오불욕관지의

10. 子曰 禘自旣灌而往者는 吾不欲觀之矣라.

자 왈, "체는 이미 정성이 없으니 내가 보려고 하지 않는다."

---

*노나라 종묘에서는 먼 조상들의 넋을 제사하는 큰 의식을 禘라 하는데, 지하에 있는 넋을 불러오기 위해 땅에 세워놓은 짚단에 술을 부어 술이 땅에 스며들게 했다. 이 술 향기를 맡고 조상신들이 땅 위로 올라온다고 믿고, 조상들의 위패를 祠堂 정면에 늘어놓고 제사를 모셨다. 4대 민공과 5대 희공은 형제였다. 민공은 嫡子인데 나이가 어리고, 희공은 庶子로 나이가 위였다. 희공의 아들 문공이 즉위하자 일부러 부친의 위패를 민공의 위에 놓고 제사를 드렸다. 이것이 그대로 계승되어 내려오자, 공자는 예에 어긋나는 위패 배치를 차마 볼 수 없다고 했다.

* 禘 : 종묘제사 체. 고대 제왕이 지내는 제사

혹문체지설 자왈 부지야 지기설자지어천하야 기여시제사호 지기장

11. 或問禘之說한대 子曰 不知也라 知其說者之於天下也에 其如示諸斯乎니 指其掌다

혹자가 禘의 뜻을 물으니 자 왈, "모릅니다. 그 뜻을 아는 자는 천하의 일도 이것을 보는 것과 같을 것입니다." 하고 그 손바닥을 가리키셨다.

---

* 이 질문을 한 혹자는 귀족인 듯하다. 공자가 禘를 거북해 하는 줄 알면서 일부러 질문한 듯하다.

12. 祭如在(제여재)하시며 祭神如神在(제신여신재)러시다. 子曰(자왈) 吾不與祭(오불여제)면 如不祭(여부제)니라.

제사를 지내심에 조상이 계신 듯이 하시고, 신을 제사지내시면 신이 있는 듯이 하시었다. 자 왈, "내가 함께 제사에 참여치 않으면 제사를 지내지 않은 것 같다."

13. 王孫賈問曰(왕손가문왈) 與其媚於奧(여기미어오)론 寧媚於竈(녕미어조)이 何謂也(하위야)잇고 子曰(자왈) 不然(불연) 獲罪於天(획죄어천)이면 無所禱也(무소도야)니라

왕손가가 묻기를, "그 안방 신에게 아첨하기보다는 차라리 부엌 신에게 아첨하라니 무엇을 이르는 것입니까?" 자 왈, "그렇지 않습니다. 하늘에 죄를 얻으면 빌 곳이 없습니다."

---

* 王孫賈 : 497년경 공자가 위나라에 망명했을 때의 대화
* 奧 : 아랫목 오. 周나라 풍습에는 西南 구석 쪽의 방을 신성한 장소로 여겨서 신이 내림하시길 빌어서 제사지냈다.
* 竈 : 부엌 조. 부엌의 신

14. 子曰 周監於二代니 郁郁乎文哉라 吾從周하리라.

자 왈, "주나라는 하나라, 은나라 2대를 본받았으니 文이 빛나도다. 나는 주나라를 따르리라."

---

* 주의 문화는 夏, 殷(하, 은)의 두 왕조를 계승한바, 夏의 文은 화려하고, 殷의 문화는 실용적인데, 周는 이 두 문화를 계승했으니 다양하고 특이하므로 공자는 이 문화를 따르겠다고 한 것이다.

* 郁 : 향기 욱. 郁郁은 꽃이 피어 좋은 향기를 풍긴다는 뜻

15. 子入太廟하사 每事問하신대 或曰 孰謂鄹人之子를 知禮乎아 入太廟하여 每事問하니 子聞之하시고 曰 是禮也니라

공자께서 태묘에 들어가시어 매사를 물으시니 혹자가 왈, "누가 추고을 사람의 아들을 일러 예를 안다고 하였느냐. 태묘에 들어가서 매사를 묻는구나." 공자께서 들으시고, "이것이 예라."

---

* 진정한 예는 로마에 가서는 로마의 법을 따르듯이 太廟에서는 그곳의 주관자 즉, 제사장에게 묻는 것이 그에 대한 예인 것. 혹자는 아마도 세도가인 듯하다. 시골 무사의 아들로 태어난 공자가 노나라 대부가 되자 기득권자들의 반감이 있었을 것이다. 거기에 대한 공자의 반박이 멋지시다.

16. 子曰 射不主皮는 爲力不同科니 古之道也라

자 왈, "활을 쏘는데 과녁을 主로 하지 않음은 힘이 동등하지 않기 때문이니 예전의 활 쏘는 도였다."

＊사람은 타고난 힘이 다르므로, 弓術(궁술)은 과녁의 관통보다는 쏠 때의 태도 등을 중시했다. 공자는 이를 매우 아름답게 여기셨다.

17. 子貢(자공)이 欲去告朔之餼羊(욕거고삭지희양)한대 子曰(자왈) 賜也(사야)아 爾愛其羊(이애기양)가 我愛其禮(아애기례)하노라.

자공이 매월 초하루에 양을 종묘에 바치는 의식을 폐지하자고 하자, 자 왈, "사야 너는 그 양을 아끼느냐? 나는 그 예를 사랑하느니라."

＊賜 : 자공의 이름.

＊餼 : 희생 희

＊경제통인 자공은 노국에 등용되자, 매월 초하루에 예식도 없이 양을 바치는 형식만 남아있는 告朔의 의식을 제정 부담을 줄이기 위해 폐지하려 하자, 공자는 문화적 유산은 비록 미미해도 보존해야 한다고 충고한다.

18. 子曰(자왈) 事君盡禮(사군진례)를 人以爲諂也(인이위첨야)로다.

자 왈, "예를 다하여 임금을 섬기니 사람들이 아첨한다고 하는구나."

＊51세가 되어서야 벼슬자리에 나아가서 정공의 신임을 얻었던 시기에 정쟁에 휘말리면서 하신 말씀 같다. 아첨한다고 하는 사람들은 삼환씨일 것이다.

19. 定公(정공)이 問(문) 君使臣(군사신)하며 臣事君(신사군)에 如之何(여지하) 孔子對曰(공자대왈) 君使臣以禮(군사신이례)하며 臣事君以忠(신사군이충)이니이다.

정공이 묻기를, "임금이 신하를 부리고 신하가 임금을 섬기는 것을 어떻게 생각하십니까?" 공자 대답하시길, "임금이 예로써 신하를 부리며, 신하는 충성으로써 임금을 섬겨야 합니다."

---

* 定公 : BC 509~495. 소공의 뒤를 이어 재위한 노나라 군주

자왈 관저 락이불음 애이불상

20. 子曰 關雎는 樂而不淫하고 哀而不傷이라.

자 왈, "'관저'는 즐겁지만 음란하지 않고, 슬프되 상하지 않는다."

---

* 關雎 : [詩經(시경)] 첫머리에 나오는 시로, 周 文王과 아내 태사를 칭송한 것.

참차행채 좌우유지
參差荇菜 左右流之 들쭉날쭉 행채 풀 좌우로 구하네.

요조숙녀 오매구지
窈窕淑女 寤寐求之 아리따운 아가씨 자나 깨나 찾네.

구지부득 오매사복
求之不得 寤寐思服 구해도 못 구하여 자나 깨나 생각하네.

유재유재 전전반측
悠哉悠哉 輾轉反側 막연하여라, 이리저리 뒤척이네.

* [詩經(시경)]을 대표하는 시라고 할 수 있다. 이 말씀은 德이 雎鳩(저구)와 같아서 두터우면서도 분별이 있다면 寤寐反側(오매반측)하고 琴瑟鐘鼓(금슬종고)를 연주하여 그 哀樂의 지극함을 볼 것이다. [시경]은 주나라와 춘추시대에 민가와 궁정에서 불려졌던 詩歌 305편을 공자가 정리한 유가의 경전으로 風(풍), 雅(아), 頌(송) 셋으로 분류한다. 風은 남녀 간의 정과 이별을 다룬 노래들이고, 雅는 궁중에서 연주되는 곡들이며, 頌은 종묘제사에 쓰는 노래이다.

애공 문사어재아 재아대왈 하후씨 이송

21. 哀公이 問社於宰我한대 宰我對曰 夏后氏는 以松이요

은인 이백 주인 이률 왈 사민전률 자문지

殷人은 以柏이요 周人은 以栗이니 曰 使民戰栗니이다 子聞之

시고 曰(왈) 成事(성사)라 不說(불설)하며 遂事(수사)라 不諫(불간)하며 旣往(기왕)이라 不咎(불구)라.

애공이 재아에게 社를 물으시니 재아 대답하길, "하후씨는 소나무를 심고, 은인은 잣나무를 심고, 주인은 밤나무를 심었습니다. 백성들이 두려워하게 함을 말합니다." 공자 들으시고 왈, "이루어진 일은 말하지 않으며, 끝난 일은 간하지 않으며, 이미 지나간 일은 허물하지 않는다."

---

* 社 : 토지의 神으로 풍년을 기원하는 곳. 그 신의 상징으로 나무를 썼는데, 풍년의 기원에 그치지 않고, 이 神木 앞에서 재판이나 형벌을 집행하기도 하였다. 定公 때 季氏의 집사인 양호가 季桓子를 가두고 정권을 잡고, 그 정권을 인정받기 위하여 定公과 삼환씨를 협박하여 社에 나와서 맹세하게 하였다.

22. 子曰(자왈) 管仲之器(관중지기) 小哉(소재)라 或曰(혹왈) 管仲(관중)은 儉乎曰(검호왈) 管氏有三歸(관씨유삼귀)하며 官事(관사)를 不攝(불섭)하니 焉得儉(언득검)이리오 然則管仲(연즉관중)은 知禮乎(지례호)아 曰(왈) 邦君(방군)이 樹塞門(수새문)이어늘 管氏亦樹塞門(관씨역수새문)하며 邦君(방군)이 爲兩君之好(위량군지호)에 有反坫(유반점)이어늘 管氏亦有反坫(관씨역유반점)하니 管氏而知禮(관씨이지례)면 孰不知禮(숙부지례)리오

자 왈, "관중의 그릇이 작구나." 혹자 왈, "관중은 검소합니까?" 자 왈, "관씨가 삼귀를 두고, 관사를 겸하지 않았으니 어찌 검소하다고 하겠느냐." 말하길, "그러면 관중은 예를 압니까?" 자 왈, "나라의 임금이라야 나무로 문을 막거늘, 관씨 또한 나무로 문을 막았으며, 나라의 임금이라야 두 임금의 우호에 쓰기 위하여 반점을 두거늘, 관씨가 또한 반점을 두었으니, 관씨가 예를 안다면 누가

예를 알지 못하겠는가?”

＊ 管仲 : 성은 管. 名은 夷吾(이오). 字는 仲. 즉 管夷吾(관이오 BC 725~645)는 제환공을 춘추오패의 첫 패자로 만드는 데 큰 역할을 했다. 포숙아와 管鮑之交(관포지교)의 주인공으로 유명한 일화가 있다.

＊ 三歸 : 歸는 嫁. 즉 세 姓으로부터 부인을 맞아 세 번 결혼식을 올리는데, 제후가 세 나라에서 각각의 부인, 여동생, 조카 등 총 아홉 명의 여인을 얻는 禮를 관중이 범한 것.

＊ 官事不攝 : 제후들은 신하를 사무별로 쓰지만, 귀족들은 가신을 두고 여러 가지 겸무를 시키는데, 관중은 겸무를 시키지 않았다.

＊ 樹 : 대문 안쪽 정면에 낮은 담을 쌓아서 안이 들여다보이지 않게 하는 것은 제후의 특권이다.

＊ 反坫반점 : 堂의 기둥 사이에 단을 만들어 주연 때 獻酬(헌수)하는 술잔을 놓는 자리로 제후만이 할 수 있는 일이다.

23. 子語魯大師樂曰 樂은 其可知也니 始作에 翕如也하여 從之에 純如也하며 皦如也하며 繹如也하여 以成이라

공자께서 노나라 태사에게 음악을 말씀하시길, “음악의 구성은 알겠으니 처음 시작함에 모든 가락을 합하고 따름에는 잘 조화되는 듯이 하고 밝은 듯이 하고 꿰는 듯이 하여야 이루어진다.”

＊ 翕如 : 처음에 열둘로 한 조를 이루는 종이 성대하게 울리는 모양

＊ 從之純如也 : 관악기와 현악기 등 모든 악기가 고요히 합주를 시작

＊ 皦如 : 모든 악기가 파트에 따라 교대로 독주하는 것

＊ 繹如 : 소리가 길게 울림

＊ 翕 : 합할 흡. 皦 : 밝을 교. 繹 : 풀 역

24. 儀封人이 請見曰 君子之至於斯也에 吾未嘗不得見也로라 從者見之한대 出曰 二三子는 何患於喪乎리오 天下之無道也久矣라 天將以夫子爲木鐸이시리라

儀 땅을 지키는 사람이 뵙기를 청하며 말하길, "군자가 이곳에 이르면 내가 일찍이 뵙지 않은 적이 없었다." 따르는 자가 뵙게 하였더니 나와서 말하기를, "그대들은 어찌 근심하는가. 천하에 도가 없어진 지 오래 되었도다. 하늘이 장차 선생님을 목탁으로 삼으실 것이다."

---

* 喪 : 왕과 귀족이 망명할 때 국경에서 고국에 작별을 고하는 의식

25. 子謂韶하시되 盡美矣요 又盡善也라 謂武하시되 盡美矣요 未盡善也라

공자께서 소악을 이르시기를, "아름다움의 극치이고, 또 도덕적으로도 완전하다." '무악'을 이르시기를, "지극히 아름답지만 도덕적으로 완전하지는 않다."

---

* 武 : 주나라 무왕이 지은 악곡. 두 곡을 들으시고 요임금으로부터 나라를 물려받은 순임금의 노래는 美와 善의 완전한 조화를 이룬 최고의 음악이요. 무력으로 殷(은)의 紂王(주왕)을 쳐서 천하를 차지한 武왕의 노래는 美적으로는 아름답지만 도덕적으로 완전하지 못하다고 하셨다.
* 韶 : 순임금이 지은 악곡

26. 子曰 居上不寬하며 爲禮不敬하며 臨喪不哀면 吾何以

관 지 재
觀之哉리오

자 왈, "윗자리에 있으면서 너그럽지 않고, 예에 공경함이 없으며, 장례식에 임하여 슬퍼하지 아니하면 내 어찌 차마 보리오."

---

* 삼환씨들의 무례하고 厚顔無恥(후안무치)한 행동들을 비난하심

곡부성의 남문

第4章 里仁

4장은 26편으로, 5, 6편 외의 나머지 편은 짧은 문장이다. 道의 궁극의 목표였던 仁이 인생에서 덕으로 나타나는 양상을 보이고 있으나, 古今의 주석가들이 里仁을 보는 관점을 보면, 里仁篇의 문장은 대부분 짧지만 내용이 쉽지는 않다.

1. 子曰(자왈) 里仁(이인)이 爲美(위미)니 擇不處仁(택불처인)이면 焉得知(언득지)오

자 왈, "마을에 어진이가 살면 아름다우니, 이런 곳을 택하여 살지 않으면 어찌 지혜롭다 하리요."

---

* 里仁 : 여러 설이 있다. 里仁을 仁厚(인후)한 풍속이 있는 곳이라는 설과, 어진 사람이 살고 있는 마을로 보는 설이 있는데, 결국은 같은 뜻일 것이다. 어진 사람이 마을에 있으면 이웃들도 감화를 받아 어진 풍속이 생겨날 것이기 때문이다.

2. 子曰(자왈) 不仁者(불인자)는 不可以久處約(불가이구처약)이며 不可以長處樂(불가이장처락)이니 仁者(인자)는 安仁(안인)하고 知者(지자)는 利仁(이인)이니라.

자 왈, "어질지 않은 사람은 역경에 오래 처하지 못하며, 즐거운 곳에도 오래 처하지 못한다. 仁者는 仁을 편하게 여기고, 智者는 인을 이롭게 여긴다."

---

* 仁의 덕을 갖추지 못한 사람은 가난하면 죄를 범하게 되고, 부유하면 교만해지므로 오래 머물지 못한다.

3. 子曰 唯仁者아 能好人하며 能惡人이니라.

자 왈, "오직 어진 사람만이 능히 사람을 사랑할 수 있고 미워할 수 있다."

---

* 仁을 體得(체득)한 사람은 사사로운 감정을 초월했으니, 그가 좋아한다면 그만한 가치가 있기 때문이요, 미워한다면 또한 미움 받을 사람이기 때문일 것이다.

4. 子曰 苟志於仁矣면 無惡也니라

자 왈, "진실로 仁에 뜻을 두면 미움 받을 일이 없을 것이다."

---

* 仁에 뜻을 둔 사람은 남에게 미움 받을 일은 하지 않을 것이다. 惡으로 해석해서 '악함이 없다.'라는 견해도 있다.

5. 子曰 富與貴是人之所欲也나 不以其道로 得之어든 不處也하며 貧與賤이 是人之所惡也나 不以其道로 得之라도 不去也니라. 君子去仁이면 惡乎成名이리오 君子無終食之間을 違仁이니 造次에 必於是하며 顚沛에 必於是라.

자 왈, "부와 귀, 이것은 사람이 바라는 바이나, 그 도로써 얻지 않으면 처할 수 없고, 빈과 천, 이것은 사람들이 싫어하는 바이나 그 도로써 얻지 않으면 가지 말라. 君子가 仁을 떠나 악명을 이루랴. 군자는 밥 먹는 사이라도 仁을 어기지 않나니, 위급한 때에도 반드시 이 仁에 말미암고, 늪에 빠져도 반드시 이로 말미암는다."

* 不而其道 得之와 같은 문장으로 첫 문장에서는 정당한 도리로써 얻지 않으면 그 부귀를 누릴 수 없고, 두 번째 문장은 가난하고 천해진 것 즉, 어리석거나 게으름 등의 원인 없이 누명 따위로 얻어진 것일지라도 벗어나려고 버둥거리다가 더 깊은 늪에 빠질 수도 있다.

6. 子曰 我未見好仁者와 惡不仁者로라 好仁者는 無以尙之요 惡不仁者는 其爲仁矣에 不使不仁者로 加乎其身이니라. 有能一日에 用其力於仁矣乎아 我未見力不足者라 蓋有之矣어늘 我未之見也로다

자 왈, "나는 仁을 좋아하는 자와 不仁을 미워하는 자를 못 보았노라. 仁을 좋아하는 자는 더 바랄 것이 없고, 不仁을 미워하는 자는 그 仁을 행함에 不仁한 것으로 하여금 그 몸에 더하지 못하게 한다. 능히 하루라도 그 힘을 仁에 쓸 이가 있는가? 나는 힘이 부족한 자를 못 보았다. 아마 있을지라도 나는 못 보았다."

* '仁을 좋아하는 자와 불인을 미워하는 자를 못 보았다'는 말씀은 좀 이해하기 어렵다. 수많은 제자에다 六藝에 능통한 72賢과 孔門十哲의 德行에 안회, 민자건, 염백우, 중궁, 言語에는 재아와 자공, 政事에는 염유와 자로, 文學에는 자유와 자하 등 뛰어난 제자가 있고, 이 외에도 공자 사후 노나라 학당을 이끌고 효경을 엮었다는 증자도 있다. 특히, 안회는 수제자로 극찬하시고 그가 먼저 죽자, 당신이 펴지 못한 도를 안회를 통해서 완성하고자 했던 공자는, "하늘이 나를 망쳤다."고 대성통곡하셨는데, 仁을 좋아하는 자와 불인을 미워하는 자를 못 보았다는 말씀은 좀 의아하다. 다만 진정 仁을 좋아하고 불인을 미워하는 자를 만나기는 어렵지만, 仁에 힘쓰는 자가 하고자 하면 이룰 수 있으니 더욱 분발하여 힘쓰라는 말씀은 아닐는지.

자왈 인지과야 각어기당 관과 사지인의
7. 子曰 人之過也는 各於其黨하니 觀過면 斯知仁矣라

자 왈, "사람의 허물이 각각 그 무리에 따라 다르니, 허물을 살펴보면 仁을 체득하고 있는지 알 수 있다."

자왈 조문도 석사 가의
8. 子曰 朝聞道면 夕死라도 可矣니라.

아침에 도를 들으면(깨달으면) 저녁에 죽어도 좋다.

---

* 道란 사물의 당연한 이치지만, 공자는 당대에 도덕적인 이상사회가 실현되기 어렵다고 보았으리라. 이 말을 언제 누구와 더불어서 한 말인지 알 수 없다.

자왈 사지어도이치악의악식자 미족여의야
9. 子曰 士志於道而恥惡衣惡食者는 未足與議也니라

자 왈, "선비가 도에 뜻을 두고 거친 옷과 나쁜 음식을 부끄러워하는 자는 족히 더불어서 논하지 못한다."

---

* 士 : 춘추말기 제후국에는 귀족인 卿, 大夫, 다음으로 최하위 귀족계급으로 武勇에 뛰어난 庶民 출신이 많았는데 이들을 가리키는 말이다.

자왈 군자지어천하야 무적야 무막야 의지 여비
10. 子曰 君子之於天下也에 無適也하며 無莫也하여 義之與比니라.

자 왈, "군자는 천하에 당연함도 없고, 정함도 없으며, 의와 함께한다.

---

* 適 : 鄭玄(정현 127~200 後漢의 학자)은 敵으로 보고, 莫을 慕로 보아서 원수도

없고, 애착하는 사람도 없는 것으로 보았다. 문장의 연결이 애매하여 여러 설이 있다.

11. 子曰(자왈) 君子(군자)는 懷德(회덕)하고 小人(소인)은 懷土(회토)하며 君子(군자)는 懷刑(회형)하고 小人(소인)은 懷惠(회혜)니라.

자 왈, "군자는 덕을 생각하고 소인은 땅을 생각하고, 군자는 형벌을 생각하고 소인은 은혜 받기를 생각한다.

---

* 군자는 도덕의 세계를 품고, 소인은 편안하게 살 수 있는 땅을 품고, 군자는 법을 지킬 것을 품고, 소인은 은혜의 요행을 품는다.

12. 子曰(자왈) 放於利而行(방어리이행)이면 多怨(다원)이니라.

자 왈, "이익만을 위해서 행동하면 원망을 많이 받는다."

---

* 자기가 이익을 본다는 것은 누군가 손해를 보는 것이므로 오로지 이익만을 생각하면 원망이 많다.

13. 子曰(자왈) 能以禮讓(능이례양) 爲國乎(위국호) 何有(하유)오 不能以禮讓爲國(불능이례양위국)이면 如禮(여례)에 何(하)리오.

자 왈, "능히 예와 겸양으로써 나라를 다스리면 어떨까? 예와 겸양으로 나라를 다스리지 못하면, 예 같은 것을 무엇에 쓰랴."

14. 子曰(자왈) 不患無位(불환무위)오 患所以立(환소이립)하며 不患莫己知(불환막기지)오 求爲可(구위가)

知也니라.

자 왈, "지위가 없음을 걱정하지 말고, 설 수 있는 실력을 근심하며, 나를 알아주지 않음을 근심하지 말고, 알려질 만한 일을 구하라.

---

* 먼저 세상이 알아주는 실력을 쌓으라.

15. 子曰 參乎아 吾道는 一以貫之니라. 曾子曰 唯라. 子出하시니 門人이 問曰 何謂也잇고 曾子曰 夫子之道는 忠恕而已矣시니라.

자 왈, "참아, 나의 도는 하나로써 꿰뚫는다." 증자 왈, "예." 공자께서 나가시자 문인이 묻기를, "무슨 말씀이십니까?" 증자 왈, "우리 선생님의 도는 충과 서뿐이니라."

---

* 공자와 제자들의 문답을 보면, 공자는 성격과 재능에 따라서 같은 질문에 각기 다른 답으로 제자들의 장점은 살리고 단점을 고치도록 하고 있다. 공자가 말한 一以貫之를 증자는 忠恕로 보았다. 忠은 양심에 충실한 것과 다른 사람의 입장을 생각하는 恕가 만나서 仁으로 완성되었고, 후학들은 논어의 근본원리로 생각하고 이 대목을 특히 중요시 한다.

16. 子曰 君子는 唯於義하고 小人은 唯於利라

자 왈, "군자는 오직 의에 밝고 소인은 오직 이익에 밝다."

자 왈 견 현 사 제 언 견 불 현 이 내 자 성 야
17. 子曰 見賢思齊焉하며 見不賢而內自省也라

자 왈, "어진 사람을 보면 그와 같이 되기를 생각하며, 어질지 못한 사람을 보면 스스로 안으로 깊이 반성한다."

---

* 즉, 세 사람이 길을 가면 두 사람의 스승을 만난다는 뜻으로 남의 행동을 보면서 他山之石으로 삼아야 仁에 가까이 갈 수 있다.

자 왈 사 부 모 기 간 견 지 부 종 우 경 불 위
18. 子曰 事父母에 幾諫이니 見志不從하고 又敬不違하며
로 이 불 원
勞而不怨이니라.

자 왈, "부모를 섬기되 은근히 간하며, 뜻을 따르지 않을 의향을 보이시더라도 또 공경하여 어기지 말 것이며, 걱정스러워도 원망해선 안 된다."

---

* 幾諫 : 완곡하게 간함. 부모가 잘못하는 것을 보면 완곡하게 간하고, 간하는 말을 듣지 않으시면 그 뜻을 어기지 말라.

자 왈 부 모 재 불 원 유 유 필 유 방
19. 子曰 父母在어시든 不遠遊하며 遊必有方라.

자 왈, "부모님이 계시면 멀리 놀러가지 말며, 놀러갈 때는 반드시 갈 곳을 알려라."

---

* 부모는 항상 자식이 어디 있는지 알아서 근심이 없게 하고, 자식은 멀리 떨어져서 昏定晨省(혼정신성)을 못하는 것을 염려해야한다.

자 왈 삼 년 무 개 어 부 지 도 가 위 효 의
20. 子曰 三年 無改於父之道라야 可謂孝矣라

자 왈, "삼 년을 부모님의 도를 고침이 없어야 효자라 이를 것이다."

---

* 부모가 돌아가시고 그 방식을 변경하는 것은 부모의 도를 무시하는 지극히 불효한 행동이다.

21. 子曰 父母之年은 不可不知也니 一則以喜요 一則以懼니라

자 왈, "부모님의 나이는 알지 않으면 안 되니, 한편으로는 기쁘고, 한편으로는 두렵다."

---

* 부모님이 장수하시는 것은 기쁘지만, 점점 노쇠해지시니 그 남은 날이 많지 않을 것 같아서 두렵다.

22. 子曰 古者에 言之不出은 恥躬之不逮也라

자 왈, "옛날부터 말을 함부로 내지 않는 것은, 몸이 실천함에 말이 미치지 못할 것을 부끄러워함이다."

23. 子曰 以約失之者 鮮矣니라.

자 왈, "절약하고 실패하는 자는 드물다."

---

* 約(줄일 약) 字를 儉約(검약)으로 해석하는 학자도 있고, 모든 일을 신중하고 조심히 행동하는 것으로 해석하는 학자도 있다. 하여간 검약이나 신중이나 이렇게 하면 실패는 드물 것이다. 運七技三(운칠기삼)이라고 하지만, 큰 부자는 하늘이 내고 작은 부자는 儉約함에 있다고 하지 않던가? 매사를 사치하지 않고 輕擧妄動(경거망동)하지 않으면

실수하는 일이 드물 것이다.

24. 子曰(자왈) 君子(군자)는 欲訥於言而敏於行(욕눌어언이민어행)이니라.

자 왈, "군자는 말은 어눌하게 하고 행동은 민첩하게 하고자 한다."

---

* 訥 : 말더듬을 눌. 말이 입 안에서만 웅얼거리니 어눌하다는 뜻으로, 군자는 말만 번지르르해서는 안 되고 행동은 민첩해야 한다.

25. 子曰(자왈) 德不孤(덕불고)라 必有隣(필유린)이니라.

자 왈, "덕이 있는 사람은 외롭지 않으니 반드시 이웃이 있다."

---

* 사람들이 이해 못하는 높은 경지의 외로운 길을 가면서 가끔 현인들을 만났던 체험을 말씀하셨다. 덕은 외롭지 않으니 반드시 동조자가 있다.

26. 子游曰(자유왈) 事君數(사군삭)이면 斯辱矣(사욕의)오 朋友數(붕우삭)이면 斯疏矣(사소의)라

자유가 말하길, "임금을 섬기는데 자주 간하면 욕이 되고, 벗을 사귀는데 자주 충고를 하면 사이가 멀어진다."

第5章 公冶長

5장은 총 28편으로 역사 속의 인물, 당대의 정치가, 제자들의 인물론이 주제이며, 공자는 사람들의 순간적인 말이나 행동을 보고, 그 사람의 본질을 꿰뚫어보는 능력을 가지고 예리하게 인간의 내면을 파헤친다.

1. 子謂公冶長(자위공야장)하시되 可妻也(가처야)로다. 雖在縲絏之中(수재류설지중)이나 非其罪也(비기죄야)라 하시고 以其子(이기자)로 妻之(처지)하시다.

공자께서 공야장을 이르시기를, "사위 삼을만하다. 비록 포승에 묶여 옥중에 있었으나 그 죄가 아니다." 하시고, 딸을 그의 아내로 삼게 했다.

---

* 縲 : 포승 류. 絏 : 맬 설
* 공야장 : 성은 公冶, 이름은 長. 공야장의 모든 것은 알려져 있지 않다. 공야장은 새의 말을 알아듣는 능력이 있어서 행방불명된 유아의 시체가 있는 곳을 알려주고 살인범으로 몰려 감옥에 갔으나, 마침내 새의 말을 알아듣는 능력이 증명되어 풀려났다.

2. 子謂南容(자위남용)하시되 邦有道(방유도)에 不廢(불폐)하며 邦無道(방무도)에 免於刑戮(면어형륙)이라 하시고 以其兄之子(이기형지자)로 妻之(처지)하시다.

공자께서 남용을 평하시기를, "나라에 도가 있으면 버림받지 않을 것이고, 나라에 도가 없으면 형벌을 면할 것이다." 하시고, 그 형의 자식을 그의 아내로 삼세 하셨나.

---

* 南容 : 공자의 제자이며, 맹손씨의 孟僖子로 孟懿子의 형. 이름은 도.

3. 子謂子賤하사대 "君子哉 若人이 魯無君子者 斯焉取斯"리오.

공자께서 자천을 일러, "군자로구나, 이 사람(자천)은. 노나라에 군자가 없다고 말하는 사람은, 그럼 이 (자천)은 어떻게 이(군자의 덕)를 취했겠는가."

---

* 子賤 : 성은 宓(복). 이름은 不齊(부제). 字는 子賤.「중니제자열전」에 자천은 單父(선보)의 읍재였는데, 공자가, "부제가 다스리기에는 선보는 너무 작다. 더 컸더라면 능력을 제대로 발휘했을 것을…." 하셨다. 아쉽게도 공자의 찬탄만 있고 구체적인 것은 제시하지 않으셨다.

4. 子貢問曰 賜也何如니잇고 子曰 女器也니라 曰 何器也잇고 曰 瑚璉也니라

자공이 묻기를, "사는 어떠합니까?" 하니, 자 왈, "너는 훌륭한 그릇이다." 자공이 말하기를, "어떤 그릇입니까?" 하니, 자 왈, "호련이다."

---

* 공자는 위정편 12장에, 군자는 한 가지 용도로 밖에 쓸 수 없는 그릇이 되어서는 안 된다고 君子不器라 하셨는데, 여기에서 자공의 물음에 '호련'이라고 하신 것은 호련은 중요한 용도의 그릇이기에 거기에 비유하신 것 같다.

* 瑚璉 : 黍稷(서직)을 담는 祭器(제기).

* 瑚 : 호련 호. 璉 : 호련 련

5. 或曰雍也는 仁而不佞이다 子曰 焉用佞이리오 禦人以口給하여 屢憎於人하나니 不知其仁이어늘 焉用佞이리오

혹자가 말하기를, "옹은 어지나 말재주가 없습니다." 하니, 자 왈, "말재주를 어디에 쓰겠는가. 입으로 남의 말을 막아서 자주 남에게 미움을 받나니, 그의 어진 것은 알지 못하면서 말재주를 어디에 쓰겠는가."

---

* 雍 : 성은 冉. 이름 雍. 字는 仲弓. 미천한 신분이었지만 인격이 훌륭한 점을 공자께서 높이 사셨다.

6. 子使漆彫開로 仕하신대 對曰 吾斯之未能信이로소이다 子說하시다.

공자께서 칠조개로 하여금 벼슬을 하게 하시니, 칠조개가 대답하여 말하기를, "제가 아직 능할 자신이 없습니다." 공자께서 기뻐하셨다.

---

* 공자의 제자인 칠조개가 벼슬할만하여 공자께서 권하였으나 그가 스스로 능치 못하다고 사양함에 그의 큰 뜻을 보시고 기뻐하셨다.
* 칠조개 : 성은 漆彫. 이름은 開. 字는 子開.

7. 子曰 道不行이라 乘桴하여 浮于海하리니 從我者는 其由與인저 子路聞之 喜한대 子曰 由也 好勇이 過我나 無所取材로다

자 왈, "도가 행해지지 않으니 뗏목을 타고 바다로 떠갈까 하니, 나를 따르는 자는 아마도 유일 것이다." 자로가 듣고 기뻐하거늘, 자 왈, "유는 용맹을 좋아하기는 나보다 낫지만 (떼를 만들) 재목은 어디서 구하나?"

＊ 無所取材 : 취할 바가 없다는 설도 있다.

＊ 큰 떼를 筏(떼 벌). 작은 떼를 桴(마룻대 부).

＊ 공자께서 천하에 어진 왕이 없어서 도가 행해지지 않음을 탄식하며 바다로 떠날 것임을 비유적으로 말씀하셨는데, 자로는 스승께서 자기를 알아주심을 기뻐하자, 용맹은 있지만 재능은 부족함을 말씀하신다.

8. 孟武伯이 問子路는 仁乎잇가 子曰 不知也라 又問한대 子曰 由也는 千乘之國에 可使治其賦也어니 不知其仁也라 求也는 何如잇고 子曰 求也는 千室之邑과 百乘之家에 可使爲之宰也니라 不知其仁也로라 赤也는 何如잇고 子曰 赤也는 束帶立於朝하여 可使與賓客言也어니와 不知其仁也로라

맹무백이 자로에 대하여 묻기를, "어집니까?" 자 왈, "알지 못하겠다." 또 물으니, 자 왈, "유야는 천승의 나라에서 그 군사를 다스리게 할 수 있으나 그가 어진지는 알지 못하겠다." "구는 어떠합니까?" 자 왈, "구는 천승의 고을과 백승의 집안에서 재가 될 수는 있으나, 그가 어진지는 알지 못하겠다." "적은 어떠합니까?" 자 왈, "적은 띠를 두르고 조정에 서서 빈객과 더불어 말할 수 있으나 그가 어진지는 알지 못하겠다."

* 맹무백 : 맹유자로 애공 14년(BC 481)에 부친의 뒤를 계승했다.
* 염구 : 字는 子有 혹은 冉有. 정치 능력이 뛰어나고 행정과 군사 방면에 재능을 발휘했으나, 계씨의 가신이 되어 능력이 있는데도 자기가 가르친 도를 현실정치에 구현하지 않고, 계씨의 횡포를 막지 못한 것을 공자는 못마땅해 했다.
* 赤 : 공서화. 외모가 준수한 외교관 타입.
* 1乘 : '乘'의 한자 모양에는 말과 사람이 담겨있다. 1승에는 4마리의 말과 올라탄 사람들이 포함되어 있는데, 약 75명의 사람이 쫓아다닌다. 즉 백승은 말 4백 마리와 7,500명의 군사.

9. 子謂子貢曰 女與回也 孰愈오 對曰 賜也何敢望回릿고 回也는 聞一以知十하고 賜也는 聞一以知二니다. 子曰 弗如也 吾與女 弗如也라

공자께서 자공에게 일러 말씀하시기를, "너와 회 중에 누가 나으냐." 자공이 대답하기를, "제가 어찌 감히 회를 바라보겠습니까? 회는 하나를 들으면 열을 알고, 저는 하나를 들으면 둘을 압니다." 자 왈, "같지 않도다. 나와 너는 같지 않노라."

* 수제자였던 자공은 당연히 자존도 강하였을 것이다. 공자는 그런 자공에게 누가 더 나으냐고 묻자, 스승의 심중을 헤아려서 자기를 낮추면서도 은근히 나도 둘을 아는 고로 보통이 아닌 것을 강조하니, 그의 자존과 재치에 미소가 나온다.

10. 宰予晝寢이어늘 子曰 朽木은 不可雕也요 糞土之墻은 不可杇也니 於予與에 何誅리오 子曰 始吾於人也 聽其言

而信其行 今吾於人也에 聽其言而觀其行하노니 於予與에 改是라

재여가 낮잠을 자거늘, 자 왈, "썩은 나무는 조각할 수 없고, 똥을 섞은 흙으로는 담장의 흙손질을 할 수 없으니 여에게 어찌 꾸짖을 것인가." 자 왈, "나는 지금까지 사람을 만나면 그 말을 듣고 그 행실도 그러려니 믿었더니, 이제 내가 사람에게 그 말을 듣고 그 행실을 살펴보게 되니, 재여로 말미암아 이것을 고치게 되었다."

---

* 재여 : 자는 子我. 언변이 뛰어난 재여는 삼년상이 길다고 했다가 꾸중을 듣기도 했다. 공자는 그의 언행일치가 안 됨을 꾸짖었다.

11. 子曰 吾未見剛者로라 或對曰 申棖이니이다. 子曰 棖也는 慾이어니 焉得剛이리오

자 왈, "나는 강한 자를 못 보았다." 혹자가 말하기를, "신정이 있습니다." 자 왈, "신정은 욕심이니 어찌 강하다 하겠는가."

---

* 申棖(문설주 정)은 공자의 제자이다. 공자가 '신정은 욕심이니 어찌 강건하다 하리오.' 하시니, 자신의 마음 깊은 곳에서 일어나는 욕망을 이겨내야 한다는 말씀일 것이다.

12. 子貢曰 我不欲人之加諸我也를 吾亦欲無加諸人하노이다 子曰 賜也아 非爾所及也니라

자공이 말하길, “나는 남이 나에게 하지 않았으면 하는 모든 일을, 나도 남에게 하지 않겠습니다.” 자 왈, “사야, 네가 미칠 바가 아니니다.”

---

* 공자보다 뛰어나다는 평을 듣기도 했던 자공의 우수성이 보이는 대목으로 仁의 본질을 교묘히 표현했으나 도덕의 실천이 따르지 않는 것을 깨우치신다.

13. 子貢曰夫子之文章(자공왈부자지문장)은 可得而聞也(가득이문야)어니와 夫子之言性(부자지언성)與天道(여천도)는 不可得而聞也(불가득이문야)니라

자공이 말하기를, “선생님의 문장은 얻어들을 수 있지만, 선생님의 말씀 중에 인간의 본성과 하늘의 도리는 얻어들을 수가 없었다.”

---

* 공자는 주로 문화에 관하여 말씀하셨으니, 자공은 이 문장은 들었으나 性과 天道에 관하여서는 말씀을 아끼셔서 듣지 못하였다는 것. 性은 서로 가깝다고 양화편에 말했으니 性에 관해서는 말씀하셨고, 天道는 자연과 인간사회의 운행 법칙인데 공자는 여기에 관해서는 말씀을 아끼시었다. 즉, 천도가 반드시 정의의 편도 아니었고 불의를 용인하기도 했기 때문일 것이다.

14. 子路(자로)는 有聞(유문)에 未之能行(미지능행)하여선 唯恐有聞(유공유문)여라

자로는 가르침을 듣고 행하지 못했는데, 다른 가르침을 들을까 두려워했다.

15. 子貢(자공)이 問曰(문왈) 孔文子(공문자)를 何以謂之文也(하이위지문야)잇고 子曰(자왈) 敏而好學(민이호학)하며 不恥下問(불치하문)이라 是以謂之文也(시이위지문야)라

자공이 묻기를, “공문자를 어찌 문이라고 이르십니까?” 자 왈, “민첩하며 배움을 좋아하고 아랫사람에게 묻는 것을 부끄러워하지 않으므로 문이라고 이르는 것이다."

---

* 孔文子 : 衛나라 大夫. 이름은 圉. 卿이나 大夫가 죽으면 군주는 그 사람 생전의 업적을 참작하여 시호를 내리는데, 文은 가장 영예로운 것으로 여겼다.

* 蘇轍(소철 1039~1112 북송의 문인. 당송 팔대가의 한 사람)이 부연하기를 孔文子가 太叔疾(태숙질)에게 본부인을 쫓아내게 하고, 자신의 딸인 孔姞(공길)을 시집보냈다. 그 후 太叔疾이 본부인의 여동생과 情을 통하자, 孔文子가 노하여 太叔疾을 치려고 孔子에게 물으니, 공자는 대답하지 않고 수레를 재촉하여 떠나가셨다. 太叔疾이 宋나라로 달아나자 공문자는 太叔疾의 아우 遺에게 孔姞을 아내로 맞이하게 했다. 공문자는 사람됨이 이러한데 죽은 뒤에 시호를 文이라 하니, 子貢이 물은 것이다. 孔子께서 그의 善한 점을 말씀하시며 '이와 같으면 또한 文이라고 諡號(시호)할 수 있다.'라고 하셨다.

16. 子謂子產(자위자산)하시되 有君子之道四焉(유군자지도사언)하니 其行己也恭(기행기야공)하며 其事上也敬(기사상야경)하며 其養民也惠(기양민야혜)하며 其使民也義(기사민야의)니라

공자께서 자산을 평하시기를, "군자의 도리 넷이 있었으니, 그 몸가짐이 공손했고, 그 윗사람 섬김에는 공경하였으며, 그 백성을 기름에는 은혜로웠고, 그 백성 부림에는 정의로웠다."

---

* 子產 : 성은 공손, 이름은 교. 字가 子產. 정나라 목공의 손자로 당시 정나라는 진과 초나라 사이에서 고초를 겪었으나, 자산은 두 나라의 세력 균형을 이용하여 평화를 누렸다. 진, 초 두 나라에 대한 공납의 부담을 줄이고 국내의 농지를 정리하여 토지세를 징수하여 국가 경제를 부흥시켰으며, 유능한 정치가이자 외교가로 합리주의자였다. 거북점을 통해 하늘의 뜻을 받들어 정치적 결정을 내리는 것에서 탈피하여, 법에 의하여 합리적으로 국가를 통치했다.

17. 子曰 晏平仲은 善與人交로다 久而敬之온여

자 왈, "안평중은 사람과 잘 사귀었는데, 오래도록 공경한다."

---

* 안평중 : 晏嬰(안영 ?~BC 500년). 齊나라 재상. 자는 仲. 시호는 平. 齊靈公, 莊公, 景公 3대를 섬긴 재상. 키가 매우 작았으나 검소하였고 군주에게 기탄없이 간언한 것으로 유명하다. 사람은 오래 사귀면 흠이 보여서 공경함이 사라지는데 안평중에게서 공경함이 사라지지 않았다는 것은, 그의 검소함과 임금을 바르게 섬기고 백성을 사랑하는 것이 50여 년의 정치에서 한결같았다. 안영은 제경공이 공자를 등용하려고 할 때, 적극적으로 반대해서 무산시켰는데, 공자는 그것과 상관없이 그의 장점을 존경하였다.

18. 子曰 臧文仲이 居蔡에 山節藻梲니 何如其知也리오

자 왈, "장문중이 점치는 거북을 간직하기 위해 집을 지음에 기둥머리에 산을 새기고 동자기둥에는 마름을 그려 귀신에게 아첨하였으니 어찌 지혜롭다 하겠는가."

---

* 장문중은 노나라 대부로 성은 장손. 이름은 辰. 자는 仲. 시호는 文.
* 蔡 : 거북 채. 점칠 때 쓰는 君王 전용의 큰 거북.
* 節 : 대들보를 지탱하는 기둥 위의 柱頭
* 藻 : 말 조. 梲 : 짧은 기둥 탈(절)

19. 子張이 問曰 令尹子文이 三仕爲令尹을 無喜色하며 三已之하되 無慍色하여 舊令尹之政 必以告新令尹하니 何如잇고 子曰 忠矣니라 曰 仁矣乎잇가 曰 未知로라 焉得仁이리오

崔子弑齊君(최자시제군)이어늘 陳文子有馬十乘(진문자유마십승)이러니 棄而違之(기이위지) 至於(지어) 他邦(타방)하여 則曰猶吾大夫崔子也(칙왈유오대부최자야)라 하고 違之(위지)하며 之一邦(지일방)하여 則曰猶吾大夫崔子也(칙왈유오대부최자야)라 하고 違之(위지)며 何如(하여)잇고 子曰(자왈) 淸矣(청의)니라 曰仁矣乎(왈인의호)잇가 曰(왈) 未知(미지)로라 焉得仁(언득인)오

자장이 여쭈길, "영윤자문이 세 번 벼슬하여 영윤이 되었어도 기쁜 기색이 없었고, 세 번 벼슬을 그만두되 성내는 기색 없이 전에 자신이 맡은 영윤의 정사를 반드시 새 영윤에게 고하니 어떠합니까?" 자 왈, "충이니라." 자장이 또 여쭈길, "仁입니까?" 자 왈, "잘 모르겠다. 어찌 仁이라고 하겠는가." 또 여쭈길, "최자가 제나라 임금을 죽이니, 진문자가 말 十乘이 있었는데 버리고 다른 나라에 이르러 말하시기를, '우리 대부 최자와 같다.'고 말하고, 다시 떠나가 한 나라에 가서 말하기를, '우리 대부 최자와 같다.'고 말하고, 다시 떠났으니 어떠합니까?" 자 왈, "깨끗한 사람이다." "仁입니까?" 자 왈, "모르겠다. 어찌 仁이랴."

---

* 자장은 자문과 진문공 정도의 사람들이면 仁이라 칭할 수 있을 것 같아서 공자에게 물었으나, 그들의 忠은 인정하나 仁까지는 아니라 하시었다. 자문이 세 번 벼슬하고 세 번 물러났을 때, 욕심이 없었는지 알 수 없고, 그가 초나라를 도운 것은, 천자를 참람하게 하는 일이었다. 문공은 최자가 제군을 시해할 때, 역적을 토벌하는 의리를 보이지 않았으니 자문과 문자를 인이라고는 볼 수 없다는 것이다.

* 子文 : 성은 鬪. 이름은 穀於菟. 자가 자문. 令尹은 楚나라 수상의 직위. 당시 강국이었던 초나라 재상으로, BC 664년 자기의 재산을 내놓아 나라의 국난을 구했다.

* 崔子 : 이름은 杼(북 저). 제나라 대부.

* 陳文子 : 성은 陳. 이름 須無. 시호 文.

20. 季文子三思而後 行하니 子聞之하시고 曰 再斯可矣라

계문자가 세 번 생각한 뒤 행하니 공자께서 들으시고 왈, "두 번이면 가하다."

---

* 계문자 : 성은 계손씨. 노나라 대부. 이름 行父, 文은 시호. 노나라 宣公, 成公, 襄公 3대에 걸친 명재상. 568년에 죽었으니 공자와 동시대 사람은 아니다.

21. 子曰 甯武子邦有道則知하고 邦無道則愚하니 其知는 可及也어니와 其愚는 不可及也니라

자 왈, "영무자는 나라에 도가 있으면 지혜롭고, 나라에 도가 없으면 우직하였으니 그 지혜는 따를 수 있지만, 그 우직함은 따를 수 없도다."

---

* 영무자 : 성은 甯. 이름은 愈. 武는 시호. BC 723~632년에 활약했던 衛나라 정치가로, 위나라 내분을 때론 지혜롭게, 때론 어리석은 듯이 잘 처리했다.

22. 子在陳하사 曰歸與歸與인저 吾黨之小子狂簡하여 斐然成章이요 不知所以裁之로다

공자께서 진에 계실 때 말씀하시기를, "돌아가자, 돌아가자 우리 고향의 젊은 이들은 뜻이 커서 문체는 찬란하나 마름질할 바를 알지 못한다."

---

* 5가구를 比, 5比를 閭, 네 閭를 族, 5族을 黨, 5黨을 州, 5州는 鄕.
* 吾黨之小子 : 黨은 500호 집단으로 黨에는 청년들의 집합소가 있어서 며칠씩 함께 숙박하며, 노인들께 부락의 故事 등의 교육을 받고, 노인을 상좌에 모시고 술을 마시는 예의범절을 鄕飮酒禮라 하여 禮에 채택되었다. 小子는 이 집단의 청년들을 지칭하는

발이었으나 공자가 제자를 부르는 칭호가 되었다.

* 狂은 뜻이 큰 것. 簡은 소박함.

23. 子曰 伯夷叔齊는 不念舊惡이라 怨是用希라

자 왈, "백이와 숙제는 남의 구악을 생각하지 않는지라 이로 인하여 원망하는 사람이 드물었다."

---

* 백이와 숙제는 고죽국 군주의 아들들로 부왕이 죽자, 서로 왕위를 양보하다가 함께 고죽국을 떠나서 문왕에게 갔으나, 이미 문왕은 죽고 뒤를 이은 무왕이 은의 주왕을 치려는 것을 보고, 비록 폭군이라도 이를 치는 것은 또 하나의 악을 저지르는 것이라고 武王을 말렸다. 周나라 천하가 되자 수양산에 들어가 고사리만 먹다가 굶어 죽었는데, 이 '구악을 생각지 않았다'는 말은 紂王이 포악했지만 紂王 치는 것을 반대하였고, 紂王이 망한 뒤에도 절개를 지킴을 이르는 말씀인 것 같다. 만고의 충신 백이와 숙제를 위해 수양산 아래에는 夷齊碑(이제비)가 있다. 백이숙제가 주나라의 녹을 받지 않겠다며 고사리만 캐먹자, 왕미자가 찾아가서, '주나라 녹은 먹지 않겠다면서 수양산 고사리는 왜 먹느냐.'고 비판하자, 고사리마저 먹지 않고 餓死(아사)했다. 그로부터 약 2500여 년이 지나, 중국에 간 성삼문은 우연히 이제비가 서 있는 곳을 지나다 시 한 수를 지었다.

當年叩馬敢言非　그때 말고삐 당기며 그르다고 감히 말하니
大義堂堂日月輝　대의가 당당하여 해와 달처럼 빛나더라.
草木亦霑周雨露　초목 또한 주나라 이슬과 비로 자라는데
愧君猶食首陽薇　그대 수양산 고사리 자신 것 부끄러워하소.

24. 子曰 孰謂微生高直고 或乞醯焉이어늘 乞諸其隣而與之로다

자 왈, "누가 미생을 고결하고 정직하다고 하는가. 어떤 사람이 초를 빌려달라면, 그 이웃에 가서 그것을 빌려서 주는구나."

---

* 아는 것은 안다 하고 모르는 것은 모른다 하고, 옳은 것은 옳다 하고, 그른 것은 그르다 하며, 있으면 있다 하고 없으면 없다고 해야 하는 것이 直이라는 말씀.

25. 子曰 巧言令色足恭을 左丘明恥之러니 丘亦恥之하노라 匿怨而友其人을 左丘明恥之러니 丘亦恥之하노라

자 왈, "말을 교묘히 하고 얼굴빛을 지나치게 공손하게 하는 것을 좌구명이 부끄럽게 여겼는데, 나 역시 부끄럽게 여긴다. 원망을 숨기고 그 사람과 벗하는 것을 좌구명이 부끄럽게 여겼는데, 나도 부끄럽게 여긴다."

---

* 좌구명 : 성 좌구. 이름 명. 좌구명에 대해서는 노나라 史官이었다는 설과 춘추좌전을 그가 지었다는 설도 있지만 확실하지 않다. 공자보다 선배이면서 공자가 존경한 賢人이었던 듯하다.

26. 顔淵季路侍러니 子曰盍各言爾志오 子路曰 願車馬衣輕裘를 與朋友共하여 敝之而無憾하노이다. 顔淵曰願無伐善하며 無施勞하노이다 子路曰 願聞子之志하노이다. 子曰 老者安之하며 朋友信之하며 少者懷之니라

안연과 자로가 공자를 모시었다. 자 왈, "너희들 각자의 뜻을 말해보겠는가." 자로가 말하기를, "수레와 말과 가벼운 갓 옷을 친구와 함께 쓰다가 해져도 유감이 없겠습니다." 안연이 말하기를, "원컨대 잘한 것을 자랑하지 않으며, 수고를 남에게 베풀지 않기를 원합니다." 자로가 말하기를, "원컨대 선생님의 뜻을 듣고자 합니다." 자 왈, "늙은이를 편안하게 하고 친구를 신뢰하며 젊은이들이 따르는 사람이고 싶다."

＊ 顔淵 : 顔回. 字가 淵.

＊ 季路 : 중국에서는 종형제 간에 태어난 순서를 이름에 붙여 부르는데 季는 맨 끝이라는 뜻으로 路에 季를 붙임.

(자 왈 이 의 호 오 미 견 능 견 기 과 이 내 자 송 자 야)

27. 子曰 已矣乎라 吾未見能見其過而內自訟者也로라

자 왈, "오호라! 나는 그 자신의 허물을 보고 자책하여 꾸짖는 자를 아직 보지 못했다."

＊ 자신의 허물을 아는 자가 드문데, 그 허물을 알고 스스로 책망하는 자는 더욱 드무니, 허물 고치는 것이 어렵다고 탄식하심이다.

(자 왈 십 실 지 읍 필 유 충 신 여 구 자 언 불 여 구 지 호 학 야)

28. 子曰 十室之邑에 必有忠信如丘者焉이어니와 不如丘之好學也니라

자 왈, "열 집이 살고 있는 고을에는 반드시 충성과 믿음이 나와 같은 이가 있겠지만, 학문을 좋아하는 것은 나와 같지 않을 것이다."

＊ 공자를 生而知之(알고 태어난 사람)라는 사람도 있지만, 韋編三絶(위편삼절)만 보더라도 끊임없이 배우려고 노력한 사람이었음을 알 수 있다. 三人之行 必有我師(삼인지행 필유아사)라고 현인에서부터 우둔한 사람까지, 모든 사물과 사람이 그의 스승이었다.

第6章 雍也

옹야장은 30편으로 엮어졌으며, 후반부에는 인을 중요시하는 부분이 주를 이루고 있다.

1. 子曰 雍也 可使南面이로다.

자 왈 "옹은 높은 자리에 앉을만하다."

---

* 雍 : 冉雍. 字는 仲弓. 공자께서 雍이 度量이 넓은 것을 말씀하심.

* 南面 : 천자와 제후는 공식 석상에서 남쪽을 향해 앉아서, 북쪽을 향한 신하의 절을 받았다. 즉 南面은 군주의 뜻이고, 지금도 上席은 남면이다.

2. 仲弓 問子桑伯子한데 子曰 可也簡이니라 仲弓曰 居敬而行簡하여 以臨其民이면 不亦可乎잇가 居簡而行簡이면 無乃大簡乎잇가 子曰 雍之言이 然이라

중궁이 자상백자를 물으니, 자 왈, "간략함이 좋다." 중궁이 말하기를, "공경하게 거하고 간소하게 행하여 그 백성에 임하면 또한 가하지 아니합니까? 간소한 데에 거하여 간소하게 행하면 너무 간소하지 않습니까? " 자 왈, "옹의 말이 옳다."

* 자상백자 : 노나라 사람. 당시의 정치가로 보이나 정확한 것은 알 수 없다.
* 중궁은 윗사람으로서 대범해야 하며 너무 옹졸해도 안 되고, 치밀하지 못해도 안 되므로, 안으로는 신중하고 겉으로는 대범한 것이 윗사람의 태도가 아닌가 한다.

3. 哀公問弟子孰爲好學잇가 孔子對曰有顏回者好學 不遷怒하며 不貳過하더니 不幸短命死矣라 今也則亡하니 未聞好學者也니이다.

애공이 묻기를, "제자 중에 누가 학문을 좋아합니까?" 공자 대답하시기를, "안회라는 자가 있어서 배우기를 좋아하여 노여움을 옮기지 아니하며 잘못을 두 번 않더니, 불행히 명이 짧아서 죽고 지금 없으니, 배우기를 좋아하는 자를 듣지 못했습니다."

* 程子(宋나라 학자 정호와 정이 형제에 대한 존칭)는 顏回에게 '노여움이란 자신에게 있는 것이 아니라 상대방에게 있었으니, 거울이 물건을 비출 때 아름답고 추함은 저쪽에 있는 것이니, 자신과 무슨 상관이 있어서 노여움을 옮기겠는가?'라고 했는데, 정자의 비유는 너무도 절묘하여 무릎을 치게 한다.

4. 子華使於齊러니 冉子爲其母請粟한데 子曰 與之釜하라 請益하니 曰與之庾하시거늘 冉子與之粟五秉한데 子曰 赤之適齊也에 乘肥馬하며 衣輕裘하니 吾聞之也하니 君子周急이요 不繼富라

자화가 공자의 명령으로 제나라에 가니 염자가 자화의 어머니를 위하여 곡식을 청하니, 자 왈, “한 부를 주라.” 자화가 더 청하니, 자 왈, “유를 주라.” 염자가 곡식 다섯 병을 주었더니, 자 왈, “적이 제나라에 갈 때, 좋은 말을 타고 가벼운 갖옷을 입었으니, 내가 듣기에는, 군자는 궁핍한 이를 도와주나 부유한 이에게 더 보태어주지 않는다.”

---

* 子華 : 성은 公西. 이름은 赤. 字 子華.
* 곡식을 재는 도량 : 釜부는 6말 4되. 庾유는 16말. 秉병은 16斛곡. 斛은 열 말

원 사 위 지 재 여 지 속 구 백 사 자 왈 무

5. 原思爲之宰러니 與之粟九百이어시늘 辭한대 子曰 毋하라.

이 여 이 린 리 향 당 호

以與爾隣里鄕黨乎인저

원사가 공자의 가신이 되었다. 곡식 구백 말을 주시니 사양하거늘 자 왈, “사양하지 말라, 너의 이웃 마을과 향당과 나누라.”

---

* 原思 : 字는 子思. 원사는 가난하기도 했지만 어떤 직책이든 항상 부지런히 책임을 다했다.

자 위 중 궁 왈 리 우 지 자 성 차 각 수 욕 물 용 산 천

6. 子謂仲弓曰 犁牛之子騂且角이면 雖欲勿用이나 山川

기 사 제

其舍諸아

공자께서 중궁을 일러 말씀하시길, “얼룩소의 새끼가 붉고 또 뿔이 나면 비록 쓰지 않으려고 하여도 산천의 신이 그것을 버리겠는가.”

---

* 犁牛 : 얼룩소, 밭가는 소.

* 騂 : 붉은말 싱

* 周나라는 붉은색을 숭상하고, 나라의 제사에 犧牲(희생)으로 소를 쓰는데 털이 붉고 뿔이 바른 것을 사용하였다. 나라에서 희생으로 쓰일 소를 따로 관리하는데, 제사에 쓰일 소가 마땅하지 않으면 민가의 밭가는 소를 골라서 사용하기도 했다. 얼룩소 새끼는 仲弓의 출신이 미천함을 비유한 것으로, 중궁의 신분은 천하지만 붉은 털과 멋진 뿔을 가졌으니 반드시 등용될 것이라는 말씀.

7. 子曰 回也는 其心三月不違仁이요 其餘則日月至焉而已矣니라

자 왈, "안회는 그 마음이 석 달을 仁을 어기지 않고, 그 밖의 사람들은 하루나 한 달을 이를 뿐이니라."

8. 季康子問 仲由 可使從政也與잇가 子曰 由也果하니 於從政乎에 何有리오 曰 賜也 可使從政也與잇가 曰 賜也 達하니 於從政乎에 何有리오 曰 求也 可使從政也與잇가 曰 求也 藝하니 於從政乎에 何有리오

계강자가 묻기를, "중유는 정사를 맡을 만합니까?" 자 왈, "중유가 과감하니 정사를 좇음에 무엇이 어렵겠는가." 묻기를, "사는 정사를 맡을 만합니까?" 자 왈, "사야는 사리에 밝으니 정사를 좇음에 무슨 무엇이 어렵겠는가." 묻기를, "구는 정사를 맡을 만합니까?" 자 왈, "구는 재능이 많으니 정사를 좇음에 무엇이 어렵겠는가."

계 씨 사 민 자 건 위 비 재 민 자 건 왈 선 위 아 사 언
9. 季氏使閔子騫으로 爲費宰한대 閔子騫曰 善爲我辭焉하

여 유 부 아 자 즉 오 필 재 문 상 의
라 如有復我者 則吾必在汶上矣로리라

계씨가 민자건으로 하여금 비읍의 읍장으로 삼으려 하니, 민자건이 말하기를, "나를 위해서 잘 말하라. 만일 다시 나를 부른다면 나는 반드시 문수 위에 있을 것이다."

＊민자건 : 공자의 제자. 성은 민. 이름은 損. 字가 子騫. 안회만큼 덕행으로 이름이 알려졌다. 그는 계씨 집안의 가신으로 가기를 꺼려서 자기의 의사를 물으러 온 자에게 이 같은 대답을 하였다. 공자 만년에는 제자들의 명성도 세상에 알려져서 대부들이 가신으로 끌어들이려고 했으나, 공자의 제자 중에 대부의 가신이 되지 않은 자는 민자건과 증자 등 몇 명뿐이었다.

＊費 : 魯나라 수도인 曲阜의 동남쪽 汶水유역에 있으며 계씨의 城. 매우 크고 강대하여 공산불요의 반란이 일어나기도 했던 곳.

＊騫 : 이지러질 건

백 우 유 질 자 문 지 자 유 집 기 수 왈 망 지
10. 伯牛有疾이어늘 子問之하실새 子牖執其手曰亡之러니

명 의 부 사 인 야 이 유 사 질 야 사 인 야 이 유 사 질 야
命矣夫인저 斯人也 而有斯疾也 斯人也而有斯疾也할새

백우가 병이 있어 공자께서 문병하시며 창으로 그 손을 잡으시며 말씀하시기를, "소생할 가망성이 없으니 운명이구나. 이 사람이 이런 병에 걸리다니, 이 사람이 이런 병에 걸리다니."

＊염백우 : 이름은 耕. 안회, 민자건, 중궁 등과 함께 덕행으로 칭송받던 제자로 문둥병으로 위중하다는 말을 듣고, 창문으로 손을 만지며 탄식하신다.

11. 子曰 賢哉라 回也여 一簞食와 一瓢飮으로 在陋巷人不堪其憂어늘 回也不改其樂하니 賢哉라 回也여

자 왈, "어질구나! 회여, 한 그릇의 밥과 한 표주박의 물로 좁은 곳에 살면, 사람들은 그 근심을 견디지 못하거늘, 안회는 그 즐거움을 고치지 않으니 어질구나! 회여."

---

* 안회의 도를 닦는 즐거움은 가난에 얽매이지 않는 安貧樂道(안빈낙도)의 삶이었다. 이를 칭송하셨는데, 안회는 영양실조로 일찍 세상을 떠났으니 가난은 나라도 구제 못하고, 人命은 在天이라지만 경제통으로 부자였던 자공과 공자가 학문에만 精進(정진)하느라 가난했던 안회가 영양실조(폐병)로 죽음에 이르도록 한 것이 안타깝다.

12. 冉求曰 非不說子之道언마는 力不足也로이다 子曰 力不足者는 中道而廢하나니 今女畫이로다.

염구가 말하기를, "선생님의 도를 좋아하지 않는 것이 아니지만, 힘이 부족합니다." 자 왈, "힘이 부족한 자는 중도에서 폐하나니, 지금 너는 한 계를 긋고 있구나."

---

* 冉求 : 字 子有

13. 子謂子夏曰 女爲君子儒요 無爲小人儒하라

공자께서 자하에게 이르시기를, "너는 군자다운 선비가 되고, 소인 같은 선비가 되지 말라."

* 처음으로 儒가 쓰여서, 공자학파를 儒教라 부르는 기원이 되었다.

14. 子游爲武城宰러니 子曰 女得人焉爾乎아 曰 有澹臺滅明者하니 行不由徑하며 非公事 未嘗至於偃之室也이다

자유가 무성의 원이 되니, 공자 왈, "네가 사람을 얻었는가." 자유가 대답하기를 "담대멸명이라는 자가 있으니, 행하는 데 지름길로 하지 않으며 공적인 일이 아니면 일찍이 저의 집에 이르지 않습니다."

* 澹臺滅明 : 외모가 추해서 공자의 눈에 띄지 않았으나, 유교를 남방으로 진출시키는 개척자로 무성에서 오나라로 옮기자 제자들이 많이 모였었다. 공자는 외모만 보고 대수롭지 않게 여긴 것은 잘못이었다고 회상한다.
* 偃 : 쓰러질 언. 자유의 字

15. 子曰 孟之反은 不伐이로다 奔而殿하여 將入門할새 策其馬曰非敢後也라 馬不進也라 하니라.

자 왈, "맹지반은 공을 자랑하지 않는다. 패전하여 달아날 때 돌이켜 적과 싸워 막았는데, 성문을 들어갈 적에 그 말을 채찍질하여 말하기를, '내가 감히 뒤서는 것이 아니라, 말이 나아가지 않는 것이다.'고 했다."

* 殿 : 군대의 뒤를 행군하는 것.
* 伐 : 칠 벌. 공적을 자랑하는 것.

16. 子曰 不有祝鮀之佞이며 而有宋朝之美면 難乎免於今之世矣니라.

자 왈, "축타의 말재주와 송나라의 조와 같은 고운 얼굴이 아니고는 지금 세상에서 화난을 면하기 어려울 것이다."

---

* 祝鮀 : 祝은 종묘제사를 주관하는 사람. 鮀는 이름. BC 506년 소릉의 국제회의에 영공을 따라 참석하여 채국과 석차문제로 대립되자, 장홍과의 논쟁에서 승리하여 유명해짐.

* 宋朝 : BC 498년 위영공이 부인 南子를 기쁘게 하려고 宋나라에서 데려온 송나라 公子로 南子부인의 異腹오빠이자 연인이었다.

17. 子曰 誰能出不由戶리오 何莫由斯道也오

자 왈, "누가 나갈 때 문으로 말미암지 않을까만 어찌 이 도로 말미암지 않는가?"

---

* 戶 : 한쪽으로 된 것이 호. 門 : 두 쪽으로 된 것이 문.

18. 子曰 質勝文則野요 文勝質則史니 文質彬彬然後君子니라

자 왈, "바탕이 문체보다 나으면 야비해지고, 문체가 바탕보다 나으면 문서나 꾸미는 관원과 같을 것이니, 문과 질이 고루 어울린 뒤에야 군자인 것이다."

---

* 史 : 문헌을 다루는 모든 직책을 史라 한다.

* 彬彬 : 文색과 質, 색채가 뒤섞이어서 조화가 이루어진 것.

사 왈 인 지 생 야 직 망 지 생 야 행 이 면

19. 子曰 人之生也直하니 罔之生也는 幸而免라

자 왈, "인생은 곧으니, 정직하지 않고 사는 것은 요행히 면하는 것이다."

---

* 罔 : 그물 망. 굽히는 것. 정직하지 않은 것.

자 왈 지 지 자 불 여 호 지 자 호 지 자 불 여 락 지 자

20. 子曰 知之者 不如好之者요 好之者 不如樂之者라

자 왈, "도를 아는 자는 좋아하는 자만 못하며, 도를 좋아하는 자는 즐거워하는 자만 못하다."

---

* 도를 안다는 것은 훌륭하지만, 대문에 들어서서 사방을 둘러보는 데 지나지 않고, 도를 좋아한다는 것은 마루에 올라선 것이며 방 안에 들어가야 도를 즐기는 것이다. 학문이란 지식과 일체가 되어 최고의 경지에 도달하기를 바라는 것이다. 애제자 자공은 스승인 공자보다 자공이 더 낫다는 사람들에게, 스승의 담장 안을 들어가지 않아서 스승의 도를 알지 못하기에 하는 말이라고 했듯이, 사람과 도가 하나가 되었을 때 즐길 수 있을 것이다.

자 왈 중 인 이 상 가 이 어 상 야 중 인 이 하 불 가 이 어 상 야

21. 子曰 中人以上은 可以語上也어니와 中人以下는 不可以語上也니라

자 왈, "보통사람 이상은 높은 도리를 말할 수 있지만, 보통사람 이하는 높은 도리를 말할 수 없다."

---

* 평균 이상의 지능을 가지고 학문을 좋아하는 사람에게는 高度의 내용을 말해야

하지만, 평균 이하의 사람에게 하는 高度의 말은 허공에 불을 지피는 쓸데없는 일이다.

22. 樊遲問知한대 子曰 務民之義요 敬鬼神而遠之면 可謂知矣니라 問仁한대 曰 仁者先難而後獲이면 可謂仁矣니라

번지가 知를 물으니, 자 왈, "백성에게 옳은 일에 힘쓰게 하고, 귀신을 공경하되 멀리하면 가히 지혜롭다 말할 수 있다." 仁을 물으니, 말씀하시기를, "인자란 어려운 일을 먼저하고 이익을 뒤로하면 인이라고 할 수 있다."

---

* 神을 믿는 사람들이 盲信(맹신)에 빠지는 경우가 종종 있다. 神을 믿되 盲信이 아니라 공경할 부분은 공경하고 미혹에 빠지지 않는다면 知(智)라는 말씀이다.

23. 子曰 知者樂水하고 仁者樂山이니 知者는 動하고 仁者는 靜하며 知者는 樂하고 仁者는 壽니라

공자 왈, "지혜로운 사람은 물을 좋아하고 어진 사람은 산을 좋아하나니, 지혜로운 사람은 동적이고 어진 사람은 정적이며, 지혜로운 사람은 즐기고 어진 사람은 수하게 된다."

---

* 知(智)자는 사리에 통달하여 막힘없이 흐르는 물과 같아서 물을 좋아하고, 仁者는 듬직한 산처럼 중후하므로 산을 좋아한다. 움직이고 고요함에 막힘이 없으니 어찌 아니 즐겁겠는가.

24. 子曰 齊一變이면 至於魯하고 魯一變이면 至於道니라

자 왈, "제나라가 한 번 변하면 노나라에 이르고, 노나라가 한 번 변하면 도에 이를 것이다."

---

* 齊와 魯는 산동성에 있던 이웃 나라로, 목야의 전투에서 무왕은 은의 주왕을 치는 명분으로 牝鷄之晨(빈계지신)을 내세운다. 周나라 군사는 수적으로는 열세였으나 殷의 군사를 大敗시킨 武王이, 동생 周公에게는 魯나라를, 강태공에게는 齊나라를 封地(봉지)로 하사했다. 강태공과 주공은 예를 존중하는 현인들이었으니, 한 번씩만 바뀌면 도에 이른다는 것이다.

* 牝鷄之晨 : 은나라의 마지막 왕 紂王은 달기에게 빠져서 酒池肉林, 炮烙之刑 등 온갖 사치와 환락에 빠져 포악한 정치를 하여 백성들의 원성이 자자했다. 주나라 무왕이 암탉이 새벽을 알리는 것은 음양이 바뀐 것이라고, 주왕을 치는 명분으로 내세웠다.

* 강태공의 본명은 姜尙. 그의 선조가 여나라에 봉하여졌으므로 呂尙이라 불렸고, 문왕이 오래 기다렸다하여 太公望이라고도 한다. 문왕에게 등용되기 위해 渭水에서 날마다 미끼 없는 곧은 낚시를 해서 강태공이라고도 하며, 80세에 文王을 만나 그의 스승이 되었고, 文王이 죽자, 武王을 도와 은을 멸망시키고 중국을 평정한 1등 공신으로 제나라 제후에 봉해졌다. 강태공은 80년 동안 때를 기다린다고 위수에서 곧은 낚시로 세월을 보내며 생활에는 무관심했다. 아내가 남의 집 품팔이로 연명하던 어느 날, 아내가 마당에 곡식을 널어놓고 품팔이 갔다 오니, 비가 와서 마당에 널어둔 곡식이 다 쓸려갔건만, 태공은 방에서 책만 읽고 있었다. 절망한 아내는 집을 나가버렸다. 세월이 흐른 어느 날, 시끌벅적한 행렬을 구경하던 아내는 태공을 보고, 다시 받아줄 것을 사정한다. 태공은 물을 바닥에 쏟고, 다시 담으면(覆水不返盆) 같이 살겠다고 한다. 그 후 아내는 비루하게 살다가 객사하는데, 태공은 그 자리에 서낭당을 세운다. 태공은 정치, 경제 등에 뛰어난 鬼才였을지 모르나 여자 입장에서 보면 게으르고 책임감 없는 惡夫였다. 본인이 때를 기다린다며 가장의 의무를 다하지 않으니, 자기를 보필하느라 고생하다가 견디다 못해 떠나간 아내를 인정으로 돌보지 않고 죽은 후에 서낭당이라니.

25. 子曰(자왈) 觚不觚(고불고)면 觚哉觚哉(고재고재)아

자 왈, "모난 술잔인 고는 고가 아니다. 고이겠는가, 고이겠는가."

* 觚 : 술잔 고. 의식에 쓰이는 술잔. 공자는 觚라는 고대의 술잔이 본래의 모습이 아니라는 것으로서 고대의 禮가 쇠퇴한 것을 탄식하신다.

26. 宰我問曰 仁者는 雖告之曰井有仁焉이라도 其從之也이까. 子曰 何爲其然也리오 君子는 可逝也언정 不可陷也며 可欺也언정 不可罔也니라

재아가 묻기를, "인자는 우물에 어진 사람이 빠졌다고 하면 쫓아가는 것입니까?" 자 왈, "어찌 그러하겠는가. 군자는 가게 할 수는 있으나 빠지게 할 수는 없으며, 잠깐 속일 수는 있으나 끝까지 속일 수는 없다."

* 재아는 道를 실천하다가 害를 당할 것을 염려하였다. 공자께서는 仁者와 君子는 끝까지 속아 넘어갈 만큼 어리석지 않다고 말씀하신다.

27. 子曰 君子博學於文이요 約之以禮면 亦可以弗畔矣夫

자 왈, "군자는 넓게 배우고, 예로서 요약하면 또한 위반되지 않는다."

* 학문의 중심 이념이 결핍되어서는 안 된다.

28. 子 見南子하신대 子路不說이어늘 夫子矢之曰 予所否者인댄 天厭之 天厭之시리라

공자께서 남자를 보시니 자로가 기뻐하지 않자, 선생님께서 맹세하여 말씀하

시길, "내가 예에 맞지 않았다면 하늘이 싫어할 것이다, 하늘이 싫어할 것이다."

---

* 矢 : 맹세함.
* 否 : 부정, 禮에 어긋난 행동.
* 공자는 56세에 노나라를 떠나 衛나라에 망명했을 때, 음란하기로 소문난 위영공의 부인 남자가 만나자고 했다. 거절만 할 수가 없어서 부득이 예로서 만났다. 남자의 음란함이 나와 무슨 상관이 있겠느냐고 하시나, [좌전]에 기록된 당시 각국 귀족사회의 기록을 보면, 남녀의 교제가 자유로워서 많은 추문이 있었다. 순박한 자로는 음란한 여자를 만난 것을 치욕으로 여기며 기뻐하지 않았다.

29. 子曰 中庸之爲德也 其至矣乎인저 民鮮이 久矣라

자 왈, "중용의 덕이 지극하건만 백성에게 덕이 권해진 지 오래되었구나."

---

* 朱子는 中은 지나치거나 부족함이 없는 것이고, 庸은 平常의 뜻이라고 했다. 즉 양극단이 아닌 적당한 선을 지키는 처세의 덕. 黨同伐異(당동벌이)의 극치를 달리는 이 시대에 진정 필요한 처세가 아닐지.

30. 子貢曰 如有博施於民而能濟衆이면 何如고 可謂仁乎잇가 子曰 何事於仁이리오 必也聖乎인저 堯舜도 其猶病諸시니라 夫仁者는 己欲立而立人하며 己欲達而達人이니라 能近取譬 可謂仁之方也已니라.

자공이 말하길, "백성에게 널리 베풀어 능히 대중을 구제한다면 어떻습니까? 仁이라 이르겠습니까?" 자 왈, "어찌 인이기만 하겠는가. 반드시 성인일 것이다.

요순임금도 오히려 그것을 병으로 여겼을 것이다. 무릇 仁者는 자기가 서고자 하면 남을 세우고, 자기가 이루고자 하면 남을 이루게 한다. 능히 가까운 데서 취하여 비유하면 가위 仁의 방법이니라."

---

* 자공이 정치가의 입장에서 백성을 구제하는 것은 仁이냐고 물었다. 당시는 내·외란의 소용돌이 속에서 귀족들은 백성들의 복지는 안중에도 없었다. 공자는 周公을 理想으로 삼았기에 주변에 仁의 덕을 미치게 하여 점차 확대해 나가는 것을 생각하신 것.

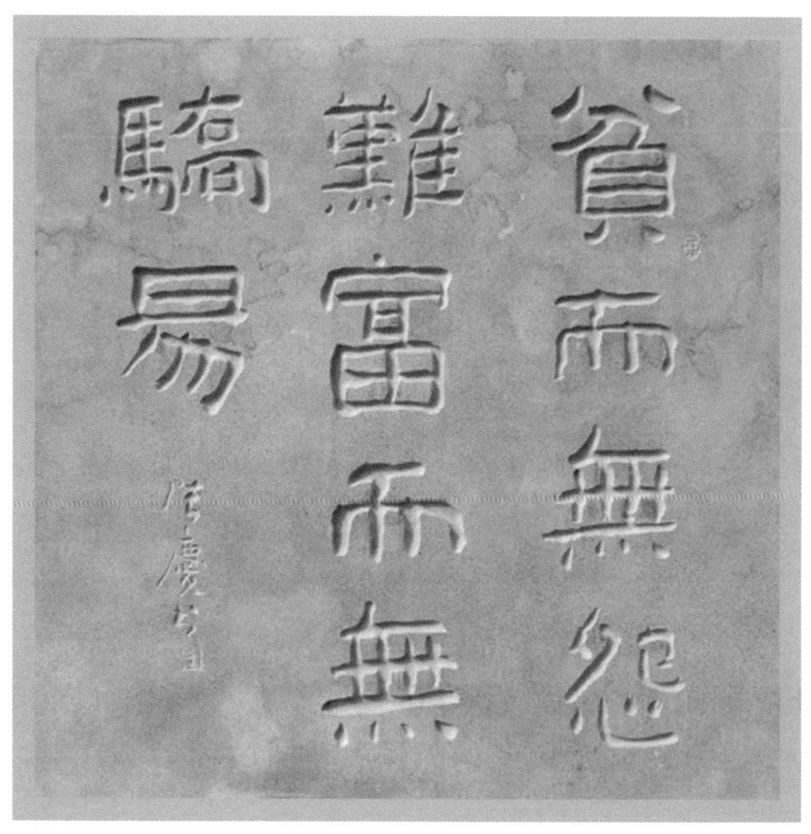

빈이무원 난부이무 교이

第7章 述而

술이장은 총 38장 중 공자께서 자신의 일과 學行에 대하여 말씀하신 것이 중요 부분을 차지하고, 용모와 태도 등 평소의 행적을 제자들이 기록하여 言行錄 형식을 보이며, 논어 전편 중에서 뛰어난 구절들이 가장 많다.

1. 子曰(자왈) 述而不作(술이부작)하며 信而好古(신이호고)를 竊比於我老彭(절비어아로팽)하노라

자 왈, "祖述할 뿐 창작하지 않으며, 옛것을 믿고 좋아함을 나는 가만히 노팽에 비유한다."

---

* 述은 옛것을 따르며 전술하는 것으로 현자 정도면 가능하다. 作은 새 문화를 창조하는 것으로 성인이 아니면 불가능하다. '조술할 뿐 창작하지 않는다.' 는 말씀은 확고한 신념으로, 周公을 공경하며 빛을 잃어가는 주공의 道를 계승 발전시키는 것이 임무라 여기시고 詩, 書, 禮, 樂을 정리하시고, 주역을 부연하고, 춘추를 편수함이 모두 선왕의 옛것을 전술한 것이고, 창작하지 않았다고 말씀하신다.
* 노팽 : 은나라 대부로 원명은 彭祖(팽조)인데 장수로 유명하여 노팽이라는 설과, 老子와 彭祖를 함께 부른 것이라는 설도 있다. 공자께서 理想으로 삼은 현인에 대해서 정확히 알 수 없음이 아쉽다.

2. 子曰(자왈) 默而識之(묵이식지)하며 學而不厭(학이불염)하며 誨人不倦(회인불권)이 何有於我哉(하유어아재)오

자 왈, "묵묵히 알아내며 배움을 싫증 내지 않고, 사람 가르치기를 게을리

하지 않는 것, (이것 외에) 무엇이 나에게 있으리오."

---

* 何有於我哉는 지극히 겸손한 말씀이시지만 한편, '이 밖에 나에게 무엇이 있으랴? 내가 할 수 있는 일은 이것뿐이다.'는 말씀이시기도 하리라.

3. 子曰 德之不修와 學之不講과 聞義不能徙와 不善不能改가 是吾憂也니라

(자왈 덕지불수 학지불강 문의불능사 불선불능개 시오우야)

자 왈, "덕을 닦지 못하고 배움을 강론하지 못하는 것과 의를 듣고 능히 옮기지 못하며, 불선을 고치지 못하는 것, 이것이 나의 근심이다."

---

* 이 결점들은 공자 자신의 결점이라기보다 세상 사람들에게 충고하는 것이라고 보는 견해가 있는데, 이는 성인인 공자에게 그런 결점이 있다고 믿고 싶지 않은 심정에서 나왔을 것이다.

4. 子之燕居에 申申如也하시며 夭夭如也러시다

(자지연거 신신여야 요요여야)

공자께서 한가히 거하실 때에는 얼굴을 펴시고 즐거운 모습이셨다.

---

* 燕居 : 집에서 긴장을 풀고 한가로이 있는 것.
* 申申 = 伸伸 : 얼굴을 펴는 것.
* 夭夭 : 얼굴빛이 온화한 것.

5. 子曰 甚矣라 吾衰也여 久矣라 吾不復夢見周公로다

(자왈 심의 오쇠야 구의 오불부몽견주공)

자 왈, "심하다, 나의 쇠약함이여. 오래되었구나, 내가 꿈속에서 주공을 다시 뵙지 못한 것이."

* 周公 : 성 姬. 이름 旦. 주나라 건국시조인 문왕의 아들이며, 강태공과 함께 은나라를 멸망시키고 천하를 얻은 무왕의 아우이다. 무왕이 죽자 당시 제도로 주공이 왕위를 계승할 수 있었으나, 어린 조카 성왕을 보필하여 문물제도를 제정하여 周나라의 기초를 다졌다. 주공의 아들이 魯나라에 봉해졌으니 魯의 시조이기도 하다. 이런 주공을 공자는 젊어서부터 숭상하여 주공의 문물제도를 복구하려고 하였다. [周禮]는 주공의 저술로 看做(간주)되어 왔다. 그러나 현대의 학자들은 이 책이 BC 300년경 무명의 이상주의자가 엮은 것이라는 설도 내놓았는데, 만약 그렇다면 공자께서 '吾從周'하리라는 말씀을 할 수 없었을 것이다.

6. 子曰 志於道하며 據於德하며 依於仁하며 遊於藝니라
(자왈 지어도 거어덕 의어인 유어예)

자 왈, "도에 뜻을 두며, 덕에 근거하며, 仁에 의지하며, 예에서 노닌다."

* 藝 : 춘추시대 귀족의 교양은 禮(예), 樂(악), 射(사), 御(어), 書(서), 數(수)의 六藝를 갖추어야 하는데 여기에서 말하는 藝도 이 六藝를 말한다.

7. 子曰 自行束脩以上은 吾未嘗無誨焉이로라
(자왈 자행속수이상 오미상무회언)

자 왈, "한 묶음의 포를 예물로 가져온 사람에게 내가 일찍이 가르쳐주지 않은 일이 없었다."

* 束脩 : 제자가 스승을 처음 뵐 때 예물로 가져오는 한 묶음의 육포로 예물로서는 가장 가볍다.

8. 子曰 不憤이어든 不啓하며 不悱어든 不發호되 擧一隅에 不以三隅反이어든 則不復也니라
(자왈 불분 불계 불비 불발 거일우 불이삼우반 즉불부야)

자 왈, "알듯 말듯하여 애태우지 않으면 지도하지 않고, 말이 나올 듯 표현하지 못해서 입을 들썩이지 않으면 가르치지 아니하며, 한 모퉁이를 들어서 설명하면 세 모퉁이로 대답해오지 않으면 다시 가르치지 않는다."

---

* 스스로 그 문제를 풀려고 노력을 하게 한 후 지도한다는 뜻
* 憤 : 번민할 분. 알 듯 하면서 알지 못해서 애태우는 모습
* 悱 : 표현 못할 비. 입 안에서 뱅뱅 돌며 말이 나오지 않아 입만 들썩.

9. 子於有喪者之側에 未嘗飽也러시다 子於是日에 哭則不歌러시다

공자께서 상주 곁에 계실 때는 배불리 드시지 않으시고, 공자께서 이 날, 곡을 하셨으면 노래를 부르지 않으셨다.

10. 子謂顏淵曰 用之則行하고 舍之則藏을 我與爾有是夫인저 子路曰 子行三軍이면 則誰與시리잇고 子曰 暴虎馮河하며 死而無悔者를 吾不與也니 必也臨事而懼하며 好謀而成者也니라.

공자께서 안연에게 이르시기를, "등용되면 행하고, 버림받으면 물러나 숨는 것은 나와 너만이 할 수 있다." 자로 왈, "선생님께서 삼군을 다스린다면, 누구와 함께 하겠습니까?" 자 왈, "범을 맨손으로 잡으려 들며 큰 강을 걸어서 건너려다가 죽어도 후회하지 않는 자와 나는 같이 하지 않는다. 반드시 일에 임하여

두려워하고, 계획을 세워서 성공으로 이끄는 사람과 함께하겠다."

---

* 三軍 : 周의 제도에 軍은 12,500명이며, 천자는 6군, 제후 중 큰 나라는 三軍, 중간 나라는 二軍, 작은 나라는 一軍을 내는 규정이 있다.
* 暴虎馮河 : 무모한 행동의 전형적인 예.

자왈 부이가구야 수집편지사 오역위지
11. 子曰 富而可求也인댄 雖執鞭之士라도 吾亦爲之어니와

여불가구 종오소호
如不可求인댄 從吾所好하리라

자 왈, "부가 구한다고 얻어지는 것이라면 마부라도 나 역시 하겠지만, 구한다고 얻어지는 것이 아니라면 내가 좋아하는 것을 따르리라."

---

* 이 말씀은 富는 노력보다는 運命에 달렸다고 보셨다. 속담에 큰 부자는 하늘이 내고, 작은 부자는 근면 검소함에 있다는 데 공감 가는 말씀이다.

자지소신 제전질
12. 子之所愼은 齊戰疾이러시다

공자가 조심하신 것은 齊와 전쟁과 질병이었다.

---

* 齊 = 齋 재계할 재. 제사 전에는 목욕재계를 한다.

자재제문소 삼월부지육미 왈 부도위악지
13. 子在齊聞韶하시고 三月不知肉味하사 曰 不圖爲樂之

지어사야
至於斯也호라

공자께서 제나라에 있으면서 <소>를 들으시고, 3개월간 고기 맛을 알지 못하시고, 왈, "풍류가 이 경지에 이른 줄을 알지 못했다."

* 韶 : 전설상의 왕인 순임금이 만들었다는 음악.

14. 冉有曰 夫子爲衛君乎아 子貢曰 諾 吾將問之호리라 入曰하여 伯夷叔齊는 何人也잇고 曰 古之賢人也니라 曰 怨乎잇가 曰 求仁而得仁이어니 又何怨이리오 出曰 夫子不爲也시니라

염유가 말하길, "선생님께서 위나라 임금을 도우시겠는가?" 자공이 말하길, "그래, 내가 여쭈어보겠다." 들어가서 말하기를, "백이와 숙제는 어떤 사람입니까?" 자 왈, "옛날의 현인이니라." 다시 물었다. "원망하였습니까?" 자 왈, "어진 것을 구하여 어진 것을 얻었으니 또 무엇을 원망했겠는가." 나와서 말하기를, "선생님께서는 돕지 아니할 것이다."

* BC 493년 위영공이 죽자, 그 부인 南子는 자신이 낳은 아들 郢(영)에게 왕위를 물려주려고 하였으나 郢이 거절하자, 영공의 손자인 輒(첩)을 군주로 세웠는데, 망명 중인 아버지에게 왕위를 물려줄 생각이 없어서 부자간의 왕위 쟁탈전이 벌어졌다. 이때 위나라에 망명 중이던 공자가 누구를 지지하느냐는 세인의 관심사였을 것이다. 제자들도 궁금하여 자공이 물으러 들어가서는 위나라 문제는 꺼내지도 않고 백이숙제 이야기로 공자의 뜻을 알고자 했다. 자공의 예상대로 공자는 누구의 편도 들지 않고 위나라를 떠났다. 당시에 공자보다 낫다는 말을 들었는데 그의 질문들을 보면 과연 그런 말을 들을만하였다.

15. 子曰 飯疏食飮水하고 曲肱而枕之라도 樂亦在其中矣

니 不義而富且貴는 於我如浮雲이라

자 왈, "거친 밥을 먹고, 물을 마시고, 팔을 구부려 베개를 삼아도 즐거움은 그 가운데 있다. 의롭지 않은 부귀는 나에게는 뜬구름과 같다."

16. 子曰 加我數年하여 五十以學易이면 可以無大過矣라

자 왈, "나에게 몇 년이 더 주어진다면, 오십에 주역을 배워서 큰 허물은 없으리라."

---

* [周易]에 통달하면 吉凶, 存亡, 進退가 훤히 보인다. 韋編三絶하시고도 시간이 부족하다고 하셨으니, 그 경지가 어디까지인지 상상이 안 된다. 그러니 안회조차도 너무나 높고 높아서 앞에 있는가 하면 뒤에 있다고 했으니, 어찌 가늠이나 할 수 있겠는가? 공자께서는 이 무궁한 주역의 이치를 깨달으면 큰 허물이 없을 것이라고 제자들에게 가르치시면서 점치는 용도로는 쓰지 못하게 하셨다.

17. 子所雅言은 詩書執禮니 皆雅言也러시다

공자께서는 바른 말씀으로 시경과 서경, 예를 집행하시고 다 표준어를 쓰셨다.

---

* 雅言 : 주자는 보통 때 늘 하시던 말씀이라 하였고, 정현은 바르게 발음하는 것 즉, 표준어로 보았는데, 시경은 주나라 도읍 鎬京호경(서안 근처)의 말이니, 그쪽 말을 써야 시경의 맛이 있었을 것이다.

18. 葉公이 問孔子於子路어늘 子路不對한대 子曰 女奚不曰 其爲人也 發憤忘食하고 樂以忘憂하여 不知老之將至

云爾오

섭공이 자로에게 공자에 관하여 묻자, 자로는 대답하지 못했다. 자 왈, "너는 어찌 말하지 못했느냐. 그 사람됨이 학문에는 분발하여 먹는 일도 잊으며, 도를 즐김에는 근심도 잊어서 늙어가는 것을 알지 못한다고."

---

* 葉公 : 초나라의 賢人으로 섭현의 장관. 성은 沈. 이름은 諸梁(제량). BC 489년경 蔡國의 옛 서울 섭현을 방문했을 때, 당시 현인이라 칭송받던 섭공은 자로에게 공자의 인품을 물었는데, 공자를 공경하면서도 언변이 없던 자로는 표현할 말을 몰라서 아무 말도 못했다. 공자께서 이를 비난했다기보다는 자기의 생활방식을 이야기했다.

* 葉公好龍(섭공호룡) : '葉公이 용을 좋아한다.'라는 뜻으로, 좋아하는 척만 할 뿐 전혀 좋아하지 않는다. 前漢말의 학자 劉向(유향)의 [雜事(잡사)]에 '春秋時代 楚나라의 섭공은 용을 좋아하여 벽과 기둥에 용을 그렸다. 용이 섭공을 찾아 창문으로 들어오는 것을 보고 놀라서 달아났다.' 공자의 제자 子張이 선비를 좋아한다는 魯나라 애공을 찾아갔으나 일주일이 지나도 만나지 못하자, "애공이 선비를 좋아하는 일은 섭공이 용을 좋아하던 일과 같다." 하였다.

19. 子曰 我非生而知之者라 好古敏以求之者也로라

자 왈, "나는 나면서부터 아는 자가 아니라, 옛것을 좋아하여 민첩하게 구하는 사람이다."

---

* 공자께서는 남다른 총명을 타고나시고도 타고난 천재가 아니라, 옛것을 좋아하며 고대문화를 동경하여 쉼 없이 연구한 노력가라고 하심은 사람들을 勉勵(면려)하기 위함이시리라.

20. 子 不語怪力亂神이러시다

공자께서는 괴이함과 폭력과 불륜과 귀신에 대해서는 말하지 않으셨다.

자왈 삼인행 필유아사언 택기선자이종지 기 불선자이개지

21. 子曰 三人行에 必有我師焉이니 擇其善者而從之요 其不善者而改之니라

자 왈, "세 사람이 동행하면 반드시 나의 스승이 있나니, 그중 착한 자를 가려서 따르고 선하지 아니한 자로 나의 허물을 고친다."

자왈 천생덕어여 환퇴기여여하

22. 子曰 天生德於予시니 桓魋其如予何리오

자 왈, "하늘이 나에게 덕을 주셨으니, 환퇴가 나를 어쩌겠는가?"

---

* 桓魋 : 宋나라 경공의 총애를 받아서 그 세를 믿고 악행을 저지르다가 衛나라로 망명했다. 공자께서는 14년의 망명 생활에서 몇 번의 위협이 있었는데, 그때마다 비슷한 말씀을 하셨다. "내가 하늘로부터 부여받은 道를 복구시켜야 하는데, 내가 아직 道를 복구하지 못했는데 하늘이 나를 죽게 내버려 두겠는가?" 이러한 믿음과 확신이 있었으니 어떤 어려움 가운데서도 당당하셨으리라.

자왈 이삼자 이아위은호 오무은호이 오무행 이불여이삼자자시구야

23. 子曰 二三子는 以我爲隱乎아 吾無隱乎爾로라 吾無行而不與二三子者是丘也니라

자 왈, "너희들은 내가 무엇을 숨긴다고 생각하는가? 나는 너희에게 숨기는 것이 없다. 내게는 너희와 함께하지 않는 것이 없다. 이것이 나다."

---

* 제자들은 스승의 道는 높고 학문은 깊고 넓어서 그들이 알 수 없는 무언가가 있다고 생각했던 것 같다. 또 공자는 같은 질문에도 제자의 특성에 따라 다른 대답을 하셨다. 같은 질문에 각양각색의 답이 나오면서 그런 의문은 더욱 깊어진 모양인데, 여기에서 師弟 사이가 진리를 체험하여 통달한 스승과 관문에 들어서지 못한 사람의 차이를

생각해야 할 것이나. 이 거리는 아무리 말해도 무언가 숨기고 있는 것 같았을 것이다.

24. 子以四敎(자이사교)하시니 文行忠信(문행충신)이러시다

공자께서 네 가지로 가르치시니 학문, 실천, 성실, 신의이셨다.

25. 子曰(자왈) 聖人(성인)을 吾不得而見之矣(오부득이견지의)어든 得見君子者(득견군자자)면 斯可矣(사가의)니라 子曰(자왈) 善人(선인)을 吾不得而見之矣(오부득이견지의)어든 得見有恒者(득견유항자)면 斯可矣(사가의)니라. 亡而爲有(망이위유)하며 虛而爲盈(허이위영)하며 約而爲泰(약이위태)면 難乎有恒矣(난호유항의)니라

자 왈, "성인을 내가 만나볼 수 없다면, 군자라도 만나볼 수 있다면 좋겠다." 자 왈, "착한 사람을 내가 만나보지 못할진대 떳떳한 마음을 가진 사람이라도 만나보았으면 좋겠다. 없으면서 있다 하고 비었으면서 찼다고 하며 가난하면서 부자라고 하면 떳떳한 마음을 가지기가 어렵다."

---

* 聖은 원래 귀가 밝다는 말이었다. '남보다 밝게 듣는 능력을 타고난 사람'이라는 뜻에서 '완전한 사람'이 되고, 거기에 모든 덕을 구비 한 超人(초인)의 뜻에까지 발전한 것이 성인이라는 개념이다. 善人은 聖人의 경지는 아니더라도 도덕적으로 결함이 없는 사람이다. 利害관계에 마음이 흔들리지 않는 사람이라도 만나고 싶지만, 성인은커녕 선인도 만나기 어려운 것을 한탄하신다.

26. 子(자)는 釣而不網(조이불망)하시며 弋不射宿(익불사숙)이러시다

공자께서는 낚시질은 하시나 그물질은 하지 않으시며, 주살을 하시되 잠자는 새는 쏘지 않으셨다.

---

* 網(그물 망)은 강물을 가로질러 설치하고 얼마 뒤 끌어내어 망에 걸린 고기를 잡는 방식이고, 弋(주살 익)은 화살에 실을 달아 새를 잡는 것.
* 문화인의 취미로 낚시를 즐기긴 했으나 고기를 많이 잡는 것이 목적이 아니었기에 網(망) 즉, 줄낚시는 하지 않으셨고, 새를 주살로 잡아도 자는 것을 잡지 않으셨으니 취미에서도 철저히 中庸을 지키셨다.

27. 子曰 蓋有不知而作之者아 我無是也로라 多聞하여 擇其善者而從之하며 多見而識之가 知之次也니라

자 왈, "알지 못하면서 덮어놓고 저술하는 이가 있다. 나는 이런 일이 없다. 많이 들어서 그 좋은 것을 가려서 따르고, 많이 보고 기억하면 아는 것의 다음이 되리라."

---

* 본편 1장에 述而不作이라 하셨으니, 作은 새 문화를 창조하는 것으로 聖人이 아니면 불가능하다고 여기셨으니 성인도 함부로 창작하는 것을 경계하셨다.

28. 互鄕은 難與言이러니 童子見커늘 門人惑한대 子曰 與其進也요 不與其退也니 唯何甚이리오 人潔己以進이어든 與其潔也요 不保其往也니라

호향 사람들은 더불어 말하기가 어려운데, 그 마을 동자를 만나니 문인들이 의심스러워했다. 자 왈, "나를 찾아온 사람을 상대한 것이지, 내게서 물러난 사람을 상대한 것이 아니다. 왜 남에게 심하게 굴려고 하느냐. 사람이 자기의 허물을 씻고 나오면 결백함을 상대하고, 물러난 뒤를 보장하는 것이 아니다.”

---

* 互鄕이 어디에 있는 마을인지 어떤 특색이 있는 곳인지 알 수 없지만, 우리도 조선시대에 천민, 백정 부락이 있었듯 그런 마을이었던 것 같다. 그래서 호향 사람이 찾아오자 제자들이 당황했으리라. 朱子는 문장이 매끄럽지 못하여 문장이 바뀌거나 글자의 탈락이 있는 것으로 보았고, 程子는 성인의 사람을 대하는 도량이 이처럼 넓다고 보았다.

29. 子曰 仁遠乎哉아 我欲仁이면 斯仁至矣니라

자 왈, “仁이 먼가? 내가 仁하고자 하면, 仁은 곧 이른다.”

---

* 仁을 체험하지 못한 사람에게는 仁은 高遠한 理想의 세계로 보였을 것이다. 仁의 진리는 멀리 있는 것이 아니요, 내 마음의 덕이니 내 마음에 두고 어찌 멀다고 하겠는가. 그것은 체험의 문제일 것이다.

30. 陳司敗問 昭公 知禮乎잇가 孔子曰 知禮라 孔子退어시늘 揖巫馬期而進之하여 曰 吾聞君子不黨이라 하니 君子亦黨乎아 君取於吳하니 爲同姓이라 謂之吳孟子라 하니 君而知禮면 孰不知禮리오 巫馬期以告한대 子曰 丘也幸이로다 苟有過어든 人必知之온여

진나라 사패가 “소공이 예를 압니까?” 자 왈, “예를 아십니다.” 공자가 물러나시니 (사패)가 무마기에게 읍하고 나오게 한 다음 말했다. “내가 들으니, 군자는 편당하지 않는다 하였는데 군자도 또한 편당하십니까? 소공이 같은 성씨의 오나라에 장가들어 같은 성씨가 되었는데 오맹자라 이르니, 소공이 예를 안다면 누가 예를 모르겠습니까?" 무마기가 이를 고하니, 자 왈, "구는 행복하다. 진실로 허물이 있으면 남들이 반드시 알려주는구나."

---

* 陳司敗 : 陳은 淮水유역에 있던 작은 나라이고, 司敗는 법무장관.
* 巫馬期 : 공자의 제자로 무마가 성. 이름은 施. 字가 子期.
* 昭公 : 노나라 25대 군주로 三桓씨와의 싸움에 패하여 제나라로 망명했다. 이 이야기는 공자께서 BC 492~489년까지 陳나라에 머물렀을 때의 일인 것 같다. 同姓과의 혼인을 금하였는데, 소공이 姬氏부인을 맞이하고 그것을 숨기려고 吳氏로 고쳐 부른 것을 비난하자, 공자는 깨우쳐준 것을 고마워하셨다. 공자께서 그것을 모를 리 없고, 군주의 일을 말하기 꺼렸을 것이다. 이것이 偏黨(편당) 즉, 黨同伐異(당동벌이)라고도 할 수 있겠지만, 흔쾌히 인정하는 모습이 성인다우시다.
* 黨同伐異 : 옳고 그름을 가리지 않고 같은 편은 무조건 옳다 하고 반대편은 무조건 그르다 함.

31. 子與人歌而善이어든 必使反之하시고 而後和之러시다

(자여인가이선 필사반지 이후화지)

공자께서 사람과 더불어 노래를 부르다가 상대가 잘하면, 반드시 반복하도록 부탁하시고 그 뒤에 따라 부르셨다.

32. 子曰 文莫吾猶人也아 躬行君子는 則吾未之有得호라

(자왈 문막오유인야 궁행군자 즉오미지유득)

자 왈, "학문은 나도 남과 같지 않겠는가. 군자답게 몸소 행하는 것은 내 아직 얻음이 있지 못하다.

---

* 이 말씀은 謙讓의 말씀일 것이다.

33. 子曰 若聖與仁은 則吾豈敢이리오 抑爲之不厭하며 誨人不倦은 則可謂云爾已矣니라 公西華曰 正唯弟子不能學也로소이다

자 왈, "聖과 仁같은 것을 내가 어찌 감히 바라겠는가. 다만 仁과 聖의 道를 싫증 내지 않고, 남을 가르치기를 게을리 하지 않는 것은 너희에게 그렇다고 이를 수 있을 뿐이다." 공서화가 말하기를, "바로 그것이 제자가 능히 배울 수 없는 바입니다."

34. 子疾病이어시늘 子路請禱한대 子曰 有諸아 子路對曰 有之하니 誄曰 禱爾于上下神祇라 하니이다 子曰 丘之禱久矣니라

공자께서 병환이 드시니 자로가 기도하기를 청하자, 자 왈, "이런 例가 있었는가?" 자로가 말하기를, "있습니다. 誄文(뇌문)에 이르기를, '너를 도와달라고 천지의 신에게 빈다.'라고 하였습니다." 자 왈, "내가 기도한 지가 오래되었다."

---

* 誄 : 조문 뢰. 죽은 사람을 조상하거나, 산사람의 공덕을 일컬으며 기도함. 누구나 중병에 걸리면 마음이 약해져서 지푸라기라도 잡으려고 할 것이나, 하늘의 뜻을 받들어 살았으니 새삼 기도할 것 없다 하신다.

35. 子曰 奢則不孫하고 儉則固니 與其不孫也론 寧固라

자 왈, "사치하면 공손하지 못하고, 검소하면 고루하다. 그러나 그 불손하기보다는 차라리 고루한 것이 나으니라."

---

* 孫 = 遜. 사치와 검소는 모두 中道를 잃었으나 사치의 해가 더 크므로 차라리 고루한 것이 낫다고 하심이다.

36. 子(자)曰(왈) 君(군)子(자)坦(탄)蕩(탕)蕩(탕)이요 小(소)人(인)長(장)戚(척)戚(척)이니라

자 왈, "군자는 편안하고 너그럽고, 소인은 항상 근심한다."

---

* 程子가 말씀하시길, "군자는 天理를 따르므로 항상 몸과 마음이 편안하고 小人은 마음이 물질에 있으므로 항상 근심한다."
* 戚 = 慼 : 근심 척

37. 溫(온)而(이)厲(려)하시며 威(위)而(이)不(불)猛(맹)하시며 恭(공)而(이)安(안)이시다.

공자께서는 온화하시면서 엄숙하시고, 위엄이 있으면서 사납지 않으시고, 공손하시면서도 편안하셨다.

---

* 공자의 모습에 나타난 中和의 기운을 제자들이 관찰하고 기록한 것으로 반드시 마음에 새겨두고 스스로 살펴야 할 것이다.

第8章 泰伯

태백장은 주로 고대 성왕들과 현인들의 이야기를 다루었고, 아우 계력에게 천하를 양보하고 南蠻(남만)으로 망명한 泰伯을 찬양하는 글로 편명을 삼았다.

1. 子曰 "泰伯은 其可謂至德也已矣 三以天下讓 民無得而稱焉"

자 왈, "태백은 지극한 덕에 이르렀다고 이를 수 있다. 세 번 천하를 사양하였으나 백성들이 그 덕을 칭송할 수 없게 했다."

---

* 태백 : 周太王의 長子. 春秋 吳의 始祖. 태백의 아버지 고공단보에게는 장남 태백, 차남 중옹, 삼남 계력이 있었다. 계력의 아들 창이 태어났을 때 여러 가지 吉兆가 나타났으므로 고공단보는, "우리 자손으로 번창하는 것이 있다면, 그것은 창의 자손일 것이다." (80쪽 주석참조)

2. 子曰 "恭而無禮則勞하고 愼而無禮則葸하고 勇而無禮則亂하고 直而無禮則絞라. 君子篤於親이면 則民興於仁하고 故舊를 不遺면 則民不偸" 니라.

자 왈, "공손할 뿐 예를 모르면 힘만 들고, 삼갈 뿐 예를 모르면 두렵기만

하고, 용감할 뿐 예를 모르면 난을 일으키고, 곧기만 하고 예를 모르면 가혹해진다. 군자가 친척에게 후덕하면 백성들이 仁에 일어나고 옛 친구를 버리지 않으면 백성들이 박정하지 않는다."

---

* 絞 : 목맬 교. 두 끈이 뒤엉킨다는 뜻에서 가혹하다는 뜻으로 해석한다.

3. 曾子有疾하사 召門弟子曰 "啓予足하며 啓予手하라 詩云 '戰戰兢兢 如臨深淵하며 如履薄氷이라 하니' 而今而後에야 吾知免夫로라 小子아"

증자가 병이 나자, 문하의 제자들을 불러 말하길, (이불을 들추고) "내 발과 손을 보아라. 시경에 운, '두려워하고 조심하기를 깊은 연못에 임한 듯이 하고, 얇은 얼음을 밟는 듯이 하라.' 하였으니, 지금 이후에야 나는 면한[22] 것을 알겠노라, 소자들아."

---

* 身體髮膚受之父母라 不敢毁傷이 孝之始也요, 立身行道에 揚名於後世에 以顯父母가 孝之終也라. 夫孝란 始於事親이며 中於事君이요 終於立身이라.

신체와 터럭과 살갗은 부모에게서 받은 것이니 손상시키지 않는 것이 효의 시작이고, 몸을 세워 도를 행하고 후세에 이름을 날림으로써 부모를 드러내는 것이 효의 끝이다. 무릇 효는 부모를 섬기는 데서 시작하여 임금을 섬기는 과정을 거쳐 몸을 세우는 데서 끝나는 것이다.

4. 曾子有疾이시어늘 孟敬子問之러니 曾子言曰 "鳥之將

---

22) 부모에게 받은 몸이 상할까 하는 근심

死에 其鳴也哀하고 人之將死에 其言也善이니라 君子所貴乎道者三이니 動容貌에 斯遠暴慢矣며 正顔色에 斯近信矣며 出辭氣에 斯遠鄙倍矣니 籩豆之事則有司存이니라

증자가 병이 위중할 때에 맹경자가 문병을 하였다. 증자가 말씀하시기를, "새가 죽을 때 그 울음이 애처롭고, 사람이 죽을 때 그 말이 선하다 하였습니다. 군자가 도에서 귀중히 여기는 것이 셋 있으니, 몸을 움직임에는 사납고 거만함을 멀리하며, 얼굴빛을 바르게 하여 믿음을 가까이하고, 말의 기운이 나갈 때는 야비하고 위배됨을 멀리해야 합니다. 제사에 관한 일은 담당자에게 일임하시면 됩니다.

---

* 籩豆 : 제사에 쓰는 그릇. 籩은 대나무로, 豆는 나무로 만든 것.

5. 曾子曰 以能問於不能하며 以多問於寡하며 有若無하며 實若虛하며 犯而不校를 昔者에 吾友嘗從事於斯矣러니라

증자가 말하길, "능력이 있으면서 능력 없는 자에게 묻고, (지식이) 많으면서 적은 이에게 물으며, 있어도 없는 것 같이하고, 가득하되 빈 것 같이하며, 범하여도 따지지 아니함을 옛날에 내 벗이 일찍이 이에 따랐다.

---

* 校 : 시비를 따짐.
* 吾友 : 증자의 동문이던 안연을 이르는 말.

6. 曾子曰 可以託六尺之孤하며 可以寄百里之命이요 臨大節而不可奪也면 君子人與아 君子人也니라

증자 왈, "육척의 어린 임금을 맡길 수 있고, 백리(제후국)의 명을 위임할 만하며, 대사에 임하여 절개를 빼앗기지 않으면 군자인가? 군자일 것이다."

---

* 六尺之孤 : 1척은 23cm. 6척은 138cm. 즉 미성년의 임금.

7. 曾子曰 士不可以不弘毅니 任重而道遠이니라 仁以爲己任이니 不亦重乎아 死而後已니 不亦遠乎아

증자 왈 "선비는 마음이 넓고 뜻이 굳세지 않으면 안 되니, 임무는 무겁고 길은 멀기 때문이다. 仁으로써 자기의 책임으로 삼으니 또한 무겁지 아니한가? 죽은 뒤에야 끝날 것이니, 또한 멀지 아니한가."

---

* 士 : 당시의 신분제도는 卿, 大夫, 士, 庶 네 개의 신분으로 되어 있었다. 이 때 士는 신흥계급으로 형성되어 가는 과정으로 대부에서 전락한 자도 있고, 일반 서민에서 승격한 자도 있었다. 공자 시대에는 士가 확립되지 않았으므로 주로 君子를 이상적 인간형으로 논했는데, 증자 대에 이르면서 士의 계급이 명확해지면서 유교는 신흥계급인 선비의 교육기관이 되었다.

8. 子曰 興於詩하며 立於禮하며 成於樂이니라

자 왈, "시를 읽으므로 (옳고 그름의 마음이) 일어나고, 예를 읽으므로 (사회적 규범을) 세우고, 음악에서 인간의 교양을 완성한다."

---

* 시경 : 고대 중국의 풍토와 사회를 배경으로 살아가는 사람들의 생활을 노래한 가장 오래된 시가집이다. 周나라 초기(BC 11세기)에서 춘추 중기(BC 6세기)까지 전승된 시가 실려 있다. 원래 3,000여 편이었으나 공자가 그 중에서 311편을 간추렸는데 여섯 편은 소실되고 305편이 남았다.

공자는 천하를 주류하고 돌아와서 제자들에게 시 읽기를 강조했는데, 시는 인간의 가장 순수한 감정에서 우러난 것이므로, 정서를 순화하고 다양한 사물을 인식하는 데는 그만한 典範이 없기 때문일 것이다. 공자는, "시 300편을 한 마디로 말하면 생각에 사악함이 없다."고, 아들 백어에게, "[시경]의 주남과 소남을 공부하지 않으면 마치 담벼락을 마주하고 서 있는 것과 같다."고 하시면서 제자들에게 시 읽기를 강조하셨다.

[시경] 305편은 風 · 雅 · 頌의 세 부분으로 나누었는데, 風은 國風으로 여러 제후국에서 채집된 민요로 사랑의 시가 대부분이다. 남녀의 애틋한 정과 이별의 아픔 등이 기록되었다. 아는 大雅와 小雅로 나누어서 궁궐에서 연주되는 곡조로 귀족풍이다. 頌은 종묘제사에 쓰이던 樂歌로, 주송 · 노송 · 상송이 있다. 고대 왕들은 먼 지방까지 채시관을 파견해 거리에 떠도는 노래를 모아서 민심을 알아보고 정치에 참고하며, 조정의 樂官에게 곡조를 붙이게 하여 다시 유행시킴으로써 민심의 순화에 힘썼는데, 악보가 전해지지 않아 시의 곡조는 알 수 없다.

* 禮 : 마땅히 지켜야 할 도리로 사회와 우주질서를 유지하기 위해 행하는 주술적인 의식을 의미했으나, 유학자들은 사회적 관습이라는 뜻으로 재해석했다.

* 樂 : 五聲(오성)과 八音을 일컫는다. 音과 樂에 대한 정의는 音이란 사람의 마음에 의하여 일어나는 것이다. 마음의 움직임은 소리로 나타난다. 소리가 서로 뜻에 응하면 淸 · 濁 · 高 · 底 등의 변화가 생긴다. 소리의 변화가 곡조를 이루는 것을 음이라고 한다. <한국민족문화대백과사전>참고.

9. 子曰(자왈) 民(민)은 可使由之(가사유지)요 不可使知之(불가사지지)니라

자 왈, "백성은 따르게 할 수는 있지만, 까닭을 알게 할 수는 없다."

---

* 백성을 법령으로 복종하게 할 수는 있어도 그 이치를 다 알게 할 수는 없었으니, 대부분이 文盲人인 당시에 정부의 정책 하나하나를 모두 이해시킨다는 것은 불가능하다는 말씀인데, 자칫 專制政治(전제정치)로 오해받을 수 있는 부분이다.

자 왈 호용질빈 난야 인이불인 질지이심 난야

10. 子曰 好勇疾貧이 亂也요 人而不仁을 疾之已甚이 亂也니라

자 왈, "용맹을 좋아하고 가난을 싫어하는 사람이 난을 일으키고, 사람이 어질지 못하다고 심하게 미워하는 것도 난을 일으키게 한다."

＊용기를 갖추는 것은 중요하다. 그러나 용기는 있으나 理性이 약하면, 자기가 처한 환경이 나쁘면 불만이 생겨 난을 일으키고, 주위의 따돌림을 받으면 역시 자포자기의 심정으로 난을 일으킨다는 것. 공자께서는 어지러운 春秋時代를 사시면서 보고 체험하신 것을 말씀하신 것이다.

자 왈 여유주공지재지미 사교차린 기여 부

11. 子曰 如有周公之才之美로다 使驕且吝이면 其餘는 不

족관야이

足觀也已니라.

자 왈, "주공과 같은 아름다운 재주가 있어도, 교만하고 인색하다면 그 나머지는 볼 것이 없다."

＊교만은 열등의식에서 비롯된다. 지위, 학벌, 문벌 등을 내세우며 교만을 떠는 것은 그것 외엔 내세울 것이 없기 때문이다. 또 물질에 인색하다는 것은 치사하다는 것이며, 인간의 도리를 모르는 인색한 사람과는 상대하고 싶지 않다는 말씀이다.

자 왈 삼년학 부지어곡 불이득야

12. 子曰 三年學에 不至於穀을 不易得也니라

자 왈, "삼 년을 배우고 벼슬에 이르지 않는 자를 쉽게 얻지 못하겠다."

＊穀 : 곡식 곡. 祿의 뜻으로 단순히 인격 수양을 위하여 공자의 문하에 들어오는 사람보다 취직을 위하여 찾아오는 제자들이 많아서 이들을 위한 지식을 가르쳐주시면

시 하시는 말씀이다.

13. 子曰(자왈) 篤信好學(독신호학)하며 守死善道(수사선도)니라 危邦不入(위방불입)하고 亂邦(난방) 不居(불거)하며 天下有道則見(천하유도즉견)하고 無道則隱(무도즉은)이니라 邦有道(방유도)에 貧且(빈차) 賤焉(천언)이 恥也(치야)며 邦無道(방무도)에 富且貴焉(부차귀언)이 恥也(치야)니라

자 왈, "독실하게 믿고 배우기를 좋아하며, 도를 죽음으로 잘 지키고, 위태로운 나라에는 들어가지 않고, 어지러운 나라에는 살지 않으며, 천하에 도가 있으면 나타나고 도가 없으면 숨을 것이다. 나라에 도가 있는데 가난하고 천한 것은 부끄러운 것이고, 나라에 도가 없는데 부유하고 귀한 것도 부끄러운 것이다."

---

* 이 말씀은 亂世를 바르게 살아가는 처세법일 것이다.

14. 子曰(자왈) 不在其位(부재기위)하여는 不謀其政(불모기정)이니라

자 왈, "그 지위에 있지 않으면 그 정사를 꾀할 수 없다."

---

* 그 지위에 있지 않으면 그 일을 꾀할 수 없다는 것은, 가슴에 아무리 큰 뜻을 품고 있을지라도 행할 수 있는 지위에 있지 않으면 행할 수 없음을 탄식한 것인데, 공자는 名分을 중요시하셨으니 자신의 직분이나 지위를 벗어난 일에 대해서는 논하지도 꾀하지도 말라고 하셨다. 즉 군자가 갖추어야 할 요건으로, 자신의 직책이 아니면 관여하지 말라는 뜻일 수도 있다.

15. 子曰(자왈) 師摯之始(사지지시)에 關雎之亂(관저지란)이 洋洋乎盈耳哉(양양호영이재)라

자 왈, "樂師인 摯가 가창으로부터 <관저> 종장의 합주에 이르기까지 양양하게 (악곡이) 귀에 차는구나."

---

* 현악의 반주로 노래가 시작되어 관악이 참가하고, 타악기가 끼어들며, 일대 합주로 끝나는데, 악사장의 노래에서 시작한 [시경] <국풍>의 '관저'를 들으시고 감탄하시는 말씀이다.

* 亂 : 합주가 끝나는 것.

자 왈 광 이 부 직 동 이 불 원 공 공 이 불 신 오 부 지 지 의

16. 子曰 狂而不直하며 侗而不愿하며 悾悾而不信을 吾不知之矣로라

자 왈, "사리도 분별하지 못하면서 곧지 않고, 무지하면서 삼가지 않으며, 무능하면서 성실하지 못한 사람을 나는 알 수가 없다."

---

* 狂 : 사리분별 못할 광. 侗 : 무지할 동. 愿 : 삼갈 원. 悾 : 무식할 공.

* '떫거든 시지나 말지' 라는 속담처럼, 무능하면 진실하던지, 무지하면 온순한 면이 있어야 하건만, 춘추시대 사람들의 그렇지 못한 행동을 탄식하심인데, 어느 시대를 막론하고 알 수 없는 사람들 천지이다.

자 왈 학 여 불 급 유 공 실 지

17. 子曰 學如不及이요 猶恐失之니라

자 왈, "배움은 미치지 못하는 것같이 하고, 오히려 잃을까 두려워하라."

자 왈 외 외 호 순 우 지 유 천 하 야 이 불 여 언

18. 子曰 巍巍乎라 舜禹之有天下也而不與焉여

자 왈 "높고 크다, 순과 우임금은 천하를 가지고도 간여치 않으셨다."

---

* 巍巍 : 높고 큰 모양.

* 舜 : 堯임금의 禪讓으로 왕이 됨.
* 禹 : 舜임금의 禪讓으로 왕이 되어 하나라의 시조가 됨.

19. 子曰 大哉라 堯之爲君也여 巍巍乎唯天爲大어늘 唯堯則之하시니 蕩蕩乎民無能名焉이로다 巍巍乎其有成功也여 煥乎其有文章이여

자 왈, "위대하다, 요의 임금 노릇 하심이. 높고 높음은 오직 하늘이 큰 것인데, 오직 요임금께서 본받으셨으니, 넓은 공덕을 백성들이 능히 무어라 이름 하지 못하는구나. 높고 큰 그 공을 이룸이여, 빛나도다. 그 문장이여!"

20. 舜有臣五人而天下治하니라 武王曰 予有亂臣十人호라 孔子曰 才難이 不其然乎아 唐虞之際가 於斯爲盛하니 有婦人焉이라 九人而已니라 三分天下에 有其二하사 以服事殷하시니 周之德은 其可謂至德也已矣로다

순임금은 어진 신하 다섯 명이 있어서 천하가 잘 다스려졌다. 무왕 왈, "나는 다스리는 신하 열 사람을 두었노라." 자 왈, "인재 얻기가 어렵다고 했으니 그렇지 않겠는가? 唐虞 즉, 堯舜이 서로 계승한 이후 周나라 초기까지 태평성대였다고 하나, 부인 한 사람(도 포함되어) 있으니 아홉 사람이 있을 뿐이다. (문왕) 천하를 삼분하여 그 둘을 가지고도 은나라를 섬겼으니, 주나라(문왕)의 덕이야 말로 지극한 덕이라고 할 것이다."

* 五人 : 禹우, 稷직, 契계, 皐陶고도, 伯益백익. 禹는 治水로 순임금에게서 나라를 물려받아서 夏나라의 시조가 되었고, 稷은 농사를 담당하였고 훗날 周의 먼 조상이 됨.

* 十人 : 周公주공, 召公소공, 呂尙여상, 畢公필공, 榮公영공, 太顚태전, 閎夭굉요, 散宜生산의생, 南宮适남궁괄, 太姒태사. 태사는 文王의 妃로 무왕의 어머니.

* 唐은 堯임금의 姓. 虞는 舜임금의 姓.

* 亂 = 治

21. 子曰 禹는 吾無間然矣로다 菲飮食而致孝乎鬼神하시며 惡衣服而致美乎黻冕하시며 卑宮室而盡力乎溝洫하시니 禹는 吾無間然矣로다.

자 왈, "우임금은 내가 비난할 것이 없구나! 자신의 음식은 간소하게 하시되 선조의 신을 제사함에는 치성을 다하고, 평소 의복은 허술하게 하시되 제례의 의관은 화려하게 하고, 궁실은 검소하게 하되 백성을 위한 치수 사업에는 힘을 다하셨으니 우임금은 내가 비난할 것이 없다."

* 間 : 사이 간. 흠으로 지적하는 것.

* 致孝 : 음식을 신에게 바치는 것.

* 黻冕 : 슬갑과 관. 黻(슬갑 불)은 옷 위로 무릎까지 드리우는 겉옷.

* 溝洫 : 논에 물을 끌어들이기 위한 배수로. 봇도랑.

第9章 子罕

자한편은 공자의 언행과 공자의 出處進退에 대한 기록이 많다. 7장의 술이편과 비슷한 성격으로 공자 晩年의 언행이 기록되어 있다.

1. 子는 罕言利與命與仁이러시다

선생님께서는 利益과 運命과 仁에 대하여 드물게 말씀하셨다.

---

* 누구의 말인지는 알 수 없고, 공자 사상의 핵심이 仁이며, 논어에서 仁이라는 말이 60회 이상 나오는데, 드물게 말씀하셨다는 것은 의문이다. 제자들이 仁에 관하여 질문을 많이 하였으나 듣고 싶은 말을 못 들었기 때문에 무언가 숨기고 있다고 생각하여서 드물게 말씀하셨다고 한 것인지도 모른다.

2. 達巷黨人이 曰 大哉라 孔子여 博學而無所成名이로다 子聞之하시고 謂門弟子曰 吾何執고 執御乎아 執射乎아 吾執御矣로리라

달항당 사람이 말하기를, "위대하다, 공자여. 널리 배우고도 (전문 분야) 이름을 이루지 않았구나." 공자께서 들으시고, 제자들에게 이르기를, "내가 무엇을 잡을 것인가? 말고삐를 잡을 것인가? 활을 잡을 것인가? 나는 말고삐를 잡겠다."

* 成名 : 한 분야의 전문가가 되는 것.
* 御 : 말을 모는 것.
* 당시 군자는 六藝에 능통해야 했다. 특히 공자는 禮 · 樂 · 射 · 御 · 書 · 數를 두루 배워서 능통하셨고, 어느 한 분야에 구애되지 않는 사람이 되고자 하셨다.

3. 子曰 麻冕이 禮也어늘 今也純하니 儉이라 吾從衆리라 拜下禮也어늘 今拜乎上하니 泰也라 雖違衆이나 吾從下하리라

자 왈, "삼으로 짠 관을 쓰는 것이 예의이지만, 지금은 生絲로 짠 것을 쓰니 검소하다. 나도 時世를 따르리라. 아래에서 절하는 것이 예의인데, 지금은 전각 위에서 절을 하니 이는 거만하다. 비록 사람들과 어긋나더라도 나는 당 아래서 절하는 것을 따르겠다."

*麻冕 : 공식 관복에 따르는 관으로, 약 15cm의 베를 2,400의 삼이 들어가도록 짜는 매우 까다로운 가는 베로 만들었으므로 비단으로 바꾸는 것은 실질적으로나 예로나 괜찮으나, 전각 위에서 절하는 것은 군주에 대한 敬意가 부족한 것.

4. 子絶四러시니 毋意毋必毋固毋我러시다

선생님께서는 네 가지를 근절하셨는데, 사사로운 뜻이 없으시고, 무리하게 관철함이 없으시고, 고집이 없으시며, 자기를 내세움이 없으셨다.

5. 子畏於匡이러시니 曰 文王旣沒하시니 文不在茲乎아 天之將喪斯文也신댄 後死者不得與於斯文也어니와 天之未

喪斯文也시니 匡人이 其如予何리오

공자께서 광에서 위기를 당하셨을 때 왈, "문왕은 이미 돌아가시고, 예악문물이 나에게 있지 아니하냐? 하늘이 장차 이 文을 없애려 하신다면, 후세 사람들이 이 文을 얻지 못했을 것이니, 하늘이 이 文을 없애지 않으시는데 광 사람들이 나를 어찌하겠는가."

---

* 匡 : 계씨의 家臣 양호가 이 읍을 공격한 적이 있어서 匡 사람들이 양호에게 원한이 있었는데, 공자가 양호와 풍채가 닮아서 양호인 줄 알고 죽이려고 하였다. 하늘이 자신을 해치도록 버려두지 않을 것이라고 확신하신다.

6. 大(太)宰問於子貢曰 夫子聖者與아 何其多能也오 子貢曰 固天縱之將聖시고 又多能也시라 子聞之하시고 曰 太宰知我乎인저 吾少也賤라 故로 多能鄙事하니 君子는 多乎哉아 不多也라 牢曰 子云 吾不試라 故로 藝라.

태재가 자공에게 왈, "선생님께서는 성인이십니까? 어찌 그렇게 능한 것이 많습니까?" 자공 왈, " 진실로 하늘이 내리신 성인이시고 또한 재능도 많으십니다." 공자께서 들으시고, 왈, "태재가 나를 아는구나. 내가 젊었을 때에 미천했다. 그러므로 천한 일에 능함이 많다. 군자는 재능이 많아야 되는가 묻는다면, 많지 않아도 되느니라." 뢰가 말하기를, "선생님께서 말씀하시기를 '내가 세상에 쓰이지 못했으므로 기예를 익혔다.' 고 말씀하셨다."

---

* 태재는 官名으로 吳나라 또는 宋나라 관리로 보인다.
* 牢 : 공자의 제자로 성은 琴. 이름은 뢰.

자 왈 오 유 지 호 재 무 지 야 유 비 부 문 어 아 공 공

7. 子曰 吾有知乎哉아 無知也로라 有鄙夫問於我하되 空空

여 야 아 고 기 량 단 이 갈 언

如也라도 我叩其兩端而竭焉하노라.

자 왈, "내가 아는 것이 있는가? 아는 것이 없다. 그러나 어리석은 자가 나에게 묻는 일이 있다면, 그 말이 아무것도 아닐지라도 나는 그 양 끝을 잡아서 충분히 밝혀주었다."고 하셨다.

---

* 叩 : 반문하는 말로 말이 분명치 않을 때 다시 물어서 이해하는 것.

자 왈 봉 조 부 지 하 불 출 도 오 이 의 부

8. 子曰 鳳鳥不至하며 河不出圖하니 吾已矣夫인져

자 왈, "봉황은 오지 않고, 하수에서 그림도 나오지 않으니, 나도 이제 그만인가."

---

* 봉황이 나타나고 황하에서 등에 신비한 그림이 있는 거북이가 기어 나오면 성인이 나타나 태평성대가 온다는 전설이 있다.

자 견 제 최 자 최 자 면 의 상 자 여 고 자 견 지

9. 子見 齊衰(齍縗)者와 冕衣裳者와 與瞽者하시고 見之에

수 소 필 작 과 지 필 추

雖少나 必作하시며 過之에 必趨러시다

공자께서 재최의 상복을 입은 자와 면류관을 쓰고 의상을 입은 자와 소경을 만날 때에는 비록 소년이라도 반드시 일어나시며, 곁을 지나실 때는 반드시 빠른 걸음으로 지나셨다.

---

* 齍 : 제기이름 자. 縗 : 상복 최. 齊衰(齍縗)자최 : 거친 베로 만든 상복

* 瞽 : 소경 고. 소경 뜻으로 樂師. 악기를 연주하는 사람은 모두 장님이었다. 공자는 장님인 이 악사들에게 음악을 배웠으므로 스승으로서 敬意를 표하였다.

10. 顔淵이 喟然歎曰 仰之彌高하며 鑽之彌堅하며 瞻之在前이러니 忽焉在後로다 夫子循循然善誘人하사 博我以文하시고 約我以禮하시니 欲罷不能하여 旣竭吾才하니 如有所立卓爾라 雖欲從之나 末由也已로다

안연이 탄식하여 말하기를, "선생님의 도는 우러러볼수록 더욱 높으며, 뚫으려 할수록 굳으며, 바라볼 때는 앞에 계신가 하면 홀연히 뒤에 계시다. 선생님께서는 차근차근 사람을 잘 인도하시고, 글로써 나를 넓혀주시고, 예로써 나를 제약하시니, 파하고자 해도 능히 못하며, 이미 나의 재주를 다하였는데 높은 곳에 우뚝 섰으니 비록 따라가려 해도 말미암지 못하겠다."

---

* 안연의 학덕이 높아서 공자께서 늘 자기를 능가하는 人才라고 칭찬하셨으나, 본인은 선생님의 도가 너무 높아서 도저히 미치지 못하겠기에 여러 번 그만두려 하였으나 그만둘 수도 없었다고 탄식한다. 그만둘 수도 없었다는 심경을 백분 이해한다. 집안 형편조차 몹시 빈한하였으니 이중고를 겪었으리라. 그러나 그 道라는 학문에 빠졌으니 어찌 빠져나올 수 있었겠는가. 다만 하늘이 조금 더 시간을 허락했다면 공자의 사상을 더욱 빛내는 큰 업적을 남겼을 것인데, 안타깝다.

11. 子疾病이어시늘 子路使門人爲臣이러니 病間曰 久矣哉라 由之行詐也여 無臣而爲有臣하니 吾誰欺오 欺天乎인저

且予與其死於臣之手也론 無寧死於二三子乎아 且予縱不得大葬이나 予死於道路乎아

공자께서 병환이 위중하시자 자로가 文人으로 하여금 家臣으로 삼았다. 병이 조금 나으심에 말씀하시기를, "오래되었구나, 유가 속임을 행함이여. 가신이 없는데 가신을 두었으니 내가 누구를 속이랴? 하늘을 속이랴? 또 나는 가신의 손에 죽는 것보다 오히려 너희들의 손에 죽고 싶은 것을. 또 내가 비록 크게 葬事는 못하더라도 길에서야 죽겠느냐."

---

* 당시에는 大夫 이상의 신분은 모든 절차를 家臣들이 맡도록 되어 있었다. 공자도 한때는 대부였기에 자로는 대부의 예로써 장례를 치르고 싶었을 것이다. 그러나 그의 뜻을 모르는 바는 아니지만, 그 僞裝(위장)이 마음에 거슬리신 듯하다.

12. 子貢曰 有美玉於斯하니 韞匵而藏諸잇가 求善賈而沽諸잇가 子曰 沽之哉沽之哉나 我待賈者也로라

자공이 말하기를, "아름다운 옥이 여기에 있다면 함 속에 감추어 두겠습니까? 좋은 값을 받고 팔겠습니까?" 자 왈, "팔아야지, 팔아야지. 나는 사갈 사람을 기다리는 자이다."

---

* 자공의 언변이 여기에서도 빛을 발한다. 만년의 공자께 벼슬할 뜻이 있으신지 묻는 것을 귀한 옥에다 비유한다. 그 말뜻을 알아들으신 공자의 "팔자, 팔자. 나는 사갈 사람을 기다리는 자이다." 이 말씀은 또한 얼마나 기발한가! 그러나 주공의 도를 펼치고자 하는 공자를 사갈 사람이 없었으니.

13. 子欲居九夷러시니 或曰 陋어니 如之何잇고 子曰 君子居之면 何陋之有리오

공자께서 구이에 살고자 하셨다. 혹자가 말하기를, “누추한 곳에서 어떻게 지내시렵니까?” 자 왈, “군자가 거하는데 어찌 누추함이 있겠는가?”

---

*九夷 : 畎夷견이, 于夷우이, 方夷방이, 黃夷황이, 白夷백이, 赤夷적이, 玄夷현이, 風夷풍이, 陽夷양이를 말하는데, 색깔 등에 이름을 붙인 것이 추상적이다. 후한으로 오면서 九夷는 현도, 낙랑, 고려, 만식, 부유, 삭가, 동도, 왜인, 천비 등으로 구체화 된다.

14. 子曰 吾自衛反魯然後樂正하여 雅頌各得其所라

자 왈, “내가 위나라로부터 노나라로 돌아온 후에 음악이 바르게 되어 아악과 송악이 각각의 자리를 얻게 되었다.”

---

* 공자가 천하 유세를 마치고 노나라로 돌아왔을 때는, 노애공 11년(기원전 484) 겨울 69세이셨다. 中原의 鄭과 衛 등, 여러 나라에 滯在(체재)하면서 고전음악(시경)의 연주를 듣고, 악곡의 가락에 심한 혼란이 있음을 알고 시경을 정리했다. 당시의 시경은 지금의 시경처럼 단순히 읽기만 하는 것이 아니었으므로 오류를 고치는 것만이 아니었다. 가사와 악보의 불일치, 雅, 風, 頌이 섞여버린 과오를 바로잡으셨다. 공자는 노애공 16년(BC 479) 4월 11일에 세상을 떠나셨으니, 만 4년 반의 짧은 시간에 큰 족적을 남기셨다.

15. 子曰 出則事公卿하고 入則事父兄하며 喪事를 不敢不勉하며 不爲酒困이 何有於我哉리오

자 왈, "밖에 나가면 公卿을 섬기고, 들어오면 부모와 형을 섬기며, 상사를 당하면 감히 힘쓰지 않음이 없으며, 술을 마셔도 곤란을 당하지 않으니 어찌 내게 있겠느냐."

---

* 이 말씀은 누구나 할 수 있는 일 같으나 결코 쉽지 않다.

자 재 천 상 왈 서 자 여 사 부 불 사 주 야

16. 子在川上曰 逝者如斯夫인저 不舍晝夜로다

공자께서 냇가에서 왈, "가는 것이 이와 같아서 밤낮 쉬지 않는구나!"

자 왈 오 미 견 호 덕 여 호 색 자 야

17. 子曰 吾未見好德을 如好色者也로라

자 왈, "내가 덕을 좋아하기를 여색을 좋아하는 것과 같이하는 사람을 보지 못했다."

---

* 15편 위영공편 13장에도 같은 내용이 나온다.

자 왈 비 여 위 산 미 성 일 궤 지 오 지 야 비 여 평 지 수 복 일 궤 진 오 왕 야

18. 子曰 譬如爲山에 未成一簣하여 止도 吾止也며 譬如平地에 雖覆一簣나 進도 吾往也니라.

자 왈, "비유하건대, 산을 만들되, 한 삼태기로 이루지 못하고 그치는 것도 내가 그치는 것이다. 비유하건대 땅을 평평하게 하되, 비록 한 삼태기 흙을 쏟아 붓더라도 나아가는 것은 내가 나아가는 것이다."

---

* 功虧一簣(공휴일궤)라고 마지막 한 삼태기의 흙이 모자라서 공이 무너진다는 [시경]의 말씀을 인용하셨다.

자왈 어지이불타자 기회야여

19. 子曰 語之而不惰者는 其回也與인저

자 왈, "道를 말해주면 나태하지 않은 자는 안회뿐이다."

---

* 고대에는 책이 귀하였으니 스승이 전승되어오는 교훈을 들려주면 제자들은 암기해야 하는데, 그 이야기의 뜻이 이해가 안 되면 지루할 것이나 秀才인 안회는 이해가 되었으니 어찌 게을리 하겠는가.

자위안연왈 석호 오견기진야 미견기지야

20. 子謂顏淵曰 惜乎라 吾見其進也요 未見其止也로라

공자께서 안연을 일러 말씀하시기를, "아까운 사람이 죽었다! 나는 그의 학문이 나아가는 것은 보았으나, 그치는 것은 보지 못하였다."

자왈 묘이불수자유의부 수이부실자유의부

21. 子曰 苗而不秀者有矣夫며 秀而不實者有矣夫인저

자 왈, "싹이 났으나 꽃이 못 피는 것도 있고, 꽃은 피었으나 열매를 맺지 못하는 것도 있다."

---

* 苗는 싹이 처음 나오고, 秀는 꽃이 피는 것이며, 實은 열매를 맺는 것이니, 열매를 맺지 못하고 떠나버린 제자를 그리워하시는 것이 보인다.

자왈 후생가외 언지래자지불여금야 사십오십

22. 子曰 後生可畏니 焉知來者之不如今也리오 四十五十

이무문언 사역부족외야이

而無聞焉이면 斯亦不足畏也已니라.

자 왈, "뒤에 오는 이들이 두렵다. 어찌 오는 자가 지금만 못하다는 것을 알겠는가? 그러나 사, 오십이 되어도 들려오는 것이 없다면, 이는 또한 두려울 것이 없다."

23. 子曰 法語之言을 能無從乎아 改之爲貴니라 巽與之言을 能無說乎아 繹之爲貴니라 說而不繹하며 從而不改면 吾末如之何也已矣니라

자 왈, "고전의 격언을 따르지 않으랴만 고치는 것이 귀하며, 부드러운 말이 기쁘지 않으랴만 실마리를 찾는 것이 귀하다. 기뻐하되 그 실마리를 찾지 않고, 따르되 고치지 않으면 나도 어찌하지 못할 것이다."

---

* 法語之言 : 고대 성왕들의 격언.
* 巽與之言 : 巽 = 遜 겸손한 말.

24. 子曰 主忠信하며 毋友不如己者요 過則勿憚改니라

자 왈, "충성과 믿음을 주로 하고, 나와 (道가) 같지 않은 자를 벗하지 말고, 허물이 있으면 고치는 것을 꺼리지 말라."

---

* 毋友不如己者 : '자기보다 못한 사람을 벗 삼지 말라'고 해석하기도 하는데, 나보다 나은 사람은 나와 벗하지 않을 것이니 '나와 도가 같지 않는 사람'으로 본다.

25. 子曰 三軍可奪帥也어니와 匹夫 不可奪志也니라

자 왈, "삼군의 元帥를 뺏을 수는 있으나 필부의 뜻은 뺏을 수 없다."

* 倭人의 武力으로도 가녀린 소녀의 뜻은 빼앗지 못했다.

26. 子曰 衣敝縕袍하며 與衣狐貉(貈)者로 立而不恥者는 其由也與인저 不忮不求면 何用不臧리오 子路終身誦之한대 子曰 是道也何足以臧이리오.

자 왈, "해진 옷에 헌 솜 도포를 입고, 여우와 담비의 털 갖옷을 입은 자와 서 있어도, 부끄러워하지 아니하는 자는 유일 것이다. 해치지 아니하며 탐내지 아니하면 어찌 착하지 않겠느냐." 자로가 이 말씀을 평생 외우려 하자 자 왈, "이것이 도리지만 어찌 족하겠는가."

* 不忮不求 何用不臧 : [詩經] '衛風 雄雉위풍웅치'에 실려있는 구절로 자로를 칭찬하면서도 何足以臧으로 경계하게 하셨다.
* 由 : 子路.
* 敝 : 해질 폐. 縕 : 헌솜 온. 袍 : 도포 포. 貉 : 오랑캐 맥, 담비 학. 忮 : 해칠 기.

27. 子曰 歲寒然後에 知松柏之後彫(凋)也니라

자 왈, "날씨가 차가워진 뒤에 소나무와 잣나무가 늦게 시듦을 안다."

* 세상이 어지러우면 충신을 알 수 있듯이 추위에도 푸른빛을 잃지 않는 소나무에 선비의 절의를 표현하셨다.

28. 子曰 知者不惑하고 仁者不憂하고 勇者不懼니라

자 왈, "지혜로운 자는 미혹되지 않고, 어진 자는 근심하지 않으며 용맹한

자는 두려워하지 않는다.”

---

* 知慧가 事理를 밝게 밝힐 것이니 허둥거리지 않고, 仁의 德은 天道이니 근심하지 않으시니, 어려움에 처해도 天道를 믿으시는 말씀.

자왈 가여공학 미가여적도 가여적도 미

29. 子曰 可與共學이라도 未可與適道며 可與適道라도 未

가여립 가여립 미가여권

可與立이며 可與立이라도 未可與權라.

자 왈, “더불어서 함께 배워도 함께 도에 나아갈 수는 없고, 더불어서 함께 도에 나갈 수는 있어도 더불어서 서지는 못할 것이며, 더불어서 함께 설 수는 있으나 함께 권도를 할 수는 없다.”

---

* 함께 배우고 앞으로 나아갈지라도 각자의 역량이 다르므로 함께 융통성을 발휘하기는 어려울 것이다.

당체지화 편기반이 개불이사 실시원이

30. 唐棣之華여 偏其反而로다 豈不爾思리오마는 室是遠而

자왈 미지사야 부하원지유

니라 子曰 未之思也언정 夫何遠之有오

산앵두 꽃이 한들한들 나부끼누나. 어찌 너를 생각지 않으랴만 집이 멀기 때문이다. 자 왈, “생각하지 않을지언정 어찌 먼 것이 있으리오.”

---

* 唐棣 : 산매자(앵두)꽃
* 시를 인용하신 말씀으로, 마음의 문제이지 어찌 거리의 문제이겠는가?

第10章 鄕黨

향당편은 공자님의 용모, 음성, 의식주 등 일상생활 속의 공자님의 모습을 기록하였다.

1. 孔子於鄕黨에 恂恂如也하사 似不能言者시다 其哉宗廟朝廷하사는 便便言하시되 唯謹爾러시다

공자께서 향당에서는 공손하시어 말도 잘 못 하시는 것 같았다. 그러나 종묘와 조정에서는 말씀을 잘하시되 오직 삼가셨다.

---

* 鄕黨 : 노나라 都邑인 곡부 근교는 세 개의 鄕으로 구분되어 있어서 士, 大夫들은 그곳에서 살았다. 대부가 된 공자도 쉬는 날은 향으로 돌아가서 마을의 일도 보았는데, 宗族(종족) 어른들 앞에서 겸손하시어 앞에 나서려고 하지 않으셨다.

2. 朝에 與下大夫言에 侃侃如也하시며 與上大夫言에 誾誾如也러시다 君在어시든 踧踖如也하시며 與與如也시다

조회하실 때는 하대부와 더불어 말씀하심에 화락하게 하시며, 상대부와 더불어 말씀하실 때는 평온하게 하셨다. 임금이 계시면 삼가 조심하시고 威儀가 있으셨다.

* 侃 : 강직 간, 화락 간. 古注에서는 화락하는 모양으로 보았고, 新注에서는 강직이라 보았는데, 나는 대부인 공자께서 아랫사람인 下大夫에게 강직했다고는 볼 수 없기에 古注를 따른다.

3. 君召使擯이어시든 色勃如也하시며 足躩如也러시다 揖所與立하사대 左右手러시니 衣前後襜如也다 趨進에 翼如也시다 賓退어든 必復命曰 賓不顧矣러시다

임금이 불러 국빈을 대접하게 하시면, 안색이 변하시며 발걸음도 조심하셨다. 손님을 서서 맞을 적에는 읍하시되 좌우로 손을 잡으시고, 옷의 앞과 뒤는 가지런하였다. 빨리 나아가실 때는 날개를 편 듯이 하셨다. 손님이 물러간 뒤에는 반드시 복명하시기를, "손님이 돌아보지 않고 잘 갔습니다." 하셨다.

* 復命曰 : 손님을 君主는 中門까지 전송하고 거기서 기다리면, 접대를 맡은 자는 대문 밖까지 전송하고, 뒤를 돌아보며 읍하던 손님이 안 돌아볼 때 중문으로 가서 君主에게 고하는 것.
* 襜如 : 옷자락이 가지런한 모양.
* 躩 : 바삐 갈 곽, 행주치마 첨.

4. 入公門하실새 鞠躬如也하사 如不容이러시다 立不中門하시며 行不履閾이러시다 過位하실새 色勃如也하시며 足躩如也하시며 其言이 似不足者러시다 攝齊升堂하실새 鞠躬如也하시

며 屛氣하사 似不息者 出降一等하사는 逞顔色하사 怡怡如也하시며 沒階하사는 趨進翼如也하시며 復其位하사는 踧踖如也러시다

궁문에 들어가실 때는 몸을 공처럼 굽히시어[23] 용납지 못하듯이 하셨다. 서실 때는 문 가운데[24]는 서지 아니하시고, 다니실 적에는 문지방을 밟지 아니하셨다. 자리(군주)를 지나실 적에는 안색을 긴장하시고 걸음도 조심하시며, 그 말씀은 부족한 것같이 하시었다. 옷자락을 잡고 당에 오르실 때, 몸을 구부리시며 숨을 죽이시어 숨도 쉬지 않는 것같이 하셨다. 나오시어 섬돌 한 층계를 내려서시면 얼굴빛을 푸시고 온화하시며, 층계를 다 내려서서는 빨리 나아가시되 날개를 편 듯이 하셨다. 그 자리에 돌아와서는 황송해하셨다.

---

* 鞠躬 : 君主 앞에서 몸을 공처럼 둥글게 굽힘.

5. 執圭하사대 鞠躬如也하사 如不勝하시며 上如揖하시고 下如授하시며 勃如戰色하시며 足蹜蹜如有循이러시다 享禮에 有容色이시며 私覿에 愉愉如也러시다.

홀을 잡으시면 몸을 굽혀서 이기지 못하는 것같이 하시고, 올리실 때는 읍하시듯이 하시며, 내리실 때는 주는 것같이 하시고, 얼굴빛은 긴장하여 두려운 듯이 하시며, 발꿈치를 들고 종종걸음 하셨다. 예물을 드리실 때는 얼굴빛을 펴시며,

---

23) 문이 좁아서 몸이 못 들어가는 듯
24) 군주의 길

사적으로 보실 때는 더욱 즐거워 보이셨다.

＊ 圭(홀 규) : 土 + 土 땅을 차지했던 표징인 笏(홀)을 뜻함. 천자가 諸侯(제후)를 봉할 때 내리던 信標(신표). 朝服(조복)에 갖추어 손에 쥐는 패로 품계에 따라 象牙(상아) 또는 나무로 만들었다.

6. 君子는 不以紺緅飾시며 紅紫로 不以爲褻服시다 當暑하사 袗絺綌을 必表而出之러시다. 緇衣엔 羔裘요 素衣엔 麑裘요 黃衣엔 狐裘러시다 褻裘長하되 短右袂러시다 必有寢衣하시니 長一身有半이라 狐貉(貈)之厚로 以居러시다 去喪하사는 無所不佩러시다 非帷裳이어든 必殺之러시다 羔裘玄冠으로 不以弔러시다 吉月에 必朝服而朝러시다

군자는 보랏빛과 아청빛으로 장식하지 아니하시며, 붉은빛과 자주 빛으로 속옷을 만들지 아니하셨다. 더울 때는 홑 칡베 옷과 굵은 칡베 옷을 반드시 겉에 입고 나가셨다. 여우와 담비의 두터운 갖옷을 입고 사셨다. 탈상이 끝나면 패물을 차지 않는 것이 없었다. 조회와 제례의 예복이 아니면 반드시 좁게 하셨다. 양의 갖옷과 검은 관으로 조상하지 않으셨다. 길월에는 반드시 조복을 입고 조회를 하시었다.

＊ 緅 : 검붉을 추. 褻 : 속옷 설, 평복 설. 袗 : 홑옷 진. 絺 : 칡베 치. 綌 : 칡베 격. 緇 : 검은 비단 치. 麑 : 사자 예, 고라니 예.

＊ 검은 옷에는 양 갖옷, 흰 옷에는 사슴 갖옷, 누른 옷에는 여우 갖옷을 입으셨다.

평시에 입는 갖옷은 길게 하되 오른 소매를 짧게 하시었다. 반드시 잠옷이 있었는데 길이가 한 길 반이었다.

* 君子는 공자를 이르고, 아청빛은 검은색을 띤 푸른 빛깔을 말하며, 初喪에는 흰색을, 吉月(매월 초하루)에는 검은색을 주장하셨다.

* 貉 : 오랑캐 맥 ≒ 貈 : 담비 학.

7. 齊必有明衣(제필유명의)러시니 布(포)라 齊必變食(제필변식)하시며 居必遷坐(거필천좌)시다

재계하실 때에는 반드시 깨끗한 옷이 있었는데 베로 만든 것이었다. 재계하실 때에는 반드시 음식을 바꾸시며 거하시는 자리를 옮기셨다.

---

* 齊(≒ 齋)戒 : 신이나 조상께 제사를 지내기 위하여 몸과 마음을 깨끗이 하며 행동을 삼가며 특히, 술과 마늘을 먹지 않는다.

8. 食不厭精(식불염정)하시며 膾不厭細(회불염세)러시다 食饐而餲(식의이애)와 魚餒而肉敗(어뇌이육패)를 不食(불식)하시며 色惡不食(색악불식)하시며 臭惡不食(취악불식)하시며 失飪不食(실임불식)하시며 不時不食(불시불식)시다 割不正不食(할부정불식)하시며 不得其醬不食(부득기장불식)하시다 肉雖多(육수다)나 不使勝食氣(불사승식기)며 唯酒無量(유주무량)하시되 不及亂(불급란)이러시다

밥은 정한(흰쌀) 것은 싫어하지 않으시며, 회는 가는 것을 싫어하지 않으셨다. 밥이 상하여 쉰 것과 생선이 상하고 고기가 썩은 것은 드시지 않으시고, 색이 변한 것을 드시지 않으셨다. 냄새가 나쁜 것은 드시지 않으시고, 익지 않은 것도 드시지 않으셨고, 때가 아니면 드시지 않으셨다. 자른 것이 바르지 않으면 드시지 않으시고, 간이 맞지 않으면 드시지 않으셨다. 고기는 비록 많아도 곡기를 이기지 않으시며, 오직 술은 무한정 드시되 어지러운 지경에 이르지 않으셨다.

沽酒市脯을 不食시며 不撤薑食시며 不多食하시다 祭於公에 不宿肉하시며 祭肉은 不出三日하시니 出三日이면 不食之矣니라 食不語하시며 寢不言시다 雖疏食菜羹瓜이라도 必祭하시되 必齊如也러시다

저자에서 파는 술과 포를 드시지 않으시고, 생강 드시는 것을 끊지 않으셨다. 밥은 많이 드시지 않으시고, 나라에 제사 지낼 때 받은 고기는 밤을 재우지 않으시며, 제사 지낸 고기는 삼 일을 넘기지 않으시고, 삼 일이 지나면 드시지 않으셨다. 밥을 드시면서 말을 않으시고, 주무시면서 말하지 않으셨다. 비록 거친 밥과 나물국에 오이라도 반드시 곡신(고수레)에게 드렸는데, 반드시 공경히 하셨다.

---

* 饐 : 밥 쉴 의. 餲 : 밥 쉴 애. 餒 : 주릴 뇌. 飪 : 익힐 임.
* '종묘제사 지낸 고기를 받으면 밤을 넘기지 않으셨다.'라는 말은 나라의 은혜를 모든 사람과 나누기 위하여 그날 다 나누어 주었다는 뜻이다.

9. 席不正이어든 不坐러시다.

자리가 바르지 않으면 앉지 않으셨다.

10. 鄕人飮酒에 杖者出이어든 斯出矣러시다 鄕人儺에 朝服而立於阼階러시다

고향 사람들과 술을 마실 때는 지팡이를 짚은 노인이 나가면 따라 일어나셨다. 향인이 나례를 할 때는 조복을 입으시고 동쪽 섬돌에 서셨다.

＊ 鄕人飮酒 : 서울 근교에서 500호 부락은 堂, 12,500호 부락은 鄕이라고 했는데, 겨울에 노인을 주빈으로 모시고 주연을 베풀고 젊은이들은 노인들로부터 교훈을 들었다. 이를 향인음주라 한다.

＊ 杖者 : 鄕人飮酒 자리에는 60세 이상이 지팡이를 짚고 나올 수 있다.

＊ 鄕黨莫如齒 : 향당에서는 나이가 많은 사람이 제일 어른.

＊ 儺 : 마을에서 악귀를 쫓는 마을 공동 행사로, 우리나라 시골에서도 불과 5~60여 년 전까지도 행해졌다.

11. 問人於他邦(문인어타방)하실새 再拜而送之(재배이송지)러시다 康子饋藥(강자궤약)이어늘 拜而受之曰(배이수지왈) 丘未達(구미달)이라 不敢嘗(불감상)이시다

사람을 다른 나라에 보내어 안부를 물으실 때는 두 번 절하고 보내셨다. 계강자가 약을 나누어주니 절하고 받으면서 말씀하시기를, “내 이 약을 알 수 없으니 감히 맛보지 못하겠습니다.”

＊ 문인을 다른 나라에 보내면서 두 번 절하는 것은 직접 만나는 것과 같은 마음이고, 君主나 貴人이 음식을 내리면 맛을 보고 절을 하는 것이 당시 예법인데 ‘약 성분을 모르니까 맛보지 못하겠다.’ 하는 것은 계강자에 대한 반발인 듯하다.

12. 廐焚(구분)에 子退朝曰(자퇴조왈) 傷人乎(상인호)아 不問馬(불문마)하시다

마구간에 불이 났는데 공자께서 조정에서 退廳하시어 “사람이 상했느냐?” 하시고 말에 대해서는 묻지 않으셨다.

* 당시에 대신들은 출퇴근할 때 마차를 이용했으니 말은 큰 재산이었을 것이나, 사람만 물으시고 말은 묻지 않으시는 것은 말이 아무리 귀해도 가축 이상은 아니라는 공자님의 仁愛정신이 엿보이는 대목이다. 요즘 반려동물이 사랑받고 있지만, 사람보다 중요하지 않음을 생각해야 할 것이다.

13. 君賜食이시든 必正席先嘗之하시고 君賜腥이시든 必熟而薦之하시고 君賜生이어든 必畜之러시다 侍食於君에 君祭어시든 先飯이시다 疾에 君視之어든 東首하시고 加朝服拖紳이러시다 君命召어시든 不俟駕行矣러시다 入太廟하사 每事問이러시다.

군주가 음식을 하사하시면 반드시 자리를 바르게 하여 먼저 맛보시고, 군주가 날고기를 하사하시면 익혀서 사당에 올리시며, 군주가 살아있는 것을 주시면 반드시 기르셨다. 군주를 모시고 식사할 때 군주가 제사음식을 드시면 먼저 맛보시었다. 병이 있을 때, 군주가 와서 보시면, 동으로 머리를 두시고 조복을 걸치고 띠를 걸쳐놓으셨다. 군주가 명하여 부르시면 가마를 기다리지 않으시고 가시었다. 태묘에 들어가서는 매사를 물으셨다.

* 태묘는 노나라 군주의 조상인 주공을 모신 사당으로, 공자가 처음 벼슬하여 제사에 참여했을 때 제사장에게 하나하나 물으셨다. 팔일편에 혹자가 "禮에 밝다면서 일일이 묻느냐?"고 비웃자, "그것이 禮이다."라는 명언을 남기셨다.

14. 朋友死하여 無所歸어든 曰 於我殯이라하시다 朋友之饋

는 雖車馬라도 非祭肉이어든 不拜러시다

벗이 죽어서 돌아갈 곳이 없으면 “내 집에 빈소를 차리라.” 하셨다. 벗이 보낸 선물은 비록 수레와 말이라도 제사 지낸 고기가 아닌 것은 절하지 아니하셨다.

15. 寢不尸하시며 居不容이러시다 見齊衰(齍縗)者하시고 雖狎이나 必變하시며 見冕者與瞽者하시고 雖褻이나 必以貌러시다 凶服者를 式之하시며 式負版者러시다 有盛饌이어든 必變色而作이러시다 迅雷風烈에 必變이러시다

취침에는 시신같이 않으시며 집에서는 꾸미지 않으셨다. 자최의 상복을 입은 자를 보시면, 비록 친한 사이이더라도 반드시 태도를 바꾸시며, 면류관을 쓴 이와 소경을 보시면 비록 평복일 때라도 반드시 예모로 대하셨다. 상복을 입은 이를 만나면 예를 표하시며, 지도와 호적을 진 사람에게도 그와 같이 하셨다. 성찬을 받으시면 반드시 얼굴빛을 변하시고 감사의 뜻을 표하셨다. 빠른 우뢰와 맹렬한 바람에는 반드시 얼굴빛을 변하셨다.

---

* 齊衰 : 석 달 이상 상을 입은 사람이 입는 상복.
* 冕 : 大夫 이상의 고관이 쓰는 冠.
* 褻 : 평복, 속옷,
* 負版者 : 나무 조각에 쓴 호적부를 지고 가는 사람.

16. 升車하사 必正立執綏러시다 車中에 不內顧하시며 不疾

言하시며 不親指러시다

수레에 오르실 때는 반드시 바로 서서 수레 고삐를 잡으시고 수레 안에서 머리를 돌려보지 않으시고 말을 빨리 (큰 소리로) 하지 않으시며, 손가락으로 가리키지 않으셨다.

17. 色斯擧矣하며 翔而後集이니라 曰 山梁雌雉가 時哉時哉인저 子路共之한대 三嗅而作하시다

(새가 사람의) 얼굴빛을 보고 날아서 돌다가 다시 앉는다. 자 왈, "산기슭 다리 가의 암꿩이 때를 만났구나! 때를 만났구나!" 자로가 모이를 주었더니 세 번 냄새를 맡고 날아갔다.

---

* 이 장 역시 말의 연결이 매끄럽지 않아서 異說이 많다. 子路共之도 '자로가 꿩을 잡아서 공자께 드리자, 드시지 않고 일어나셨다.'라는 설도 있다. 오랜 시간이 흐르면서 누락된 글자가 있을 것이므로 해석에 異見이 많을 수밖에 없다. 하여간 암꿩이 때를 만났다는 말씀은 시절을 의미하는 뜻과, 때를 만나지 못하신 공자께서 때를 만난 암꿩조차 부러워하신 것 같다는 중의를 품고 있다.

第11章 先進

선진편은 각 문인들의 학문과 인물을 비평한 말씀이 많고, 논어 전권 20편을 선진을 기준으로 상·하로 나누는 경계로 삼았다. 즉 선진부터는 앞의 열 개의 편보다는 훨씬 후대의 기록으로, 공자의 제자로부터 배운 사람들이 자기들의 스승에게서 배운 내용을 정리하며 엮은 것으로 보인다.

1. 子曰 先進이 於禮樂에 野人也요 後進이 於禮樂에 君子也라 하나 如用之則吾從先進하리라

자 왈, "선진의 예와 악은 질박하고, 후진의 예악은 군자라고 하나, 만일 쓴다면 나는 선진을 따를 것이다."

---

* 先進 : 선배. 공자의 제자 가운데 공자가 노나라에서 망명하기 전에 入門한 제자들 顔回, 子路, 冉有, 宰我, 子貢, 閔子騫, 冉伯牛, 仲弓 등.
* 後進 : 공자 망명 후 입문한 曾子, 子游, 子夏, 子張, 有若, 樊遲 등

2. 子曰 從我於陳蔡者皆不及門也라 德行엔 顔淵閔子騫冉伯牛仲弓이요 言語엔 宰我子貢이요 政事엔 冉有季路요 文學엔 子游子夏니라

자 왈, "나를 진과 채에서 따르던 자가 다 문하에 있지 않구나! 덕행은 안연, 민자건, 염백우, 중궁이요, 언어에는 재아와 자공이요, 정사에는 염유와 계로요, 문학에는 자유와 자하가 있었다."

---

* BC 497년 노나라를 떠나 망명길에 오른 지 8년, BC 489년, 陳과 蔡의 접경에서 餓死의 위기를 만났다. 훗날 그때를 회상하심인데, 제자들은 벼슬을 찾아 떠나기도 했을 것이다. 안회와 자로는 죽은 후인지 쓸쓸함이 느껴진다.

3. 子曰 回也는 非助我者也로다 於吾言 無所不說여

자 왈, "안회는 나를 돕는 자가 아니다. 나의 말에 기뻐하지 않는 바가 없구나."

---

* 敎學相長을 생각하셨을까? 우수한 제자를 가르치는 것이 배우는 일이 될 수도 있을 터. 자공처럼 말이 많으면 경솔할 수도 있겠으나, 겉으로는 공자로 하여금 한 번 더 생각하게 하는 교학상장이 될 수 없음을 탄식하시면서도 속으로는 안회를 칭찬하시는 말씀으로 보인다.

4. 子曰 孝哉라 閔子騫이여 人不間於其父母昆弟之言로다

자 왈, "효자로다, 민자건이여! 사람들도 그 부모와 형제가 칭찬하는 말에 이의가 없도다."

---

* 민자건은 일화가 많다. 추운 겨울날 아버지를 마차로 모시고 가다가 잡은 고삐를 놓쳤다. 아버지가 그 손을 보니 홑 장갑을 낀 손이 꽁꽁 얼어있었다. 집에 와서 후처가 낳은 아들의 손을 보니 솜을 둔 따뜻한 장갑을 끼고 있었다. 대노한 아버지가 후처를 내쫓으려 하자, 민자건은 간절히 막았다. 계모도 마음을 돌리고 집안에 평화가 왔다.

5. 南容三復白圭라 孔子以其兄之子 妻之다

남용이 백규의 시를 세 번 반복하니, 공자께서 그 형의 딸을 아내로 삼게 하시었다.

---

* 南容 : 字 子容, 名 南宮适(남궁괄)이라 불렀음.
* 三復白圭 : 백규의 시를 하루 세 번 즉, 여러 번 외우다.

白圭는 [詩經] 大雅(대아) 抑篇(억편)의 시구.

白圭之玷 흰 구슬의 모가 떨어졌으면

尙可磨也 갈면 다시 둥글어 지지만

斯言之玷 입에서 나온 잘못된 말은

不可爲也 다시 어쩔 수 없도다.

공자는 이 시를 매일 읽는 사람이면 사람됨을 알 수 있다고 질서(조카사위)로 삼음.

6. 季康子問弟子孰爲好學잇고 孔子對曰 有顔回者好學不幸短命死矣라 今也則亡이라

계강자가 묻기를, "제자 중에 누가 학문을 좋아합니까?" 공자 대답하시길, "안회가 있어서 배우기를 좋아하더니, 불행히 단명하여서 이제는 없습니다."

---

* 안연은 BC 482년에 죽었으니, 이 문답은 그 후에 있었을 것이다.

7. 顔淵死어늘 顔路請子之車하여 以爲之槨한대 子曰才不

才에 亦各言其子也니 鯉也死어늘 有棺而無槨하니 吾不徒行以爲之槨은 以吾從大夫之後라 不可徒行也니라

안연이 죽으니, 안로가 공자의 수레를 청하여 곽을 만들고자 하니, 공자 왈 “재주가 있거나 없거나 각기 그 자식을 말하는데, 리가 죽었을 때도 관만 있고 곽은 없었으니, 내가 도보로 다니고 곽을 만들어주지 못함은 내가 대부의 뒤를 따르는지라, 도보로 다니지 못하기 때문이다.”

＊ 덧널을 부탁하는 안로의 말을 거절하는데 겉으로 드러낸 열거된 이유만은 아닐 것이다. 당시에는 계급에 따라 관과 널을 만들었으니 대부의 반열에 오르지 못한 안회에게 덧널은 예가 아니라고 생각하셨을 것이다.

8. 顔淵死어늘 子曰 噫라 天喪予샷다 天喪予샷다.

안연이 죽으니 공자께서 탄식하여 말씀하시기를, “아아, 하늘이 나를 망쳤구나! 하늘이 나를 망쳤구나!”

＊ BC 482년 안연이 젊은 나이로 죽자, 공자의 절망은 이만저만이 아니셨다. ‘先王의 길’을 실행하려고 천하를 周流했으나 아사 직전까지 가는 고난과 ‘상갓집 개’라는 소리까지 들었다. 그런 공자에게 안회는 한 가닥 희망이었을 것이다. 공자는 분노를 하늘에 쏟아낸다. 정의로워야 할 하늘이 어찌 이리한단 말인가?

9. 顔淵死어늘 子哭之慟하신대 從者曰 子慟矣시니이다 曰有慟乎 非夫人之爲慟이요 而誰爲리오

안연이 죽자 공자께서 심하게 애통해하시니 따르는 자가 말하기를, “선생님께

서 너무 애통해하십니다." 자 왈, "애통해한다고? 이 사람을 위하여 애통해 하지 않으면 누구를 위하여 애통해하리오."

---

* 너무 애통해하시니 노쇠한 공자의 건강이 염려되어 만류함이다.

10. 顔淵死(안연사)어늘 門人欲厚葬之(문인욕후장지)한대 子曰(자왈) 不可(불가)하니라 門人(문인)이 厚葬之(후장지)한대 子曰(자왈) 回也(회야)는 視予猶父也(시여유부야)어늘 予不得視猶子也(여부득시유자야)하니 非我也(비아야)라 夫二三子也(부이삼자야)니라

안연이 죽어 문인이 후하게 장사지내려 하자, 자 왈, "옳지 않다." 문인이 후하게 장사지내자, 자 왈, "안회는 나를 아비같이 보았는데 나는 아들같이 여기지 못했으니, 나의 뜻이 아니라 저들이 그렇게 한 것이다."

---

* 제자들은 안회의 장례를 성대히 치르는 것이 공자를 위로하는 일이므로, 사회적 신분제도는 약간 무시해도 된다고 생각해서 공자의 반대에도 불구하고 성대히 치른 것 같다. 공자는 그 예를 지켜주지 못한 것을 안타까워하신다.

11. 季路問事鬼神(계로문사귀신)한대 子曰(자왈) 未能事人(미능사인)이면 焉能事鬼(언능사귀)리오 敢問死(감문사)하노이다 曰(왈) 未知生(미지생)이면 焉知死(언지사)리오

계로가 귀신 섬기는 것을 물으니, 자 왈, "능히 사람도 섬기지 못하면서 어찌 능히 귀신을 섬기겠느냐?" "감히 죽음을 묻습니다." 자 왈, "삶도 알지 못하는데 어찌 죽음을 알겠느냐?"

* 鬼神 : 鬼는 조상의 혼. 神은 하늘의 신.

12. 閔子는 侍側에 誾誾如也하고 子路行行如也하고 冉有子貢은 侃侃如也어늘 子樂하시다 若由也는 不得其死然이다

민자건은 공자를 모실 적에 온화하고, 자로는 굳세고 강한 모습이었으며, 염유와 자공은 화락한 모습이었는데, 공자께서 즐거워하시며, "자로 같아서는 臥席終身을 얻지 못할 듯하다.

* 만년의 공자가 제자들과 둘러앉아 여가를 즐기시는 모습이다. 안연이 안 보이고 자로가 보이는 것은, 안연 사망은 BC 482년, 자로 사망은 BC 480년이니까. 공자가 14년간의 망명에서 노나라로 돌아올 때, 자로는 위나라에 남아서 벼슬을 하고, 안회가 사망한 후, 노나라에 돌아와 있을 때로 보인다. 결국, 자로는 위나라로 다시 가서 공자의 예견대로 부자(괴외와 첩)간의 왕위 쟁탈전에서 죽임을 당하여 젓갈로 담궈졌다.

13. 魯人爲長府어늘 閔子騫曰 仍舊貫如之何오 何必改作이리오 子曰 夫人이 不言이언정 言必有中이니라

노나라 사람이 장부를 만들자, 민자건이 말하기를, "옛것을 그대로 하는 것이 어떠한가? 어찌 반드시 고쳐 지을까?" 하였다. 자 왈, "저 사람은 말이 없지만, 말하면 반드시 이치에 맞는다."

* 長府 : BC 517년 노소공이 三桓氏를 타도하려는 목적으로 財貨, 兵器 등을 저장하려고 만든 창고.

* 舊貫 : 예부터 내려오는 제도, 관습.

14. 子曰 由之瑟을 奚爲於丘之門고 門人이 不敬子路한대 子曰 由也는 升堂矣요 未入於室也니라

자 왈, "중유의 고르지 못한 거문고를 어찌 나의 집에서 타느냐?" 문인이 자로를 공경치 아니하니, 자 왈, "유의 학문은 당에 오르고 아직 방에 들어가지 못하였다."

＊ 瑟 : 詩經을 배울 때는 15絃인 瑟을 뜯으면서 노래를 했다.

＊ 堂 : 대문을 들어가면 뜰, 뜰을 들어서면 계단, 계단을 오르면 전각인데, 이곳이 堂이니 室에 들어가기 직전이다. 子路의 학문이 堂에 올랐으나 精微한 곳까지 이르지 못했다고 존경하지 않는 것은 아니라는 말씀.

15. 子貢이 問師與商也孰賢이니잇고 子曰 師也는 過하고 商也는 不及이니라 曰 然則師愈與잇가 子曰 過猶不及이니라

자공이 묻기를, "사와 상은 누가 더 어집니까?" 자 왈, "사는 지나치고 상은 미치지 못한다." "그러면 사가 낫습니까?" 자 왈, "지나친 것은 미치지 못하는 것과 같다."

＊ 過猶不及 : 正道를 지나침은 미치지 못함과 같으니 中庸을 지켜야 함.

＊ 師 = 子張. 商 = 子夏.

16. 季氏富於周公이어늘 而求也爲之聚斂而附益之한대 子曰 非吾徒也로소니 小子야 鳴鼓而攻之可也니라

계씨가 주공보다 부유한데, 염구가 많은 세금을 거두어서 더욱 부유하게 하였다. 자 왈, "염구는 우리의 무리가 아니니, 애들아, 북을 울려 그 죄를 성토하는 것이 옳다."

---

* 관리자는 백성을 위하여 세금을 줄여야 하거늘 계씨의 가신이 된 염구가 가혹하게 세금을 거두어 계씨를 더 살찌게 하자, 우리 무리가 아니라고 끊으시면서 제자들로 하여금 그를 성토하여 그의 잘못을 깨닫게 하려는 것이다.

17. 柴也는 愚하고 參也는 魯하고 師也는 辟하고 由也는 喭이니라.

고시는 어리석고 증삼은 노둔하고 사는 편벽하고 중유는 속되다.

---

* 柴 : 高柴. 字 자고. 由 : 仲由, 字 子路. 喭 : 상말 언
* 參 : 증참. 字는 子輿로 논어에서 증자라는 칭호로 불리며 공자 이후, 공자학당을 이끌었으며 공자의 손자인 자사의 스승이다.
* '子 曰'이 빠져서 누구의 말인지 알 수 없다. 공자께서 제자들과 말씀하실 때는 장단점을 함께 말씀하셨는데, 단점만 거론함은 공자의 교육방식이 아니다. 증자까지 노둔하다고 한 것으로 보아서 후대에 제자들의 파가 갈라지면서 증자와 대립하던 누군가가 평한 것이 논어에 실린 것이 아닐까 추측한다.

18. 子曰 回也는 其庶乎요 屢空이니라. 賜는 不受命이요 而貨殖焉이나 億則(臆測)屢中이니라.

자 왈, "안회는 거의 도에 가까우나 자주 굶었다. 사는 천명을 받지 아니하고 재물을 늘리지만 억측이 잘 맞는다."

* 其庶乎 : 안회의 학문과 덕행. 도에 가깝다.

* 屢空 : 늘 가난하여 무일푼으로 밥을 굶음.

* 공자의 제자 중, 가장 뛰어난 안회와 자공을 비교한 것으로, 안회는 그 비상한 재주를 덕을 닦는데 쓰고, 자공은 도덕적으로 과오는 범하지 않았지만, 때론 편법으로 많은 재산을 모았고 그의 예상은 늘 적중했다. 공자는 둘을 적당히 합쳤으면 하는 바람이었던 걸까?

19. 子張(자장)이 問善人之道(문선인지도)에 子曰(자왈) 不踐迹(불천적)이 亦不入於室(역불입어실)이라

자장이 선인의 도를 물으니, 자 왈, "(선인이 성인의) 자취를 밟지 않으면 (성인의 경지에) 역시 들어가지 못할 것이다."

20. 子曰(자왈) 論篤(론독)을 是與(시여)면 君子者乎(군자자호)아 色莊者乎(색장자호)아

자 왈, "논의가 성실하면 실제로 군자이겠는가? 외모만 웅장한 자이겠는가?"

21. 子路問(자로문) 聞斯行諸(문사행제)잇가 子曰(자왈) 有父兄在(유부형재)하니 如之何其聞斯行之(여지하기문사행지)리오 冉有問(염유문) 聞斯行諸(문사행제)잇가 子曰(자왈) 聞斯行之(문사행지)니라 公西華曰(공서화왈) 由也問聞斯行諸(유야문문사행제)어늘 子曰(자왈) 有父兄在(유부형재)시고 求也問聞斯行諸(구야문문사행제)어늘 子曰(자왈) 聞斯行之(문사행지)라 하시니 赤也惑(적야혹)하여 敢問(감문)하노이다 子曰(자왈) 求也退(구야퇴)라 故(고)로 進之(진지)하고 由也兼人(유야겸인)이라 故(고)로 退之(퇴지)라

자로가 묻기를, "옳은 말을 들으면 이에 실행하리까?" 자 왈, "부형이 계신데

어찌 듣고 실행하겠느냐?" 염유가 묻기를, "옳은 말을 들으면 이에 실행해야 합니까?" 자 왈, "듣는 대로 행하라." 공서화가 말하기를, "유가 묻기를, '듣고 이에 행하리까?' 하니, 선생님께서 '부형이 있다.' 하시고, 구가 묻기를, '듣고 이에 행하리까?' 하니, 선생님께서 '듣고 이에 행하라.' 하시니 저는 의심스러워 감히 묻습니다." 자 왈, "구는 물러나므로 소극적이니 나아가게 하고, 유는 사람을 겸하여 나서기 좋아하니 물러가게 한 것이다."

＊ 赤 : 공서화의 이름. 子路 : 仲由. 冉有 : 冉求

＊ 兼人 : 혼자서 다른 사람의 일까지 맡아함. 적극적으로 나서는 형.

＊ 논어에는 이처럼 같은 질문에도 제자들의 성격에 따라 다른 대답을 하시는 모습이 보인다. 이로 미루어 제자들의 개성과 성격에 따라 지도하셨음을 알 수 있다.

22. 子畏於匡하실새 顏淵後러니 子曰 吾以女爲死矣로다 曰 子在어시니 回何敢死리잇가.

공자께서 광에서 난을 당하셨을 때, 안연이 뒤에 왔더니, 자 왈, "나는 네가 죽은 줄로 알았다."고 하시니, 말하기를, "선생님께서 계신데 회가 어찌 감히 죽겠습니까?"

＊ 진나라로 갈 때, 광읍 사람들이 양호로 오해하여 가두었다. 겨우 풀려나서 송나라로 들어가다가 석곽 문제로 비판을 받았던 사마환퇴에게 살해당할 위기에서 제자들이 뿔뿔이 흩어졌는데, 그 난리 통에 죽은 줄 알았던 안회가 찾아오자 반가워하는 스승과 제자와의 정겨운 대화.

23. 季子然이 問仲由冉求는 可謂大臣與잇가 子曰 吾以子

爲異之問이러니 曾由與求之問이로다 所謂大臣者는 以道事君하다가 不可則止하나니 今由與求也는 可謂具臣矣니라 曰 然則從之者與잇가 子曰 弑父與君은 亦不從也리라

계자연이 물었다. “중유와 염구는 대신이라 이를 만합니까?” 자 왈, “나는 그대가 특별한 질문을 하는가 하였더니, 유와 구의 일이십니까? 소위 대신이라는 것은 道로써 임금을 섬기다가 옳지 않으면 물러납니다만, 지금 유와 구는 간할 때 간하지 않고 물러날 때 물러나지 않으니, 숫자만 채우는 신하라 할 수 있습니다.” 말하기를, “그러면 따르는 자입니까?” 자 왈, “아비와 임금을 죽이라면 또한 따르지 아니할 것입니다.”

---

* 공자께서는 계씨가 권력을 독단하는데, 두 사람이 계씨의 家臣으로 있으면서 막지도 못하고 家臣을 그만두지도 못했으니 具臣이라 하시고, 大臣의 도는 부족하지만 君臣의 의리는 지킬 것이라는 말씀.
* 大臣 : 훌륭한 신하.
* 具臣 : 형식적으로 수효만 채우는 신하.

24. 子路使子羔爲費宰한대 子曰 賊夫人之子로다 子路曰 有民人焉하며 有社稷焉하니 何必讀書然後爲學릿고 子曰 是故로 惡夫佞者하노라

자로가 자고를 천거하여 비 땅의 읍재로 삼았더니, 자 왈, “남의 자식을 해치는구나.” 자로가 말하기를, “백성이 있고 사직이 있으니 어찌 반드시 글을 읽은

연후에 배운다고 하겠습니까?" 자 왈, "이런 고로 언변 있는 자를 미워하는 것이다."

---

* 학문을 익힌 후에 벼슬길에 나아가는 것인데, 자로는 先後가 바뀌었음에도 그 잘못을 반성하지 않고 言辯으로 스승의 말을 막으니, 그 말재주를 미워하신 것.
* 費 : 費邑은 季씨의 본거지가 되는 莊園으로 노국 남방의 관문이라 할 만한 곳으로 公山弗擾가 邑宰로 있으면서 반란을 일으킨 곳.

25. 子路曾晳冉有公西華侍坐러니 子曰 以吾一日長乎爾나 毋吾以也하라 居則曰不吾知也라 하나니 如或知爾면 則何以哉오 子路率爾而對曰千乘之國이 攝乎大國之間하여 加之以師旅요 因之以饑饉이어든 由也爲之면 比及三年하여 可使有勇이요 且知方也하리이다 夫子哂之하시다 求아 爾는 何如오 對曰 方六七十如五六十에 求也爲之면 比及三年하여 可使足民이어니와 如其禮樂엔 以俟君子리이다

자로, 증석, 염유, 공서화가 (공자를) 모시고 앉았는데, 자 왈, "내가 너희들보다 조금 나이가 많다고 꺼리지 말라. 평소 말하기를, '나를 알지 않는다.' 하는데, 혹시 너희들을 알면 어찌 하겠느냐?" 자로가 率先하여 말하기를, "천승의 나라가 큰 나라 사이에 끼어 침략에 기근까지 겹쳐도 유가 다스리면, 삼 년이면 용감하고 또 의의 방향을 알게 하겠습니다." 선생님께서 빙그레 웃으셨다. "구

아, 너는 어떻게 하겠느냐?" 대답하기를, "사방 육칠십 리나 오륙십 리는 구가 다스리면 삼 년이면 백성을 넉넉하게 할 수 있거니와 禮와 樂 같은 것은 군자를 기다리겠습니다."

赤아 爾는 何如오 對曰 非曰能之라 願學焉하노이다 宗廟之事와 如會同에 端章甫로 願爲小相焉하노이다 點아 爾는 何如오 鼓瑟希러니 鏗爾舍瑟而作하여 對曰 異乎三子者之撰이니다 子曰 何傷乎리오 亦各言其志也니라 曰莫春者에 春服旣成이어든 冠者五六人과 童子六七人으로 浴乎沂하여 風乎舞雩하여 詠而歸하리이다 夫子喟然嘆曰 吾與點也하노라 三子者出커늘 曾皙後러니 曾皙曰 夫三子者之言이 何如잇고 子曰 亦各言其志也已矣니라

"적아, 너는 어떻게 하겠느냐?" 대답하길, "능하다고 말씀드릴 수 없으므로 배우기를 원합니다. 종묘의 일과 회합에서 玄端服(현단복)을 입고, 章甫冠(장보관)을 쓰고 작은 의식의 진행을 할 수 있기를 원합니다." "점아, 너는 어떻게 하겠느냐?" 하시니, 비파 타기를 드물게 하더니 땅 퉁기고 비파를 놓으며 일어나서 대답하기를, "세 사람이 갖추어 아뢴 것과는 다릅니다." 자 왈, "무슨 상관이 있겠는가? 또한 각자 그 뜻을 말한 것이니라." 대답하여 말하기를, "늦봄에 봄옷

이 이미 이루어지면 관을 쓴 자 오륙 인과 동자 육칠 인으로 기에서 목욕하고 무우에서 바람 쐬고 시를 읊고 돌아오겠습니다." 부자께서 탄식하며 말씀하시기를, "나는 점처럼 하겠다." 세 사람이 나가고 증석만 남은 후 증석이 말하기를, "저 세 사람의 말이 어떠합니까?" 자 왈, "또한 각자의 뜻을 말하였을 뿐이다."

曰夫子何哂由也니까 **曰 爲國以禮**어늘 **其言不讓**이라 **是故**로 **哂之**로라 **唯求則非邦也與**잇가 **安見方六七十**과 **如五六十而非邦也者**리오 **唯赤則非邦也與**잇가 **宗廟會同**이 **非諸侯而何**오 **赤也爲之小**면 **孰能爲之大**리오

"선생님께서 어찌하여 유의 말에 웃으셨습니까?" 말씀하시기를, "나라를 다스림은 禮가 필요한데 그 말이 겸양하지 않아서 웃었다." "그러면 求는 나라 다스리는 것이 아닙니까?" "어찌 육칠십 리와 혹은 오륙십 리라고 해서 나라가 아니겠느냐?" "그렇다면 赤은 나라의 일이 아닙니까." "종묘와 회동하는 것은 제후가 아니고 무엇이겠느냐? 赤이 小가 된다면 누가 능히 大가 되겠느냐?"

---

* 師旅 : 500명을 1隊로 하는 많은 무리로 침공함.
* 求 : 冉有, 冉求. 자는 子有, 주로 冉有로 불렸다. 禮樂에서 자로의 말에 공자가 웃으시는 것을 보고 겸손히 말한 것이다.
* 赤 : 公西華. 자는 子華. 부유한 집안으로 종묘의식과 외국 손님을 모시는 예의범절에 밝았다. 두 사람의 대답을 들으며 그는 더욱 공손히 말한다.
* 端章甫 : 端은 검붉은 색깔의 예복, 甫는 예식 때 쓰는 冠.
* 小相 : 의식의 담당자를 相이라 하고, 小相은 보조자, 大相은 책임자.
* 鏗爾 : 악기소리 형용. 鏗 : 금옥소리 갱.

* 曾點(증점) : 성은 曾, 이름은 點. 자는 子晳. 아들 증자와 공자를 스승으로 모셨는데, 늦은 봄날 기수에서 목욕하고 무우에서 바람을 쐬고 시를 읊으며 산책하고 싶다는 포부를 밝혔다. 그의 학문이 깊어서 儒家에서 존경받는다.

* 風乎舞雩 : 기수의 성문 옆에 기우대가 있는데, 목욕재계하고 기우제를 지내는 곳이다. 맑은 기수에서 목욕하고 젖은 몸을 여기에서 말리겠다는 것.

* 논어 20편 중에서 가장 긴 문장으로 마지막에 증점과 나눈 대화에서 '唯求則非邦也與'와 '唯赤則非邦也與'는 朱子는 증점의 질문이라고 하고, 古注에서는 공자의 설명이라는 두 가지 주장이 있다. 여기에서는 주자의 설을 따랐다.

공림 만고장춘방

第12章 顔淵

안연편은 공자와 제자, 제후들과의 대화를 기록한 것으로 안연과 仁을 논하면서 시작하여 편명을 삼았지만, 주로 정치가와의 문답이 많이 기록이 되었다.

1. 顔淵問仁한대 子曰 克己復禮爲仁이니 一日克己復禮면 天下歸仁焉하리니 爲仁由己니 而由人乎哉아 顔淵曰 請問其目이다. 子曰 非禮勿視하며 非禮勿聽하며 非禮勿言하며 非禮勿動이니라 顔淵曰 回雖不敏이나 請事斯語矣리이다.

안연이 인을 물으니 자 왈, "나를 이기고 禮로 돌아가는 것이 仁이니, 하루라도 사욕을 이겨서 예로 돌아가면 천하가 인으로 돌아올 것이다. 仁을 행하는 것은 자기에게 있는 것이니, 어찌 남으로 말미암을 것이냐?" 안연이 말하기를, "청컨대, 그 조목을 묻고자 하나이다." 자 왈, "예가 아니면 보지 말며, 예가 아니면 듣지 말며, 예가 아니면 말하지 말며, 예가 아니면 움직이지 말라." 안연이 말하기를, "회가 비록 민첩하지 못하나 청컨대, 이 말씀을 받들겠습니다."

2. 仲弓問仁한대 子曰 出門如見大賓하고 使民如承大祭하며 己所不欲을 勿施於人이니 在邦無怨하며 在家無怨이니라

仲弓曰 雍雖不敏이나 請事斯語矣리다

중궁이 인을 물으니, 자 왈, "문을 나서면 큰 손님을 뵙는 듯이 하고, 백성을 부리기를 큰 제사를 받들 듯이 하고, 자기가 하고 싶지 않은 것을 남에게 베풀지 않으면 나라에 있어도 원망이 없을 것이며, 집에 있어도 원망이 없을 것이다." 중궁이 말하기를, "옹이 비록 민첩하지 못하나 청컨대, 이 말씀을 받들겠습니다."

---

* 염옹 : 자는 중궁. 노나라 사람으로 언변은 없었지만, 공자께서 옹야편 1장에 '南面시킬 만하다.' 평가했을 정도로 어질고 덕망이 있었다.

3. 司馬牛問仁한대 子曰 仁者는 其言也訒이라 曰 其言也訒이면 斯謂之仁已乎잇가 子曰 爲之難하니 言之得無訒乎

사마우가 인을 물으니, 자 왈, "어진 자는 그 말이 (靑山流水처럼) 줄줄 나오지 않느니라." 말하기를, "그 말이 줄줄 나오지 않으면 인이라 이를 수 있습니까?" 자 왈, "인을 실행하기 어려우니 말이 줄줄 나올 수 없지 않겠느냐?"

---

* 訒 : 말더듬을 인. 말을 유창하게 하지 않고 하고 싶은 말도 참으며 조심함.
* 司馬牛 : 성은 사마. 이름은 耕. 字는 子牛. 송나라 귀족으로 공자가 492년 송나라에 갔을 때 공자 일행을 습격하여 죽이려고 했던 사마환퇴가 그의 형이다. BC 484년 사마환퇴는 반란을 일으켰다가 외국으로 달아나고 사마우는 도의적 책임을 지고 자기의 領地를 반환하고 齊나라에 망명했다.

4. 司馬牛問君子한대 子曰 君子는 不憂不懼니라 曰 不憂不懼면 斯謂之君子已乎잇가 子曰 內省不疚이니 夫何憂何

懼리오

사마우가 군자에 관해 물으니, 자 왈, "군자는 근심하지 않고 두려워하지 않는다." 말하기를, "근심하지 않고 두려워하지 않으면 이를 일러 군자라 합니까?" 자 왈, "안으로 살펴서 양심에 꺼리는 바가 없으면 무엇을 근심하고 무엇을 두려워하겠느냐?"

---

* 疚 : 오래된 병 구, 양심에 가책을 느낄 구.
* 3장에 이어서 계속 이런 질문을 하는 것은, 형 환퇴가 공자를 죽이려 했던 일이 늘 마음에 걸렸기 때문인 듯하다. 공자께서는 같은 질문(仁)을 두고 제자의 성품에 따라서 각기 다른 대답으로서 제자를 가르치시고, 사마우의 근심을 알아서 이렇게 말씀하신 것이다.

5. 司馬牛憂曰 人皆有兄弟어늘 我獨亡로다 子夏曰 商聞之矣 死生有命이요 富貴在天이라 君子敬而無失하며 與人恭而有禮면 四海之內가 皆兄弟也니 君子何患乎無兄弟也리오

사마우가 근심하며 말하기를, "사람들은 다 형제가 있는데 나만 홀로 없도다." 자하가 말하기를, "내가 들으니 생사는 명에 있고 부귀는 하늘에 있다 하니, 군자가 공경하여 잃는 것이 없으며, 사람과 사귀는데 공손하고 예가 있으면 사해 안이 다 형제이니 군자가 어찌 형제 없는 것을 근심하리오."

6. 子張問明한대 子曰 浸潤之譖과 膚受之愬가 不行焉이면

可謂明也已矣로라 浸潤之譖과 膚受之愬가 不行焉이면 可謂遠也已矣니라

자장이 총명을 묻자, 자 왈, "스며드는 참소와 피부에 닿는 하소연이 행해지지 않으면 밝다고 이를 것이다. 스며드는 참소와 피부에 닿는 하소연이 행해지지 않으면 멀리 보는 식견이 있다고 할 만하다."

7. 子貢이 問政한대 子曰 足食足兵이면 民信之矣리라 子貢曰 必不得已而去인댄 於斯三者에 何先잇고 曰 去兵이니라 子貢曰 必不得已而去인댄 於斯二者에 何先잇고 曰 去食이니 自古皆有死어니와 民無信不立이니라

자공이 정치를 물으니, 자 왈, "먹을 것을 족하게 하고 군사를 족하게 하면 백성이 믿을 것이다." 자공이 말하기를, "반드시 부득이 버린다면 이 셋 중에서 어느 것을 먼저 하겠습니까?" 자 왈, "군사를 버려라." 자공이 말하기를, "반드시 부득이 버린다면 이 두 가지 중에서 어느 것을 먼저 하겠습니까? " 자 왈, "먹을 것을 버릴 것이니, 예로부터 다 죽음이 있지만, 백성들에게 신뢰를 못 받으면 (나라는) 지탱하지 못할 것이다."

8. 棘子成曰 君子는 質而已矣니 何以文爲리오 子貢曰 惜乎라 夫子之說이 君子也나 駟不及舌이로다 文猶質也며 質

유문야 호표지곽 유견양지곽
猶文也니 虎豹之鞹이 猶犬羊之鞹이니라

극자성이 말하기를, "군자는 바탕이니 문채는 어디에 쓰겠는가?" 자공이 말하기를, "애석하다. 그 분의 말씀은 군자다우나 사마의 혀에는 미치지 못할 것이다. 문채도 바탕과 같으며 바탕도 문채와 같으면 범과 표범 다룬 가죽이나 개와 양 다룬 가죽이 같은 것이 되고 말 것이다.

---

* 鞹 : 무두질한 가죽 곽. (생가죽) 가죽에서 털을 뽑은 것.
* 棘子成 : 위나라 대부라고는 하나 확실하지 않고, 자공이 夫子라고 칭하는 것으로 보아 귀족으로 보인다.
* 駟 : 사마 사. 말 네 마리가 이끄는 수레.
* 말이 입에서 나오면 말 네 마리의 마차로도 따라 갈 수 없다.

애공 문어유약왈 년기용부족 여지하 유약대
9. 哀公이 問於有若曰 年饑用不足하니 如之何오 有若對

왈 합철호 왈 이 오유부족 여지하기철야
曰 盍徹乎시니잇고 曰 二도 吾猶不足이어니 如之何其徹也

대왈 백성족 군숙여부족 백성부족 군숙
리오 對曰 百姓足이면 君孰與不足이며 百姓不足이면 君孰

여족
與足이리잇고

애공이 유약에게 묻기를, "금년은 흉년이 들어서 財源이 부족하니 어떻게 해야겠는가?" 유약이 대답하기를, "어찌 徹法을 아니하십니까?" 애공이 말하기를, "둘도 오히려 부족한데 어찌 그 철법을 쓰겠는가?" 유약이 대답하기를, "백성이 족하면 임금이 누구와 더불어 족하지 아니하며, 백성이 부족하면 임금이 누구와 더불어 족하시겠습니까?"

＊徹 : 구실 철. 온갖 세납을 통틀어 이르던 말. 周나라의 세법으로 수확의 10/1을 징수하는 것. 二는 10/2 로 노나라는 宣公때 부터 10/2 를 징수했다. 백성들이 부유하면 군주도 부유할 것이고, 백성이 가난한데 군주만 부유할 수는 없다. 有若은 공자 사후, 공자와 외모가 흡사하여 노나라 학당을 이끌었으나 제자들의 질문에 대답을 못하여 자리에서 내려왔다.

10. 子張이 問崇德辨惑한대 子曰 主忠信하며 徙義가 崇德也니라 愛之란 欲其生하고 惡之란 欲其死하나니 旣欲其生이요 又欲其死가 是惑也니 誠不以富요 亦祇以異니라

자장이 덕을 높이고 의혹을 분별할 것을 물으니, 자 왈, "충과 신을 주로 하여 의로 옮겨가는 것이 덕을 높이는 것이다. 사랑하면 그가 살기를 바라고 미워하면 그가 죽기를 바라니, 이미 그가 살기를 바랐다가 또 죽기를 바란다면 이것이 미혹한 것이다. 진실로 부유하지 못하니 또한 이상할 뿐이다."

＊朱子는 '誠不以富 亦祇以異' 이 문장이 季氏篇 12장의 첫머리의 글이 잘못 온 것이라고 했는데, 여기서는 두 곳에 다 넣었다.

11. 齊景公이 問政於孔子한대 孔子對曰 君君臣臣父父子子니이다 公曰 善哉라 信如君不君臣不臣父不父子不子면 雖有粟이나 吾得而食諸아

제나라 경공이 정사를 공자에게 물으니 공자 대답하기를, "임금은 임금답고,

아비는 아비답고 자식은 자식다운 것입니다." 공이 말하기를, "좋은 말씀입니다. 진실로 임금이 임금답지 못하며, 신하가 신하답지 못하며 아비가 아비답지 못하며, 자식이 자식답지 못하면 비록 곡식이 있으나 내가 먹을 수 있겠습니까?"

---

* 齊景公 : BC 547~490 제나라의 26대 군주. 25대 군주 莊公의 이복동생. 장공이 신하인 최저의 부인과 사통하다가 최저의 복병들에게 피살된 후, 최저에 의해 군주로 옹립되었고, 최저가 右相이 되고 慶封(경봉)이 左相이 되었으나 둘의 세력다툼으로 최저는 경공 원년에 자살하였고, 경봉도 2년 후 다른 대부들의 공격을 받아 오나라로 달아났다. 이후 경공은 안영의 보필을 받는다. 궁전을 화려하게 짓고 사치를 즐기느라 세금을 많이 부과하고 형벌을 가혹하게 하였으나 안영 등의 충언을 받아들여 무난히 보위를 지켰다.

제경공 31년 노나라 소공이 계평자를 제거하려다가 오히려 역습을 당해 제나라로 망명하자, 경공은 소공을 野井에서 맞아 위로하고, 이듬해 노나라 鄆(운)을 점령하고 그곳에 소공이 거처하게 하였다. 경공 48년에 협곡에서 노정공을 만나 화평조약을 맺었는데, 그 자리에 공자가 정공을 돕기 위해 참석하였다. 공자는 경공을 만나 제나라가 예의를 다해야 할 자리에 이족 사람들을 동원한 것은 부당함을 역설하여 이들을 물러나게 하고, 제나라가 강점하고 있던 운, 환, 귀음 땅을 반환받았다. 경공은 재위 58년, 기원전 490년 병으로 세상을 떠났다.

12. 子曰(자왈) 片言(편언)에 可以折獄者(가이절옥자)는 其由也與(기유야여)인저 子路(자로)는 無宿(무숙)諾(낙)이러라

자 왈, "피고나 원고 한 쪽 말로 판결할 자는 유야일 것이다. 자로는 승낙한 것을 보류해 두는 일이 없었다."

---

* 片言 : 한쪽 사람의 말.

13. 子曰(자왈) 聽訟(청송)이 吾猶人也(오유인야)나 必也使無訟乎(필야사무송호)라

자 왈, "송사는 나도 남과 같으나 반드시 송사를 없애겠다."

---

* 재판을 잘하는 것도 중요하지만 아예 분쟁이 일어나지 않게 해야 한다.

14. 子張問政(자장문정)한대 子曰(자왈) 居之無倦(거지무권)이요 行之以忠(행지이충)이니라

자장이 정사를 물으니, 자 왈, "거함에 게으름이 없게 하며, (맡은 일을) 행함에는 충성으로써 해야 할 것이다."

---

* 居 : 正殿 앞뜰에는 관직에 따라 서는 자리가 정해져 있고, 매일 아침 군주에게 인사하고 정책을 의결하는데, 이 일을 게을리 말라는 것.
* 行 : 조회에서 의결한 바를 실행하는 것.

15. 子曰(자왈) 博學於文(박학어문)에 約之以禮(약지이례)면 亦可以弗畔矣夫(역가이불반의부)인저

자 왈, "文獻을 널리 배우고 예로써 절제하면 또한 바른 도에서 어긋남이 없을 것이다."

---

* 옹야편과 자한편에 같은 말이 重複되어 나왔다.

16. 子曰(자왈) 君子(군자)는 成人之美(성인지미)하고 不成人之惡(불성인지악)하나니 小人(소인)은 反是(반시)니라

자 왈, "군자는 남의 아름다움을 이루게 하고 남의 악함은 이루지 못하게

하는데 소인은 이와 반대이다."

17. 季康子問政於孔子한대 孔子對曰 政者는 正也니 子帥以正이면 孰敢不正이리오

계강자가 공자께 정사를 물으니 공자 대답하시기를, "정치란 바른 것이니 그대가 바른 것으로 거느리시면 누가 감히 바르지 않겠습니까."

---

* 노국의 실권자에게 '네가 바르면 노국은 바르게 될 것이다.'라고 경고하신다.

18. 季康子患盜하여 問於孔子한대 孔子對曰 苟子之不欲이면 雖賞之라도 不竊하리라

계강자가 도둑을 근심하여 공자께 물으니 공자 말씀하시기를, "진실로 그대가 탐내지 않으면 비록 상을 주더라도 훔치지 않을 것입니다."

---

* 17장처럼 먼저 윗물이 맑으면 아랫물도 맑음을 강조하신 말씀.

19. 季康子問政於孔子曰 如殺無道하여 以就有道인댄 何如잇고 孔子對曰 子爲政에 焉用殺이리오 子欲善이면 而民善矣리니 君子之德은 風이요 小人之德은 草라 草上之風이면 必偃이라

계강자가 정치에 관해 공자에게 물었다. "만약 無道한 이를 죽여서 도가 있는 곳으로 나아가게 하면 어떠합니까?" 공자 대답하시기를, "그대가 정치를 하는데 어찌 사형을 쓰려고 합니까? 그대가 착하고자 하면 백성들은 착해질 것이니 군자의 덕은 바람이요 소인의 덕은 풀이라. 풀 위에 바람이 불면 반드시 쓰러지는 것입니다."

20. 子張問 士何如라야 斯可謂之達矣잇고 子曰 何哉오 爾所謂達者여 子張對曰 在邦必聞하며 在家必聞니이다 子曰 是는 聞也라 非達也니라 夫達也者는 質直而好義 察言而觀色하며 慮以下人하나니 在邦必達하며 在家必達이니라 夫聞也者는 色取仁而行違요 居之不疑하나니 在邦必聞하며 在家必聞이니라

자장이 묻기를, "선비는 어찌해야 가히 달이라고 할 수 있습니까?" 자 왈, "어떤 것이냐, 네가 말한 달이라는 것은?" 자장이 대답하기를, "나라에 있어도 반드시 들리며 집에 있어도 반드시 들리는 것입니다." 자 왈, "이는 들림이요, 달함이 아니다. 무릇 달이라는 것은 질박하고 곧고 의로운 것을 좋아하며, (상대의) 말을 살피고 안색을 보고 남의 마음을 생각하니, 나라에 있어서도 반드시 달하며, 집에 있어서도 반드시 달하는 것이다. 무릇 聞이라는 것은 안색은 仁을 취했으나 행실은 어긋나게 살아가며 의심하지 않으니, 나라에 있어도 반드시 들리며 집에 있어도 반드시 들리는 것이다."

21. 樊遲從遊於舞雩之下러니 曰 敢問崇德修慝辨惑하노이다 子曰 善哉라 問이여 先事後得이 非崇德與아 攻其惡이요 無攻人之惡이 非修慝與아 一朝之忿으로 忘其身하여 以及其親이 非惑與아

번지가 공자를 따라 무우대 아래에서 놀다가 말하기를, "감히 덕을 높이고 간특한 것을 닦으며 의혹을 분별하는 것을 묻습니다." 자 왈, "좋은 질문이다. 일을 먼저하고 소득을 뒤에 하는 것이 덕을 높이는 것이 아니겠느냐? 자신의 악한 것을 책망하고 남의 악한 것을 책망하지 아니하는 것이 간특한 것을 닦는 것이 아니겠느냐? 하루아침의 분노로 자신을 잊어서 그 어버이에게까지 미치는 것이 미혹이 아니겠느냐?"

---

* 樊遲 : 성은 樊. 이름은 須. 字가 遲. 마부 역할을 하던 제자.

22. 樊遲問仁한대 子曰 愛人이니라 問知한대 子曰 知人이니라 樊遲未達이어늘 子曰 擧直錯諸枉이면 能使枉者直이니라 樊遲退하여 見子夏曰 鄕也에 吾見於夫子而問知하니 子曰 擧直錯諸枉이면 能使枉者直이라 하시니 何謂也오

번지가 인을 물으니, 자 왈, "사람을 사랑하는 것이다." 앎을 물으니, 자 왈, "사람을 잘 아는 것이다." 번지가 깨닫지 못하니 자 왈, "곧은 이를 들어 모든

굽은 이 위에 두면 능히 굽은 이로 하여금 곧게 할 것이다." 번지가 물러나 자하를 보고 말하기를, "지난번에 내가 선생님을 뵙고 앎을 물으니, 선생님께서 말씀하시기를, '곧은 이를 들어 굽은 이 위에 두면 능히 굽은 자로 하여금 곧게 할 것이다.'고 하시니 무슨 뜻일까요?"

子夏曰(자하왈) 富哉(부재)라 言乎(언호)여 舜有天下(순유천하)에 選於衆(선어중)하사 擧皐陶(거고도)하시니 不仁者遠矣(불인자원의)요 湯有天下(탕유천하)에 選於衆(선어중)하사 擧伊尹(거이윤)하시니 不仁者遠矣(불인자원의)니라

자하가 말하기를, "풍부하구나, 말씀이여! 순이 천하를 다스릴 때 무리 중에서 선택하여 고요를 천거하시니 어질지 아니한 자가 멀어졌고, 탕이 천하를 다스릴 때 무리에서 선택하여 이윤을 천거하시니 어질지 아니한 자가 멀어졌으니 그 말씀이시겠지요."

---

* 고요 : 중국 고대의 전설상의 인물. 舜임금의 신하로, 九官의 한 사람이다. 정치가로 法理에 통달하여 법을 세우고 형벌을 제정하였으며, 獄을 만들었다.
* 湯 : 끓일 탕. 夏왕조를 무너뜨리고 殷나라를 세운 임금.
* 伊尹이윤 : 은나라를 세운 탕왕을 돕고, 그 아들 태갑을 보좌한 名臣.

23. 子貢(자공) 問友(문우)한대 子曰(자왈) 忠告而善道之(충고이선도지)하되 不可則止(불가즉지)하여 無自辱焉(무자욕언)이니라

자공이 교우관계를 물으니, 자 왈, "충심으로 말하고 잘 인도하되 불가능하면 그만두어 자기에게 욕이 돌아오지 않게 해야 한다."

＊ 가장 어려운 것이 충고이니, 진심으로 충고할지라도 曲解(곡해)할 수 있다.

증자왈 군자 이문회우 이우보인

24. 曾子曰 君子는 以文會友하고 以友輔仁이라

증자가 말하기를, "군자는 학문으로써 친구를 모으고, 벗과 사귐으로써 인의 덕을 닦아가는 도움을 삼는다."

＊ 학문으로써 친구를 모으면 나날이 道가 통해져 갈 것이고, 그 벗들로써 仁의 德이 日就月將(일취월장)할 것이다.

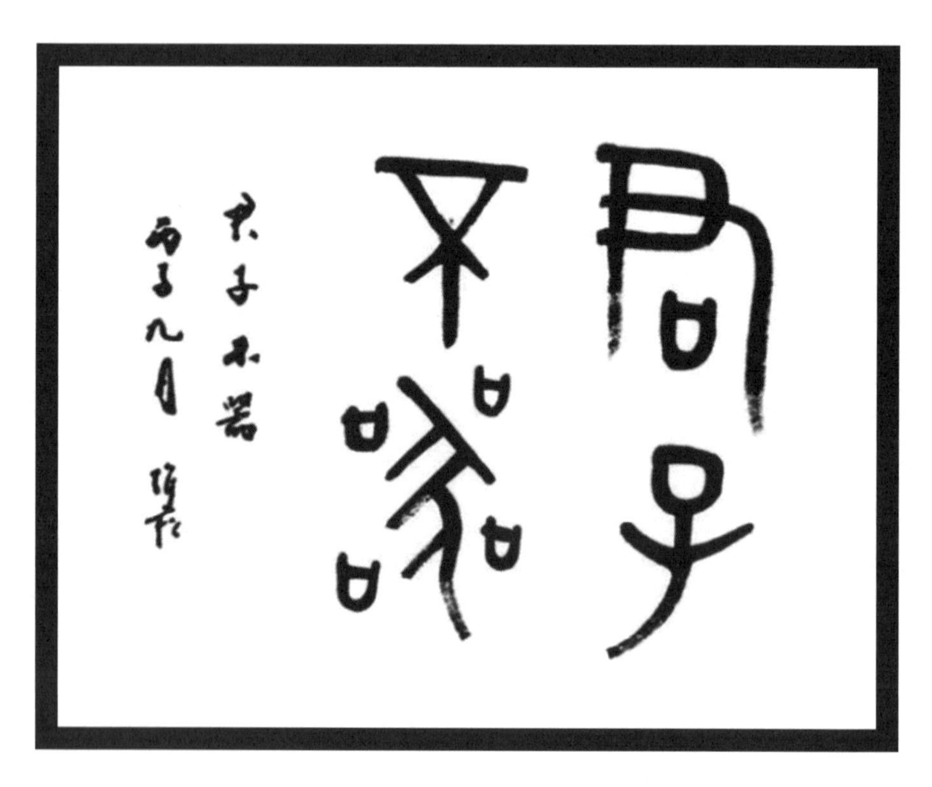

君子不器

第13章 了路

자로와 정치에 관한 문답으로 시작하므로 편명으로 잡았다. 앞쪽은 정치에 대한 기록이 많으며 뒤쪽은 聖人君子에 대한 문답으로 이루어졌다.

1. 子路問政한대 **子曰 先之勞之**니라 **請益**한대 **曰 無倦**니라

자로가 정치를 물으니, 자 왈, "앞장서서 일하라." 자로가 좀 더 가르침을 청하자 공자 말씀하시기를, "(시작한 일에) 게으름이 없게 하라"

---

* 남보다 솔선수범하여 일을 하고, 열정이 식어서 중도에 그만두는 일은 없어야 한다는 말씀으로, 자로는 적극적인 성격에 백성을 잘 어루만지겠지만 중도에 포기하지 말라는 말씀이다.

2. 仲弓이 **爲季氏宰**하여 **問政**한대 **子曰 先有司**요 **赦小過**하며 **擧賢才**니라 **曰 焉知賢才而擧之**리잇고 **曰 擧爾所知**면 **爾所不知**를 **人其舍諸**아

중궁이 계씨의 가신이 되어 정치를 물으니, 자 왈, "有司에게 먼저 시키고 작은 허물은 용서하며 우수한 人才를 등용해라." "어떻게 어진 인재를 알아보고 등용하오리까." 자 왈, "네가 아는 유능한 人才를 등용하면 네가 모르는 人才를 사람들이 버려두겠느냐."

* 有司 : 여러 일을 맡아보는 직책.

* 仲弓 : 冉雍. 자가 중궁이며 언변은 없었지만 어질고 덕망이 있었다.

* 연나라 소왕은 제나라 군사들에게 아버지가 죽임을 당하자, 이를 갈며 군비를 새정비한다. 이 때 나온 말이 '죽은 말을 거금을 주고 산다.'는 말이다. 그렇게 했더니 얼마 후 좋은 말과 인재들이 구름처럼 몰려왔다고 한다.

3. 子路曰 衛君이 待子而爲政인댄 子將奚先시잇고 子曰 必也正名乎인저 子路曰 有是哉라 子之迂也여 奚其正시잇고 子曰 野哉라 由也여 君子於其所不知에 蓋闕如也니라 名不正이면 則言不順하고 言不順이면 則事不成하고 事不成이면 則禮樂不興하고 禮樂不興이면 則刑罰不中하고 刑罰不中이면 則民無所措手足이니라 故로 君子名之면 必可言也며 言之면 必可行也니 君子於其言에 無所苟已矣니라

자로가 말하기를, "위나라의 임금이 선생님을 기다려서 정치를 하려고 하는데, 선생님께서는 장차 어느 것을 먼저 하시겠습니까." 자 왈, "반드시 명분을 바르게 할 것이다." 자로가 말하기를, "이러하십니다, 선생님의 우원하심이. 어떻게 바르게 하시겠습니까." 자 왈, "거칠구나! 유야. 군자는 그 알지 못하는 바는 덮어놓는 것이다. 명분이 바르지 않으면 말이 순하지 않고, 말이 순하지 않으면 일을 이루지 못하고, 일을 이루지 못하면 예악이 일어나지 아니하고, 예악이 일어나지 않으면 형벌이 맞지 않고, 형벌이 맞지 않으면 백성이 손발을

둘 곳이 없게 된다. 고로 군자가 이름을 붙이면 반드시 옳은 말을 할 것이며, 말을 한다면 반드시 행할 것이니, 군자는 그 말에 구차한 바가 없을 따름이다."

---

* 衛君 : 출공은 망명간 아버지 괴외를 모셔오지 않아서 부자의 왕위 쟁탈전이 일어남.
* 迂遠 : 이론에 치우쳐서 현실과 맞지 않음. 迂 : 멀 우.

4. 樊遲請學稼한대 曰 吾不如老農호라 請學爲圃한대 曰 吾不如老圃호라 樊遲出이어늘 子曰 小人哉라 樊須也여 上好禮면 則民莫敢不敬고 上好義면 則民莫敢不服하고 上好信이면 則民莫敢不用情이니 夫如是면 則四方之民이 襁負其子而至矣리니 焉用稼리오

번지가 농사일을 배우기를 청하니, 자 왈, "나는 늙은 농부만 못하다." 번지가 채소 가꾸는 일을 배우기를 청하니 자 왈, "나는 채소 가꾸는 늙은 농부만 못하다." 번지가 나가니, 자 왈, "소인이구나! 번수여! 위에서 예를 좋아하면 백성이 감히 공경치 않을 사람이 없고, 위에서 의를 좋아하면 백성이 감히 복종하지 않을 사람이 없으며, 위에서 믿음을 좋아하면 백성이 감히 성실하지 않을 사람이 없을 것이니, 대저 이와 같으면 사방의 백성이 그 아들을 업고 이를 것이니 어찌 농사짓는 것을 쓰겠느냐."

---

* 襁負 : 아이를 등에 업는 것.

자 왈 송 시 삼 백 수 지 이 정 부 달 사 어 사 방 불

5. 子曰 誦詩三百하되 授之以政에 不達하고 使於四方에 不

능 전 대 수 다 역 해 이 위

能專對하면 雖多나 亦奚以爲리오

자 왈, "시 삼백 편을 외우고도 정치를 맡아서 이루지 못하고, 사방에 사신으로 가서 혼자 대응하지 못하면 비록 많이 읽었더라도 또한 어찌하겠느냐."

---

* 시경을 연구하고 외우는 것은 현실에 사용하려는 것인데, 외우기만하고 사용하지 못한다면 무슨 소용이겠는가.

자 왈 기 신 정 불 령 이 행 기 신 부 정 수 령 부 종

6. 子曰 其身正이면 不令而行하고 其身不正이면 雖令不從이니라

자 왈, "그 자신이 바르면 명령하지 않아도 행해지고 그 자신이 바르지 않으면 비록 명령을 하더라도 따르지 않는다."

자 왈 로 위 지 정 형 제 야

7. 子曰 魯衛之政이 兄弟也로다

자 왈, "노나라와 위나라의 정치는 형제로다."

---

* 공자는 노나라를 떠난 후, 10여 년간 위나라에 머물렀으므로 위나라의 사정을 잘 알았다. 노와 위는 문왕의 아들들로 노는 주공이 國祖요, 위는 강숙이 國祖로 조상이 같은데, 이 때 두 나라의 어지러운 상황도 같아서 하신 말씀이다.

자 위 위 공 자 형 선 거 실 시 유 왈 구 합 의

8. 子謂衛公子荊하시되 善居室이로다 始有에 曰 苟合矣라

소 유 왈 구 완 의 부 유 왈 구 미 의

하고 少有에 曰 苟完矣라 하고 富有에 曰 苟美矣라 하니라

공자께서 위나라 공자 형을 이르시기를, "그는 살림을 잘한다. 처음으로 재물이 생겼을 때에는 말하길 '그럭저럭 모여졌다.' 하고, 조금 재물이 모이자 말하기를 '완전하다.' 하였다. 재물이 많이 모여 부자가 되자 말하기를, '그런대로 대단해졌다.' 하였다."

---

* 居는 저축. 室은 노비까지 포함되는 사유재산. 苟는 대강의 뜻.

9. 子適衛하실새 冉有僕이러니 子曰 庶矣哉라 冉有曰 旣庶矣어든 又何加焉잇고 曰 富之니라 曰 旣富矣어든 又何加焉잇고 曰 敎之니라

공자께서 위나라에 가실 적에 염유가 마부 노릇을 하였다. 자 왈, "백성이 많구나." 염유가 말하기를, "이미 백성이 많은데 또 무엇을 더하겠습니까?" 자 왈, "부유하게 할 것이다." 염유가 말하기를, "이미 富하면 또 무엇을 더하겠습니까?" 자 왈, "가르쳐야 한다."

10. 子曰 苟有用我者면 朞月而已라도 可也니 三年이면 有成이니라

자 왈, "진실로 나를 등용하는 자가 있다면 일 년이면 가할 것이고, 삼 년이면 이루어질 것이다."

11. 子曰 善人이 爲邦百年이면 亦可以勝殘去殺矣라 하니 誠哉라 是言也여

자 왈, "'선인이 나라를 다스림에 백 년이면 잔혹함을 극복하고 사형 제도를 없게 할 것이다.'라고 하니 옳은 말이다!"

12. 子曰 如有王者라도 必世而後仁이니라.

자 왈, "만일 王者가 있더라도 반드시 한 세대가 지난 뒤에 백성들이 어질게 될 것이다."

---

* 王者 : 王道로 천하를 다스리는 사람으로 天命을 받고 세상에 오는데 감화의 시간이 한 세대는 지나게 된다는 말씀.

13. 子曰 苟正其身矣면 於從政乎에 何有며 不能正其身이면 如正人何오

자 왈, "진실로 자신이 바르면, 정치를 하는데 무엇이 어려우며, 자신이 바르지 못하다면 어찌 남을 바르게 하겠는가."

14. 冉子退朝어늘 子曰 何晏也오 對曰 有政이러이다 子曰 其事也로다 如有政인댄 雖不吾以나 吾其與聞之니라

염자가 조회에서 돌아오니, 자 왈, "어찌 늦었느냐." 대답하기를, "정사가 있

었습니다." 자 왈, "그 집의 일이구나. 정사가 있었나면 비록 나를 쓰지 아니하더라도 내 더불어 들었을 것이다."

---

* 冉子 : 冉有. 이 글은 염유의 제자들이 기록한 것으로 보인다. 그래서 염유를 염자로 존칭했을 것이다. 이 때 염유는 季氏의 家臣으로 있었는데 권력을 잡고 있던 三桓氏의 사사로운 사무와 국가의 공무가 혼동되어 公과 私를 구분 못하는 것을 지적하신 말씀.

15. 定公이 問 一言而可以興邦이라 하니 有諸잇가 孔子對曰 言不可以若是其幾也어니와 人之言曰 爲君難하며 爲臣不易라 하나니 如知爲君之難也인댄 不幾乎一言而興邦乎잇가 曰 一言而喪邦이라 하니 有諸잇가 孔子對曰 言不可以若是其幾也어니와 人之言曰 予無樂乎爲君이요 唯其言而莫予違也라 하나니 如其善而莫之違也이댄 不亦善乎잇가 如不善而莫之違也인댄 不幾乎一言而喪邦乎잇가

정공이 묻기를, "한마디 말로 '나라가 흥하리라.' 하니 그런 말이 있습니까?" 공자 대답하시기를, "한마디 말로 그렇게까지는 불가하오나 사람들 말에, '임금노릇이 어렵고 신하노릇이 쉽지 않다.' 하니, 만일 임금노릇이 어려운 줄 안다면 한 마디 말로 나라를 흥하게 하는 것을 기약할 수 없겠습니까?" 왈, "한마디 말에 나라를 잃는다고 하니 그런 일이 있습니까?" 공자 대 왈, "한마디 말로 그렇게까지는 불가하오나 사람들 말에, '내가 임금된 것은 즐거울 것이 없고,

오직 내가 말하면 (신하들이) 어기지 않는 것이다.' 하니, 만일 (군주의 말이) 선하여 어기지 않으면 또한 좋지 않겠습니까? 만일 (군주의 말이) 선하지 않은데도 어기지 않는다면 한마디 말에 나라를 잃게 되는 것이라고 할 수 있지 않겠습니까."

* 幾 : 新注는 期로 보아서 '기약'으로 보았고, 古注는 '가깝다'로 보았다.

16. 葉公이 問政한대 子曰 近者悅하며 遠者來니이다

섭공이 정치를 물으니, 자 왈, "가까이 있는 자들은 기쁘게 하고, 먼 데 있는 자는 그 소문을 듣고 찾아오게 하는 것입니다."

* BC 489년경 공자가 楚나라 섭현의 섭공을 찾아갔을 때, 백성들이 계속 탈출하므로 섭공이 공자에게 한 질문이다.(7장 술이 18편 참조)

17. 子夏爲莒父宰하여 問政한대 子曰 無欲速하며 無見小利니 欲速則不達하고 見小利則大事不成이니라

자하가 거보의 재가 되어 정치를 물으니, 자 왈, "빨리하려하지 말고 작은 이익에 눈을 팔지 말라. 빨리하려고 하면 이루지 못하고, 작은 이익을 보면 큰일을 이루지 못할 것이다."

* 父 : 남자 이름 보

18. 葉公이 語孔子曰 吾黨에 有直躬者하니 其父攘羊이어늘

而子證之하니이다 孔子曰 吾黨之直者는 異於是하니 父爲子隱하며 子爲父隱하나니 直在其中矣니라

섭공이 공자에게 말하기를, "우리 고을에 몸을 곧게 하는 자가 있으니, 그 아비가 양을 훔친 것을 그 자식이 증언하였습니다." 공자 말씀하시기를, "우리 고장의 곧은 자는 이와 다르니, 아비는 자식을 위하여 숨기고 자식은 아비를 위하여 숨기니 곧음이 그 가운데 있습니다."

---

* 攘 : 물리칠 양, 훔칠 양. 攘(양)은 내가 월담하여 훔치는 것이 아니라, 그 물건이 스스로 내 집 안으로 들어와서 가지게 됨을 이르는 말로, 여기에서 父子相隱이라는 고사성어가 생겼다. 인륜의 옳고 그름보다는 천륜이 먼저이고, 법치에는 위배되겠지만 인정상 어쩔 수 없는 경우가 있으니, 우리나라 법에서도 가족 간에는 범인은닉죄가 성립하지 않는다.

19. 樊遲問仁한대 子曰 居處恭하며 執事敬하며 與人忠을 雖之夷狄이라도 不可棄也니라

번지가 인을 물으니, 자 왈, "거처함에는 공손하며, 일을 집행할 때는 공경하고, 사람과의 사귐에는 성실해야 할 것이니, 이는 오랑캐 땅에 가더라도 버려서는 안 될 것이다."

20. 子貢問曰 何如라야 斯可謂之士矣잇고 子曰 行己有恥하며 使於四方하여 不辱君命 可謂士矣니라 曰 敢問其次하

노이다 曰 宗族稱孝焉하며 鄕黨稱弟焉이니라 曰 敢問其次하노이다 曰 言必信하며 行必果가 硜硜然小人哉나 抑亦可以爲次矣니라 曰 今之從政者는 何如잇고 子曰 噫라 斗筲之人을 何足算也리오

자공이 묻기를, "어찌해야 선비라 이를 수 있겠습니까?" 자 왈, "자기 행동에 염치가 있고 사방에 사신으로 가서 군주의 명을 욕되게 하지 않으면 선비라고 이를 것이다." 자공이 말하기를, "감히 그 다음을 묻습니다." 자 왈, "친척이 효성스럽다 칭찬하고, 마을 사람들에게 공손하다고 칭찬 듣는 일이다." 자공이 말하기를, "감히 그 다음을 묻습니다." 자 왈, "말에는 반드시 믿음이 있고, 행실에는 반드시 과단성이 있다면, 옹색한 소인배일지라도 또한 가히 다음이 될 것이다." 자공이 말하기를, "요즘 정치하는 자들은 어떠합니까?" 자 왈, "아! 도량이 좁은 사람들을 어찌 족히 헤아리리오."

---

* 硜 : 돌 소리 갱, 소인배 갱. 筲 : 대그릇 소, 평범한 사람 소.
* 斗筲之人(두소지인) : 斗는 10升(승)으로 지금의 1.6리터. 筲는 1斗 2升의 용기. 말로 헤아릴 수 있는 작은 인물.

21. 子曰 不得中行而與之인댄 必也狂狷乎인저 狂者는 進取오 狷者는 有所不爲也니라

자 왈, "중용의 덕을 갖춘 사람과 함께할 수 없다면 반드시 열광적인 사람이나 결벽한 사람과 함께하라. 狂者는 적극적으로 행하고, 狷者는 (옳지 않은 것을)

하지 않는 바가 있다.”

---

* 中行 : 중용을 덕을 갖춘 사람.
* 狂者 : 뜻이 크고 관습을 무시하는 사람.
* 狷者 : 지혜는 좀 부족하나 지조를 지키는 고집이 대단한 사람.

22. 子曰 南人이 有言曰 人而無恒이면 不可以作巫醫라 하니 善夫라 不恒其德이면 或承之羞라 하니 子曰 不占而已矣니라

자 왈, “남방 사람의 말에, ‘사람이 항심이 없으면 무당과 의원도 되지 못한다.’ 하니 좋은 말이다. 그 덕에 항심이 없으면 혹 부끄러움에 올린다.” 자 왈, “(항심이 없다면) 점도 칠 수 없다.”

---

* 恒心 : 늘 가지고 있는 떳떳한 마음으로 항심이 없이 이랬다저랬다 해서는 안 된다. 남방 사람은 초나라를 가리킨 것 같다. 南風不競이라는 고사가 있다.
* 南風不競(남풍불경) : 남쪽 지방의 노래는 활기가 없다는 뜻으로, 남쪽 지방의 세력이 부진함을 이르는 말.(고사성어 대사전. 저자 김성일 참고)
* 魯나라 양공 18년, 晉나라를 맹주로 하는 魯衛鄭의 연합군이 齊나라를 공격했다. 정나라는 출정하면서 子孔, 子展, 子西 등을 남겨 국내를 지키게 했는데, 자공이 이 기회에 남쪽의 楚나라를 끌어들여 권력을 장악하려고 초나라의 재상 子庚에게 사자를 보내어 이 일을 상의했지만, 자경은 찬성하지 않았다. 초나라의 康王은 자경에게 말했다. “나는 즉위한 지 5년이 되지만 군대를 내보낸 일이 없소. 백성들은 내가 안일을 탐내어 선왕의 유업을 잊고 있다고 생각할 것이오. 대부께서 도모해주시면 어떻겠소.” 자경은 탄식하면서, “현재 제후들은 晉을 따르고 있습니다마는 한번 시도해 보겠습니다. 잘 되거든 뒤에서 따라나서고 잘 되지 않거든 군대를 철수시키십시오. 그러면 손해도 없고 왕에게 치욕도 되지 않을 것입니다.” 자경은 군대를 이끌고 정나라의 도읍인 純門(순문)을 공격했지만, 자전과 자서가 자공의 야심을 알고 수비를 강화했기 때문에

공격에 실패하고 후퇴했는데 마침 겨울이라 많은 사상자가 나왔다. 초군이 정나라를 공격했다는 소식은 晉과 연합군에게도 전해졌다. 악관 사광이 듣고 말하길, "害가 안 된다. 나는 북풍을 노래하고 남풍도 노래하지만, 남풍은 생기가 없는 죽음의 소리가 많으니 초는 공이 없을 것이다." 董叔도 , "한 해의 운세와 달의 운세가 대체로 서북쪽에 있다. 남쪽 군대는 때를 만나지 못했으므로 반드시 실패할 것이다." 叔向은, "모든 일은 임금의 덕에 달려있다." 이 이야기는 [左傳] '襄公 18년'에 나오는데, 사광이 한 말에서 '南風不競'이 유래되어 상대의 기량이 적은 것을 비유하는 말이 되었다.

23. 子曰(자왈) 君子(군자)는 和而不同(화이부동)하고 小人(소인)은 同而不和(동이불화)니라

자 왈, "군자는 화하고 同하지 않고, 소인은 同하고 화하지 못한다."

＊ 和는 어떤 주장에 공통점이 있어서 마음과 마음이 조화를 이루는 것이고, 同은 겉으로만 결합하며 주견 없이 남의 행동을 따라함.

24. 子貢問曰(자공문왈) 鄕人皆好之(향인개호지)면 何如(하여)잇고 子曰(자왈) 未可也(미가야)니라 鄕人皆惡之(향인개오지)면 何如(하여)잇고 子曰(자왈) 未可也(미가야)니라 不如鄕人之善者好之(불여향인지선자호지)요 其不善者惡之(기불선자오지)라

자공이 묻기를, "향인이 다 좋아하면 어떠합니까?" 자 왈, "가하지 않다." "향인이 다 미워하면 어떠합니까?" 자 왈, "가하지 않다. 향인의 착한 자를 좋아하고 그 착하지 않는 자를 미워함만 못하느니라."

＊ 여러 사람에게 호감을 받는 것은 좋으나 누구에게나 좋다는 것은 문제가 있을 수 있으므로, 선한 이에게는 좋다는 말을 듣고 악한 이에게는 미움을 받는 것이 훌륭하다고 말씀하시면서 언변이 뛰어난 자공을 충고하셨다.

25. 子曰 君子는 易事而難說也니 說之不以道면 不說也요 及其使人也하여는 器之니라 小人 難事而易說也니 說之雖不以道라도 說也요 及其使人也하여는 求備焉니라

자 왈, "군자는 섬기는 것은 쉬우나 기쁘게 하는 것은 어려우니, 기쁘게 하는 것은 도로써 하지 않으면 기뻐하지 않고, 그 사람을 부림에는 기량대로 할 것이다. 소인을 섬기는 것은 어려우나 기쁘게 하는 것은 쉬우니 기쁘게 함을 비록 도로써가 아니어도 기뻐하고 그 사람을 부림에는 갖춤을 구한다."

---

* 군자는 사람을 쓰는데 그 말은 직무만 완수하면 되지만, 소인은 직무의 완수에 만족하지 않고 완전무결한 헌신적 봉사를 요구한다.

26. 子曰 君子는 泰而不驕하고 小人驕而不泰라

자 왈, "군자는 태연하며 교만하지 않고, 소인은 교만하며 태연하지 못하다."

---

* 군자는 천도를 따르니 편안하고 소인은 욕심으로 편안하지 못하다.

27. 子曰 剛毅木訥이 近仁이니라

자 왈, "강하고 굳세고 소박하고 어눌함이 仁에 가깝다."

---

* 강하고 굳세면 권력에 굽히지 않고, 어눌하면 물욕이 없으므로 仁에 가깝다.

28. 子路問曰 何如 斯可謂之士矣잇고 子曰 切切偲偲하며

이 이 여 야 가 위 사 의 붕 우 절 절 시 시 형 제 이 이
怡怡如也면 可謂士矣니 朋友엔 切切偲偲요 兄弟엔 怡怡라

자로가 묻기를, "어찌해야 선비라고 이르겠습니까." 자 왈, "간곡하게 권면하고 화목하면 선비라고 이를 것이니 벗에게는 간곡하게 격려하는 것이요, 형제에게는 화목하고 즐거워해야 한다."

---

* 자로는 곧고 강직하여 온화함이 부족한 면이 있어서 이렇게 말씀하셨을 것이다. 같은 질문에도 제자들의 性品에 따라 다른 法을 설하셨는데, 20장의 자공의 같은 질문과 좋은 대조가 된다.

자 왈 선 인 교 민 칠 년 역 가 이 즉 융 의
29. 子曰 善人이 敎民七年이면 亦可以卽戎矣니라

자 왈, "선인이 칠년 동안 백성을 가르치면 또한 전쟁에 나갈 수 있다."

---

* 戎(되 융) = 兵. 卽(곧 즉)은 나아가다.
* 敎民 : 忠孝와 仁義禮智信을 바탕으로 백성에게 농사와 무술을 가르쳐서 교화하면 나라를 위하여 목숨을 버릴 줄도 알게 되므로 전쟁에 나갈 수 있다.

자 왈 이 불 교 민 전 시 위 기 지
30. 子曰 以不敎民戰이면 是謂棄之니라

자 왈, "가르치지 아니한 백성으로써 싸우게 하는 것, 이것을 일러 백성을 버리는 것이다."

---

* 위의 내용에 이은 것으로 가르쳐서 교화되지 않은 백성을 전쟁터에 내보내는 것은 용기도 충효도 없으니 그 백성을 죽음으로 몰아넣는 것이다.

第14章 憲問

이 편도 첫 장의 헌문의 두 글자를 따서 편명으로 지었고, 여러 나라 사대부의 말을 기록하였으며, 46장으로 [논어] 중에 가장 長篇이며 原憲이 직접 기록한 것으로 알려져 있으며 앞장에 나왔던 내용이 중복되는 부분도 여럿 있다.

1. 憲問恥(헌문치)한대 子曰邦有道(자왈방유도)에 穀(곡)하며 邦無道(방무도)에 穀(곡)이 恥也(치야)라

헌이 羞恥를 물으니, 자 왈, "나라에 도가 있을 때 녹을 먹을 것이요, 나라에 도가 없는데 祿을 먹는 것은 부끄러운 것이다."

---

* 憲 : 성은 原. 이름은 憲. 字는 子思. 공자의 제자 중에서 제일 가난한 축에 들어가며 결벽 하였다. 穀은 祿으로 나라에 도가 없는데 벼슬을 한다는 것은 위정자의 惡을 뒷바라지하는 것이니 부끄러운 것.

2. 克伐怨欲(극벌원욕)을 不行焉(불행언)이면 可以爲仁矣(가이위인의)잇가 子曰(자왈) 可以爲難矣(가이위난의)어니와 仁則吾不知也(인즉오부지야)로라

(원헌이) "이기려 하고 자랑하며, 원망과 탐욕을 행하지 않으면 仁이라고 하겠습니까?" 자 왈, "가히 어렵다고 할 수 있다. 仁인지는 내가 알지 못하겠다."

---

* 남을 이기려는 승벽과 자기의 어떤 일을 떠벌리려는 自矜(자긍)과 원망과 탐욕을 이기는 것이 극기복례일 것이다. 그러나 단순히 이것을 마음속에 억누르고 있는 것만이

仁일까? 從心所慾不踰矩(종심소욕 불유구)라고 마음속에 억누를 것조차 없는 상태가 仁이라는 것일까? 정말 어렵지만 仁을 포기해서는 안 될 것이다

자 왈 사 이 회 거 부 족 이 위 사 의

3. 子曰 士而懷居면 不足以爲士矣니라

자 왈, "선비가 편안하게 살 것을 생각하면 선비라고 하기에 부족하다."

---

* 懷居 : 고향의 집착을 뜻하며 고향의 안락한 생활은 道에 대한 열정이 부족함.

자 왈 방 유 도 위 언 위 행 방 무 도 위 행 언 손

4. 子曰 邦有道엔 危言危行하고 邦無道엔 危行言孫라

자 왈, "나라에 도가 있으면 말과 행실을 바르게 하고, 나라에 도가 없으면 행실을 바르게 하고 말은 겸손하게 해야 한다."

---

* 危 : 古註(고주)는 격렬, 新註(신주)는 높은 모양으로도 해석하는데, 危, 正의 뜻은 각별한 분별력으로 조심하라는 것일 것이다. 공자는 춘추시대 亂世(난세) 속에서 平生을 보냈다. 삼환의 세도정치로 어지러운 노나라를 떠날 수밖에 없었는데, 전국의 모든 나라들의 정세는 비슷하여 도를 실행하기는 어려웠다. 긴 流浪生活(유랑생활)에서 온갖 어려움을 겪으면서 나온 경험의 말씀이다.

자 왈 유 덕 자 필 유 언 유 언 자 불 필 유 덕

5. 子曰 有德者는 必有言이어니와 有言者는 不必有德이니라

인 자 필 유 용 용 자 불 필 유 인

仁者는 必有勇이어니와 勇者는 不必有仁이니라

자 왈, "덕이 있는 자는 반드시 말도 훌륭하지만, 말이 훌륭하다고 반드시 덕이 있는 것은 아니다. 仁者는 반드시 용맹하지만, 용맹하다고 반드시 仁者는 아니다."

* 덕이 있는 자는 온화함이 심중에 있어서 말이 아름답게 나오지만 언변만 뛰어날 뿐일 수도 있다. 仁者는 마음에 사사로움이 없어서 의를 보면 반드시 행하나, 勇者는 혈기만 강하고 그 마음에 의가 없을 수 있다는 말씀.

6. 南宮适이 問於孔子曰 羿는 善射하고 奡는 盪舟하되 俱不得其死어늘 然이나 禹稷은 躬稼而有天下하시니이다 夫子不答이러시니 南宮适이 出이어늘 子曰 君子哉라 若人이여 尙德哉라 若人이여

남궁괄이 공자에게 묻기를, "예는 활쏘기를 잘하였고, 오는 배를 육지에서 옮겼지만 그 죽음을 얻지 못하였는데, 우임금과 직은 몸소 농사를 지었으되 천하를 가지셨습니다." 선생님께서 대답하지 않으시더니 남궁괄이 나가니 자 왈, "군자로구나, 이 사람이여. 덕을 숭상하는구나, 이 사람이여."

* 남궁괄 : 字는 子容으로 공야장편 2장의 남용으로 공자의 조카사위(질서)이다.

7. 子曰 君子而不仁者는 有矣夫어니와 未有小人而仁者也니라

자 왈, "군자면서 어질지 못한 자는 있지만, 소인이면서 어진 자는 있지 않다."

* 이 때의 군자는 귀족을 의미했으니 군자가 仁에 뜻을 두어도 不仁일 때가 있으나, 피지배계급인 소인배는 仁者가 없다고 단언하신 것은 지금 시대는 물론이거니와 당시

에도 무언가 어긋난 것 같다.

8. 子曰 愛之인댄 能勿勞乎아 忠焉인댄 能勿誨乎아

자 왈, "사랑하면 수고롭게 안할 것인가. 충성하면 간하지 말 것인가."

---

* 귀한 자식 매한 대 더 주고, 미운 자식 떡 하나 더 준다던가.

9. 子曰 爲命엔 裨諶草創之하고 世叔討論之하고 行人子羽修飾之하고 東里子產潤色之하니라

자 왈, "(鄭나라의) 외교문서는 비심이 초고를 짓고, 세숙이 토론하고, 행인인 자우가 수식하고, 동리의 자산이 문채를 더했다."

---

* 裨諶, 世叔, 子羽 : 정나라 대부.
* 行人 : 외교관.
* 子產 : 이름은 公孫僑 재상.

10. 或問子產한대 子曰 惠人也니라 問子西한대 曰 彼哉彼哉여 問管仲한대 曰 人也 奪伯氏駢邑三百하여늘 飯疏食하되 沒齒無怨言하니라

어떤 사람이 자산을 물으니, 자 왈, "慈惠로운 사람이었습니다." (초나라) 자서를 물으니, 자 왈, "저 사람은, 저 사람은." 관중을 물으니, 자 왈, "이 사람이

백씨의 병읍 삼백을 빼앗아서 백씨는 거친 밥을 먹었으나 평생 원망하는 말이 없었습니다."

---

* 子産은 공자보다 한 세대 앞선 사람으로 정치, 외교 등에서 보인 자산의 기량을 공자는 높이 사셨다.

* 子西 : 춘추시대에 자서라는 字를 가진 사람이 세 명인데, 여기에 등장하는 사람은 초나라 公子 申이다. 그는 형 소왕을 도와서 吳의 침략을 막아내며 令尹으로 정치를 잘하였는데, 소왕이 孔子를 등용하려고 할 때 반대하고, 白公 勝을 불러들여 화를 자초하여 멸망하였다. 공자께서는 자칫 본인을 등용하지 않아서 비평한다고 생각할 수도 있으니 평하기가 곤란하셨던 것 같다.

* 伯氏 : 제나라 大夫로 환공이 백씨의 병읍을 빼앗아 관중에서 하사하였는데, 어떤 이유인지 그 처분을 인정하고 원망하지 않았다.

* 관중 : 이름은 이오, 字는 仲. 제 환공을 춘추시대 최초의 패자로 만들고, 관포지교의 고사를 남겼다. 관중과 포숙아는 각각 제나라 희공의 아들 규와 小白의 스승이었다. 기원전 698년 희공이 죽고, 첫째 아들 제아가 양공으로 즉위했는데, 양공은 주색에 빠져 정사를 돌보지 않았고, 성격도 포악하여 두 동생 규와 소백을 위협했다. 기원전 686년 이들의 사촌동생 공손무지가 난을 일으켜 양공을 죽이고 제나라의 군주가 되자, 규와 관중은 魯나라로 망명했고, 소백과 포숙아는 거나라로 피신했는데, 얼마 후 공손무지가 대부 옹름에게 살해되고 제나라 왕위가 공석이 되자, 규와 소백은 왕좌에 먼저 앉으려고 제나라 수도 임치로 향했다. 관중은 임치로 향하는 소백에게 활을 쏘았는데 소백의 배를 맞히자, 규와 관중은 소백이 화살에 맞아 죽은 줄 알고 느긋하게 귀국길에 올랐다. 그러나 허리띠가 방패 역할을 하여 생명에 지장이 없었던 소백은 이 틈에 재빨리 임치에 입성하여 제나라를 차지했다. 기원전 685년 환공으로 즉위한 소백은 규를 살해하고 관중을 옥에 가두었는데, 규를 보좌했던 소홀은 자결했으나 관중은 목숨을 보전하므로 사람들이 비난하자, "나는 작은 절개를 지키지 못한 것이 부끄러운 것이 아니라 천하에 공명을 떨치지 못한 것이 부끄럽다." 하였다. 환공은 자신에게 활을 쏜 관중을 죽이려고 했으나, 포숙아가, "제나라만을 통치하고자 하신다면 관중을 죽여도 좋으나 천하의 패자가 되시려면 반드시 관중을 중용해야 합니다."라고 간언하고, 자신을 재상으로 삼으려는 환공에게 관중의 뛰어남을 강조하며 그를 재상으로 등용할 것을 간언했다. 환공은 포숙아의 충고에 따라 관중을 재상으로 삼았다.

관중은 사회제도와 군사제도를 합하여 군민전투 체제로 군사력을 길렀고, 소금, 철,

금 등의 생산을 정부가 직접 관리하고, 바다에 인접한 지리적 이점을 이용하여 상공업을 발전시키고 교역을 장려해 국가재정을 늘렸다. 식량의 자유매매, 사유제 정책 등을 살려서 빈민을 구제하고, 세금을 공정하게 징수하여 민생을 안정시켰다. 부의 축적으로 급속히 발전하면서 환공은 춘추 5패의 첫 번째 패자가 되었다.

포숙아의 우정에 관한 '관포지교'의 유래는, 젊은 시절 관중과 포숙아는 동업을 했는데 이익을 나눌 때 늘 관중이 많이 가져갔지만, 포숙아는 그의 집안 사정을 생각하여 이해했다. 관중의 주도로 했던 사업이 실패해도 원망은커녕 운이 따르지 않았을 뿐이라고 위로했다. 또한 관중이 사관벼슬에서 세 번이나 파직되었어도 그의 무능으로 보지 않았고, 전쟁터에서 도망쳤을 때도 비겁한 것이 아니라 늙은 부모를 봉양하기 위해서라며 감쌌다. 관중은 죽을 때, "나를 낳아준 분은 부모지만 나를 알아준 사람은 포숙아."라고 말했다.

* 白公 승 : 초나라 태자 建의 아들로 아버지가 참소당하여 鄭나라로 망명했는데, 鄭나라 사람이 아버지를 죽였다. 자서는 승이 吳나라에 있으므로 부르려고 하자, 섭공이 "勝은 말을 실천하고 죽기를 기약한다 하는데, 말을 실천함은 信이 아니고 죽기를 기약함은 勇이 아니니, 부르면 안 된다." 하였으나, 子西가 불러와 白公으로 삼았다. 白公 勝이 鄭나라를 칠 것을 청하자 子西가 허락했는데, 군대를 일으키기 전에 晉이 鄭을 치자 楚나라가 이를 구원하니, 勝이 노하여 난을 일으켜서 子西 등을 죽이고 惠王을 위협하였으나 결국 목매어 자결했다.

11. 子曰 貧而無怨은 難하고 富而無驕은 易니라

자 왈, "가난하면서 원망이 없기는 어렵고, 부자이면서 교만하지 않기는 쉬운 것이다."

12. 子曰 孟公綽이 爲趙魏老則優어니와 不可以爲滕薛大夫니라

자 왈, "맹공작은 조씨와 위씨의 執事 정도는 잘하겠지만, 등나라와 설나라의 대부는 될 수 없다."

＊ 맹공작 : 맹손씨 출신으로 賢人으로 불렸던 노나라 대부였는데, 이렇게 말씀하신 걸 보면 성실하기는 했으나 재능은 부족한 것 같다.

＊ 조씨, 위씨 : 진나라 경.

＊ 老 : 家臣의 首長으로 명망은 높으나 관직을 맡은 책임은 없다.

13. 子路問成人한대 子曰 若臧武仲之知와 公綽之不欲과 卞莊子之勇과 冉求之藝에 文之以禮樂이면 亦可以爲成人矣니라 曰 今之成人者는 何必然이리오 見利思義하며 見危授命하며 久要에 不忘平生之言이면 亦可以爲成人矣라

자로가 成人[25]을 물으니, 자 왈, "장무중의 지혜와 공작의 탐욕하지 않는 것과 변장자의 용맹과 염구의 재주에 예악으로써 문채를 내면 또한 成人이라 할 것이다." 왈, "오늘날 成人은 어찌 반드시 그러하겠느냐. 이익을 보고 의를 생각하며 위태로운 것을 보면 목숨을 바치고, 오래된 약속의 말도 평생 잊지 않는다면 또한 가히 成人이라 할 수 있을 것이다."

＊ 자로는 가르침을 받으면 반드시 외우고 실행하는 사람이었다.

＊ 成人 : 완전한 사람으로 知, 情, 意가 조화된 원만한 인격자.

＊ 臧武仲 : 노나라 대부로 季氏일파와의 세력다툼에서 패하여 공자 탄생 2년 후 齊나라로 망명했다. 공자는 그의 博識(박식)을 존경했다.

＊ 卞莊子 : 노나라 卞邑의 대부로 卞邑에 제나라가 침입했을 때 물리쳤다.

---

25) 완전한 사람

14. 子問公叔文子於公明賈曰 信乎夫子不言不笑不取乎아 公明賈對曰 以告者過也이다 夫子時然後言이라 人不厭其言하며 樂然後笑라 人不厭其笑하며 義然後取라 人不厭其取하나니이다 子曰 其然가 豈其然乎리오

공자께서 공숙문자를 공명가에게 물으시기를, "진실로 그 분은 말하지 않고 웃지 않고 가지지 않으시는가?" 공명가가 대답하기를, "고한 사람이 지나쳤습니다. 그 분은 때에 맞은 연후에 말씀하는지라 사람들이 그 말을 싫어하지 아니하며, 즐긴 연후에 웃는지라 사람들이 그 웃는 것을 싫어하지 아니하며, 의에 맞은 연후에 취하므로 사람들이 그 취하는 것을 싫어하지 않습니다." 자 왈, "그런가. 어찌 그러하리오."

---

* 公叔文子 : 위나라 대부. 文은 시호.

15. 子曰 臧武仲이 以防으로 求爲後於魯하니 雖曰 不要君이나 吾不信也하노라

자 왈, "장무중이 防城에 雄據하여 후계자를 삼을 것을 노나라에 요구하였으니, 비록 임금에게 강요하지 않았다지만 나는 믿을 수 없다."

---

* 臧武仲 : 맹씨와 계씨의 음모로 邾나라로 망명했는데, 자기 영지인 노나라 防邑에 잠입하여, 臧氏를 멸하지 말고 자기 아들의 상속을 인정해달라고 요구해서, 노나라는 인정해줬다. 당시의 법은 외국에 망명한 귀족의 영지는 나라에 귀속되었는데, 사정은

있더라도 대의명분에 어긋난다고 비판하셨다.

16. 子曰 晉文公은 譎而不正하고 齊桓公은 正而不譎니라.

자 왈, "진문공은 속이고 바르지 않고, 제환공은 바르고 속이지 않았다."

---

* 譎 : 속일 휼

* 晉文公 : 이름 重耳. 춘추시대 두 번째 패주이며 헌공의 둘째 아들.

진문공의 부친 헌공은 공자 시절 가나라에서 정실부인을 맞이했으나 자식이 없었다. 헌공은 부친 武公의 애첩인 제강26)과 사통했다. 헌공은 즉위 직후 제강을 정실로 삼으면서 신생을 태자로 삼았다. 헌공은 신생을 얻기 전, 융국의 두 여인에게서 두 아들을 얻었는데, 大戎 출신 호희의 소생이 문공이며, 소융 출신은 이오를 낳았다. 헌공은 또 려융을 정복하고 려희를 얻어 해제를 낳았다. 태자 신생을 폐하고 해제를 태자로 삼으려고, 신생은 곡옥으로, 중이는 포읍으로, 이오는 굴읍으로 내보냈다.

신생을 폐위하려던 헌공은 제강의 꿈을 꾸고 여희에게 꿈 이야기를 하자, 여희는 신생에게 "임금께서 꿈에 제강부인을 보았으니 태자께서는 제강부인의 제사를 모시고, 음식을 아버님께 올리시오." 했다. 태자는 어머님의 제사를 모시고 제사에 올렸던 고기를 아버지께 바쳤는데, 여희는 태자가 올린 음식에 독을 섞어서 헌공에게 바치고, 고기를 먹으려고 하자, "음식이 상했는지 점검해야 합니다." 며, 여희가 고기를 개에게 던져주자, 개가 먹고 경련을 일으키며 죽었다. 여희가 다시 어린 환관에게 주자 환관도 똑같이 죽었다. 여희는 울며 "태자가 아버지를 죽이고 그 자리에 오르면 저와 해제를 살려두겠습니까? 군왕께서는 차라리 저희 모자를 다른 나라로 보내서 평생 숨어 살게 해주십시오." 신생은 이 소식을 듣고, 주위의 만류도 뿌리치고 헌공 21년 12월 戊申日에 자결했다.

문공 중이의 등극은 이때로부터 19년 후의 일이다. 文公은 보위에 오르기까지 19년 동안 험한 망명생활을 한다. 대부 호돌이 둘째 아들 호언에게 "태자가 세상을 떠났으니 중이가 보위에 올라야 하는데 상황이 여의치 않으니, 우선 형 호모와 공자 중이를 도와 망명해라." 아버지의 뜻을 받든 호언은 중이에게, "제나라와 초나라로 가는 길은 멀고 험하니 차라리 적인으로 갑시다." 하였다. 개자추 등 여러 대부들이 수레를 몰고 적인으

---

26) 제환공의 딸. 武公의 후취가 되었다가 그 아들인 헌공의 정부인이 되었다. 신생과 진목공의 부인이 된 목희를 낳았으나 요절.

로 중이를 따라왔다. 중이는 감격하여 "우리는 형제나 다름없소. 내가 어찌 그대들의 은덕을 잊겠소!" 이렇게 하여 중이 일행은 19년의 망명길에 올랐다. 중이가 망명하던 BC 655년 가을 9월, 헌공이 괵나라를 손에 넣었다. 이때 길을 빌려준 우나라까지 병탄하는데, 여기서 나온 성어가 '가도멸괵'과 '순망치한'이다. 4년 뒤인 BC 651년 여름, 헌공이 세상을 떠나자, 대부 순식이 해제를 상주로 모시니 11세였다. 대부 里克이 해제를 척살하고, 여희의 생질 탁자가 뒤를 이어 상주가 되자 탁자마저 척살했다. 순식은 싸우다 죽고, 여희는 연못에 몸을 던졌다. 이극이 사람을 보내 공자 중이에게 이를 보고했다. 중이가 호언에게, "이극이 나를 옹립하려는데 어떻게 생각하오." 호언이, "선공이 죽었는데 애도도 하지 않고 오히려 나라를 취하고자 하는 것은 도리에 어긋납니다. 부모가 죽는 것이 大喪이고, 형제간에 싸우는 소리가 담장 밖으로 넘어가는 것이 大亂입니다. 지금 일거에 대상대란이 일어났는데 이 틈에 보위에 올라서는 안 됩니다." 중이가 이를 따랐다. 이극이 梁나라에 망명 중인 이오에게 다시 사람을 보냈는데, 양나라 공주와 결혼하여 아들까지 둔 이오는 흔쾌히 받아들였다. 이오를 옹립키 위해 제후들이 군사를 이끌고 高梁에 모였다. 제환공은 대부 습붕에게 군사를 이끌고 가서 秦나라 및 주나라 왕실의 군사와 합세하여 이오를 옹립하게 했다.

BC 651년 겨울 11월 이오가 즉위하니, 진혜공이다. 헌공이 숨을 거둔 지 2달만의 일이었다. 혜공은 왕실을 포함해 중원의 패자인 제환공과 서쪽에서 막강한 세력을 구축한 진목공 등의 호응으로 즉위하였다. 진목공이 이오를 택한 것은 이오가 땅을 떼어주기로 약속했기 때문이다. 이오는 이극을 포함한 진나라 대부들에게도 이런 약속을 했으나, 즉위 후 지키지 않았다. BC 645년 가을, 진목공이 혜공을 쳐서 포로가 되었다. 진목공의 부인 진목희는 이복동생 혜공이 포로가 되어 도성으로 끌려온다는 소식을 듣고, 태자 罃(앵)을 데리고 대 위에 땔나무를 쌓고 그 위에 앉았다. 진목희의 사자가 진목공에게 달려가 이를 알리자 진목공이 혜공을 돌려보냈으나, 혜공의 태자 圉(어)를 인질로 잡고 晉나라의 河東을 차지했다. BC 638년 가을, 혜공이 병이 들었다. 秦나라에 있던 태자 어는 아버지 혜공이 죽었을 때, 나라 안의 다른 공자들에게 밀릴까봐 달아나려고, 부인 진목공의 딸 회영에게, "함께 고국으로 돌아갑시다."하자 회영은, "당신은 진나라 태자로 이곳에서 곤욕을 당하고 있으니 돌아가고자 하겠지만, 그대를 따라가면 소첩은 부친의 명을 버리는 겁니다. 홀로 돌아가십시오. 결코 발설하지는 않겠습니다." 태자 어는 변복하고 달아났다. 진목공이 大怒하여 19년의 망명생활 끝에 초나라에 머물고 있던 진문공을 불러 사실상 과부가 된 회영을 시집보냈다. 이듬해 BC 637년 9월, 태자 어가 진회공으로 즉위한 뒤, 공자 중이의 귀국을 강요하며, 중이를 불러들이는 것을 거부한 중이의 외조부며 원로대신인 호돌이를 죽이는데, 이 일이 진회공의 命을 단축하는 것이 되었다.

BC 636년 1월, 진목공은 사위 중이를 晉나라로 보내자, 진나라 군사들이 모두 나와 중이를 맞이한다. 중이 일행이 곡옥으로 들어가 조상의 사당에 참배하며 귀국을 고하자, 소식을 들은 대부들이 달려왔다. 중이는 도성인 絳都(강도)에 입성하고 보위에 올랐는데, 진문공의 나이 62세였으니, 43세에 망명길에 올라 19년 만에 즉위한 것이다.

晉文公이 여러 나라를 전전하면서 19年間 겪은 망명생활은 苦難의 연속이었다. 介子推는 晉文公이 굶주림으로 탈진하자, 자기의 허벅지살을 도려내어 탕을 끓여 문공에게 바치니, 文公은 그것을 먹고 기력을 회복하고, 자기가 먹은 고기가 介子推의 허벅지살임을 알고 한없이 울었다. 이런 충신 개자추가 공신목록에서 제외되자 모두들 포상이 불공평하다 하였으나, 介子推는 "道가 무너지면 德에 의지하고, 德이 무너지면 仁에 의지하고, 仁이 무너지면 義에 의지할 수밖에 없고, 義가 무너지면 禮에 기댈 수밖에 없다." 하고, 어머니를 모시고 '강성'을 떠나 고향인 면산의 깊은 골짜기에 오두막을 짓고 조용히 지냈다. 晉文公은 이 소식을 듣고 직접 사람들을 데리고 개자추의 집을 찾아갔지만 介子推는 이미 집을 떠나 면산에 은거한 뒤였다. 진문공은 그를 찾아 綿山으로 갔지만 면산은 산세가 험준하고 樹木이 울창하여 찾을 수가 없었다. 어떤 臣下가 '면산의 三面에서 불을 놓아 개자추를 밖으로 나오게 하자.' 하여 불을 놓았는데, 介子推는 나오지 않았다. 불이 꺼진 뒤, 어머니를 등에 업은 介子推가 버드나무 아래에서 죽어있는 것을 발견하였다. 이 모습을 본 文公은 대성통곡하며 개자추의 시신을 거두어 입관하는데 버드나무 동굴 속에서 혈서가 나왔다. '살을 王께 바치며 충성을 다한 것은 王께서 靑明하시길 바라서이다.' 文公은 개자추를 그리워하며 그가 쉬고 있는 곳을 山西省 '介休面'이라 개칭하고, 개자추를 기념하기 위하여 그 날을 '한식절'로 제정하고, 이 날은 사람들에게 일체 불을 피우는 것을 禁하고 찬 음식을 먹게 했다. 그 이듬해 晉文公은 臣下들과 山에 올라 제사를 지내다가 介子推가 기대어 죽었던 버드나무가 소생한 것을 보고, 그 버드나무에 '靑明柳'라는 이름을 하사하여 天下에 알리고 寒食節 뒷날을 靑明節로 제정하였다.

17. 子路曰(자로왈) 桓公殺公子糾(환공살공자규)어늘 召忽(소홀)은 死之(사지)하고 管仲(관중)은 不死(불사)하니 曰(왈) 未仁乎(미인호)인저 子曰(자왈) 桓公九合諸侯(환공구합제후)하되 不以兵車(불이병차)는

管仲之力也니 **如其仁如其仁**이리오

자로가 말하기를, "환공이 공자 규를 죽이니 소홀은 죽고 관중은 죽지 않았습니다." 말하기를, "仁이 아닙니다." 자 왈, "환공이 제후를 아홉 번 합하였으나 병거로써 아니 한 것은 관중의 힘이니 누가 그 어진 것과 같겠느냐. 그 어진 것과 같겠느냐."

＊ 公子糾 : 환공의 배다른 형제.

＊ 召忽 : 공자 糾 보필.

＊ 桓公(환공) : 성은 강, 이름은 소백. 春秋時代 齊나라의 군주(재위 BC 685~BC 643) 五覇(오패)의 한 사람. 제양공의 치세에 정국이 혼란하자 화를 피하려고 莒로 도망갔다가 양공이 피살된 후 돌아와 정권을 잡았다. 포숙아의 간언으로 규의 신하이며 자기에게 활을 쏜 관중을 재상으로 기용, 군사력 강화와 상업과 수공업을 육성하여 나라를 부강하게 하였으나, 만년에 관중의 유언을 무시하고 역아, 개방, 수초 등 간신을 등용하여 그들에게 권력을 빼앗기고, 죽은 후 67일 동안 입관조차 못하고 방치되어 그의 시신에서 구더기가 나와서 기어 다녔다 한다.

18. **子貢曰 管仲**은 **非仁者與**인저 **桓公殺公子糾**어늘 **不能死**요 **又相之**온여 **子曰 管仲**이 **相桓公霸諸侯**하여 **一匡天下**하니 **民到于今**에 **受其賜**니 **微管仲**이면 **吾其被髮左衽矣**리라 **豈若匹夫匹婦之爲諒也**하여 **自經於溝瀆而莫之知也**라

자공이 말하기를, "관중은 仁者가 아닐 것입니다. 환공이 공자 규를 죽였는데 죽지 않고, 또 돕기까지 했습니다." 자 왈, "관중이 환공을 도와서 제후의 패자가 되어 한 번 천하를 바로잡아 백성이 지금에 이르기까지 그 주는 것을 받으니

관중이 작았으면 나는 머리를 헤치고 옷섶을 왼편으로 하였을 것이다. 어찌 필부필부와 같이 작은 신의를 지키기 위하여 스스로 목매어 개천에서 뒹굴어도 아는 사람이 없는 것과 같겠느냐."

---

* 자로와 자공이 같은 질문을 한 것으로 보아서, 관중이 자기가 모시던 공자 규가 죽었는데 관중은 죽지 않고 오히려 환공을 섬긴 것에 관하여 지식인들 사이에서는 논란의 대상이었던 것 같다. 당시의 윤리관행으로 보면 主公을 따라서 마땅히 죽었어야 했는데, 공자는 匹夫匹婦의 예를 드셨다.

19. 公叔文子之臣大夫僎이 與文子同升諸公이러니 子聞之하시고 曰 可以爲文矣로다

공숙문자의 家臣 대부 선이 文子와 함께 公에 올랐더니 공자께서 들으시고 왈, "그는 시호를 문이라고 할 만하도다."

---

* 公叔文子 : 위나라 대부로 자신의 가신인 선을 조정에 천거하여 함께 조정의 신하가 되었으니 仁者가 아니면 하기 어려운 일일 것이다. (본편 14 참조)

* 大夫 僎(갖출 선) : 위나라 사람으로 여겨지나 전해지는 것이 없다.

* 文 : 문장을 이룸을 뜻하고, 작위를 내리는 것으로 大夫가 죽으면 군주는 그 사람 생전의 업적을 참작하여 시호를 내리는데 文은 가장 영예로운 것.

20. 子言衛靈公之無道也러시니 康子曰 夫如是로되 奚而不喪이니잇고 孔子曰 仲叔圉는 治賓客하고 祝鮀는 治宗廟하고 王孫賈는 治軍旅하니 夫如是하니 奚其喪이리오

공자께서 위영공이 도가 없는 것을 말씀하시니 강자가 말하기를, "이와 같은데 어찌 지위를 잃지 아니합니까." 공자 말씀하시기를, "중숙어는 빈객을 다스리고 축타는 종묘를 다스리고 왕손가는 군사를 다스렸으니 이런 일을 하였는데 어찌 그 지위를 잃겠소."

---

* 仲叔圉(중숙어) : 위나라 名臣으로 성은 孔. 이름은 圉. 시호는 文子. 공문자로 공야장편 15장에 나온다.
* 祝鮀(축타) : 祝은 제사를 주관하는 사람. 이름은 鮀(메기 타). 박학다식하고 언변이 뛰어났다. (옹야편 16 참조)

21. 子曰 其言之不怍이면 則爲之也難하니라

자 왈, "그 말을 부끄러워하지 않으면 실행하기 어렵다."

---

* 호언장담하며 큰소리친 그 말이 실행되지 않음은 자기합리화 시켜버리고 부끄러워하지도 않는 사람들이란 정말 어쩔 수 없다.

22. 陳成子弑簡公이어늘 孔子沐浴而朝하사 告於哀公曰 陳恒弑其君하니 請討之하소서 公曰 告夫三子하라 孔子曰 以吾從大夫之後라 不敢不告也니 君曰 告夫三子者온여 之三子하여 告하신대 不可라 孔子曰 以吾從大夫之後라 不敢不告也니라

진성자가 간공을 시해하니 공자께서 목욕하고 조회하시어 애공에게 고하시기들, "진항이 그 임금을 시해하였으니 청컨대 토벌하십시오." 애공이 말하기를, "저 세 사람에게 고하라." 공자 왈, "내가 대부의 뒤에 따르기 때문에 감히 고하지 않을 수 없었는데, 임금이 세 집안에 고하라 하시는구나." 세 집안에 가서 고하니 불가라. 공자 왈, "내가 대부의 뒤를 따르니 감히 고하지 않을 수 없었다."

---

* 陳成子 : 齊나라 대부로 이름 항. BC 481년 齊 君主 簡公을 시해했는데, 이때 공자는 망명에서 노나라로 돌아와 있던 72세 때였다. 당시 노나라의 권력은 三桓氏가 잡고 있었으니, 실권이 없는 애공은 삼환씨에게 물어보라고 한 것이다. 공자께서는 이런 실정을 너무나 잘 알고 계셨으나 禮를 중시하셨으니, 타국의 반란에 老軀(노구)를 이끌고 다니며 반란자를 토벌하자고 하지 않을 수 없었다.

23. 子路問事君한대 子曰 勿欺也요 而犯之니라

자로가 임금 섬기는 것을 물으니, 자 왈, "기만하지 말고, 그 뜻을 범하더라도 간곡하게 간하는 것이다."

---

* 자로가 위나라를 섬기기 전의 문답일 것이다.

24. 子曰 君子는 上達하고 小人은 下達이니라

자 왈, "군자는 (고상한) 위로 통달하고, 소인은 (천한) 아래로 통달한다."

25. 子曰 古之學者는 爲己러니 今之學者는 爲人이로다

자 왈, "옛날 배우는 사람은 자기의 수양을 위해 공부하였는데, 지금 배우는 사람은 남에게 알려지기 위하여 배운다."

26. 蘧伯玉이 使人於孔子어늘 孔子與之坐而問焉曰夫子何爲오 對曰 夫子欲寡其過而未能也니이다 使者出이어늘 子曰 使乎使乎여

거백옥이 공자에게 사람을 보내왔다. 공자가 더불어 앉아서 묻기를, “그 분은 무슨 일을 하느냐.” 대답하기를, “그 분은 그 허물을 적게 하려하나 능하지 못합니다.” 사자가 나가자 자 왈, “훌륭한 사자로다, 훌륭한 사자로다.”

＊ 蘧伯玉 : 위나라 대부로 망명 중에 거백옥 댁에 머문 적도 있었으니 이 이야기는 언제인지 분명하지 않다. 거백옥은 현인이었다. 심부름꾼이 말을 낮출수록 주군인 거백옥의 현명함을 더욱 드러내므로 공자는 使란 글자를 중복하여 찬미하였다. 증자는 一日三省이라면서 하루에 세 번을 반성했다고 하였는데, 거백옥은 50년 살면서 49년을 반성한다하였으니, 평생 자기의 허물을 살핀 셈이다. 왠지 반성을 하면 무언가 손해볼 것 같고 자존심이라도 상하는 것 같아서, 자기 잘못을 돌아볼 줄 모르는 사람들은 한 번만이라도 생각해볼 일이다.

27. 子曰 不在其位하여는 不謀其政이니라

자 왈, “그 지위에 있지 않으면, 그 정사를 꾀하지 않는다.”

＊ 태백편 14장에도 나온 문장.

28. 曾子曰 君子는 思不出其位니라

증자가 말하기를, “군자는 생각이 그 자리를 벗어나지 않았다.”

* 천하의 이치는 사물이 제 자리에 있는 것이니, 생각하는 것에 그 지위를 벗어나지 않음이 君君 臣臣 父父 子子일 것이다.

29. 子曰 君子는 恥其言而過其行이니라

자 왈, "군자는 그 말이 그 실행보다 지나침을 부끄러워한다."

* 말은 겸손히 하고 실행은 그 말보다 앞서라는 교훈이다.

30. 子曰 君子道者三에 我無能焉하니 仁者는 不憂하고 知者는 不惑하고 勇者는 不懼니라 子貢曰 夫子自道也라

자 왈, "군자의 도가 셋인데, 나는 능한 것이 없도다. 어진 자는 근심하지 않고, 지혜로운 자는 미혹하지 않고, 용감한 자는 두려워하지 않는다." 자공이 말하기를, "선생님 스스로의 도이십니다."

* 자한편 28에도 나오는데, 순서가 바뀌어서 자공의 말만 전승된 것 같다.

31. 子貢이 方人하니 子曰 賜也는 賢乎哉아 夫我則不暇라

자공이 사람을 비평하자, 자 왈, "사야는 훌륭하구나. 나는 그럴 틈이 없도다."

* 方 ≒ 謗 : 남을 비평하는 것.
* 논어 20편 중 선진편부터는 꽤 후대에 기록된 것으로 알려졌다. 공자의 가르치심에 직설화법이 아니고 은근히 비꼬는 것 같은 화법은, 세월이 지나면서 공자의 뜻이 왜곡된 것 아닌지 의문이 남는다.

자왈 불환인지불기지 환기불능야
32. 子曰 不患人之不己知요 患其不能也니라

자 왈, “남이 나를 알아주지 않는 것을 근심하지 말고, 자기의 능력 없음을 근심하여야 한다.”

---

* 이 문장은 학이편 16, 이인편 14, 위령공편 19에도 나왔다.

자왈 불역사 불억불신 억역선각자시현호
33. 子曰 不逆詐하며 不億不信이나 抑亦先覺者是賢乎저

자 왈, “속이지 않을까 짐작하지 않고, 믿지 않을까 억측하지 않으나, 먼저 깨닫는 것, 이것이 어진 것이다.”

---

* 逆 : 일이 일어나지 않았는데 미리 짐작함.
* 億 : 미리 마음 쓰는 것.

미생무위공자왈 구 하위시서서자여 무내위녕
34. 微生畝謂孔子曰 丘는 何爲是栖栖者與오 無乃爲佞

호 공자왈 비감위녕야 질고야
乎아 孔子曰 非敢爲佞也라 疾固也라

미생무가 공자께 말하기를, “구는 어찌하여 분주한가. 아첨하는 것이 아닌가.” 자 왈, “감히 말재주가 아니라 고루함을 미워하는 것입니다.”

---

* 미생무가 공자의 이름을 부르는 것으로 보아 향당의 선배인 듯하다.

자왈 기 불칭기력 칭기덕야
35. 子曰 驥는 不稱其力이라 稱其德也니라

자 왈, “기는 그 힘을 칭찬함이 아니라 그 덕을 기림이다.”

＊ 驥 : 하루에 천 리를 달린다는 명마.

36. 或曰 以德報怨이 何如잇고 子曰 何以報德고 以直報怨이요 以德報德이니라

혹자가 말하기를, "덕으로써 원망을 갚는 것이 어떠합니까." 자 왈, "덕은 무엇으로써 갚으시렵니까? 원망은 곧음으로써 갚고, 덕은 덕으로써 갚아야 할 것입니다."

37. 子曰 莫我知也夫인저 子貢曰 何爲其莫知子也잇고 子曰 不怨天하며 不尤人이요 下學而上達하노니 知我者는 其天乎인저

자 왈, "나를 알아주는 사람이 없구나." 자공이 말하기를, "어찌 선생님을 알아드리는 사람이 없겠습니까." 자 왈, "하늘을 원망하지 않으며, 남을 탓하지 않으며, 아래로부터 배워 위로 달하니 나를 아는 자는 하늘이실 것이다."

＊ 공자보다 낫다는 世人의 평을 듣던 자공의 학문은 꽤 깊었을 것이다. '자신을 알아주는 이 없다.'는 스승의 탄식 앞에서 '제가 있습니다.' 말하고 싶었던 것은 아니었을까? 그러나 運을 얻지 못했다고 하늘을 원망하지 않고 많은 제후를 만났으나 자신을 알아주지 않음을 탓하지 않으시며, 도를 펼 시간이 없음을 절망하시는 탄식 앞에서 무슨 말을 할 수 있겠는가. 그는 말없이 공자 사후 6년의 시묘살이를 통하여 존경을 나타내었다.

38. 公伯寮 愬子路於季孫어늘 子服景伯이 以告曰 夫子固有惑志於公伯寮하나니 吾力이 猶能肆諸市朝니이다. 子曰 道之將行也與도 命也며 道之將廢也與도 命也니 公伯寮其如命何리오

공백료가 계손에게 자로를 참소하니 자복경백이 고하기를, "계손씨가 진실로 공백료의 말에 미혹하여 있으니, 내 힘으로 공백료를 죽여 거리에 시체를 내걸고자 합니다." 자 왈, "도가 장차 행하는 것도 천명이며, 도가 장차 폐하는 것도 천명이니 공백료가 그 천명에 어찌 하겠느냐."

---

* 公伯寮 : 노나라 사람으로 공자의 제자이기도 했다.
* 子服景伯 : 노나라 대부이며 叔孫氏 일족으로 성이 子服. 伯은 字. 景은 시호.

39. 子曰 賢者는 辟世하고 其次는 辟地하고 其次는 辟色하고 其次는 辟言이니라. 子曰 作者七人矣로다

자 왈, "현명한 자는 (어지러운) 세상을 피하고, 그 다음은 (어지러운) 땅을 피하고, 그 다음은 얼굴색을 보고 피하고, 그 다음은 말을 듣고 피한다." 자 왈, "이를 행한 사람이 일곱이었다."

---

* 7인의 隱者가 누구인지는 알 수 없지만, 당시에 공자가 접했던 장저, 걸닉, 접여 등의 은자들을 일컬으시는 것 같다. 이 7인에 관한 문장도 고주는 여기에 붙어있으나 신주는 다음 장으로 나온다.

40. 子路宿於石門(자로숙어석문)이러니 晨門曰奚自(신문왈해자)오 子路曰(자로왈) 自孔氏(자공씨)로라 曰(왈) 是知其不可而爲之者與(시지기불가이위지자여)아

자로가 석문에서 묵었는데, 새벽에 문지기가 말하기를, "어디에서 오시오?" 자로가 말하기를, "공씨 댁에서 왔소." 하니, 말하기를, "그 안 되는 줄 알면서 행하는 사람인가요?"

---

* 石門 : 노나라 성 밖의 문. 문지기가 안 되는 줄 알면서 행하는 사람이라고 한 것으로 보아, 당시 지식인들은 공자를 안 되는 줄 알면서 행하는 사람이라고 생각했거나, 어쩌면 문지기는 隱士일지도 모른다.

41. 子擊磬於衛(자격경어위)러시니 有荷蕢而過孔氏之門者曰(유하괴이과공씨지문자왈) 有心哉(유심재)라 擊磬乎(격경호)여 旣而(기이)오 曰(왈) 鄙哉(비재)라 硜硜乎(갱갱호)여 莫己知也(막기지야)어든 斯已而已矣(사이이이의)니 深則厲(심즉려)요 淺則揭(천즉게)라 子曰(자왈) 果哉(과재)라 末之難矣(말지난의)라.

공자께서 위나라에서 경쇠를 치시는데, 삼태기를 지고 공씨네 문 앞을 지나가는 자가 말하기를, "마음이 (천하에) 있구나, 경쇠를 두드림이여." 얼마 있다가 말하기를, "비루하고 고집스런 소리여, 자기를 알아주지 않으면 그만둘 일이지. 물이 깊으면 옷을 벗고 건너고, 물이 얕으면 걷고 건너는 것이다." 공자 들으시고자 왈, "과감하구나. 어려움이 없겠다."

---

* 磬 : 경쇠 경. 돌을 매달아 놓고 치는 타악기.
* 深則厲 淺則揭는 [시경] <패풍> '匏有苦葉(포유고엽)'의 첫 장에 나오는 문구로 시세에 따라 적당히 살면 된다는 뜻을 인용한 것.

42. 子張曰 書云高宗諒陰三年不言이라 하니 何謂也잇고 子曰 何必高宗이리오 古之人皆然하니 君薨이어든 百官總己하여 以聽於冢宰三年하니라

자장이 말하기를, "[서경]에 이르기를 '고종이 상제 노릇하는 삼 년 동안 말을 하지 않았다.' 하였으니 무엇을 이른 것입니까." 자 왈, "어찌 반드시 고종뿐이겠느냐. 옛 사람이 다 그러하니 임금이 돌아가시면 백관이 자기의 직책을 들어서 총재에게서 삼 년간 명령을 들었다."

---

* 高宗 : 은나라를 부흥시킨 武丁으로 고종은 시호. [사기]에는 소을의 아들로, 즉위하여 쇠약한 나라를 부흥하려고 했지만 자신을 보좌해줄 적임자를 찾지 못해 고민하며, 3년 동안 부왕의 빈소에서 아무 말도 하지 않는([서경] 무일편) 상태로 정치는 총재에게 맡겼다. 어느 날 꿈에 說(열)이라는 이름의 聖人을 만나는 꿈을 꾸고, 그를 찾아서 등용하려 했지만, 백관들 중에 그런 인물은 없었다. 사람을 시켜 각지에서 열을 찾게 한 끝에 부험에서 죄를 짓고 길 닦는 노역을 하던 열을 찾았다. 무정은 그와 이야기를 나눈 끝에 그가 자신이 찾던 성인임을 확신하고, 그에게 傅(부)라는 성을 주고 부열이라 불렀다. 이후 부열의 보좌로 은나라는 다시 부흥하게 되었다.(위키백과)
* 諒陰三年 : 천자가 부왕의 喪을 입는 동안 거처하는 초가집.
* 冢宰 : 천자의 여섯 卿 중의 수석. 백관들이 冢宰에게 명령을 들으므로 군주는 3년 동안 말을 안 할 수 있다.

43. 子曰 上好禮則民易使也니라

자 왈, "위에서 예를 좋아하면 백성을 부리기 쉬운 것이다."

---

* 윗사람이 예를 숭상하면 백성들은 감화를 입어 경건하기 때문이다.

44. 子路問君子(자로문군자)한대 子曰(자왈) 修己以敬(수기이경)이니라 曰(왈) 如斯而已乎(여사이이호)잇가 曰(왈) 修己以安人(수기이안인)이니라 曰(왈) 如斯而已乎(여사이이호)잇가 曰(왈) 修己以安百姓(수기이안백성)이니 修己以安百姓(수기이안백성)은 堯舜(요순)도 其猶病諸(기유병제)시니라

자로가 군자를 물으니, 자 왈, "공경으로써 몸을 닦는 것이다." 자로가, "이것뿐입니까?" 자 왈, "修身으로 남을 편안히 하는 것이다. 자로가 다시, "이것뿐입니까." 자 왈, "修身으로 백성을 편안히 하는 것이다. 修身으로 백성을 편안히 하는 일은 요순께서도 그것을 오히려 부족하게 여기셨다."

---

* 자신을 수양하여 백성을 편안히 하는 것을 요순 같은 성인께서도 늘 부족하게 여기시어 안타까워하셨다.

45. 原壤(원양)이 夷俟(이사)러니 子曰(자왈) 幼而不孫弟(유이불손제)하며 長而無述焉(장이무술언)이요 老而不死(노이불사)가 是爲賊(시위적)이라 하시고 以杖叩其脛(이장고기경)하시다

원양이 걸터앉아서 공자를 기다리니 자 왈, "어려서는 공손하지 않고, 자라서는 사람노릇 한 일이 없었고, 늙어서는 죽지도 않는구나. 이것이 도적이다." 하시고 지팡이로 정강이를 치셨다.

---

* 夷俟 : 夷는 걸터앉다. 俟는 기다림. 몸가짐에서 걸터앉는 것은 오만방자한 행동이다. 가끔 학생들과 이야기할 때 책상에 걸터앉는 아이들이 있는데, 나는 이 이야기를 들려주며 자세를 바르게 하도록 한다.

* 원양은 공자와 같이 자란 고향 사람. 어머니가 죽자 노래를 부른 道家였다는데, 예법 상 있을 수 없는 일이기에 때리기까지 하셨다.

46. 闕黨童子將命이어늘 或 問之曰 益者與잇가 子曰 吾見其居於位也하며 見其與先生並行也하니 非求益者也라 欲速成者也니라

궐당의 동자가 명령을 받으니 어떤 사람이 묻기를, "이 아이가 학문이 진전되어서 그런 일을 시키십니까?" 자 왈, "나는 그가 가운데 자리에 앉음을 보았으며, 그 선생과 나란히 걸어가는 것을 보았으니 학문의 진전을 구하는 자가 아니라 빨리 어른이 되고자 하는 자이다."

---

* 闕黨 : 공자가 태어난 闕里.
* 將命 : 객의 안내나 접대의 역할.
* 禮에 이르기를 '童子는 가운데 앉지 않으며, 어른과 걸을 때에는 뒤에서 수행해야 한다.' 하였는데, 이 동자는 그 예를 따르지 않았으니 使令을 시켜서 어른과 아이의 질서를 보고 익히게 하려하심이다.

第15章 衛靈公

이 장은 헌문편 다음의 장편으로 공자의 짧은 문구가 많이 수록되었고, 수신과 처세에 관한 구절이 많고 내용이 잡다하여 일관된 특성이 없다.

1. 衛靈公(위령공)이 問陣於孔子(문진어공자)한대 孔子對曰(공자대왈) 俎豆之事(조두지사)는 則嘗聞之矣(즉상문지의)어니와 軍旅之事(군려지사)는 未之學也(미지학야)하시고 明日(명일)에 遂行(수행)시다

위나라 영공이 공자께 진법을 묻자, 자 왈, "조두의 일이라면 일찍이 들었지만, 군사의 일은 배우지 못하였습니다." 하시고 다음날 드디어 떠나셨다.

---

* 俎豆之事 : 俎(도마 조)는 제사 때 고기를 담는 그릇. 豆는 야채를 담는 그릇으로 儀式(의식)이나 禮에 관한 일.

2. 在陳絶糧(재진절량)하니 從者病(종자병)하여 莫能興(막능흥)이러니 子路慍見曰(자로온현왈) 君子亦有窮乎(군자역유궁호)잇가 子曰(자왈) 君子(군자)는 固窮(고궁)이니 小人(소인)은 窮斯濫矣(궁사람의)라

진나라에 계실 때에 양식이 떨어져 따르는 자가 병이 들어 능히 일어나지 못하니, 자로가 화가 나서 공자를 뵙고 말하길, "군자도 역시 궁함이 있습니까?" 자 왈, "군자도 궁할 수 있다. 소인은 궁하면 넘친다."

---

* 공자가 위나라를 떠나 진나라에 가신 것이 BC 492년. 신흥강국 吳가 陳을 공격하자

진의 동맹국인 초나라가 진을 원조하는 혼란의 시기였다. 공자 일행은 식량보급이 막혀서 고난을 당할 때의 이야기이다. 초나라에서 공자를 초청하여 위기를 면할 수 있었다. 군자는 곤궁한 처지에도 그 뜻이 흔들리지 않으나 소인은 곤궁해지면 自暴自棄(자포자기)하여 못할 짓이 없어진다. (선진편 2 참조.)

자 왈 사 야 여 이 여 위 다 학 이 지 지 자 여 대 왈 연 비

3. 子曰 賜也 女以予爲多學而識之者與아 對曰 然이다 非

여 왈 비 야 여 일 이 관 지

與잇가 曰 非也라 予는 一以貫之라

자 왈, "사야, 너는 내가 많이 배워서 많이 아는 자라고 생각하느냐?" 대답하기를, "그렇습니다. 그렇지 않습니까?" 자 왈, "아니다. 나는 한 가지 이치로 모든 사물을 꿰뚫어 왔느니라."

---

* 한 가지 이치란 天道를 의미할 것이다.
* 賜 : 자공

자 왈 유 지 덕 자 선 의

4. 子曰 由아 知德者鮮矣니라

자 왈, "유야, 덕을 아는 사람은 드물구나."

---

* 古注는 이 장은 2장에서, 진에서 굶주림에 동료들이 병들어가는 것을 보고 화를 낸 자로의 물음에 이은 것이라고 본다. 세상에는 덕의 존귀함을 아는 자가 드물어 군자가 곤란을 받기도 하지만, 군자는 꿋꿋이 견디고 소인은 견디지 못하고 잘못된 길로 간다는 말씀.

자 왈 무 위 이 치 자 기 순 야 여 부 하 위 재 공 기

5. 子曰 無爲而治者는 其舜也與신저 夫何爲哉시리오 恭己

정 남 면 이 이 의

正南面而已矣시니라.

자 왈, "아무것도 하지 않고 잘 다스린 사람은 순임금이시다. 무슨 일을 하셨을까? 몸을 공손히 하고 바르게 남면하셨을 뿐이셨다."

---

* 南面 : 왕은 남쪽을 향하여 앉고 신하는 북쪽을 향하여 서는 것이 관례이며, 남면이란 왕, 즉 남의 윗자리가 된다는 뜻.

6. 子張 問行한대 子曰 言忠信하며 行篤敬이면 雖蠻貊之邦이라도 行矣어니와 言不忠信하며 行不篤敬이면 雖州里나 行乎哉아 立則見其參於前也요 在輿則見其倚於衡也니 夫然後行이니라 子張이 書諸紳하니라

자장이 (뜻)행함을 물으니, 자 왈, "말이 충실하고 신의가 있으며 행실이 돈독하고 정중하면 비록 오랑캐의 나라라도 행해지지만, 말이 충실하지 못하고 신의가 없으며 행실이 돈독하지 못하고 정중하지 못하면 비록 鄕里에선들 행해지겠느냐? 서면 그 참여함을 앞에서 볼 것이고, 수레를 타면 멍에에 의지하는 것을 볼 것이니 그런 뒤에야 (뜻)행해질 것이다." 자장이 띠에 썼다.

---

* 종이가 없던 시절이라 제자들은 스승의 귀한 말씀을 들으면 잊지 않으려고 예복에 쓰는 넓은 띠에 말씀을 적어서 늘 암기했다.

7. 子曰 直哉라 史魚여 邦有道에 如矢하며 邦無道에 如矢로다 君子哉라 蘧伯玉이여 邦有道則仕하고 邦無道則可卷而懷之로다

자 왈, "곧구나, 사어여! 나라에 도가 있어도 화살처럼 곧으며, 나라에 도가 없어도 화살처럼 곧도다. 군자로다, 거백옥이여! 나라에 도가 있으면 벼슬을 하고, 나라에 도가 없으면 물러가 숨도다."

---

* 史魚 : 위나라 대부. 史는 벼슬. 이름은 鰌(추). 사어는 벼슬을 하면서 어진 거백옥을 등용하지 못하고, 불초한 미자하를 물리치지 못했다고 죽은 뒤에도 시신을 창문 아래 두어서, 위영공이 조문 와서 이것을 보고 屍諫(시간)으로 깨닫게 하였다.

8. 子曰 可與言而不與之言이면 失人이요 不可與言而與之言이면 失言이니 知者는 不失人하며 亦不失言이니라.

자 왈, "더불어 말할 만한데 더불어 말하지 않으면 사람을 잃고, 더불어 말할 만하지 않은데 더불어 말하면 말을 잃을 것이니, 지혜로운 자는 사람을 잃지 않고, 또한 말도 잃지 않는다."

---

* 말을 해주어 알아듣는 사람이라면 옳은 방향으로 설득하면 신의를 얻을 수 있다. 이런 사람에게 말하지 않는 것은 사람을 잃게 되는 것. 자기 생각만 옳다고 주장하며 남의 말을 듣지 않는 사람에게는 좋은 말이 소용없으니 말을 버리는 것. 改過遷善할 수 있는 사람과 牛耳讀經인 사람을 구별하는 것이 지혜이다.

9. 子曰 志士仁人은 無求生以害仁이요 有殺身以成仁이니라

자 왈, "뜻있는 선비와 어진 사람은 삶을 구하려고 仁을 해치는 일이 없으며, 몸을 죽여서 仁을 이룬다."

---

* 삶이 아름다운 것은, 아름답게 營爲할 때에 그 삶은 尊貴한 것이다. 삶의 존엄성을

무시하고 권력이나 돈에 빌붙는다면 삶이 무슨 가치가 있겠는가?

10. 子貢問爲仁한대 子曰 工欲善其事인댄 必先利其器니 居是邦也하여 事其大夫之賢者하며 友其士之仁者니라

자공이 인을 행함을 물으니, 자 왈, "장인이 그 일을 잘하려면 반드시 먼저 그 기구를 이롭게 해야 한다. 나라에 있을 때는 어진 대부를 가려서 섬기고, 仁德을 가진 선비와 벗할 것이다."

---

* 당시에 '자공이 공자보다 낫다'는 소문을 공자도 들었을 것이다. 언변이 뛰어난 자공은 그 때마다 기막힌 비유로 그 소문을 묵살했지만, 자부심이 강한 자공에게 선후배와 벗들과의 친분을 쌓으면서 그들의 소중함을 깨우쳐주는 말씀이다.

11. 顔淵問爲邦한대 子曰 行夏之時하며 乘殷之輅하며 服周之冕하며 樂則韶舞요 放鄭聲하며 遠佞人이니 鄭聲은 淫하고 佞人은 殆니라

안연이 나라 다스리는 것을 물으니, 자 왈, "하나라의 책력을 행하며 은나라의 수레를 타며, 주나라의 면류관을 쓰며, 풍류는 소무요, 정나라의 소리를 추방하며, 아첨하는 사람을 멀리할 것이니 정나라 소리는 음란하고, 아첨하는 사람은 위태로운 것이다."

---

* 時 : 책력. 夏의 책력은 봄이 1년 초에 있어서 농사짓기에 편리함.
* 輅 : 수레 로. 덮개를 섶으로 만들어 두 말이 끄는 허술한 임금의 수레.
* 冕 : 周의 예식용 冠. 앞뒤에 줄이 드리워졌는데 화려하지만 사치하지는 않다.

* 韶舞 : 舜임금이 만들었다는 음악. (팔일편 25, 술이편 13 참조)

* 鄭聲 : 鄭은 작은 나라이지만 문화는 뛰어나서 새로운 음악이 성했다. 그러나 음탕하여 음란한 소리의 음악을 이르는 말. 공자는 문화를 소중히 여겼기에 과거의 어느 나라든 우수한 문화는 계승해야 한다고 말씀하신다.

12. 子曰 人無遠慮면 必有近憂니라

(자 왈 인 무 원 려 / 필 유 근 우)

자 왈, "사람이 먼 미래를 생각지 않으면 반드시 가까운 근심이 있다."

---

* 有備無患이라고 항상 미래의 일을 염두에 두라는 말씀.

13. 子曰 已矣乎라 吾未見好德을 如好色者也니라

(자 왈 이 의 호 / 오 미 견 호 덕 / 여 호 색 자 야)

자 왈, "끝났구나. 나는 덕을 좋아하기를 여색을 좋아하는 것과 같이 하는 자를 보지 못하였다."

---

* 자한편 17에도 같은 내용이 나온다.

14. 子曰 臧文仲은 其竊位者與인저 知柳下惠之賢而不與立也로다

(자 왈 장 문 중 / 기 절 위 자 여 / 지 류 하 혜 지 현 이 불 여 립 야)

자 왈, "장문중은 그 직책을 도적질한 자일 것이다. 유하혜의 어진 것을 알면서도 더불어 동료로 삼지 않았다."

---

* 臧文仲 : 노나라 대부(공야장 18 참조). 柳下惠의 성은 展. 이름은 獲. 字는 子禽. 노나라 賢人이며, 柳下는 집에 버드나무가 있어서 부른 것이라 한다.

15. 子曰 躬自厚而薄責於人이면 則遠怨矣니라

자 왈, "자신에겐 두터이 책하고, 남을 책하는 것을 엷게 한즉, 원망이 멀어질 것이다."

---

* '똥 묻은 개가 겨 묻은 개 나무란다.'고 남의 눈의 티는 잘 보지만 내 눈의 들보는 안 보이는 법. 남을 꾸짖기는 잘하지만 자기반성은 할 줄 모르는 사람들이 천지에 가득하다.

16. 子曰 不曰如之何如之何者는 吾末如之何也已矣라

자 왈, "어떻게 할까, 어떻게 할까, 말하지 않는 자는 나도 어떻게 할 수 없다."

---

* 문제에 當面하여서 고민도 노력도 하지 않는 자는 어쩔 수 없다.

17. 子曰 群居終日에 言不及義요 好行小慧면 難矣哉라

자 왈, "여럿이 온종일 거하되 말이 의로운 화제에 미치지 않고 얕은꾀만 부리고 있어서는 곤란하다.

---

* 이 말씀은 어느 시대를 막론하고 통용될 것이다.

18. 子曰 君子는 義以爲質이요 禮以行之하며 孫以出之하며 信以成之하나니 君子哉라

자 왈, "군자는 의로써 본질을 삼고, 예로써 행동하며 겸손으로서 나타내고 믿음으로써 완성하니 군자다."

19. 子曰 君子病無能焉이요 不病人之不己知也라

자 왈, "군자는 능력 없음을 걱정하지만, 남이 나를 알아주지 않는 것을 걱정하지 않는다."

20. 子曰 君子는 疾沒世而名不稱焉이니라.

자 왈, "군자는 한 세상 마치도록 이름이 알려지지 않을까 걱정한다."

21. 子曰 君子는 求諸己요 小人은 求諸人이니라

자 왈, "군자는 모든 것을 자신에게서 찾고, 소인은 남에게서 구한다."

---

* 군자는 그것이 덕이든 허물이든 자신에게서 구하고, 소인은 모든 것을 남의 탓으로 돌린다.

22. 子曰 君子는 矜而不爭하고 群而不黨이니라

자 왈, "군자는 근엄하되 다투지 않고, 무리를 짓되 당파에 휩쓸리지 않는다."

---

* 현대를 사는 우리가 새겨야 할 말씀이다. 조선시대부터 이어온 당파싸움은 지금까지도 치열한 黨同伐異가 이어지고 있다.

23. 子曰 君子는 不以言擧人하며 不以人廢言니라.

자 왈, "군자는 말로써 사람을 들어 쓰지 않으며, 변변치 않은 사람이라고 그 말까지 폐하지 않는다."

자공문왈 유일언이가이종신행지자호 자왈 기
24. 子貢問曰 有一言而可以終身行之者乎잇가 子曰 其

서호 기소불욕 물시어인
恕乎인저 己所不欲을 勿施於人이니라.

자공이 묻기를, “한 마디 말로 종신토록 행할 만한 것이 있습니까?” 자 왈, “그것은 용서이리라. 내가 하고자 하지 않는 바를 남에게 베풀지 말라.”

---

* 자기의 마음을 남에게 대비하면 그 베풂은 無窮하리라.

자왈 오지어인야 수훼수예 여유소예자 기유
25. 子曰 吾之於人也에 誰毁誰譽리오 如有所譽者면 其有

소시의 사민야 삼대지소이직도이행야
所試矣니라 斯民也는 三代之所以直道而行也니라

자 왈, “내가 사람을 두고 누구를 헐뜯으며 누구를 칭찬하겠는가. 만일 칭찬하는 바가 있다면, 시험해보고 한 것이다. 이 백성은 삼대 때부터 곧은 도로써 행한 것이다.”

---

* 三代 : ① 禹王의 夏나라 (BC 2070~1600)
② 湯王의 殷나라 (BC 1600~1046)
③文王의 周나라 (BC 1046~256)

자왈 오유급사지궐문야 유마자차인승지 금망
26. 子曰 吾猶及史之闕文也와 有馬者借人乘之러니 今亡

의부
矣夫인저.

자 왈, “나는 역사의 기록에 빠진 글과, 말을 가진 자가 남에게 빌려주어 타게 하는 것이 지금은 없어졌다.”

＊ 闕文 : 문장 가운데 빠진 글자나 글귀. 闕 : 대궐 궐, 빠질 궐.

＊ 많은 주석자들이 이 문장은 해석하기에 난해하므로 이 문장의 뜻이 의심스러운 부분을 억지로 해석하지 말라고 했는데 참 난해하다. 史官이 고의든 실수든 누락하는 것과, 말(馬) 있는 자가 말(馬) 없는 자에게 빌려주는 것이 같다는 쪽으로 생각하고, 지금은 없다는 것은 시대와 세태의 변화를 의미하는 걸까?

자왈 교언 난덕 소불인즉란대모

27. 子曰 巧言은 亂德이오 小不忍則亂大謀니라

자 왈, "교묘한 말은 덕을 어지럽히고, 작은 것을 참지 못하면 큰 계책을 어지럽게 한다."

자왈 중오지 필찰언 중호지 필찰언

28. 子曰 衆惡之라도 必察焉하며 衆好之라도 必察焉이라

자 왈, "여러 사람들이 미워하더라도 반드시 살피며, 여러 사람이 좋아하더라도 반드시 살펴야 한다."

＊ 보통 다수가 미워하거나 좋아할 때에는 정당한 이유가 있겠지만, 항상 다수의 의견이 정당한 것은 아니어서 자칫 衆愚政治에 빠질 수 있으므로 다수에 무조건 동조할 것이 아니라 잘 살펴서 책임 있는 판단을 해야 한다.

자왈 인능홍도 비도홍인

29. 子曰 人能弘道요 非道弘人이니라.

자 왈, "사람이 도를 넓히는 것이지, 도가 사람을 넓히는 것은 아니다."

＊ 道라는 思想은 인간이 주체가 되어서, 인간에 의해 믿음으로서 확장되는 것.

자왈 과이불개 시위과의

30. 子曰 過而不改가 是謂過矣니라

자 왈, "허물을 고치지 않는 것, 이것을 일러 허물이라 한다."

---

* 過則勿憚改(허물을 고치는 것을 꺼리지 말라)라는 문장이 학이편 8, 자한편 24에도 나왔다. 누구나 잘못을 범할 수 있지만 그 허물에 어떻게 대처하느냐에 따라 賢愚가 갈리니 허물을 자기합리화하지 말아야 한다.

31. 子曰 吾嘗終日不食하고 終夜不寢하여 以思하니 無益이라 不如學也로라

자 왈, "내가 일찍이 종일 먹지 않고, 밤새 자지도 않고 사색하였으나 유익함이 없었다. 배우는 것만 못하다."

---

* 사색만으로는 학문이 완성되기 어려우므로 格物致知(격물치지)해야 한다는 것.

32. 子曰 君子는 謀道요 不謀食하나니 耕也에 餒在其中矣요 學也에 祿在其中矣니 君子는 憂道요 不憂貧이니라

자 왈, "군자는 도를 꾀하지만 먹을 것을 꾀하지 않는다. 밭을 갈아도 굶주림이 그 가운데 있으나, 배우면 녹이 그 가운데에 있으니, 군자는 도를 근심하고 가난한 것을 근심하지 않는다."

33. 子曰 知及之라도 仁不能守之면 雖得之나 必失之니라 知及之하며 仁能守之라도 不莊以涖之면 則民不敬이니라 知

及之하며 仁能守之하며 莊以涖之라도 動之不以禮면 未善也니라

자 왈, "아는 것으로 (직위)에 미치더라도 仁으로써 지키지 않으면 비록 얻어도 반드시 잃고, 지식으로 (직위)에 미치었으면 인으로 지키더라도 엄숙하게 임하지 않으면 백성들이 공경하지 않는다. 지식으로 (직위)에 미치어 인으로 지키며 엄숙함으로 임하더라도 움직임을 예로써 하지 않으면 완전하지 못하다."

---

* 涖 : 어떤 자리에 임할 리.

34. 子曰 君子는 不可小知而可大受也요 小人은 不可大受而可小知也니라

자 왈, "군자는 작은 것으로는 알 수 없으나 큰일을 맡을 수 있고, 소인은 큰일을 맡을 수 없으나 작은 일은 알아서 한다."

---

* 君子不器라고 하셨지만 사람은 각각 크기가 있다는 말씀.

35. 子曰 民之於仁也에 甚於水火하니 水火는 吾見蹈而死者矣어니와 未見蹈仁而死者也로라

자 왈, "백성에게 仁이란 물과 불보다 심하니, 내가 물과 불을 밟아서 죽는 것은 보았으나 仁을 밟아서 죽는 것은 못 보았다."

* 사람은 물과 불이 없으면 못 사는데, 仁이란 그 水火보다도 더 중요하다. 그럼에도 仁을 위하여 죽는 자가 없음을 탄식하심이다.

36. 子曰 當仁하여 不讓於師니라

(자왈 당인 불양어사)

자 왈, "마땅히 仁은 스승에게도 양보해서는 안 된다."

* 仁의 덕을 실천함에는 누구에게도 양보하지 말라는 말씀은 靑出於藍(청출어람) 즉, 제자가 자신을 凌駕(능가)하기를 바라셨기 때문일 것이다.

37. 子曰 君子는 貞而不諒이니라.

(자왈 군자 정이불량)

자 왈, "군자는 곧지만 우직하지 않다."

* 諒 : 살펴 알 량. 하찮은 의리를 墨守묵수하는 일. 묵수란 묵자가 성을 굳게 지켰다는 고사에서 유래하여 자기 의견이나 옛 습관 등을 굳게 지키는 것을 가리킴.

38. 子曰 事君하되 敬其事而後其食이니라

(자왈 사군 경기사이후기식)

자 왈, "임금을 섬기되 그 일을 공경하고, 녹은 그 뒤에 한다."

39. 子曰 有敎면 無類니라

(자왈 유교 무류)

자 왈, "가르침이 있으면 종류가 없다."

40. 子曰 道不同이면 不相爲謀니라

(자왈 도부동 불상위모)

자 왈, "도가 같지 아니하면 서로 도모하지 못할 것이다."

＊ 노나라에서도 노나라를 떠나서도 道가 같은 사람을 만나 理想을 실현하려 했지만, 끝내 도가 같은 사람을 못 만났다. 노년에 절망에 이른 말씀은 아니신지.

41. 子曰 辭는 達而已矣니라

자 왈, "말은 그 뜻을 통하게 할 따름이다."

＊ 말이란 美辭麗句(미사여구)보다는 그 뜻이 명확히 전달되면 되는 것이다. 枝葉的(지엽적)인 기교 때문에 그 뜻이 曖昧模糊(애매모호)하여서는 곤란하니 명심할 만하다.

42. 師冕見할새 及階어늘 子曰 階也라 하시고 及席어늘 子曰 席也하시고 皆坐어늘 子告之曰 某在斯某在斯라 하시다 師冕出이어늘 子張問曰 與師言之道與잇가 子曰 然하다 固相師之道也니라

악사 면이 뵈려고 섬돌에 이르자, 자 왈, "섬돌입니다."하시고, 자리에 이르자 자 왈, "자리입니다." 하시고, 모두 앉으니 공자께서 악사에게 이르시기를, "아무개가 여기에 있고, 아무개는 여기에 있습니다."고 하셨다. 악사 면이 나가니 자장이 묻기를, "악사와 더불어 말씀하는 도리입니까?" 자 왈, "그러하다. 악사를 돕는 도리이니라."

＊ 궁중 악사는 소경들로 전통음악과 시의 전수자였다. 공자는 이 악사들에게 [시경]을 배웠으므로 언제나 스승을 대하듯 공경히 모셨다.

第16章 季氏

이 편은 긴 문장이 많은데 말한 사람의 이름이 없다. 논어의 魯論, 齊論, 古論의 三論 중에서 齊論으로 본다. 공자 사후에 공자의 말씀을 암송해서 외우고, 후세 유학자들에게 전달된 전형적 양상으로 보이며, 계씨편에는 '자 왈'이 아니고 '공자 왈'로 되어 있다.

1. 季氏將伐顓臾러니 冉有季路見於孔子曰 季氏將有事於顓臾리이다 孔子曰 求야 無乃爾是過與아 夫顓臾는 昔者에 先王이 以爲東蒙主고 且在邦域之中矣라 是社稷之臣也니 何以伐爲 冉有曰 夫子欲之언정 吾二臣者는 皆不欲也로소이다 孔子曰 求아 周任 有言曰 陳力就列하여

계씨가 장차 전유를 치려 하니 염유와 계로가 공자를 뵙고 말하기를, "계씨가 장차 전유를 치려고 합니다." 공자 왈, "구야, 그것은 너의 허물이 아니냐. 전유는 옛적에 선왕이 동몽의 祭主를 삼으시고 또 나라 가운데 있으니, 이는 사직의 신하인데 어찌 치겠다는 것이냐." 염유가 말하기를, "그 분(계강자)이 하고자 하는 것이지 우리 두 신하들은 하고자 하지 않습니다." 공자 왈, "구야, 주임이 말하기를 '힘을 다하여 직무를 펼치다가

不能者止라 하니 危而不持하며 顚而不扶면 則將焉用彼相矣리오 且爾言이 過矣로 虎兕出於柙하며 龜玉이 毁於櫝中이면 是誰之過與오 冉有曰 今夫顓臾固而近於費하니 今不取면 後世에 必爲子孫憂하리이다 孔子曰 求아 君子는 疾夫舍曰欲之요 而必爲之辭니라. 丘也聞有國有家者는 不患寡而患不均하며 不患貧而患不安니 蓋均이면 無貧이요 和면 無寡安이면 無傾이니 夫如是故로 遠人이 不服이면 則修文德以來之하고

능치 못하면 그만두라.' 하였으니 위험한데도 붙잡지 못하며 넘어지는데 부축하지 못한다면 장차 저 재상들을 어디에 쓰리오. 또 너의 말이 지나치구나. 범과 들소가 우리에서 나오며, 거북과 옥이 궤 가운데서 훼손되면 이는 누구의 허물이냐?" 염유가 말하기를, "지금 전유는 성곽이 견고하고 비 땅과 가까우니, 지금 취하지 않으면 후에 반드시 자손의 근심이 될 것입니다." 공자 왈, "구야, 군자는 하고 싶다고 말하지 않고, 반드시 한다는 말을 미워한다. 내가 들으니, '나라를 소유하고 집을 소유한 자는 (백성) 적은 것을 근심하지 않고 고르지 못한 것을 근심하며, 가난한 것을 근심하지 않고 편안하지 않은 것을 근심한다.' 하니, 고르면 가난이 없어지고 화합하면 적은 것이 없어지며, 안정되면 기울어짐도 없어질 것이다. 이와 같으므로 먼 곳의 사람이 복종치 않으면 학문과 덕을 닦아서 오게 하고,

旣來之則安之니라 今由與求也는 相夫子하되 遠人이 不服而不能來也하며 邦分崩離析而不能守也고 而謀動干戈於邦內하니 吾恐季孫之憂 不在顓臾 而在蕭墻之內也라

이미 왔다면 편안하게 할 것이다. 지금 유와 구는 夫子(계씨)를 돕되 멀리 있는 사람이 복종하지 않는데 능히 오게 못하며, 나라가 나뉘어 무너지고 분리되고 갈라져도 능히 지키지 못하고, 나라 안에서 전쟁을 일으킬 것을 꾀하니 나는 계손의 근심이 전유에 있지 않고 담장 안에 있을까 두렵다."

---

* 顓臾(전단할 전. 잠깐 유).

* 東蒙 : 곡부를 중심으로 노나라가 세워질 때, 太皥태호(복희)의 자손으로 風성의 원주민이 노국에 편입되었는데, 東蒙산 산신을 모시는 제주가 되었다.

* 社稷之臣 : 나라의 존망을 맡은 重臣. 社는 토지의 神, 稷은 곡신의 신으로 사직을 모심으로 다른 씨족들이 하나로 뭉쳤으니 사직은 국가 필수조건이다.

* 周任 : 주나라 문왕 때의 어진 太史로 역사 기록관이었다고 한다.

*蕭墻 : 대문 안이 밖에서 들여다보이는 것을 막으려고 대문 안 정면에 쌓은 담장이다. 蕭墻之內는 季氏의 집 안을 가리키며 이는 BC 505년 계씨의 집사 양호가 계환자를 잡아 가두고 BC 502년까지 정치를 농단한 일을 가리킨다고도 하는데 異論이 많다. 특히 자로와 염유가 함께 계씨의 집사가 된 적이 없다는 설이 지배적인데, 자로와 염유는 계씨의 재상으로 있으면서 공자에게 알리고 가르침을 받았던 것 같다. 계씨가 顓臾를 쳤다는 기록은 어디에도 보이지 않는 것으로 보아 공자의 말씀을 들은 자로와 염유가 계씨를 만류하여 중지시킨 것인지 모른다.

2. 孔子曰 天下有道면 則禮樂征伐이 自天子出하고 天下無道면 則禮樂征伐이 自諸侯出하나니 自諸侯出이면 蓋十

世(세)에 希不失矣(희불실의)요 自大夫出(자대부출)이면 五世(오세)에 希不失矣(희불실의)요 陪臣執(배신집)國命(국명)이면 三世(삼세)에 希不失矣(희불실의)니라 天下有道(천하유도)에 則政不在大夫(즉정부재대부)하고 天下有道(천하유도)에 則庶人不議(즉서인불의)하나니라

공자 왈, "천하에 도가 있으면 예악과 정벌이 천자로부터 나오고 천하에 도가 없으면 예악과 정벌이 제후로부터 나오니, 제후로부터 나오면 대개 십대에 잃지 않을 자 드물고, 대부로부터 나오면 오대에 잃지 않을 자 드물다. 신하가 나라의 명을 잡으면 삼대에 잃지 않을 자 드물 것이다. 천하에 도가 있으면 정사가 대부에게 있지 않고, 천하에 도가 있으면 서민이 왈가왈부하지 않을 것이다."

---

* 춘추시대 : BC 770~403. 周나라가 낙양으로 천도 후, 晉이 三分하여 韓, 魏, 趙로 나누어질 때까지의 약 360년을 이르는 말로 下剋上의 시대였다. 천하를 다스리던 周의 봉건제도가 흔들리면서, 크고 작은 제후국들의 땅따먹기와 대부들이 제후를 능가하는 臣權으로 제후를 농락하고, 대부의 家臣들이 주인을 몰아내고 정권을 잡는 등의 일이 각 나라에서 일어났다. 공자의 말씀은 천하에 도가 있으면 천하는 어지럽지 않을 것이요, 반역으로 잡은 권세는 영원하지 않다는 것.

* 춘추시대를 BC 770~453으로 보는 시각도 있는데, 이는 춘추시대 강대국이었던 晉나라가 신하들인 趙氏, 韓氏, 魏氏에게 나라를 빼앗기고 이들은 晉나라를 3등분하여 자기들 성을 따서 나라를 세우니, BC 453년의 일이었다. 그 후, BC 403년에 이들 3국은 주나라 왕실로부터 정식제후국으로 인정받았다. 이 때를 춘추 끝, 전국시대 시작으로 보나, 이미 453년에 晉나라는 한, 위, 조로 나누어졌다는 것이다.

3. 孔子曰(공자왈) 祿之去公室(록지거공실)이 五世矣(오세의)요 政逮於大夫(정체어대부)가 四世矣(사세의)라 故(고)로 夫三桓之子孫(부삼환지자손)이 微矣(미의)니라

공자 왈, "나라의 녹이 공실에서 떠난 지가 오 대요, 정사가 대부에게 미친 지 사 대이니, 고로 삼환의 자손이 미약하다."

---

* 五世 : 노나라 왕의 계보로 20대 선공, 21대 성공, 22대 양공, 23대 소공, 24대 정공.

* 四世 : 계무자, 계도자, 계평자, 계환자로 정공 5년에 양호가 계환자를 잡아 가두고 노의 정권을 잡았지만, 곧 몰락했다. 그러나 삼환씨의 세도도 금이 갔다. 공자가 천하를 주류하시다가 노나라에 돌아왔을 때는 애공 시대로, 5세인 계강자는 공자에게 정치에 관하여 많은 자문을 구한다.

* 三桓 : 노나라 15대 왕. 환공의 아들 경보, 숙아, 계우의 후손으로 각각 맹손씨, 숙손씨, 계손씨의 시조이며, 이 세 집안은 대대로 노나라의 권력을 잡았다. 이를 魯桓公의 자손 세 집안이라 하여 三桓이라 한다.

4. 孔子曰(공자왈) 益者三友(익자삼우)요 損者三友(손자삼우)니 友直(우직)하며 友諒(우량)하며 友多聞(우다문)이면 益矣(익의)요 友便辟(우편벽)하며 友善柔(우선유)하며 友便佞(우편녕)이면 損矣(손의)라

공자 왈, "유익한 벗이 셋이요, 손해되는 벗이 셋이니, 곧은 벗, 성실한 벗, 들은 것이 많은 벗은 유익하고, 편벽한 벗, 부드럽기만 한 벗, 아첨만 하는 벗은 해가 된다."

5. 孔子曰(공자왈) 益者三樂(익자삼락)요 損者三樂(손자삼락)니 樂節禮樂(락절례악)하며 樂道人之善(락도인지선)하며 樂多賢友(락다현우)면 益矣(익의)요 樂驕樂(요교락)하며 樂佚遊(요일유)하며 樂宴樂(요연락)이면 損矣(손의)니라

공자 왈, "유익한 즐거움이 셋이요 해로운 즐거움이 셋이니, 예악을 절도 있게 행함의 즐거움, 남의 좋은 점을 말하는 즐거움, 어진 벗이 많은 즐거움은 유익하고, 교만한 즐거움을 좋아하고, 질탕하게 노는 것을 좋아하고, 宴樂을 좋아하면 해로운 것이다."

---

* 樂 : 즐거울 락, 풍류 악, 좋아할 요. 여기서는 세 가지 뜻과 음이 모두 사용됨.

6. 孔子曰 侍於君子에 有三愆하니 言未及之而言을 謂之躁요 言及之而不言을 謂之隱이요 未見顔色而言을 謂之瞽니라

공자 왈, "군자를 모심에 세 가지 허물이 있으니, 말을 할 때가 아닌데 말하는 것을 조급하다 하고, 말해야 할 때 말하지 않는 것을 숨긴다하고, 안색을 안 보고 말하는 것을 소경이라 이른다."

---

* 윗사람을 모실 때 이 세 가지를 조심하면 허물이 없을 것이니, 대화를 나눌 때, 공통주제와 상관없거나 상대방의 반응을 살피지 못하는 사람이 있는데 주의해야 할 것이다.

7. 孔子曰 君子有三戒하니 少之時에 血氣未定이라 戒之在色하고 及其壯也하여는 血氣方剛이라 戒之在鬪요 及其老也하여는 血氣旣衰라 戒之在得이니라

공자 왈, "군자는 세 가지 경계할 것이 있으니, 젊어서는 혈기가 안정되지 않았으니 경계할 것은 여색에 있고, 장성해서는 혈기가 왕성하여 경계할 것은 싸움에 있고, 늙어서는 기가 이미 쇠약해졌으니 경계할 것은 욕심이다.

8. 孔子曰 君子有三畏하되 畏天命하며 畏大人하며 畏聖人之言이니라 小人은 不知天命而不畏也라 狎大人하며 侮聖人之言이니라.

공자 왈, "군자는 세 가지 두려워하는 것이 있으니, 천명을 두려워하고, 대인을 두려워하고, 성인의 말씀을 두려워한다. 소인은 천명을 알지 못하여 두려워하지 않고, 대인을 가볍게 여기고, 성인의 말씀을 업신여긴다."

9. 孔子曰 生而知之者는 上也요 學而知之者는 次也요 困而學之又其次也니 困而不學이면 民斯爲下矣니라

공자 왈, "나면서 아는 자는 맨 위요, 배워서 아는 자는 그 다음이요, 힘써 배우는 것은 또 그 다음이니, 힘써 배우지 않는 백성은 최하위이다."

---

* 성인은 나면서부터 아는 자이다. 그렇지 못하면서 배우지 않는 사람은 어찌할꼬?

10. 孔子曰 君子有九思하니 視思明하며 聽思聰하며 色思溫하며 貌思恭하며 言思忠하며 事思敬하며 疑思問하며 忿思難하며 見得思義니라

공자 왈, "군자는 아홉 가지 생각이 있으니, 밝게 볼 것을 생각하며, 총명하게 들을 것을 생각하며, 얼굴빛은 온화한지 생각하며, 모양은 공손한지를 생각하며, 말은 진실한지를 생각하며, 일은 공경을 생각하며, 의심에는 물을 것을 생각하며, 분한 것에는 어려움을 생각하며, 얻는 것을 보면 의로운 것인지를 생각한다."

---

* 행동을 하기 전에 먼저 한 번쯤 생각을 한다면 輕擧妄動(경거망동)을 막을 수 있을 것이니 매사 늘 생각하라는 말씀이시다.

11. 孔子曰 見善如不及하며 見不善如探湯을 吾見其人矣요 吾聞其語矣라 隱居以求其志하며 行義以達其道를 吾聞其語矣요 未見其人也로라

공자 왈, "착한 것을 보면 미치지 않는 것같이 하며, 선하지 않은 것을 보면 끓는 물을 더듬는 것같이 하는 사람, 내가 그런 사람을 보았고, 내가 그 말을 들었노라. 은거함에도 그 뜻을 구하며, 의를 행하여 그 도를 이룬다는 그 말은 내가 들었으나, 그런 사람은 보지 못하였다."

---

* 의를 행하여 도를 이룬다는 말은 들었지만 그런 사람을 못 보았다는 것은, 그만큼 도를 구하기가 쉽지 않다는 것이리라.

12. 孔子曰 誠不以富 亦祗以異 齊景公은 有馬千駟하되 死之日에 民無德而稱焉이요 伯夷叔齊는 餓于首陽之下하

되 民到于今稱之하나니라 其斯之謂與인저

공자 왈, '부자면 그만인가? 공경 받을 만한 일을 해야지.' 제나라의 경공은 말 사천 필이 있었으나 죽을 때 덕을 칭송하는 백성이 없었고, 백이숙제는 수양산 아래에서 굶어 죽었으나 백성이 지금까지 칭찬한다. 이것을 이르는 것이다.

---

* 誠不以富 亦祇以異 이 구절은 안연편 10에도 있는데 넣지 않는 곳도 있다.

13. 陳亢이 問於伯魚曰 子亦有異聞乎아 對曰 未也로라 嘗獨立이시어 鯉趨而過庭이러니 曰 學詩乎아 對曰 未也로이다 不學詩면 無以言이라 하시어 鯉退而學詩호라 他日에 又獨立이어시늘 鯉趨而過庭이러니 曰 學禮乎아 對曰 未也이다 不學禮면 無以立이라 하시어 鯉退而學禮호라 聞斯二者로라 陳亢이 退而喜曰 問一得三하니 聞詩聞禮又聞君子之遠其子也로라

진항이 백어에게 묻기를, "그대는 또한 다른 들음이 있는가?" 대답하기를, "없었다. 일찍이 홀로 서 계실 때 리가 뜰을 지나가는데 말씀하시기를, '시를 배웠느냐.' 하시기에 '아직 배우지 못했습니다.' 말씀하시기를, '시를 배우지 아니하였다면 말을 할 수 없느니라.' 하셔서 리는 물러가서 시를 배웠노라. 다른 날, 또 홀로 서 계실 때 리가 뜰을 지나가나니 말씀하시기를, '예를 배웠느냐?'

대답하기를, '아직 배우지 못하였습니다.' '예를 배우지 아니하면 설 수가 없노라.' 리는 물러가서 예를 배웠노라. 이 두 가지를 들었노라." 진항이 물러나 기뻐하며 말하기를, "하나를 물어서 셋을 얻었으니 시를 듣고, 예를 들었으며, 또 군자가 그 아들을 멀리하는 것을 들었노라."

---

* 자식을 가르치면 사랑 때문에 판단이 흐려질 수 있으므로, 군자는 자식을 바꾸어 가르치는 것이 당시의 예법이었다. 한마디의 가르침은 대단하여, 진항은 스승이 아들에게는 특별한 가르침이 있지 않았을까 생각하고 물었는데, 제자들도 늘 듣던 시와 예에 관한 이야기를 들었다고 하니, 스승의 차별 않으심이 기뻤을 것이다. 나도 이 문장을 읽으면서 시경을 탐독하게 되었다.

14. 邦君之妻를 君稱之曰夫人이요 夫人自稱曰小童이요 邦人稱之曰君夫人이요 稱諸異邦曰寡小君이요 異邦人稱之亦曰君夫人이니라

나라 임금의 아내를 임금이 부를 때는 부인이라 하고, 부인이 스스로를 일컬어 소동이라 하며, 나라 사람이 부를 때는 군부인이라 하고, 다른 나라 사람에게 말할 때는 과소군이라 하고, 다른 나라 사람이 부를 때는 또한 말하기를 군부인이라고 한다.

第17章 陽貨

양호로도 불리는 계씨의 집사로 계씨를 누르고 수년간 정권을 잡았지만 결국 추방되었다. 양화편은 세상의 어지러움과 위정자와 제자들에게 경고를 많이 하고 있다.

1. 陽貨欲見孔子어늘 孔子不見하신대 歸孔子豚어늘 孔子時其亡也而往拜之러시니 遇諸塗하다 謂孔子曰來하라 予與爾言하리라 曰 懷其寶而迷其邦이 可謂仁乎아 曰不可하다 好從事而亟失時가 可謂知乎아 曰不可하다 日月逝矣라 歲不我與니라 孔子曰諾다 吾將仕矣로리라

양화가 공자를 만나려 했으나 공자께서 만나지 않으셨는데, 공자께 돼지를 보냈다. 공자께서 양호가 없을 때 사례하려고 갔다가 길에서 만났다. 양화가 공자께 말하기를, "오라, 내가 당신과 말하리라." 말하기를, "그 보배를 품고서 그 나라를 어지럽게 하는 것을 인이라 할 수 있는가." 공자 왈, "옳지 않다." "일을 좇는 것을 좋아하되 자주 때를 잃는 것을 知라고 하겠는가." 공자 왈, "옳지 않다." "해와 달이 가는데 세월이 나를 기다려주지 않을 것이다." 공자 왈, "그렇다. 내 장차 벼슬을 할 것이다."

* 계씨를 감금하고 정권을 잡은 양화는 명성을 얻기 시작한 공자를 자기편으로 끌어들여서 명분을 세우려 하는데, 공자가 回避하자, 꾀를 내어서 공자가 없을 때 예물을 보냈다. 당시의 예법은 예물을 받으면 반드시 답례를 해야 했다.

* 陽貨는 陽虎로 동일 인물이 아니라는 설도 있지만 학계에서는 동일인물로 봄. 계손씨의 집사로 있다가 세력을 길러서 BC 505년 계환자를 잡아 가두고 정권을 잡았으나 노나라와 삼환이 함께 양화를 치자 齊와 晉으로 달아났다.

자 왈 성상근야 습상원야

2. 子曰 性相近也나 習相遠也니라

자 왈, "성품은 서로 가까우나 습관으로 서로 멀어진다."

* 인간의 본질은 크게 다르지 않으나 노력과 습관으로 차이가 생긴다.

자 왈 유상지여하우 불이

3. 子曰 唯上知與下愚는 不移니라

자 왈, 오직 최상의 지혜와 최하의 어리석음은 옮기지 못한다.

* 2장에서는 인간의 본질에는 큰 차이가 없다고 하셨으나, 時體말로 금 수저, 흙 수저라는 말이 통용되는 것으로 보면 나면서부터 엄청난 차이가 있다. 智慧聰明(지혜총명)과 富貴榮華(부귀영화)는 四柱에 달렸다고 본다.

자지무성 문현가지성 부자완이이소왈 할계

4. 子之武城하사 聞弦歌之聲하시다 夫子莞爾而笑曰 割鷄

언용우도 자유대왈 석자 언야문제부자 왈

에 焉用牛刀리오 子游對曰 昔者에 偃也聞諸夫子하니 曰

군자학도즉애인 소인학도즉이사야 자왈 이

君子學道則愛人하고 小人學道則易使也라 호이다 子曰 二

삼자 언지언 시야 전언 희지이
三者아 偃之言이 是也니 前言은 戲之耳니라

공자께서 무성에서 거문고와 노랫소리를 들으셨다. 공자께서 빙그레 웃으시며 말씀하시기를, “닭을 잡는 데 어찌 소 잡는 칼을 쓰는가.” 자유가 대답하기를, “옛적에 제가 선생님께 들으니 말씀하시기를, ‘군자가 도를 배우면 사람을 사랑하고 소인이 도를 배우면 부리기 쉽다.’고 하셨습니다.” 자 왈, “얘들아, 언의 말이 옳다. 앞서 말한 것은 농담이었다.”

＊偃 : 쓰러질 언. 字는 子游. 문학에 뛰어났으며 禮樂에도 식견이 높았다. 20세에 노나라 무성의 책임자가 될 정도로 일찍 능력을 인정받았다.

＊武城 : 곡부 동남쪽에 있는 성으로 吳와 越나라가 북진해오는 길목에 있는 곳으로 노나라의 중요한 요새.

공산불요이비반 소 자욕왕 자로불열왈
5. 公山弗擾以費畔하여 召어늘 子欲往이러시니 子路不說曰

말지야이 하필공산씨지지야 자왈 부소아자 이
末之也已니 何必公山氏之之也잇고 子曰 夫召我者는 而

개도재 여유용아자 오기위동주호
豈徒哉리오 如有用我者이면 吾其爲東周乎인저

공산불요가 비에서 (노나라를) 반역하고 공자를 부르거늘, 공자께서 가려고 하니, 자로가 기뻐 아니하며 말하기를, “도를 행할 수 없다면 말 것이지 하필이면 공산씨에게 가시려하십니까?” 자 왈, “나를 부르는 것이 어찌 까닭이 없겠느냐. 나를 쓸 자가 있다면 나는 동주를 만들 것이다.”

＊계씨의 비성 성주이던 공산불요가 반란을 일으키고 공자를 부르자, 공자께서 가려고 한 것은 좀 이해가 안 간다. 유학자들은 이 일이 공자의 聖德(성덕)을 훼손한다고 보고, 부정하려고 하나 공자에게 불리할 수 있는 이 내용이 논어에 기록되어 있다는

것은 사실임을 입증하는 것인즉, 나는 자로처럼 不義 앞에서 다소 과격한 제자가 있어서 공자의 聖德이 더욱 빛날 수 있었다고 본다.

6. 子張이 問仁於孔子한대 孔子曰 能行五者於天下면 爲仁矣니라 請問之한대 曰 恭寬信敏惠니 恭則不侮하고 寬則得衆하고 信則人任焉하고 敏則有功하고 惠則足以使人이라

자장이 공자에게 인에 대해 물으니 자 왈, "능히 다섯 가지를 천하에 행할 수 있으면 인이다." "청하여 여쭙겠습니다." 자 왈, "공손함, 너그러움, 믿음, 민첩함, 은혜로움이니, 공손하면 업신여기지 않고, 너그러우면 무리를 얻고, 믿음이 있으면 사람이 의지하고, 민첩하면 공이 있고, 은혜로우면 족히 사람을 부린다."

7. 胇肸이 召어늘 子欲往시니 子路曰 昔者에 由也聞諸夫子하니 曰 親於其身에 爲不善者는 君子不入也하시니 胇肸이 以中牟畔이어늘 子之往也는 如之何잇고 子曰 然하다 有是言也어니와 不曰堅乎아 磨而不磷이라 不曰白乎아 涅而不緇니라 吾豈匏瓜也哉라 焉能繫而不食이리오

필힐이 부르자 공자께서 가려고 하시니, 자로가 말하길, "옛적에 유가 선생님께 들으니, 왈, '자신의 몸에 친히 착하지 않은 짓을 하는 자에게는 군자는 들어

가지 않는다.'고 하셨는데 필힐이 중모를 배반하였는데, 선생님께서 가려고 하시는 것은 어찌된 일입니까?" 자 왈, "그렇다. 이런 말이 있다. 굳다고 말하지 않겠는가? 갈아도 얇아지지 않으면. 희다고 하지 않겠는가? 물들여도 검어지지 않는다면. 내가 어찌 쓴 오이이겠는가. 어찌 매달려 능히 먹지 못하겠는가."

---

* 匏瓜포과 : 쓴 오이.

* 胇肹필힐 : [사기]에는 佛肹불힐로 되어있다. 그는 晉나라 范氏의 家臣으로 中牟의 宰였다. BC 497년 조간자가 중모를 뺏으려고 范氏를 공격했을 때 衛나라에 귀속했다.

* 본편 <공자세가> 52쪽 불힐 참고.

8. 子曰 由也아 女聞六言六蔽矣乎아 對曰未也라 居하라 吾語女하리라 好仁不好學이면 其蔽也愚하고 好知不好學이면 其蔽也蕩하고 好信不好學이면 其蔽也賊하고 好直不好學 其蔽也絞하고 好勇不好學이면 其蔽也亂하고 好剛不好學이면 其蔽也狂이니라

자 왈, "유야 너는 여섯 가지 말과 여섯 가지 폐단을 들었느냐?" 대답하기를, "듣지 못하였습니다." "앉으라. 내가 너에게 말하리라. 인을 좋아하는데 배우기를 좋아하지 않으면 어리석어지는 폐단이 생기고, 아는 것을 좋아하는데 배우기를 좋아하지 않으면 방탕해지는 폐단이 생기고, 신의를 좋아하면서 배우기를 좋아하지 않으면 해치는 폐단이 생기고, 곧은 것을 좋아하나 배우기를 좋아하지 않으면 난폭해지는 폐단이 생기고, 용맹을 좋아하고 배우기를 좋아하지 않으면 어지러운 폐단이 생기고, 강한 것을 좋아하고 배우기를 좋아하지 않으면 광적인

폐단이 생긴다.”

---

* 이야기를 시작할 때 ‘앉거라(居)’하는 것은, 스승에게 이야기를 청하거나 그 주제가 바뀔 때는 일어나는 것이 당시의 禮여서 일어선 제자에게 ‘居’라 한다.

* 六言 : 仁, 知, 信, 直, 勇, 剛. 이 여섯 가지 덕은 다 좋은 것이지만, 좋아만 하고 배우지 않으면 폐단이 생기므로 부지런히 학문을 닦아서 자기의 본색이 나타나도록 해야 한다.

9. 子曰 小子는 何莫學夫詩오 詩는 可以興이며 可以觀이며 可以群이며 可以怨이며 邇之事父며 遠之事君이요 多識於鳥獸草木之名이니라

자 왈, “너희들은 어찌하여 시를 배우지 아니 하는가? 시는 감흥을 일으키며, 풍속을 볼 수 있으며, 무리와 사귈 수 있으며, 정치를 비판할 수 있게 한다. 가까이는 부모를 섬기며, 멀리는 임금을 섬기고, 새와 짐승과 초목의 이름을 많이 알게 한다.”

---

* [詩經]의 효능을 설명한 이 말씀으로 후세 詩經學의 원천이 되었다. 시경을 읽음으로써 意가 일어나고, 각국과 각 지방의 풍속을 보게 되고, 시를 읊으며 친구를 사귀고, 정치를 비판할 수 있는 능력이 생기며, 인륜의 중요한 道인 어버이를 섬기고, 임금을 충성으로 섬기며, 많은 지식을 쌓게 되니 시경을 꼭 읽으라고 당부하심이다.

10. 謂伯魚曰 女爲周南召南矣乎아 人而不爲周南召南이면 其猶正牆面而立也與인저

백어에게 일러 말씀하시기를, "너는 주남과 소남을 배웠느냐? 사람이 주남과 소남을 읽지 않으면 그것은 담장을 정면으로 마주하고 서 있는 것과 같은 것이다."

---

* 주남과 소남은 [詩經] 국풍의 편명으로 주나라 周公과 召公의 감화를 입은 지방의 민요이다. 담장을 마주하고 서 있으면 앞을 볼 수도 없고, 한 발짝 나아갈 수도 없으므로 사람으로서 한 발짝도 향상할 수 없다는 말씀이다.

11. 子曰 禮云禮云이나 玉帛云乎哉아 樂云樂云이나 鐘鼓云乎哉아

자 왈, "예다, 예다 이르지만, 옥과 비단만을 이르는 것이겠는가. 악이다, 악이다 이르지만 종과 북만을 이르는 것이겠는가."

---

* 예와 악에서 형식이 중요하지만 그 형식에 얽매어서 근본을 망각해서는 안 되리라. 貧者一燈이라지 않는가?

12. 子曰 色厲而內荏을 譬諸小人하면 其猶穿窬之盜也與인저

자 왈, "얼굴빛은 위엄 있으면서 마음은 유약한 것을 소인에게 비유하면, 그 벽을 뚫고 담을 넘는 도적과 같은 것이다."

---

* 穿窬之盜 : 좀도둑으로 겉모습은 위엄이 있으나 실상이 없어서 虛名을 남이 알까 두려워하는 모습.

* 窬 : 협문 유.

13. 子曰 鄕原은 德之賊也니라

자 왈, "시골에서 덕 있는 체하는 것은 덕을 해치는 것이다."

---

* 鄕原 : 古注는 原을 '용납'으로 보았고, 新注는 '세속에 아첨한다.'라고 해석한다. 즉 비슷하지만 진짜가 아닌 似而非는 오히려 덕을 손상시키는 도적이라는 말씀으로, 이 구절의 해설은 맹자가 제자 만장과의 문답에서 자세히 설명하고 있다.

14. 子曰 道聽而塗說이면 德之棄也니라

자 왈, "길에서 듣고 길에서 말하는 것은 덕을 버리는 것이다."

---

* 길에서 들은 말을 깊이 생각해서 버릴 것과 내 것으로 소화할 것을 구분하지 않고, 그대로 말해버리는 것은 덕을 손상시키는 것이다. 특히 요즘처럼 가짜뉴스가 판을 치는 세상에서는 더욱 是非를 분별하는 眼目을 길러야 할 것이다.

15. 子曰 鄙夫는 可與事君也與哉아 其未得之也에는 患得之하고 旣得之는 患失之하나니 苟患失之면 無所不至矣니라

자 왈, "비루한 사람과 더불어 임금을 섬길 수 있겠는가? 벼슬을 얻지 못하였을 때는 얻기를 근심하고, 이미 얻어서는 잃을까 근심하니 진실로 잃을까 근심하면 못할 것이 없을 것이다."

---

* 鄙夫 : 용렬하고 악하여 출세를 위해서는 종기를 빨고 치질을 핥는 자들.

16. 子曰 古者에 民有三疾이러니 今也에는 或是之亡也로다

古之狂也는 肆러니 今之狂也는 蕩이요 古之矜也는 廉이러니 今之矜也는 忿戾요 古之愚也는 直이러니 今之愚也는 詐而已矣로다

자 왈, "옛날에 백성에게 세 가지 병폐가 있었는데 지금은 이것마저 없어졌구나. 옛날의 奇人들은 작은 절개에 얽매이지 않았는데 지금의 奇人들은 방탕하다. 옛날의 고지식한 사람들은 모가 났었는데 지금의 고지식한 사람들은 성내고 사납기만 하다. 옛날의 어리석은 자들은 정직하였는데 지금의 어리석은 자들은 속임수에 능하다."

---

* 狂 : 품은 뜻이 지나치게 높은 것.
* 肆 : 작은 예절에 구애받지 않음.
* 矜 : 자신을 지키는 데 지나침.
* 廉 : 엄격함이 지나쳐서 모가 남.
* 忿戾 : 성이 나서 미친 듯 날뛰는 모양.

17. 子曰 巧言令色 鮮矣仁이니라.

자 왈, 교묘한 말과 얼굴빛을 좋게 하는 이는 어진이가 드물다.

---

* 학이편 3과 같은 문장.

18. 子曰 惡紫之奪朱也하며 惡鄭聲之亂雅樂也하며 惡利口之覆邦家者하노라

자 왈, "자주색이 붉은색을 빼앗는 것을 미워하며, 정나라 음악이 雅樂을 어지럽히는 것을 미워하며, 말만 잘하는 이들이 나라를 전복하는 것을 미워한다."

---

* 朱는 正色이고 紫는 間色이므로 正色을 間色보다 높이 두었는데, 間色으로 인하여 혼란해짐을 싫어하심이다.

* 鄭聲 : 당시 정나라에서 남녀의 사랑가요가 생겨나면서 고전아악이 손상되는 것을 싫어하셨다.

19. 子曰 予欲無言하노라 子貢曰 子如不言이면 則小子何述焉이리잇고 子曰 天何言哉시리오 四時行焉하며 百物生焉하나니 天何言哉시리오

자 왈, "나는 말을 않겠다." 자공이 말하기를, "선생님께서 말씀하지 않으시면 저희들은 어찌 전하겠습니까?" 자 왈, "하늘이 무슨 말씀을 하셔서 사시가 운행되고 만물이 생육되느냐. 하늘이 무슨 말씀을 하시느냐."

---

* 학생은 스승의 입에서 나오는 말씀으로 학문을 닦아야 하는데, 스승이 '말을 않겠다.'고 하셨으니 자공조차도 당황했을 것이다. 공자의 말씀은 일일이 설명하기보다는 스스로 탐구력을 키우라는 뜻 같다.

20. 孺悲欲見孔子어늘 孔子辭以疾하시고 將命者出戶어늘 取瑟而歌하사 使之聞之하시다

유비가 공자를 뵙고자 하니, 공자께서 병으로 사양하셨다. 명을 전달하는 자가 문을 나가자 비파를 취해 노래를 부르시어 使者가 듣게 하셨다.

＊ 孺悲 : [禮記]에 애공의 명으로 공자에게 喪禮를 배웠다는 기록은 있으나 자세한 것은 전하지 않는다. 그가 찾아왔는데 병이 났다고 만나지 않고는 노래를 불러서 듣게 하여 병이 아니라 만나기 싫다는 뜻을 알렸다. 유비가 어떤 사람인지 알 수는 없지만, 아마 공자에게 喪禮를 배울 때 그의 인간성이 고쳐지지 않을 무언가를 보았기 때문일 것이다.

21. 宰我問三年之喪이 期已久矣니이다 君子三年不爲禮면 禮必壞하고 三年不爲樂이면 樂必崩리니 舊穀旣沒하고 新穀旣升하며 鑽燧改火하니 期可已矣소이다 子曰 食夫稻하며 衣夫錦이 於女安乎아 曰安하나이다 女安則爲之하라 夫君子之居喪에 食旨不甘하며 聞樂不樂하며 居處不安이라 故로 不爲也하나니 今女安則爲之하라

재아가 묻기를, "삼년상은 오래니 期年으로도 충분할 것 같습니다. 군자가 삼 년 동안 禮를 행하지 않으면 예는 반드시 무너질 것이며, 삼 년 동안 음악을 하지 않으면 음악이 반드시 무너질 것입니다. 작년 곡식이 이미 다하고 새 곡식이 이미 익으며, 수나무를 마찰시켜 불씨를 고치는 것처럼 期年이면 가하겠습니다." 자 왈, "쌀밥을 먹고 비단 옷을 입는 것이 너는 편안한가?" "편안합니다." "네가 편안하면 그렇게 하라. 무릇 군자는 상을 입고 있는 동안은 맛있는 음식을 먹어도 달지 않고 음악을 들어도 즐겁지 않으며 거처함에 편안하지 않으므로 하지 않는다. 지금 네가 편안하다니 그렇게 하라."

宰我出에 子曰 予之不仁也여 子生三年然後에 免於父母之懷하나니 夫三年之喪은 天下之通喪也니 予也有三年之愛於其父母乎아

재아가 물러나자, 자 왈, "재아의 어질지 못함이여! 자식은 태어나서 삼 년이 지난 후에야 부모의 품에서 벗어나므로 삼년상은 천하에 통하는 喪禮이거늘, 재아도 삼 년 동안 그 부모의 사랑을 받았으련만."

---

* 期 : 만 1년.
* 宰我 : 宰予. 성은 宰. 이름은 予. 언변이 뛰어나서 외교에 재능이 있었으나 늘 말조심할 것을 강조하셨다. 낮잠을 자다가 혼나기도 했는데, 재아의 실용주의가 전통을 중시하는 공자의 성향과는 맞지 않았을 것이다. 공자가 天下를 周流하였으나 벼슬에 오르지 못한 것은 이 지나친 전통주의적인 사상 때문일 것이다. 실제로 공자를 등용하려는 제나라 군주의 뜻을 '현실 정치의 실용적 기준'을 내세워 반대한 안영도 있었는데, 모든 일에서 삼 년 동안 손을 놓으면 크게는 나라가, 작게는 가정이 무너질 수도 있으니 국가통치에 지장이 있다고 보았다.

22. 子曰 飽食終日하며 無所用心이면 難矣哉라 不有博奕者乎아 爲之猶賢乎已니라

자 왈, "종일 배불리 먹고 마음 쓸 곳이 없으면 곤란하다. 장기와 바둑이 있지 않느냐. 그것을 하는 것이 그치는 것보다 나을 것이다."

---

* 博奕 : 博은 장기, 奕은 바둑. 바둑이나 장기를 장려하신 것이 아니라, 아무 일도 안하는 것보다는 낫다는 말씀으로, 공자의 근면하심을 나타내는 구절이다.

23. 子路曰 君子尙勇乎잇가 子曰 君子는 義以爲上이니 君子有勇而無義면 爲亂이요 小人有勇而無義면 爲盜니라

자로가 말하기를, "군자도 용맹을 숭상합니까?" 자 왈, "군자는 의를 최상으로 삼는다. 군자가 용맹이 있고 의가 없으면 난을 일으키고, 소인이 용맹이 있고 의가 없으면 도둑이 된다."

24. 子貢曰 君子亦有惡乎잇가 子曰 有惡하니 惡稱人之惡者하며 惡居下流而訕上者하며 惡勇而無禮者하며 惡果敢而窒者니라 曰賜也亦有惡乎아 惡徼以爲知者하며 惡不孫以爲勇者하며 惡訐以爲直者하노이다

자공이 말하기를, "군자도 미워하는 것이 있습니까?." 자 왈, "미워하는 것이 있으니 남의 악한 것을 말하는 자를 미워하며, 하류에 거하며 윗사람을 비방하는 자를 미워하며, 용맹하나 예가 없는 자를 미워하며, 과감하나 막힌 자를 미워한다." 왈, "사야도 미워하는 것이 있느냐?" "표절을 지식으로 삼는 자를 미워하며, 불손을 용맹으로 하는 자를 미워하며, 남의 잘못을 고자질하는 것을 정직으로 삼는 자를 미워합니다."

25. 子曰 唯女子與小人은 爲難養也니 近之則不孫하고 遠之則怨이니라

자 왈, "오직 여자와 소인은 기르기 어려우니 가까이 하면 불손하고, 멀리 하면 원망한다.

---

* 자칫 여자를 멸시하는 말 같으나, 여자는 多妻시대의 첩을 의미하고, 소인은 하인을 말씀하신 것으로 보인다. <紅燈>이라는 중국영화는 처첩간의 갈등을 잘 표현한 영화.

26. 子曰 年四十而見惡焉이면 其終也已니라

(자왈 년사십이견오언 기종야이)

자 왈, 나이 사십이 되고도 미움을 받으면, 그대로 끝이다.

지성림 - 공림 - 공자묘로 들어가는 문

第18章 微子

微子, 箕子, 比干이 멸망의 길을 걷는 은나라의 마지막 紂王을 피하여 몸을 숨기고, 간언하다가 죽임을 당하는 것으로 1절이 시작되는 미자편은, 殷, 周나라 賢人들의 이야기를 실었다.

미자 거지 기자 위지노 비간 간이사
1. 微子는 去之하고 箕子는 爲之奴하고 比干은 諫而死하니라

자왈 은유삼인언
子曰 殷有三仁焉하니라

미자는 떠나가고 기자는 종이 되고 비간은 간하다 죽었다. 자 왈, "은나라에 어진이가 세 사람 있었다."

＊ 微子는 은나라 마지막 왕인 주왕의 서형이고, 비간과 기자는 주왕의 숙부였다. 紂王이 포악하여 미자는 달아났는데, 무왕이 周나라를 건국한 후 미자를 찾아서 송나라 군주로 세우고 은나라 祭享을 받들게 하였다. 비간은 간하다가 죽임을 당하고, 기자는 미친 척하고 노예무리 속으로 들어가 종적을 감추었는데, 무왕이 기자를 찾아내어 洪範九疇홍범구주27)의 가르침을 받고 고조선의 제후에 봉했다고 하는데, 우리나라 역사학자들은 이 설에 부정적이다.

류하혜위사사 삼출 인왈 자미가이거호 왈
2. 柳下惠爲士師하여 三黜이어늘 人曰 子未可以去乎아 曰

직도이사인 언왕이불삼출 왕도이사인 하필
直道而事人이면 焉往而不三黜이며 枉道而事人이면 何必

27) 夏나라 禹王이 남겼다는 정치도덕의 아홉 가지 원칙. [서경]의 <홍범>에 수록되어 있다.

거 부 모 지 방
去父母之邦이리오

유하혜가 재판관이 되어 세 번을 파면 당하니 사람들이 말하기를, "그대는 떠나지 못하겠는가?" 말하기를, "도를 곧게 하여 사람을 섬긴다면 어디를 간들 세 번 내침을 당하지 않으며, 도를 굽혀서 사람을 섬기면 어찌 반드시 부모의 나라를 떠나리오."

---

* 柳下惠 : 노나라 賢人. 姓은 展. 名은 獲. 위영공 14, 본편 8장 참고.

제 경 공 대 공 자 왈 약 계 씨 즉 오 불 능 이 계 맹 지 간
3. 齊景公待孔子曰 若季氏則吾不能이어니와 以季孟之間

대 지 왈 오 로 의 불 능 용 야 공 자 행
待之하고 曰 吾老矣라 不能用也라 한대 孔子行하셨다

제나라 경공이 공자 대우에 관해서 말하기를, "계씨와 같게는 내가 대우하지 못하지만, 계씨와 맹씨의 중간 정도의 대우는 하리라." 하고는 말하기를, "내가 늙어서 능히 쓰지 못하겠다."하므로 공자께서 떠나셨다.

---

* 齊景公은 확실하지 않으나 生沒은 BC 574 ~ 490년으로 꽤 장수한 군주로 춘추시대 제나라의 제26대 제후이다. 부친은 제24대 군주 령공이며, 모친 목맹희는 노나라 숙손교여의 딸이다. 장공의 이복동생으로 장공이 臣下 최저에게 시해당한 뒤, 최저에 의해 옹립되어 제나라 군주가 되었다. 최저 사후에는 안영을 재상으로 삼고, 안영의 수완으로 춘추오패의 첫 패자인 桓公시대 다음가는 번영을 누렸다. 경공은 사치와 향락을 즐겼으나, 名宰相 안영의 간언에는 귀를 기울이고 그의 의견을 잘 받아들여서 안영시대에는 정세가 안정되었었다.

제 인 귀 녀 악 계 환 자 수 지 삼 일 불 조 공
4. 齊人이 歸女樂이어늘 季桓子受之하고 三日不朝한대 孔

子行하시다

제나라 사람이 미녀악공을 보내니 계환자가 받고 삼 일을 조회하지 않자, 공자께서 떠나셨다.

---

* BC 498년 공자는 三桓의 세력을 꺾으려고 그들의 본거지인 후성, 성성, 비성을 무너뜨리려다 실패하고, 정공과 계환자가 미녀들의 노래와 춤에 빠져 정사를 돌보지 않고, 祭天行事 후 祭物을 대부에게 나누어 주는 禮法에 공자를 배제했으므로, 공자는 정공의 마음이 자신에게서 떠난 것을 알고 노나라를 떠난다.

5.楚狂接輿 歌而過孔子曰 鳳兮鳳兮여 何德之衰오 往者는 不可諫이어니와 來者는 猶可追니 已而已而다 今之從政者殆而니라 孔子下하사 欲與之言이러시니 趨而辟之하니 不得與之言하시다

초나라의 광인 접여가 노래하며 공자의 옆을 지나며 말하기를, "봉황새여, 봉황새여, 어찌 덕이 쇠하였는가. 지나간 것은 간할 수 없지만, 오는 것은 오히려 좇을 수 있으니 말지어다, 말지어다. 오늘날 정사를 좇는 것은 위태롭다." 공자께서 내리시어 더불어 말하려는데 빨리 달려 피하므로 더불어 말하지 못하셨다.

---

* 接輿 : 미치광이라고 표현했지만, 亂世였으므로 진짜 狂人이 아니라 어지러운 세상을 피해서 사는 隱者일 것이다.
* 鳳 : 鳳凰은 상상 속의 새로 太平聖世에는 나타나고, 어지러우면 숨는다는 상서로운 새.

6. 長沮桀溺이 耦而耕이러니 孔子過之하실새 使子路問津焉하신대 長沮曰 夫執輿者 爲誰오 子路曰 爲孔丘시니라 曰 是魯孔丘與아 曰 是也시니라 曰 是知津矣니라 問於桀溺한대 桀溺曰 子爲誰오 曰 爲仲由로라 曰 是魯孔丘之徒與아 對曰 然하다 曰 滔滔者天下皆是也니 而誰以易之리오 且而與其從辟人之士也론 豈若從辟世之士哉리오 耰而不輟하더라. 子路行하여 以告한대 夫子憮然曰 鳥獸不可與同群이니 吾非斯人之徒與요 而誰與리오 天下有道면 丘不與易也니라

장저와 걸닉이 짝을 지어 밭을 가는데, 공자께서 지나다가 자로에게 나루를 묻게 하니, 장저가 말하기를, "저 수레 고삐를 잡은 사람이 누군가?" 자로가 말하기를, "공구시니다." 말하기를, "이 분이 노나라 공구인가?" 말하기를, "그렇습니다." 말하기를, "그가 나루를 알 것이다." 걸닉에게 물으니, 걸닉이, "자네는 누군가?" "중유입니다." 말하기를, "그럼 노나라 공구의 무리인가?" 대답하기를, "그렇습니다." 말하기를, "도도히 흐르는 강물처럼 천하가 다 이러하니 누가 바꿀 수 있으리오. 또 사람을 피하는 선비를 따르는 것이 어찌 세상을 피하는 선비를 따르는 것과 같으리오." 하고, 씨앗 덮는 것을 그치지 아니하였다. 자로가 돌아와서 고하니, 부자께서 탄식하며 말씀하시기를, "새와 짐승과는 무

리지어 함께하지 못하리니, 내가 이 사람의 무리와 함께하지 않으면 누구와 함께하겠는가. 천하에 도가 있다면 내가 바꾸려고 하지 않을 것이다."

---

* 장저, 걸닉 : 隱者들로 본명이 아닐 수도 있다.
* 辟世 : 特定人이 나쁜 것이 아니라, 세상이 나쁜 것이라 세상을 피함.

7. 子路從而後러니 遇丈人以杖荷蓧하여 子路問曰 子見夫子乎아 丈人曰 四體를 不勤하며 五穀을 不分하니 孰爲夫子오 하고 植其杖而芸하더라 子路拱而立한대 止子路宿하여 殺鷄爲黍而食之고 見其二子焉이어늘 明日에 子路行하여 以告한대 子曰 隱者也라 하시고 使子路反見之러시니 至則行矣러라 子路曰 不仕無義하니 長幼之節을 不可廢也니

자로가 공자를 따라가다가 뒤쳐졌는데 지팡이에 삼태기를 맨 어른을 만나 자로가 묻기를, "어른은 우리 선생님을 보았습니까?" 노인이 말하길, "四體를 움직이지 않고 오곡을 분별치 못하는데 누가 선생인가?" 하고 지팡이를 꽂고 김을 맸다. 자로가 공손하게 서 있자, 노인은 만류하여 자로를 묵게 하고, 닭을 잡고, 기장밥을 지어 먹이고, 그 두 아들을 뵙게 하였다. 다음날 자로가 쫓아와서 공자께 고하니, 자 왈, "은자로다." 하시고 자로로 하여금 돌아가서 뵙게 하셨는데, 자로가 이른즉 出他중이었다. 자로가 (아들)에게 말하기를, "벼슬하지 않으면 의가 없어질 것입니다. 장유의 예절도 폐하지 못하거늘

君臣之義를 如之何其廢之리오 欲潔其身而亂大倫이로다. 君子之仕也는 行其義也니 道之不行은 已知之矣라

군신의 의를 어찌 폐하겠습니까? 자신의 몸을 정결케 하고자 큰 인륜을 어지럽게 함입니다. 군자가 벼슬을 하는 것은 그 의를 행하는 것이니 도가 행해지지 못할 것은 이미 아십니다."

---

* 자로가 김매는 노인의 말에 공손히 서 있는 것은 그가 隱者임을 알고 취한 공경의 행동일 것이다.

8. 逸民은 伯夷, 叔齊, 虞仲, 夷逸, 朱張, 柳下惠, 少連이었다. 子曰 不降其志하며 不辱其身은 伯夷叔齊與인저 謂柳下惠少連하시되 降志辱身矣나 言中倫하며 行中慮하니 其斯而已矣니라 謂虞仲夷逸하신대 隱居放言하나 身中淸하며 廢中權이니라 我則異於是하여 無可無不可호라

逸民은 백이, 숙제, 우중, 이일, 주장, 유하혜, 소연이다. 자 왈, "그 뜻을 굽히지 않고, 그 몸을 욕되게 하지 않은 이는 백이와 숙제였다." 유하혜와 소연을 이르시기를 "뜻을 굽히고 욕되게 하였으나 말이 윤리에 맞으며 행실은 사려에 맞았으니 이뿐이다." 우중과 이일을 이르시기를, "숨어 살면서 내키는 대로 말했으나 몸가짐은 깨끗하고 폐함은 권도에 맞았다. 나는 이와는 달라 가한 것도 없으며 불가한 것도 없다."

* 逸民 : 학문과 덕행이 있으나 벼슬하지 않고 초야에 묻혀 지내는 사람.

* 虞仲 : 은나라를 멸하고 周나라를 세운 무왕은 고공단보의 셋째아들인 계력의 손자로, 계력의 아들이 문왕이며, 문왕의 아들이 무왕이다. 즉, 첫째가 태백, 둘째가 우중, 셋째가 계력인데 계력의 아들인 문왕이 강태공을 만나서 주나라를 세우는데 기초를 닦고, 그 아들 무왕이 아버지 문왕이 죽고, 장례도 마치지 않은 상태에서 은의 주왕을 목야의 전투에서 무너뜨리고 周나라를 세웠다.

9. 大師摯는 適齊하고 亞飯干은 適楚하고 三飯繚는 適蔡하고 四飯缺은 適秦하고 鼓方叔은 入於河하고 播鼗武는 入於漢하고 少師陽과 擊磬襄은 入於海라.

태사 지는 제나라로 가고, 아반 간은 초나라로 가고, 삼반 요는 채나라로 가고, 사반 결은 진나라로 가고, 북을 치는 방숙은 하내로 들어가고, 소고를 흔드는 무는 한중으로 들어가고, 소사인 양과 경쇠를 치는 양은 바다 섬으로 들어갔다.

* 一國의 문화를 책임지던 악사들은 나라가 망하자 사방으로 흩어졌는데, 太師 摯는 악관의 首長이며, 殷末의 악사장 疵(자)와 같은 인물이라 하는데, 殷이 망하자 周로 갔다. 아반은 천자가 아침을 들 때 연주하는 곡이라는 설이 있다. 古注에서는 노애공 때 나라가 기울고 예악이 무너져 사방으로 흩어진 기록이라 한다.

10. 周公 謂魯公曰 君子不施其親하며 不使大臣怨乎不以하며 故舊無大故면 則不棄也하며 無求備於一人이니라.

주공이 노공에게 이르시길, "군자는 그 친척을 버리지 않으며, 대신으로 하여금 써주지 않는 것을 원망하지 않게 하며, 옛 벗이 큰 연고가 없으면 버리지 않으며, 한 사람에게 다 갖추기를 요구하지 않는다."

---

* 노나라 시조는 伯禽(백금)으로 周公의 아들이다. 주나라가 천하를 얻은 후 伯禽이 魯公으로 부임할 때 周公이 하신 訓示의 말씀이다.

11. 周有八士(주유팔사)하니 伯達(백달), 伯适(백괄), 仲突(중돌), 仲忽(중홀), 叔夜(숙야), 叔夏(숙하), 季隨(계수), 季騧(계왜)니라

주나라에 여덟 선비가 있었으니, 백달, 백괄, 중돌, 중홀, 숙야, 숙하, 계수, 계왜이다.

---

* 이 여덟 명에 대한 기록이 없어서 자세히 알 수 없다. 伯, 仲, 叔, 季는 장남, 차남, 삼남, 사남을 뜻하여 4번 쌍둥이를 낳았다는 설도 있으나 자세히는 알 수 없다. 이 편에서 공자께서 말씀하신 것으로 보아 학문과 덕행이 있으나 세상에 나서지 않는 사람들이었을 것으로 생각된다.

第19章 子張

이 편에는 공자의 제자들인 자장, 자하, 자유, 증자, 자공의 말을 수록하였으며, 자장과 자하, 자유 학파간의 상호비판과 논쟁으로 보아, 공자의 사상이 제자들을 통하여 발전해 나가는 것을 엿볼 수 있으나, 공자 사후 제자들 간에 직계정통을 둘러싼 다툼이 보이고, 공자의 말을 인용하지 않아서, 공자와 직접 관계가 없는 것으로 보이며, 성인의 직계 제자들의 상호비판은 참 언짢다.

1. 子張曰(자장왈) 士見危致命(사견위치명)하며 見得思義(견득사의)하며 祭思敬(제사경)하며 喪思哀(상사애)면 其可已矣(기가이의)니라

자장이 말하기를, 선비가 나라의 위태한 것을 보면 목숨을 버리고 이익을 보면 의리를 생각하며 제사에는 공경을 생각하고 초상에는 슬픔을 생각하면 가하다.

---

* 선비란 학문을 연구하고 도를 구하여 임금을 섬기는 사람이다. 士는 儒教理念(유교이념)으로 공자 死後에 자리를 잡았다.

2. 子張曰(자장왈) 執德不弘(집덕불홍)하며 信道不篤(신도부독)이면 焉能爲有(언능위유)며 焉能爲亡(언능위망)리오

자장이 말하기를, 덕을 잡되 크지 못하며 도를 믿음에 도탑지 못하면 어찌 능히 (도와 덕)이 있다하며 어찌 없다고 하겠는가.

3. 子夏之門人이 問交於子張한대 子張曰 子夏云何오 對曰 子夏曰可者를 與之하고 其不可者를 拒之라 하더이다 子張曰 異乎吾所聞이로다 君子는 尊賢而容衆하며 嘉善而矜不能이니 我之大賢與인댄 於人에 何所不容이며 我之不賢與인댄 人將拒我니 如之何其拒人也리오

자하의 문인이 친구 사귀는 것을 자장에게 물으니, 자장이, "자하는 뭐라고 하던가?" 대답하기를, "자하가 말하기를, '좋은 사람과 사귀고 그 좋지 않은 자를 막으라.' 하더이다." 자장이 "내가 들은 바와 다르다. 군자는 어진 이를 존경하고 대중을 받아들이며 선인을 아름답게 여기고 능치 못함을 가엽게 여긴다. 내가 크게 어질다면 남들에게 어찌 용납되지 않겠으며 내가 어질지 못하다면 남들이 장차 나를 막을 것이니 어찌 그 사람을 거절하겠느냐."

---

* 공자께서는 같은 질문에도 제자의 性向에 따라 다르게 말씀하셨다. 1장 학이편 8, 9, 자한편 25에 主忠信 (無友不如己者) 자기와 같지 않은 사람을 벗으로 삼지 말라고 하신 말씀을 자하가 편협하게 생각하므로, 자장이 비판한 것으로 보인다. 道가 같지 않고, 忠과 信을 主로 하지 않는 사람과의 사귐은 손해되는 사귐일 것이니 그것을 막아야 한다는 자하의 주장과, 내가 큰 덕을 갖추어서 남의 장점은 배우고 남의 단점을 내게서 찾으려고 할 때, 진정한 사귐이 이루어질 것이라는 것이 자장의 주장으로, 자하와 자장학파간의 논쟁으로 보는데, 만일 모든 사람이 나보다 나은 사람과만 사귀려고

한다는 것은 나는 그 사람보다 못한 사람일 것이니 그는 나와 사귀려고 하겠는가?

4. 子夏曰 雖小道나 必有可觀者焉이어니와 致遠恐泥라 是以로 君子不爲也니라

자하가 말하기를, "비록 작은 도라도 반드시 볼만한 것이 있겠지만, 먼 곳(大道)에 이르는 데 장애가 될까 두렵다. 고로 군자는 하지 않는다."

---

* 小道를 제자백가로 주장하기도 하는데, 이 시기에는 諸子百家가 등장하기 전이므로 農, 醫, 卜術 등의 기술로 본다. 자하의 文人 중에 말단의 기술에 연연하는 사람이 많았을까? 생활 때문에 어쩔 수 없었다 하더라도 大道에 이르는 데 지장이 된다고 깨우침을 준 것이다.

5. 子夏曰 日知其所亡하며 月無忘其所能이면 可謂好學也已矣니라

자하가 말하기를, "날마다 모르는 바를 알며, 달마다 그 능한 바를 잊지 않으면 배움을 좋아한다고 이를 것이다."

---

* 항상 배우려는 자세는 중요한 자기 발전의 핵심일 것이다.

6. 子夏曰 博學而篤志하며 切問而近思하면 仁在其中矣니라.

자하가 말하기를, 널리 배우고 뜻을 도탑게 하며, 간절히 묻고 생각을 가까이 하면, 仁은 그 가운데 있다.

* 切問 : 玉을 갈듯이 묻기를 간절히 함.

7. 子夏曰 百工居肆하여 以成其事하고 君子學하여 以致其道니라

자하가 말하기를, "모든 기술자는 제작소에서 일을 이루고, 군자는 배움으로써 그 도에 이른다."

* 肆 : 官府에 부설된 製作所.

8. 子夏曰 小人之過也는 必文이니라.

자하가 말하기를, "소인은 허물을 반드시 꾸미려고 한다."

* 학이편 8과 자한편 25에는 過則勿憚改(과즉물탄개)라 하셨고, 위영공편 30장에는 過而不改是謂過矣(과이불개시위과의)하셨다. 군자는 잘못을 인정하므로 두 번 반복하지 않으나, 소인은 잘못을 인정하지 않고 속이려고만 하므로 잘못을 반복 한다.

9.子夏曰 君子有三變하니 望之儼然하고 卽之也溫하고 聽其言也厲하니라

자하가 말하기를, "군자의 모습은 세 가지 변하는 것이 있는데 바라보면 엄숙하고 가까이 나아가면 온화하고 그 말을 들으면 분명하다."

* 공자의 태도는 온화하시면서 엄하시고, 근엄하시나 사납지는 않으셨으니 三變은

이를 바탕으로 하여 유교의 전형적인 군자교육이었음을 알 수 있다.

10. 子夏曰 君子는 信而後勞其民이니 未信則以爲厲己也니라 信而後諫이니 未信則以爲謗己也니라

자하가 말하기를, 군자는 믿음을 얻은 뒤에 그 백성을 부리나니 믿음이 없으면 괴롭힌다고 한다. 믿음을 얻은 후에 간하나니 믿음이 없으면, 자기를 비방하는 줄 안다.

11. 子夏曰 大德이 不踰閑이면 小德은 出入이라도 可也니라

자하가 말하기를, 큰 덕이 한계를 넘지 않으면, 작은 덕은 출입하더라도 좋을 것이다.

---

* 충효는 대덕이고 사소한 예의범절은 小德이니, 대덕에는 철두철미하여야 하고 소덕의 禮에는 약간의 융통성이 있을 수 있다는 것.

12. 子游曰 子夏之門人小子 當灑掃 應對 進退則可矣나 抑末也나 本之則無하니 如之何오 子夏聞之하고 曰噫라 言游過矣로다 君子之道孰先傳焉이며 孰後倦焉이리오 譬諸草木컨대 區以別矣니 君子之道焉可誣也리오 有始有卒者는 其惟聖人乎인저

자유가 말하기를, "자하의 문인 젊은이들이 물 뿌리고 청소하며 응대하며

진퇴하는 예절은 좋으나 枝葉的인 일에 불과하여 근본이 없으니 어찌하겠는가?" 자하가 듣고 탄식하며 말하기를, "아아! 유의 말이 지나치다. 군자의 도가 어느 것을 먼저라 하여 전하고, 어느 것을 뒤라 하여 게을리 하겠는가. 초목에 비유하건데 종류에 따라 나누고 분별함이 있으니 군자의 도가 어찌 속이겠는가. 처음이 있고 끝이 있음은 오직 성인이실 것이다."

---

* 抑末(억말) : 사물이나 사건 따위에서 본질적이 아니라 枝葉的(지엽적)이고 중요하지 않은 부차적인 부분에 속하거나 관계된 것.

* 자하는 자유의 비판을 듣고, 초목에 비유하여 나무도 종류에 따라 그 기르는 방법이 다르듯이 제자의 역량과 성품에 따라 가르치는 것인즉, 처음과 끝이 있는 완전무결함은 성인에게서나 기대할 수 있는 것이니, 어찌 젊은 제자들에게 그것을 기대할 수 있겠냐는 것이다. 자유와 자하 학파간의 갈등과 상호비판이 보이는데, 聖人의 직계 제자에서도 서로를 인정하지 않고 비판하는 모습은 안타깝다.

13. 子夏曰 仕而優則學하고 學而優則仕니라

자하가 말하기를, "벼슬하면서 여력이 있으면 배우고, 배우면서 여력이 있으면 벼슬한다."

---

* 優 : 餘力이 있는 것. 자하는 학이편 6의 '子曰 弟子入則孝 出則弟謹而信 汎愛衆 而親仁 行有餘力 則以學文'을 근거로 가르친 것 같다.

14. 子游曰 喪은 致乎哀而止니라

자유가 말하기를, "喪을 당하였을 때는 슬픔을 다하는 것이니라."

---

* 喪에 있어서는 형식적인 禮보다는 亡者를 진심으로 哀悼하는 것.

자유왈 오우장야위난능야 연이미인

15. 子游曰 吾友張也爲難能也나 然而未仁라

자유가 말하기를, 나의 벗 자장은 어려운 것을 하는 데는 능하나 어질지는 못하다.

---

* 仁을 강조한 스승 밑에서 성장한 사람들이, 어질지 않다고 비판하는 사람이나 당하는 사람이나 최고의 경지에는 이르지 못했을 것이다. 타고난 천성 즉, 본질의 문제는 어지간한 수양으로도 바뀌기가 어려우므로, 나 역시 쉬이 바뀌지 않는 천성에 오늘도 切磋琢磨한다.

증자왈 당당호 장야 난여병위인의

16. 曾子曰 堂堂乎라 張也여 難與並爲仁矣다

증자가 말하기를, "당당하다, 자장이여. 함께 인을 구현하기는 어렵다."

---

* 당당함이란 무엇일까? 어려운 일을 잘 처리하는 것에서 오는 것이라면 그 뒤에 겸손이 따르지 않아서일까? 자유는 '어려운 것도 능히 감당하지만 仁은 아니다.'라고 하고, 증자는 '당당하지만 함께 仁을 구현하기는 어렵다' 하니, 선진편 15에 '子貢問 師與商也 孰賢(자공왈 사여상야 숙현), 子曰 師也過商也不及(자왈 사야과상야불급), 曰 然則 師愈與 子曰 過猶不及(왈 연즉 사유여 자왈 과유불급)' 즉 '자공이, 자장과 자하 중 누가 더 낫습니까? 공자께서 자장은 지나치고 자하는 미치지 못한다. 자공이 그럼 자장이 낫습니까? 공자께서 지나침과 미치지 못함은 같은 것이다.' 라고 하셔서 過猶不及이라는 고사성어가 생겨난 것을 보면 공자뿐만 아니라, 제자들 사이에서도 자장의 지나침이 보였던 모양이다.

증자왈 오문제부자 인미유자치자야 필야친상호

17. 曾子曰 吾聞諸夫子하니 人未有自致者也나 必也親喪乎인저

증자가 말하기를, "내가 선생님께 들으니, '사람이 스스로 치성을 다하긴 어렵지만 부모의 상에는 반드시 정성을 다해야 한다.' 하셨다."

* 자유와 자하는 사기들의 말로써 발언하는데, 증자는 늘 공자의 말을 인용하였다. 이는 공자를 지극히 공경하는 뜻과, 공자 死後에 노나라 학당을 계승한 증자로서는 공자의 말씀을 강조해야만 했을지 모른다.

18. 曾子曰 吾聞諸夫子하니 孟莊子之孝也는 其他可能也어니와 其不改父之臣與父之政은 是難能也니라

증자가 말하기를, "내가 선생님께 들으니 '맹장자의 효도와 기타의 일은 가능하나 그 아버지의 신하와 아버지의 정사를 고치지 않은 것, 이것은 따르기 어렵다.'고 하셨다."

* 孟莊子 : 孟孫速으로 시호가 莊이다. 공자께서 이인편 20에 '三年無改於父之道(삼년무개어부지도)라야 효라고 할 수 있다.'고 하셨는데 맹장자는 이를 실행했다.

19. 孟氏使陽膚로 爲士師라 問於曾子한대 曾子曰 上失其道하여 民散이 久矣니 如得其情이면 則哀矜而勿喜니라

맹씨가 양부로 하여금 사사로 삼자, (陽膚가) 증자에게 물었다. 증자가 말하길, "위에서 그 도를 잃어서 백성이 흩어진 지 오래이니, 그 실정을 알았으면 불쌍히 여기고 기뻐하지 말아야 한다."

* 陽膚 : 증자의 제자로 법관의 우두머리(士師)가 되어 그 법을 다스림에 관하여 증자에게 묻자, 윗물이 맑지 않아서 백성들은 죄를 범하고 흩어졌으니 그 범법자를 잡았다고 기뻐할 일이 아니라는 것.

자공왈 주지불선 불여시지심야 시이 군자오
20. 子貢曰 紂之不善이 不如是之甚也니 是以로 君子惡
거하류 천하지악 개귀언
居下流하나니 天下之惡이 皆歸焉이니라

자공이 말하기를, "주왕의 착하지 않음이 이같이 심하지 않았다. 이래서 군자는 하류에 거함을 싫어하니 천하의 악이 다 돌아오기 때문이다."

---

* '列子' 양주편에 천하의 善은 舜임금, 禹임금, 周公, 孔子에게 모이고, 천하의 惡은 桀紂걸주(桀 : 하나라의 마지막 왕, 紂 : 은의 마지막 왕)에게 모인다고 하였다. 善人이라고 이름나면 자꾸 선한 일이 더하여지고 惡人으로 이름나면 악한 일이 더하여진다. 그것이 亡國의 왕이라면 새 왕조에 의하여 더욱더 과장될 수 있을 것이다. 공자의 首弟子로 스승을 능가한다는 평판을 들었던 자공은, 세상의 평판이라는 것이 어떻게 형성되는지를 알았기에 이와 같이 말했을 것이다.

자공왈 군자지과야 여일월지식언 과야 인개
21. 子貢曰 君子之過也는 如日月之食焉이라 過也에 人皆
견지 갱야 인개앙지
見之하고 更也에 人皆仰之니라

자공이 말하기를, "군자의 허물은 日食, 月食과 같아서 허물이 있으면 사람이 다 보고, 고치면 사람이 다 우러러본다."

---

* 과연 수제자다운 말이다. 한 편의 시를 읽는 느낌이다. 군자의 허물을 일식과 월식에 비유한 것은 참으로 멋지다.

위공손조 문어자공왈 중니언학 자공왈 문무지도
22. 衛公孫朝 問於子貢曰 仲尼焉學고 子貢曰 文武之道
미추어지 재인 현자 식기대자 불현자 지
未墜於地하며 在人이라 賢者는 識其大者하고 不賢者는 識

其小者하여 莫不有文武之道焉하니 夫子焉不學이시며 而亦何常師之有시리오

위나라 대부 공손조가 자공에게 묻기를, "중니는 어디서 배웠는가." 자공이 대답하기를, "문왕과 무왕의 도가 땅에 떨어지지 않고 사람에게 있으니, 어진 이는 그 큰 것을 알고, 어질지 못한 이는 그 작은 것을 기억하니, 문왕과 무왕의 도가 아닌 것이 없으니, 선생님께서는 어찌 배우지 아니하시며, 또 어찌 일정한 스승이 있겠는가."

---

* 文武之道 : 周나라 문왕과 무왕이 남긴 訓戒.
* 논어를 읽으면서 자공의 時宜適切(시의적절)한 비유의 말솜씨에는 매번 감탄하지 않을 수가 없다. 큰 안목으로 보면 세상에 스승 아닌 것이 없는 것이다.

23. 叔孫武叔이 語大夫於朝曰 子貢이 賢於仲尼니라 子服景伯이 以告子貢한대 子貢曰 譬之宮牆컨대 賜之牆也는 及肩이라 窺見室家之好어니와 夫子之牆은 數仞이라 不得其門而入이면 不見宗廟之美와 百官之富니 得其門者 或寡矣니 夫子之云이 不亦宜乎아

숙손무숙이 조정에서 대부에게 말하기를, "자공이 중니보다 현명하다." 하였다. 자복경백이 자공에게 알리자, 자공이 말하기를, "궁궐 담에 비유하면 나의 담은 어깨에 미쳐서 집안의 좋은 것을 엿볼 수 있으려니와 夫子(공자)의 담은

수 길이라 그 문을 들어가지 않으면, 종묘의 아름다움과 백관의 풍부함을 볼 수 없다. 그 문에 들어간 사람이 적으니 夫子(숙손무숙)의 말이 또한 마땅하지 않겠는가."

---

* 숙손무숙 : 노국의 대부로 공자와 동료였던 적이 있다.
* 子服景伯 : 숙손씨 일족. 성이 子服. 伯은 字. 景은 시호. 헌문편 38에 등장한다.
* 數仞 : 仞(길 인) = 한 발. 당시의 7, 8척. 지금의 약 1.5미터(m).

24. 叔孫武叔이 毁仲尼어늘 子貢曰 無以爲也하라 仲尼는 不可毁也니 他人之賢者는 丘陵也라 猶可踰也어니와 仲尼는 日月也라 無得而踰焉이니 人雖欲自絶이나 其何傷於日月乎리오 多見其不知量也로다

숙손무숙이 중니를 헐뜯으니, 자공이 말하기를, "그러지 말라. 중니는 헐뜯을 수 없다. 다른 사람의 어진 것은 언덕이라 오히려 넘을 수 있지만, 중니는 해와 달이라 넘을 수 없다. 사람이 비록 스스로 끊으려 한들 그 일월을 어찌 손상하겠는가. 그 헤아림(제 분수)을 알지 못함을 많이 보일 뿐이다."

---

* 이 사람들은 자공을 공자보다 낫다고 칭찬하는데, 공자의 명성을 훼손하려는 의도일까? 미천한 신분의 공자가 대부의 자리에 오른 것도 못마땅하였을 것인데, 勢道家였던 三桓氏들을 제거하려 했으니까 그 때의 감정으로 숙손무숙은 자공에게 공자의 험담을 했을지 모른다. 물론 그들이 진심으로 그렇게 느꼈을 수도 있지만, 자공은 자기를 칭찬함을 상대의 식견이 좁아서라고 담장과 日月에 비유하여 말문을 막아버리고, 孔子死後에 6년의 시묘살이를 함으로써 世人들이 자공쯤 되는 사람이 공자 섬김이 이 정도임에 공자를 다시 생각하게 하였다. 이렇듯이 공자의 명성은 뛰어난 제자들도 크게

한 몫 한 것이리라.

25. 陳子禽이 謂子貢曰 子爲恭也언정 仲尼豈賢於子乎오 子貢曰 君子一言에 以爲知하며 一言에 以爲不知니 言不可不愼也니라 夫子之不可及也는 猶天之不可階而升也니라 夫子之得邦家者인댄 所謂立之斯立하고 道之斯行하며 綏之斯來하며 動之斯和하여 其生也榮하고 其死也哀니 如之何其可及也리오

진자금이 자공에게 말하기를, "선생님께서 겸손한 것이지 중니가 어찌 선생님보다 어질겠습니까?" 자공이 말하기를, "군자는 한 마디 말로 지혜롭게 되기도 하고, 한 마디 말로 지혜롭지 못하게 되기도 하므로 말은 삼가지 않을 수 없다. 우리 선생님께 미치지 못하는 것은 하늘에 사다리를 놓고 올라가지 못하는 것과 같다. 선생님께서 나라를 얻어서 다스리신다면 소위 세우면 세워지고, 인도하면 따르고, 편안하게 하면 오고, 고취시키면 화하고, 살아계시면 영광스럽고, 돌아가시면 슬퍼할 것이니, 그 어찌 미칠 수 있겠느냐."

---

* 진자금의 이름은 亢으로 자공의 제자로(학이편 10 참조) 자주 자공이 공자보다 낫다고 말하다가 꾸중을 듣는다. 자공이 凡人이었다면 기뻐했을지 모르지만, 뛰어난 언변으로 온갖 비유를 들어서 공자의 훌륭한 점을 설명한 것은, 곁에서 모시며 지켜본 공자는 그만큼 존경할 만하였기 때문일 것이다.

第20章 堯曰

1절의 堯曰로 편명을 삼았고, 순임금이 天命을 받아 요임금에게로부터 천하를 얻고, 다시 夏나라 禹왕에게 전하고, 또다시 殷나라 탕에게 계승되었다가 周나라 文王, 武王에게 전하는 내용인데, 堯曰 편은 공자의 사후 유교 교단의 정통성을 부각할 필요에 따라 편집된 듯하다.

1. 堯曰 咨爾舜아 天之曆數在爾躬하니 允執其中라 四海困窮하면 天祿이 永終하리라 舜이 亦以命禹니라 曰 予小子履는 敢用玄牡하여 敢昭告于皇皇后帝하노니 有罪를 不敢赦하며 帝臣不蔽하여 簡在帝心이니이다 朕躬有罪는 無以萬方이요 萬方有罪는 罪在朕躬하니라

요임금이 말씀하시길, "아, 너 순아, 하늘의 운수가 네 몸에 있으니, 진실로 그 가운데를 잡아라. 사해가 곤궁하면 천록도 영원히 끊어질 것이다." 순임금이 또 우임금에게 명하였다. (탕왕이) 말하길, "저 소자 리는 감히 검은 소를 제물로 써 감히 거룩하신 上帝께 고합니다. 죄가 있는 자를 감히 용서하지 못하며, 上帝의 신하를 엄폐하지 못하니, (인물) 간택은 上帝의 마음에 있습니다. 제 몸에 죄가 있으면 만방에는 죄가 없고, 만방에 죄가 있으면 죄는 제 몸에 있습니다."

周有大賚하시니 善人이 是富하니라 雖有周親이나 不如仁人이요 百姓有過는 在予一人이라 謹權量하며 審法度하며 修廢官하신대 四方之政이 行焉하니라 興滅國하며 繼絶世하며 擧逸民하신대 天下之民이 歸心焉하니라 所重은 民食喪祭러시다 寬則得重하고 信則民任焉하고 敏則有功하고 公則說이니라

주나라에 큰 상을 주니, 착한 사람은 이에 부하게 되었다.(무왕 왈,) "비록 주변에 친척이 있어도 어진 사람만 못하고, 백성이 허물이 있다면 책임은 나 한 사람에게 있다." 저울과 말을 바로잡고 법과 제도를 살펴 폐지된 관직을 일으키니 사방의 정치가 잘 시행되었다. 멸망한 나라를 일으키고, 끊어진 세대를 이어주고 숨어 사는 어진사람을 등용하니, 천하 백성의 마음이 주나라로 돌아갔다. 소중한 것은 백성과 식량과 상례와 제례였다. 너그러우면 소중한 백성을 얻고, 信義가 있으면 백성이 신임할 것이요. 민첩하면 공이 있고, 공평하면 기뻐하리라.

---

* 履(리) = 湯(탕) : 폭군인 夏나라 桀王을 무너뜨리고, 亳(박)에 수도를 정하고 商(殷)을 건국하고 제도를 정비하였다. 성은 子, 휘는 履(리), 大乙, 太乙, 成湯, 成唐이라고도 부른다. 아버지는 주계. 묘호로 太祖, 시호로 太武王으로 추존되었다. 伊尹의 보좌로 鳴條(명조)에서 대승하여 걸왕을 패사시켰다. 이 장은 문장의 연결이 부자연스러워서 이론이 많은데, 이는 오랜 세월이 지나는 동안 첨삭되었기 때문인 것 같다.

2. 子張이 問於孔子曰 何如라야 斯可以從政矣니잇고 子曰

尊五美하며 屛四惡이면 斯可以從政矣리라 子張曰 何謂五美니잇고 子曰 君子는 惠而不費하며 勞而不怨하며 欲而不貪하며 泰而不驕하며 威而不猛이니라 子張曰 何謂惠而不費니잇고 子曰 因民之所利而利之니 斯不亦惠而不費乎아 擇可勞而勞之어니 又誰怨이리오 欲仁而得仁이어니 又焉貪이리오 君子는 無衆寡하며 無小大히 無敢慢하나니 斯不亦泰而不驕乎아

자장이 공자에게 묻기를, "어떻게 하면 정사에 종사할 수 있겠습니까?" 자 왈, "다섯 가지 미덕을 존중하고 네 가지 악을 물리치면 정사에 종사할 수 있다." 자장이 묻기를, "다섯 가지 미덕이란 어떤 것입니까." 자 왈, "군자는 은혜롭되 허비하지 않고, 수고하되 원망하지 않고, 하고자 하되 탐내지 않고, 태연하되 교만하지 않고, 위엄이 있으되 사납지 않은 것이다." 자장이 묻기를, "은혜롭되 허비치 않는다는 것은 무슨 뜻입니까?" 자 왈, "백성에게 이로운 것으로 인하여 이롭게 하면, 이것이 은혜롭되 허비하지 않는 것이 아니겠는가. 수고할 만한 것을 가려서 수고하면 또 누구를 원망하겠느냐. 인을 하고자 하여 인을 얻으니 또 어찌 탐내겠느냐. 군자는 많고 적음이나 작고 큰 것에 상관없이 감히 거만하지 않으니, 이것이 태연하되 교만하지 않은 것이 아니겠느냐.

君子는 正其衣冠하며 尊其瞻視하며 儼然人望而畏之하나니

斯不亦威而不猛乎아 子張曰 何謂四惡이닛고 子曰 不教而殺을 謂之虐오 不戒視成을 謂之暴요 慢令致期를 謂之賊이요 猶之與人也로되 出納之吝을 謂之有司니라

군자는 의관을 바르게 하고 그 보는 것을 존중하므로 사람들이 그 엄연함을 바라보고 두려워하나니, 이것이 또한 위엄이 있으되 사납지 않은 것이 아니겠느냐." 자장이 묻기를, "네 가지 악은 무엇입니까?" 자 왈, "가르치지 않고 죽이는 것을 일러 虐(학)이라 하고, 경계시키지 않고 이루라는 것을 포악이라고 이르고, 명령을 태만히 하고 기한을 재촉하는 것을 賊(적)이라 이르고, 사람들에게 줄 때, 출납에 인색한 것을 벼슬아치의 근성이라 하느니라."

---

* 어질고 현명한 군자가 백성을 다스림에는 국민의 教化가 중요한데, 教化하지 않고 내버려 두었다가 죄를 지으면 죽이는 것이 虐이고, 緩急의 주의를 주지 않고 갑자기 닦달하는 것을 暴라 하며, 별것 아닌 듯 명령하고 갑자기 기한을 각박하게 하는 것이 賊이요, 나라에서 똑같이 나누어 줄 것을 제 것 주듯 인색하게 구는 것, 이것은 모두 백성을 괴롭히는 것이므로 四惡이라는 말씀이다.

3. 子曰 不知命이면 無以爲君子也요 不知禮면 無以立也요 不知言이면 無以知人也니라

자 왈, "천명을 알지 못하면 군자가 될 수 없고, 예를 알지 못하면 설 수 없고, 말을 알지 못하면 사람을 알 수 없다."

---

* 이 장은 魯論에는 없는 내용이다.

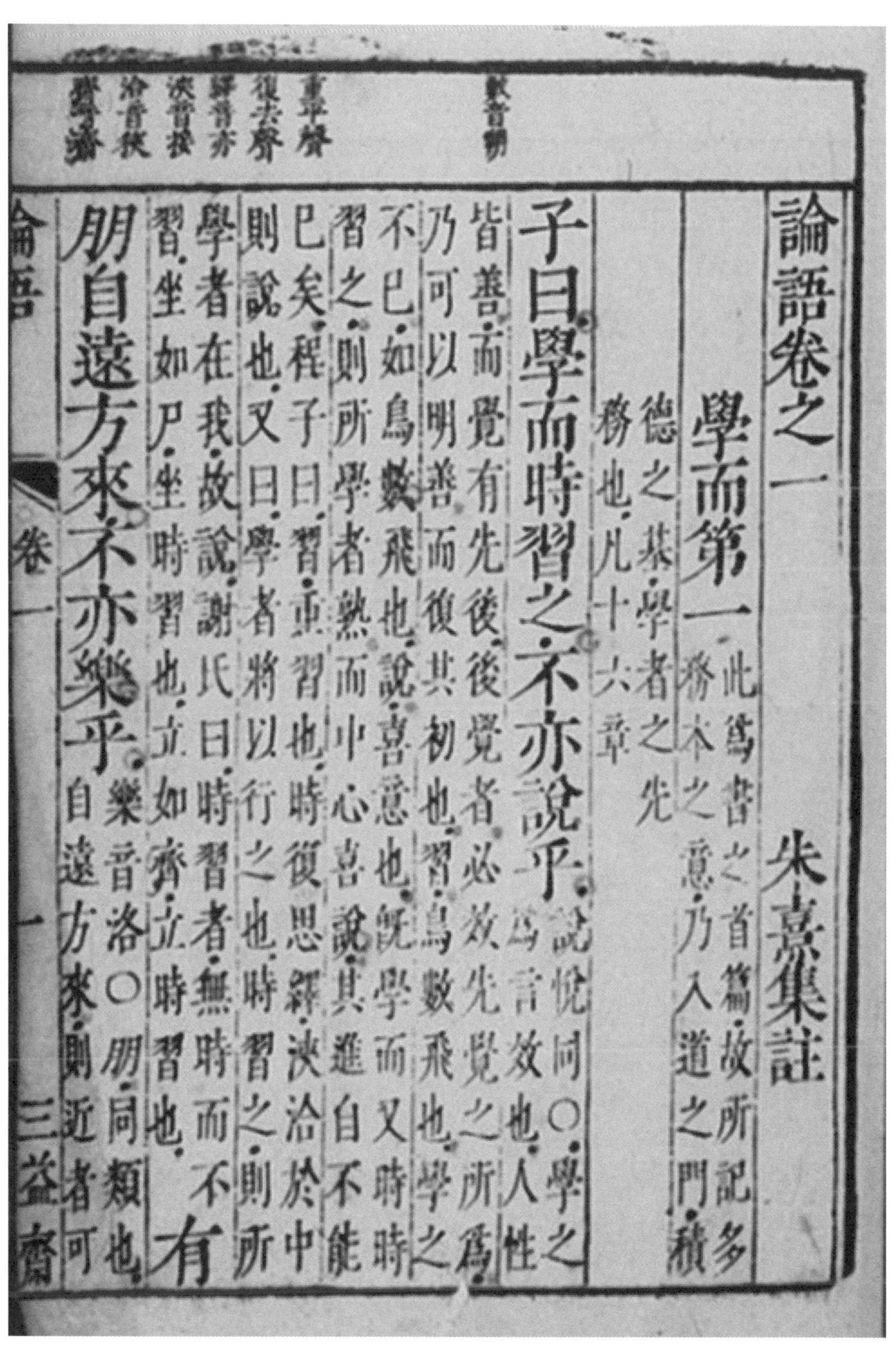

數音朔 重平聲 復去聲 繹音亦 浹音接 洽音狹

論語卷之一　朱熹集註

學而第一 此爲書之首篇。故所記多務本之意。乃入道之門。積德之基。學者之先務也。凡十六章。

子曰學而時習之不亦說乎 說悅同○學之爲言效也。人性皆善。而覺有先後。後覺者必效先覺之所爲。乃可以明善而復其初也。習。鳥數飛也。學之不已。如鳥數飛也。說。喜意也。既學而又時時習之。則所學者熟。而中心喜說。其進自不能已矣。程子曰。習。重習也。時復思繹。浹洽於中。則說也。又曰。學者。將以行之也。時習之。則所學者在我。故說。謝氏曰。時習者。無時而不習。坐如尸。坐時習也。立如齊。立時習也。

有朋自遠方來不亦樂乎 樂音洛○朋。同類也。自遠方來。則近者可

論語　卷一　三益齋

논어 주희집주

孔子 生涯 및 年譜

연도(BC)	나이	연 대 기
551	0세	父숙량흘과 母안징재 사이에서 탄생
549	3세	父 別世
537	15세	이 무렵부터 학문에 뜻을 둠. 志學 15세
535	17세	노나라 맹희자가 죽으면서 맹의자 등 두 아들에게 공자를 스승으로 모시고 예를 배우라고 당부함.(BC 518년 34세라는 설도 있음)
533	19세	宋나라 출신 幷官氏와 結婚
532	20세	아들 鯉출생. 이 무렵 생계를 위해 계손씨 집에서 창고관리와 가축 돌봄
531	21세	노나라 司職吏가 되었다.
528	24세	母 別世 아버지 묘를 찾아서 합장함
522	30세	주나라로 가서 노자에게 예를 묻고 돌아와서 博學한 선비로 인정받으며 제자를 가르침. 而立 30세
517	35세	노나라의 혼란으로 제나라로 감
510	43세	노 소공의 죽음으로 魯로 돌아옴. 不惑 40세
501	51세	노나라 中都의 宰가 됨. 知天命 50세

500	52세	사공이 되고, 다시 대사구가 됨
497	55세	노나라를 떠나 위나라로 감
495	57세	환퇴가 죽이려 하여 고초를 당하다
489	63세	진과 채 사이에서 고초를 겪음. 초를 거쳐 위로 돌아감. 耳順 60세
487	65세	부인 幷官氏 별세
484	68세	계강자가 공자를 부르자 노나라로 돌아감. 고국을 떠난 지 14년. 유약, 증삼, 자하, 자장 등 제자를 가르침
483	69세	아들 리가 죽음
482	71세	제자 안회가 죽음. 從心 70세
480	72세	자로가 위나라 난리에서 죽음
479	73세	4월 己丑일 세상을 떠남

* 출생연도에도 552년과 551년 두 설이 있다.
* BC 551년은 魯襄公(노양공) 22年
* 2015년, 중국 강서성 난창시 해후혼묘 발굴이 시작됐다. 약 2천 년 전, 중국 西漢(BC 206~AD 25)시대의 고분에서 孔子에 관한 상세한 기록이 담긴 '공자병풍'이 발굴됐다고 중국 언론들이 보도했다. 여기에는 '공자의 성과 이름(字)이 정확하게 적혀있고, 기존에 알려진 것보다 약 15년 정도 먼저 태어났을 수 있다는 기록이 담겨있어 학계의 비상한 관심을 끌고 있다.' 라고 했는데, 2015년 이후의 상황은 정확하게 알 수 없다.

孔子의 弟子들

제자 이름	생몰연도 (BC)	개요
顔回안회	521~미상	공자가 가장 사랑했던 제자. 성은 顔. 이름은 回. 字는 子淵. 망명 이전부터의 제자로, 망명을 함께하고 돌아와서 41살의 나이로 죽자, 공자는 하늘이 나를 망쳤다고 통곡하셨다. 가난한 생활 속에서도 연구와 덕을 닦는 데 전념하여 學德이 높았으나 젊어서 죽었으므로 저술이나 업적을 남기지 못하였다. (생몰연도에 이견이 있다.)
子路자로	543~480	字는 子路, 季路라 하였다. 공자보다 9세 아래로 제자 중 가장 나이가 많았다. 안회와 대조적으로 공자의 꾸중을 가장 많이 받았는데, 그만큼 그에 대한 공자의 사랑이 깊었다고 할 수 있을 것이다. 매우 솔직하고 의협심이 강하였는데, 공자는 늘 그것을 염려하였다. 위나라 父子의 내전 때, 젓갈로 담가지는 비참한 최후를 맞았다.
子貢자공	520~456	성은 端木. 이름은 賜. 字는 子貢. 자로, 안회, 중궁, 염구 등과 연장자에 속하며, 경제에 뛰어난 수완을 가지고 부를 축적하였고, 문학과 언변이 뛰어났다. 공자 사후 6년간 시묘살이를 한다.
曾子증자	506~436	성은 曾. 이름은 參. 字는 子輿. 아버지 曾晳과 함께 공자에게 배웠는데, 공자의 제자 중 가장 효성이 뛰어난 연소 층의 제자였다. 공자 사후 유자가 잠시 그 자리를 이었으나 결국 증자가 계승한다. 공자의 손자 子思의 스승이고, 자사의 제자의 제자 중에서

		孟子가 나온다.
有若유약	518~458	성은 有. 이름은 若. 공자 사후, 외모가 공자를 닮아서 공자의 제자들이 공자 자리에 앉히고 섬기려 한 적이 있다. 사회생활에서의 윤리와 질서를 중시하였고, 백성을 풍족하게 하는 것이 정치가의 임무라고 생각했다. 논어에서 子로 불리는 사람은 有子, 曾子, 冉求뿐이다. 즉 이들 제자의 말이 논어에 들어있다는 뜻일 것이다.
樊遲번지	515~미상	이름은 須. 字는 子遲. 仁보다는 知에 관심이 많았던 연소 층 제자로 마부 역할을 하였다.
子夏자하	507~402	성은 卜. 이름은 商. 자하는 연소 층 秀才로 위나라로 가서 벼슬함.
子張자장	503~미상	성은 顓孫. 이름은 師. 字가 자장. 잘생기고 언변도 뛰어난 수완가였다. 공자는 자장이 출세에 집중하는 것을 염려했고, 또 편벽하다고 생각하셨다. 동문수학하는 門人들도 비판하는데, 子游는 "나의 벗 자장은 하기 어려운 것을 할 수 있지만, 아직 仁을 이루지는 못했다."고 하였고, 曾參은 "당당하구나, 자장이여! 그러나 함께 仁을 행하기는 어렵구나."라고 평했으나, 그는 본인의 단점을 고치려고 부단히 노력한 것으로 보인다.
子游자유	506~미상	성은 言. 이름은 偃. 字가 자유. 망명에서 돌아온 뒤에 입문한 수제자로 禮의 전문가.
冉有염유	522~489	字는 子有. 계씨의 집사가 됨.

子禽자금	511~미상	성은 陳. 이름은 亢. 字가 자금. 자공과 자주 대화하는 대목이 있어서 자공의 제자로 보기도 함.
卜商복상	507~미상	字는 子夏. 공자의 제자 중 후배에 속한다. 문학에 재능이 있었으며 경전을 깊이 연구하였다.
閔損민손	536~487	字는 子騫자건. 민자건으로 불린다. 효성이 뛰어나고, 권세 앞에서도 굴하지 않았다. 권력자인 季氏가 그에게 큰 벼슬을 주며 부르려 하자 단호히 거절하였다.
宰予재여	522~458	字는 子我. 언변이 뛰어나고 외교에 재능이 있었으나 공자가 늘 말조심할 것을 강조했다. 재여는 자주 스승의 눈에 거슬린 말과 언행으로 혼나는데, 삼년상이 너무 길다고 했다가 꾸중을 듣기도 했다.
冉雍염옹	522~미상	字는 仲弓. 공자보다 29세 아래였다. 언변은 없었지만 공자로부터 남면할 만하다는 칭찬을 들을 만큼 어질고 덕망이 있었다.
冉耕염경	544(?)~ 미상	字는 伯牛. 공자의 제자 중 열 손가락 안에 꼽힐 정도로 덕행이 뛰어난 인물이었으나 악질에 걸려 고생하였다.
澹臺滅明 담대멸명	512~미상	字는 子羽. 자유의 참모로 활약했다. 공적인 일이 아니면 윗사람을 개인적으로 만나지 않을 정도로 公私구분이 분명하였다.
原憲원헌	515~미상	字는 子思. 原思으로도 불린다. 평소에 재물과 벼슬을 탐하지 않고 청렴하고 소박한 인물이었다.

公冶長 공야장	519~470	字는 子長. 공자가 사위로 삼을 정도로 아꼈던 제자. 공자는 그를 절대 나쁜 짓을 할 사람이 아니라고 평하였다.
南宮括 남궁괄	미상~미상	字는 子容. 정치는 군사력과 형벌로 하는 것이 아니라 덕으로 해야 된다는 공자의 정치사상과 같은 생각을 가지고 禹임금의 정치를 본받고자 했다. 또한 언행에도 신중하여 공자가 조카사위로 삼았다.
曾點증점	미상~미상	字는 子晳자석. 아들 증자와 함께 공자를 스승으로 모셨다. 늦은 봄날 기수에서 목욕하고 무우에서 바람을 쐬고 시를 읊조리며 산책하고 싶다는 포부로 공자의 마음을 사로잡았으며, 儒家에서 존경받는다.
高柴고시	521~미상	字는 子羔자고. 공자로부터 우직하다는 평을 들었다.
漆雕開 칠조개	540~미상	字는 子若. 공자가 벼슬을 주어도 사양할 만큼 겸손하며, 학문을 좋아했다.
司馬耕 사마경	미상~미상	字는 子牛. 말이 많고 성품이 조급한 면이 보인다.
公西赤 공서적	509~미상	字는 子華자화. 흔히 公西華공서화라 불렀다. 그의 집안은 부유하였으며, 종묘 의식과 외국 손님을 모시는 예의범절에 밝았다.

論 語

史記 孔子世家
논어 다시 태어나다

초판인쇄 2021년 7월 20일
초판발행 2021년 7월 30일

엮은이 | 강선희
펴낸이 | 홍철부

펴낸곳 | 문지사
등록번호 | 제25100-2002-000038호
주소 | 서울특별시 은평구 갈현로 312
전화 | 02) 386-8451/2
팩스 | 02) 386-8453

ISBN 978-89-8308-566-5 (03820)

값 22,000원

Printed in seoul Korea

* 잘못 만들어진 책은 본사나 구입하신 서점에서 바꾸어 드립니다.